雷平◎著

磁器口風雲

★ 有史以來 ★
最熱鬧、最深刻、最扎勁兒的古鎮風雲
從被迫落草、組建智新社劫富濟貧，到接受覺的整編，開展武裝鬥爭，解放家鄉。
「改造袍哥不虛場合，帶隊伍不怕搭扑趴。
任磁器口這半畝江湖，將革命進行到底！」

崧燁文化

目錄

人物簡介 7
反派 7
正派 8

引子 11
磁器口的鬧熱看得懂 11
磁器口的歷史嘿麼⁴長 12
磁器口的名人遺蹟嘿麼多 13
磁器口塘子的水嘿麼深 14
磁器口的茶館多，龍門陣更多 14

第一章 19

第二章 29

第三章 37

第四章 47

第五章 57

第六章 67

第七章 77

第八章 87

第九章 97

第十章 109

第十一章 117

第十二章	123
第十三章	133
第十四章	143
第十五章	155
第十六章	165
第十七章	175
第十八章	185
第十九章	195
第二十章	207
第二十一章	217
第二十二章	229
第二十三章	239
第二十四章	251
第二十五章	261
第二十六章	273
第二十七章	283
第二十八章	295
第二十九章	305
第三十章	315

第三十一章	325
第三十二章	335
第三十三章	343
後記	353

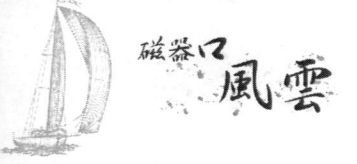

人物簡介

▋反派

黃三蛋

磁器口首富,黃金錠的爹,仗勢欺人,整死了林翰墨的哥哥和老爹。

豬隊副

又號騷包腳豬,偵緝中隊隊副,黃家父子的跟屁蟲;命大,人賤,貪財,好色,無惡不作。

黃金錠

名號金癩子,磁器口首富的獨生子,偵緝中隊隊長,林翰墨的宿敵;父子倆作惡一方,集結土豪惡紳、軍警特憲剿殺游擊隊。

王長久

磁器口的富商、堂口袍哥大爺,見利忘義,兩面三刀,十處打鬧十處在。

周首占

王長久堂口的三爺,心狠手辣,多吃多占,純粹的土匪、賊娃子。

慧覺和尚

佛門的敗類,從寶輪寺到大禹廟,一路告密當走狗,害死無數革命同志。

方團長

國軍601團團長,死硬分子,清剿重慶地區游擊隊的魔頭。

鄒營長 + 牛營長

一個是駐巴縣內二警的營長,一個是國軍601團的營長,同是黨國鷹犬,硬槍硬炮跟游擊隊硬幹到底。

冉縣長

國民政府巴縣縣長,文縐縐、酸唧唧、瓜兮兮的黨棍政客,跟共產黨、游擊隊不共戴天。

正派

林翰墨

上過學堂,蹲過班房,越過獄,打過劫,搶過親,殺過人,幹過仗;入水門寨組建了袍哥組織『智新社』,跟了共產黨,參加了游擊隊,完成了從流浪漢、袍哥龍頭舵爺到共產黨員、游擊隊司令的蛻變。

雞腳神

飛毛腿、流浪漢、土匪、情報員,重感情,講義氣,顧大局,一路跟隨林翰墨,是最忠實可靠的戰友。

水中蛟

下江人,逃難到重慶水門寨,從難民、漁民、土匪『超拔』到袍哥組織『智新社』紅五爺,跟著林翰墨洗手幹革命。

梨右章

莊稼漢,被抓過壯丁,扛過國民黨的槍;被迫落草,跟隨林翰墨一路從棒老二成長為游擊隊員;妻子被逼死,女兒也為革命犧牲。

汪陵江

袍哥組織『德慶社』舵爺,林翰墨的發小,有勇有謀有顏值,跟隨林翰墨參加了游擊隊。

高華中

林翰墨的遠房表哥,教過書,坐過牢,發過瘋,當上了磁器口鎮鎮長,膽小怕事的柿子一枚,但是……

家碧 + 珍兒

　　漂亮潑辣的重慶妹子；家碧寧做壓寨夫人，不當豪門姨太，嫁給林翰墨，挽起袖子鬧革命；珍兒是梨右章的獨生女，歷經磨難後參加了游擊隊，最後為革命犧牲。

劉璞 + 老肖

　　一位是華鎣山游擊隊政委，一位是中共重慶地下黨政治部主任、砂磁游擊支隊政委，林翰墨不同時期的革命領路人，都不幸在戰鬥中犧牲。

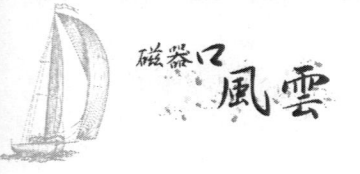

引子

　　嘉陵江邊磁器口，是一個說起來順口，喊起來扎勁兒，叫起來響亮的傳統小鎮，是民國時期渝西明珠巴縣的首場。

　　下面這首民諺我聽不懂，也許有人能懂，叫人唱出來大家聽聽：

　　巴縣首場磁器口，

　　人山人海樣樣有。

　　黑白兩道不分界，

　　人情世故頂起走。

　　嘩啦，嘩啦嘩啦，嘩，啦！

▎磁器口的鬧熱看得懂

　　這裡人文薈萃，風景優美，有「一江兩溪三山四街」之聚。

　　一江，即中國著名水系嘉陵江。

　　兩溪，即漾洄如帶的嘉陵江支流鳳凰溪、清水溪。

　　三山：重慶著名的中梁山在這裡形成三個褶皺，即金碧山、馬鞍山、鳳凰山，金碧山、鳳凰山呈左青龍右白虎相互對視之勢，馬鞍山穩坐其中。

　　四街，是磁器口的獨創特色，即金蓉正街、金蓉橫街、金碧正街、金沙正街。金蓉正街是主街，還有大小巷子若干，如黃桷巷、汲水巷、殺豬巷等，每條巷都是一條小街，所謂「四街十六巷」。

　　磁器口鎮是嘉陵江邊重要的水陸碼頭，水流沙壩，商賈雲集。中國字中「鎮」字很有意思，「真金」即為「鎮」，就是交易之地。當然，這只是本人的拙見。但在《辭海》中能找到依據：「宋以後稱縣以下的小商業都市為集『鎮』。」

　　磁器口鎮依山傍水，地盤不大，街街巷巷全由青石鋪就。平平仄仄的青石板路被歲月和人流打磨得光溜溜、滑刷刷，有些地方還凸凹不平，但路邊的店鋪都殺貼[1]

得乾乾淨淨,有的甚至把木料洗出了本色,把青石刷出了砂粒。麻布幌子、大紅燈籠,古色古香,生怕辜負了明清老建築的青瓦灰堆白牆。

　　宋明兩朝時,店鋪喜以姓為名,張姓開店叫張家老鋪,李姓開店叫李家鋪子。現今還留承有老唐家、顏氏魚、華生園、夏麻花、陳麻花、譚木匠、張繡媽、鑫記雜貨、鄧家刀、姜家糖、張家院、九妹莊等,這些店名大氣而不失幽遠,頗具宋明遺風。清朝年間,店鋪為圖妥帖巴適[2],多用館、堂、齋、軒、居、閣等雅稱。現在到磁器口也能找到遺存,如白家館、楊氏館、祁古堂、易經堂、窖石齋、點藝軒、集墨軒、石語軒、翰林居、墨香閣等。

　　民國時期,百業凋零,民不聊生,經商人家常發美好願望,多取吉祥盈利之意,以祥、茂、寶、發、興、金、和、升之類為主,企望生意興隆,財源茂盛。磁器口的聚森茂、緣茂園、和順園、金餅坊、金蓉居、九陽升、和散那等都向人昭示它們來自民國詞典。

　　今人更是與時俱進,時髦妖艷兒[3],以新鮮奇特的店名吸引眼球:半畝江湖、神龍木、南詔布衣、一畝三分地、老式外公、十里香、銘源記、瓊緣、山頂道等,不一而足。

▌磁器口的歷史嘿麼[4]長

　　莫看磁器口隱匿在巴山渝水之間,山高皇帝遠,其實,磁器口的歷史底蘊不擺了,宋真宗鹹平年間(998年——1003年)就初成鄉場集鎮規模,是響噹噹的「千年古鎮」。

　　相傳明朝建文帝朱允炆在鎮上龍隱寺躲過追兵,所以明代以後這裡曾叫「龍隱鎮」,許多地標與此事有關,如龍隱茶館、龍隱洞、龍吟堂、龍門館、帝主宮等,更名為「磁器口」那是清朝初年的事。

　　明末清初,兵荒馬亂,戰火綿延,四川人口銳減,土地撂荒,十里八鄉只見老虎遊走蕪草灌叢,人煙不著邊際。康熙帝一紙皇榜,把湖南、湖北、廣東、廣西、江蘇、浙江、安徽、江西、福建一帶人丁舉家押遷四川生活,史稱「湖廣填四川」。

　　遷徙軍中,有福建汀州德化江家三兄弟,拖兒帶女來到龍隱鎮。那時,填川萬眾千山萬水長途跋涉,不便多帶器具,江家三兄弟在磁器口滾柴坡的土層之下,發

現了豐富的石灰石、石英石、白雲石、矽石、白泡石、白礬土和黃色黏土，這些都是上好的製造瓷器的原料；還有那取之不盡、用之不竭的上好水源，高山落差天然瀑布形成的動力，方便了機械作業；遍野「一歲一枯榮，春風吹又生」的柴草，岩層中夾雜的煤炭，真是天賜一方的絕好制瓷之地。

三兄弟都是窯工，燒製瓷器輕車熟路，延續本職原本是件快樂的事情，經緊鑼密鼓的短期籌備，很快就燒製出大量填川人急需的鍋碗瓢盆、杯盤罐盞等一干生活用品。再帶出徒弟，擴大規模，不但滿足當地應急，還航運轉口遠銷外埠，使「龍隱場」成為名副其實的瓷器製造、集散和轉運樞紐，由此「龍隱鎮」改名「磁器口」（「瓷」「磁」相通）。

商業繁華的磁器口曾有「白日千人拱手，入夜萬盞明燈」的盛況。「千人拱手」，是指白天嘉陵江上白雲點點，帆蓬如織，人流穿梭，千手劃槳，百船競進的繁榮景象。「萬盞明燈」，是指磁器口場街商賈雲集，入夜各家各戶油壺、馬燈、電石燈、煤氣燈器具通明，遠遠看去猶如群星閃爍，極為壯觀。

磁器口店鋪無數，廟宇也多得清不到場[5]，素有「九宮十八廟」之說。龍隱寺、雲頂寺、復元寺、文昌宮……如果你在小街穿行，偶見一處斷垣殘牆，當地居民會自豪地告訴你：「這裡以前是個廟子，求神靈驗，香火旺得很。」時至今日，磁器口的香會、廟會、花會還像趕要耍場[6]一樣鬧熱，一波接著一波，長年不斷線：正月玩獅耍龍、清明放風箏、端午划龍舟、七月點河燈、中秋賞明月、重陽登高地……百姓中普遍流傳這句話：「初一十五廟門開，燒香拜佛請進來。」磁器口的寺廟中香火最旺、龍門陣最多的要數寶輪寺。寶輪寺背依白岩山，面對嘉陵江，據《巴縣誌》記載，其始建於宋真宗鹹平年間。明朝皇帝朱允炆在此避過難。後面，小說中的男一號林翰墨也跟寶輪寺結下善緣。寶輪寺，的確是福地洞天！

磁器口的名人遺蹟嘿麼多

明朝建文帝朱允炆削髮為僧，輾轉顛沛隱居磁器口寶輪寺。

「四川王」劉湘在磁器口開辦煉鋼廠、機修廠，使之成為四川最早的煉鋼基地，1933年還在磁器口創辦了四川鄉村建設學院。

抗日戰爭時期，省立教育學院辦在磁器口，學貫中西的國學大師吳宓在這裡任教，除傳道授業、著書立說之外，偶爾也會到茶館坐坐，一邊品茗，一邊與茶客擺龍門陣[7]，蒐集文學素材。

著名的諾貝爾物理學獎獲得者、美籍華人丁肇中，抗戰時期曾就讀磁器口寶善宮內的嘉陵小學。

周恩來、蔣介石、林森、馮玉祥、饒國華、韓子棟等政要，梁漱溟、郭沫若、張伯苓、豐子愷、冰心、曹禺、徐悲鴻、馬寅初等大師都曾居住、工作、往來於磁器口。

磁器口塘子的水嘿麼深

舊時磁器口幫派林立，堂口眾多，黑白兩道龍蛇混雜，三教九流七十二行三百六十業，每個行當都有人清候[8]，活像一個大食堂：大碼頭是抬兒幫、縴夫幫的地盤；豆芽灣是米糧幫、木材幫、篾貨幫、煤炭幫的領地；鐵貨街、雞鴨蛋巷和鹽市口，各行各業都有事務堂口。莫忙！說一千道一萬，其實這些堂口、碼頭、會館背後當家主事的都是一個組織——袍哥會。

袍哥會是四川、重慶盛行的一種民間幫會，又被稱為哥老會，發源於晚清，盛行於民國時期，與青幫、洪門並立為當時的三大民間幫會組織。袍哥組織由社會底層游民發展而來，壯大後其成員擴大到社會的各個層面和各個行業，還模仿天地會制訂了較為完善的組織體系與活動章程，這就分化為各自的堂口、碼頭、會館，明確了活動範圍與會務機構。民國時，袍哥會已經成為四川、重慶兩地群眾自發結社的普遍組織，據說當時的川渝男人「無人不袍哥」。

好一句「袍哥人家絕不拉稀擺帶」，喊明了袍哥義利並行、黑白難辨的特質，點醒了袍哥「借錢吃海貨」的江湖氣質。小說中的男一號林翰墨，一介書生，不僅「嗨」了袍哥，還要改造袍哥。故事精不精彩，各人[9]往後看。

磁器口的茶館多，龍門陣更多

磁器口的茶館，賣的不是格調，更不是風雅，袍哥大爺、船舶水手、閒雜人等都樂於出入茶館。打圍鼓坐唱川劇不么臺[10]，站臺子吼四川清音剎不到各[11]，鬧麻麻，嗚喧喧，瘴氣衝天。茶館，那就是一個皂帛難分之地。

磁器口茶館人氣最聚的數「書場茶館」。特別是晚上能在這類茶館登臺說書的人，都是一等一的高手。那時都是掛牌說書，哪位有絕技高招，茶館就能爭取更多茶客，生意必定會更加興隆。時至今日，茶館仍是磁器口一景，幾百米長的老街便有十數家茶館，家家茶客滿座，古風猶存。

磁器口歷經滄海桑田，發生過大大小小、林林總總的事情，不少往事至今都鑲嵌在過往行人的記憶之中，難於忘懷。

大家也許想不到，在磁器口這個繁華商業集鎮，在舊、新中國社會交替的黎明前夜，發生過一個驚天地泣鬼神的故事。磁器口這半畝江湖，被一個名叫林翰墨的重慶崽兒攪得一波三折，蕩氣迴腸，既留下了驚心動魄的遺憾，又塑造了可圈可點的精彩。

話說那是民國末年，人民解放軍的大砲聲吼到了四川大門口，重慶作為反動派的精神堡壘，在大陸負隅頑抗的「自留地」，防務之牢固，戒備之森嚴，「寧願錯殺三千，不可放走一個」，嚴防死守共軍奸細。

1947年5月，國民政府發佈《維持社會秩序臨時辦法》，禁止10人以上集會，完全剝奪人民自由。同年7月，當局將一個完整正規師2萬多人，改編成內政部第二警察總隊（內二警），與重慶警備司令部、憲兵第24團、保密局西南總部和各種反動社團糾集在一起。重慶警備司令部組織軍隊情報網、民眾情報網、黨團情報網等50多個行動組織，滲透社會各界蒐集情報，監視群眾，施行法西斯白色恐怖，使軍、警、特、憲人員達到幾十萬之多，成為鎮壓重慶人民的凶悍力量。

1948年2月，當局為鞏固郊縣農村，命令各區鄉鎮設立民眾自衛組織，負責訓導民眾，企圖用保甲制度加軍事組織把農民控制起來。國民黨保密局西南地區總部，在重慶歌樂山5000餘畝「特區」建立起10多處監獄，狼狗眈眈，電網密布，崗哨林立，實行專制統治，用恐怖手段來對付共產黨人和革命群眾。到1949年7月，白色恐怖到達頂峰，從各個戰場上敗退下來的國民黨幾十萬軍隊集結重慶，困獸猶鬥，要做最後的垂死掙扎。

在這樣的情況下，卻蹦出個林翰墨。他揚叉打雞子，空空過日子，在磁器口一帶有為有位，幹出了一番像模像樣的事業。

當人民解放大軍以排山倒海之勢指日可下之時，正是「國統區」最為黑暗的日子。中共中央沒有忘記這方近乎成為共產黨「真空」的地帶，沒有忘記這些生活在水深火熱之中的民眾。

1948年2月，中共中央上海局向設在重慶的中國共產黨川東特別區臨時工作委員會（中共川東臨委）發出四條指示：「加強統一戰線工作；對能起特殊作用的對象，可以發展為特別黨員；開展對敵攻心，強化敵人的危機感；發展農村兩面政權。」中共川東臨委領導認為人民解放軍橫掃千軍如卷席，指日入川，過高估計了革命形勢，根據「開展對敵攻心」的指示，錯誤地決定改變中共重慶市委機關刊物《挺進報》的發行方針，從過去對地下黨內部發行為主，改為主要寄給敵方人員，報紙內容也做相應調整，刊登人民解放軍節節勝利的消息。

就是這一方針的改變，激怒了敵人加強偵查清理，引發了國民黨反動派對中共地下黨組織的全力追剿，迫使重慶地區一連串共產黨員被捕。

少數共產黨領導幹部不敵反動特務的嚴刑拷打，變節「自首」投敵，背叛了革命，出賣了組織和同志。「水推沙壩」，促使白色恐怖蔓延，川東地區大量中共地下黨組織慘遭暴露和破壞。重慶地區的地下黨組織生存環境更是雪上加霜，極端困苦，幾乎「全軍覆沒」。

直到1949年1月，中華民國總統蔣介石宣布下野「隱退」，副總統李宗仁代行職權，傅作義響應中共「停止內戰，和平統一」的主張，毅然率部起義，促成北平和平解放，國民政府感到大勢已去，歹戲拖棚演不下去，反動特務才暫停捕人，但已有200多名地下黨員和革命群眾被關進了歌樂山上的監獄。

為了阻止國民黨反動派對黨組織的繼續破壞，營救被捕同志，迎接解放大軍進攻重慶，中共川東臨委書記劉璞領導3000多農民提前在華鎣山周邊六縣舉行武裝暴動，形成聲勢浩大的「華鎣山暴動」。但此舉貿然，缺乏思忖，好心辦壞事，過早暴露了地下黨和革命骨幹的實力，正中敵人下懷，使革命局勢一下跌入低谷，便宜了國民黨反動派集中「收拾」共產黨。

在國民黨軍警特憲的汪洋大海之中，在國民黨頑固派「核心」統治之地，在黨組織和群眾基礎極差、敵人過分強大的地方爆發「革命」，無異於飛蛾撲火，後果可想而知。

引子

  轟轟烈烈的華鎣山農民暴動，僅僅堅持了一個多月，就以中共川東臨委書記、華鎣山游擊縱隊政委劉璞的犧牲告一段落。大暴動被鎮壓了，游擊隊被打散了，但革命的火焰沒有熄滅，革命的理想仍在傳遞，仍在發揚光大。

  林翰墨就是暴動大軍中倖存的一顆革命「種子」，懷揣著劉璞政委在暴動誓師大會上的講話：「華鎣山農民大暴動的主要目的，是阻止國民黨反動派對黨組織繼續破壞，給國統區人民樹立『主心骨』，體現共產黨人捕不盡殺不絕的鋼鐵意志，營救被捕同志，剷除反動惡霸勢力，迎接解放大軍進攻重慶。暴動能否圓滿成功，中共川東臨委沒有把握，但只要我們還有一個人，就要和國民黨反動派做堅決的鬥爭，將革命進行到底！」他，林翰墨，不會抵攏倒拐[12]換方向，而是一條「黑路」走到底不收秤[13]。

  從死人堆裡爬出來的林翰墨擦乾身上的血跡，來到歌樂山下嘉陵江邊與渣滓洞、白公館一山之隔的磁器口，改造袍哥不虛場合[14]，帶隊伍不怕搭撲趴[15]，舉步維艱，屢遭打擊卻又前僕後繼；除暴安良，接受黨的整編，開展武裝鬥爭，迎接解放大軍進攻重慶，「將革命進行到底」。他心中永遠扛起革命的大旗，帶領一群兄弟夥不斷向前，向前，向前！一段艱苦卓絕、壯悲績偉、可歌可泣的故事精彩上演。

註釋

1. 殺貼：整理、打掃。
2. 巴適：好、妙、佳、舒適。
3. 妖艷兒：花樣多，心思多。
4. 嘿麼：很，非常。
5. 清不到場：數不清、點不完。
6. 趕耍耍場：趕場就是趕集，趕耍耍場就是閒逛。
7. 擺龍門陣：聊天；擺即聊，龍門陣包含故事、新聞、逸事、閒事等。
8. 清候：管理、把守。
9. 各人：自己。
10. 不幺臺：又叫「幺不到臺」，即停不下來，結束不了。
11. 剎不到各：停不下來，結束不了。
12. 抵攏倒拐：走到頭兒轉彎。
13. 收秤：收工、結束。
14. 虛場合：膽怯。

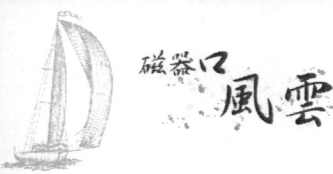

15 搭撲趴：摔跤、栽跟頭。

第一章

　　他從死人堆裡爬出來，剛剛經歷了一場血雨腥風。回想這些天發生的事情，觸目驚心，惶恐不安。他是華鎣山游擊隊的一員，既然出來了就要找組織，一定要找到組織。林翰墨邊走邊想，越想越傷心，越想越不是滋味，這件事要盡快跟組織匯報，一定要讓他們儘早知道。他緊趕慢趕，一路上不捨晝夜，躲躲藏藏，終於來到了重慶李子壩。

　　紅岩村就在前面，那裡有個機構，林翰墨歷經千辛萬苦就是奔著那個機構而去的。他思考著自己所有的疑惑在那裡能得到答案，所有的委屈將向那裡傾訴，所有的情況將向那裡匯報。

　　紅岩村是重慶沙磁區的一個村，北瀕嘉陵江，南臨歌樂山，這地方因為地質結構是紅色頁岩而得名。20世紀30年代，那裡是紳士饒國模女士經營的「劉家花園」。抗日戰爭中，那裡是國民革命軍第八路軍的辦事處，也是中共中央南方局的核心所在。

　　太慘了，慘無人道，慘不忍睹，慘得讓人不寒而慄。

　　太不划算，損失重大，槍林彈雨如下餃子，衝進一個倒一個，全軍覆沒。3000多人的大隊伍，被國民黨反動軍隊夾毛駒[1]，陷入了重重包圍。一個個活蹦亂跳的戰士，還沒來得及混個臉熟，還沒來得及認老鄉，說幾句客氣熱絡的話，幾乎是一夜之間全沒有了。反動派太刮毒，太殘忍，殺人如麻，血流成河，不到兩個月，就把華鎣山游擊隊參加暴動的戰士洗白[2]了，大部分精英成了反動軍隊的槍下鬼。

　　因為劉璞政委的犧牲，暴動隊伍群龍無首，指揮乏力，管理失控，戰鬥力大大下降，死傷更為慘重。旗幟倒了，人員散了，黨的組織垮了，**轟轟**烈烈的行動頃刻之間偃旗息鼓，一切的一切恢復平靜。

　　離紅岩村已經不遠了，林翰墨為之一振，激動起來，頓時覺得全身充滿活力，腳步更輕快。

　　他尋思著，見到共產黨的大官，一定要把這次暴動失敗的種種原因原原本本告訴他們，一丁點兒也不得保留。吃虧太大，得不償失，教訓深刻，不是萬不得已，逗[3]是萬不得已也不能那麼幹啊！

　　首先是大張旗鼓地集結許多人搞暴動，動靜大，目標大，自然會招來敵人的圍剿。敵強我弱，那微乎其微的一點點革命「影響」，拿數以千計的人頭去換，不值得，太不值得！

　　那個擦黑天，從小寨突圍的時候，衝在林翰墨前面的戰友一排排倒下，敵人的火力密如蛛網，十分猛烈。他拼盡全力剛剛衝出寨門，還沒有來得及弄清衝出去後朝哪個方向突圍，就莫名其妙地倒下了，被許多人壓在身上，越來越沉重，出不了氣，後來什麼事都不知道了。

　　林翰墨甦醒過來時，已是月黑星稀的凌晨。大戰像旋風一樣刮到了別處，周圍沒有人聲，沒有物響，連昆蟲求偶的喧鬧也被激烈的戰鬥鎮住了，發不出聲或者儘量壓低聲音，警防被人類發現無意中塞了炮眼。

　　夜，安寧，安寧得死氣沉沉；夜，寂靜，寂靜得讓人內心發怵。

　　林翰墨在死人堆裡細耳傾聽，確定安全後才小心翼翼拔開戰友的身軀，慢騰騰地爬出來，舉頭一望，橫七豎八都是游擊隊員的屍體，整個山寨門前全是屍體，堆積如山。

　　國民黨軍隊消失得無影無蹤，可能追擊游擊隊的其他戰友去了，也可能回去慶功請賞、大擺酒宴去了。他屏住呼吸，又靜靜地聽了一會兒，還是沒有聲音；再向四周瞟了幾眼，硬是沒有發現一個活物的影子。

　　林翰墨這才用力掀開屍體，把自己的整個身子亮出來，很難，渾身乏力。他試探著站起來，搖搖晃晃地邁出步子，趁著天黑，一步一步艱難地溜進寨子旁邊的樹林。

　　在溪溝裡喝了點水，又休息了好大一陣，終於緩過勁兒來。

　　林翰墨曉行夜宿，不敢走大路，也不敢走可能設有關卡的小路，遠遠地繞道而行，轉圈圈，鑽山林，探風聲，躲避國民黨反動派追捕，歷經千難萬險終於逃了出來。

　　這麼多天了，除了他林翰墨之外，還沒聽說小寨戰鬥中有別的游擊隊員活著出來。當然，他不敢公開去問，但為了討口飯吃，要點兒水喝曾到過自認為比較安全的鄉場、村落，有時也在人群後面站一站。他的行為徒勞，讓他大失所望，硬是沒有聽到過任何人對暴動的議論。

堂哥是第一個帶著隊伍往外衝的，眼下是死是活也不知道，那麼多屍體，他不可能一具一具地搬開辨認，國民黨也不會給他那麼多時間去辨認。

那是一支3000多人的隊伍啊。暴動起事那天，游擊縱隊政委劉璞在主席臺高聲宣誓：「我們3000人暴動，必然讓國民黨瞠目結舌，讓反動派震驚！」

結果，數倍於游擊隊的國民黨軍隊，清一色美式裝備，卡賓槍、擲彈筒、輕機槍、重機槍、鋼炮，都用上了，裡三層外三層把游擊隊包圍在華鎣山，一步一步逼向主峰圍剿。游擊隊不到半月就損失2000多隊員。

司令部保不住了，被迫轉移，跑了幾天幾夜，精疲力竭，隊伍被逼到小寨進行短時休整，研究下一步打算。此時包括司令部機關在內只剩下500多隊員了。結果敵人再次追上來槍林彈雨地威逼著，隊員們緊張啊，會議剛剛開始，各分隊只簡單匯報了情況，劉璞政委還沒來得及佈置具體任務，身邊的一個隊員槍走火⋯⋯

子彈穿過劉璞政委胸膛，劉璞政委堅持了一陣還是沒有熬過，犧牲了。

這樣的暴動不划算，太不划算。事前情況不明，沒有詳細的偵察情報，沒有考量敵我雙方力量，過高地估計自己；打起仗來硬碰硬，一寸一土與敵人爭高低，捨不得這樣丟不開那樣，搬著罈罈罐罐，馱著打土豪的浮財，牽著驢子趕著馬。結果，轉移行動遲緩，排不出輕重緩急，顧此失彼，把所有的家底兒拼得精光⋯⋯

一想到這些事，林翰墨就感到揪心的痛。

林翰墨是在暴動前一個月參加游擊隊的，對游擊隊裡的規矩還沒搞明白，就跟著大家轟轟烈烈地跑上跑下搞暴動。結果被動挨打，緊急轉移，血流成河，埋進死人堆，最後隻身逃命。

所幸他是喝過墨水的人，有些文化，比較機智，暴動前被編在司令部當書記員，做些抄抄寫寫的工作。他始終跟在劉政委身邊，不離左右，聽了些革命道理，見證了暴動的全過程，也算是這次暴動中堅持到最後的人。

林翰墨記得，第一次見到劉政委是華鎣山游擊縱隊成立那天，全體成員在一個山坳裡開誓師大會。

劉政委講大道理，講大好形勢，講國民黨的天下是兔子的尾巴長不了，講今後泥腿子要建立自己的國家政權，要當家做主人坐天下，講游擊隊的責任，講武裝暴

動的意義。這些講話對於絕大多數剛剛放下鐮刀鋤頭的農民戰士來說是何等的新鮮，何等的扎勁兒，激動萬分，信心百倍。

　　劉政委的幾點講話他記憶猶新。第一點，面對國民黨的白色恐怖，面對叛徒的無恥出賣，我們不能害怕，不能退讓，要堅決鬥爭，用革命的行動制止反革命行動，用革命武裝反對反革命武裝；要保護已經「盤紅」[4]的地下黨員，讓他們參加游擊隊；成立游擊隊就是要阻止反動派對我地下黨組織的繼續破壞，就是要避免黨受到更大損失。第二點，游擊隊在川東這個國民黨統治的中心地區開展鬥爭，就是要在國民黨的勾子[5]上狠狠地打一棍子，讓他們痛在心頭。要砸爛國民黨後院的小廚房，拖住蔣介石的後腿，讓他顧頭顧不了尾，給解放全中國的人民解放軍松膀子，減輕解放軍正面戰場的壓力。第三點，要去重慶歌樂山營救被國民黨抓捕的同志，接應難友越獄，讓難友重新回到革命隊伍中來。第四點，游擊隊要給國統區的廣大人民群眾撐腰站牆子，要讓人民群眾有一個「主心骨」。

　　林翰墨目不轉睛地仰望著劉政委。

　　劉政委講得神采飛揚，講到最後，聲音有些沙啞了，有人給他端來一瓢水。他一口氣喝下去，抹一抹嘴巴，又接著講。

　　誓師大會還宣布了華鎣山游擊縱隊的紀律，宣布了華鎣山游擊縱隊的領導和各支隊的組成：王維舟任司令，曾林當副司令。

　　王維舟是四川宣漢縣人，年輕的時候就參加辛亥革命和護國、護法戰爭，是一個1927年加入共產黨的老黨員，後來一直在川東地區發動革命武裝鬥爭，名氣很大，再後來參加川陝蘇區反圍攻，爬雪山過草地參加過長征。到達陝北後，任中央軍委第四局局長；抗日戰爭中，是一二九師劉伯承、鄧小平麾下三八五旅旅長、副旅長兼政委；1937年9月被國民政府授予國民革命軍陸軍少將銜，擔任保衛陝甘寧邊區的任務；1946年4月受延安共產黨組織安排，擔任中共四川省委書記。王司令是名副其實的老革命，大革命家，但他沒上華鎣山赴任，他也沒辦法上華鎣山赴任。他那麼忙，要處理更大更全面的事情，客觀形勢不可能讓他到位。他名氣太大，游擊隊要的就是他的名氣。名氣很關火[6]，華鎣山游擊縱隊要借用他的名氣來黑[7]倒敵人。

　　劉政委在誓師大會上說：「參加我們今天成立大會的3000多游擊隊員，就是3000多把火炬。中國廣袤的農村目前像一堆乾柴，只要有火種，一點就著並很快會

形成燎原之勢，一定能把國民黨反動派燒得人仰馬翻。我們今天的 3000 人，三個月以後就能成為 1 萬人，半年以後就會成為 5 萬人。」劉政委還說：「只要我們高高舉起武裝革命暴動的大旗，在我們飄揚的旗幟下，一定會有數以千萬的農民加入我們的隊伍。只要我們勇敢地點燃武裝鬥爭的烈火，烈火就會很快燃遍整個川東，火光將會映紅半邊天！這不是豪言壯語，這是中國共產黨人的理念自信和實踐自信。」

參加誓師大會的游擊隊員經劉政委的宣傳鼓動之後，群情激昂，摩拳擦掌，熱血沸騰，情緒高漲。

林翰墨是堂哥引薦參加游擊隊的，堂哥是個「盤紅」了的地下黨，暴動時任司令部的高級參謀。

誓師大會一結束，堂哥就把林翰墨引到劉政委跟前說：「我這個兄弟是個秀才，膽大心細，會武功，還是個神槍手！」

說他膽大心細，會武功，是神槍手，並不誇張。他出身獵戶，從小跟父親在重慶磁器口鄉下攆山，練出了一身硬功夫；說他是秀才，也一點兒不假，他在磁器口的公家學堂唸過書，蹦蹦跳跳竟然讀完了高小！

劉政委很高興，拍拍林翰墨的肩：「就留在司令部，熟悉熟悉情況，我要派大用場！」堂哥很得意，他感受到劉政委對他的信任。

從此，林翰墨便一直跟在劉政委身邊。

誰知，情況沒熟悉多少，「大用場」還沒派上，第一場暴動連劉政委自己都沒了！

正是那次聲勢浩蕩的誓師大會，讓周邊各縣的國民黨反動派全曉得華鎣山聚集了數千暴動的農民。他們向重慶綏靖公署報告，還暗中組織民團搜山設卡子，斷了游擊隊的糧道。人家說，車馬未動糧草先行，打仗打的是糧草，打的是輜重。沒了糧食，餓得偏偏倒倒，槍都提不起，還怎麼打仗？還不就成了孔夫子搬家 —— 儘是書（輸）！

游擊隊的油鹽柴米、輜重裝備運不上山，那麼多人每天要吃要喝，逼著游擊隊往山外走。重慶綏靖公署要的就是引蛇出洞，調來了大批正規軍圍追堵截，在行動中殲滅。結果暴動一開始，就遭到國民黨的大規模圍剿。

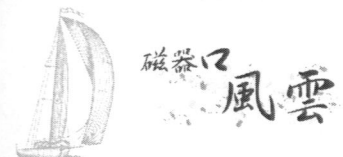

林翰墨想：第二個要告訴共產黨大官的，逗是在敵人這個「小廚房」裡，不可以開大會，特別不可以開上千人的群眾大會。這麼多人，來自四面八方，光天化日，經過千百十條路，翻山越嶺，容易暴露目標，成為敵人眼皮底下的「刀板肉」，吃虧的是各人！

第三件要向共產黨大官報告的，逗是游擊隊員光會打槍放炮扔手雷還不行，還得用精神「武裝」頭腦，要聽招呼，要守紀律，令行禁止，不可想怎樣就怎樣，得多學些當兵的本事。

游擊隊軍事方面的訓練由曾副司令負責。曾林副司令是老紅軍出身，也是爬過雪山，走過草地，打過日本鬼子的老戰士。解放戰爭開始以後，朱德、任弼時在延安棗園接見包括曾林在內的一批川籍幹部時指示：「中央要求你們回四川發動游擊戰爭，擾亂敵人後方，牽制敵人兵力，打爛蔣介石的罈罈罐罐，配合人民解放軍大反攻。」曾副司令是懷揣黨中央的「尚方寶劍」回到四川來開展武裝鬥爭的。

曾副司令在軍事上的確有一套，但他帶回來的人太少了。在那麼短的時間裡要訓練出那麼多的人，他們實在忙不過來，連他自己都要去訓練場手把手教隊員們裝子彈、瞄準、放槍、退彈殼。雖說游擊隊員個個苦大仇深，但大多是剛剛放下鋤頭的農民，目不識丁，悟性差，行動笨，學起軍事來十分費勁兒。雖然「白加黑」沒日沒夜地練，但進步太慢，就為這一件事，耽誤了許多時日。

游擊隊的兵還沒練好，國民黨卻不耐煩了。華鎣山游擊縱隊成立才 3 天，國軍就派出大批部隊進行剿殺。

人家是訓練有素的職業軍人，吃得飽，穿得暖，拿津貼，裝備精良。游擊隊員才學會放槍，有的人連槍都沒學會放，更談不上怎麼埋伏，怎麼防禦，怎麼掩護，怎麼撤退，基本軍事要領一概不懂，連指揮員的旗語、手勢都看不懂，懵懵懂懂上了戰場，結果可想而知，不是找死就是逃跑，這樣的隊伍不被除脫[8]才怪！

對！這件事也要向共產黨的大官反映。要報告他們，今後搞暴動，一定要多派些當過兵打過仗的幹部進行指導。還有，在白色恐怖下共產黨領導的武裝鬥爭應該從小到大，先搞小的，幾個人，十幾個人，再逐步擴大。開始人不宜多，規模不宜大，船小好掉頭。人少靈活，跑得快，易分散，好躲藏，進得去出得來，這樣才好敲國民黨的罈罈罐罐嘛！到處搞，多搞幾次，「天女散花」，等搞出些道道來，有了那個什麼來著？哦，想起來了，叫「經驗」。對，逗是經驗，有了經驗，再冷不丁地

把小隊伍聯合起來逗成了大的隊伍，打幾個勝仗，讓國民黨驗收驗收，給老百姓瞧瞧，影響會更大，隊伍還少吃虧。

那天在司令部開會時，劉政委說了一個重要情況：據從敵人魔爪中逃出來的韓子棟反映，重慶歌樂山上的監獄裡關押了大量「政治犯」，其中白公館、渣滓洞兩處的「政治犯」建立了獄中黨支部，準備越獄。黨中央要求華鎣山游擊縱隊給予策應，儘量為監獄暴動提供有力的支持。現在游擊隊沒了，完不成任務了，這件事也要及早告訴共產黨的大官，請他們想別的辦法。

想到這裡，林翰墨覺得臉紅心口跳，血脈賁張。他的兩眼溢滿淚水，那一幕幕悲壯的場面再次浮現在眼前！

華鎣山游擊縱隊的駐地兩縣交界，是一個叫狐狸峰的地方。跟蹤而來的敵人包圍了駐地，劉政委鎮定自若，冷靜地佈置。曾副司令帶領部分游擊隊員突圍去搞給養，然後回司令部。各支隊長帶走各自的隊伍。他自己帶著司令部的游擊隊員邊打邊撤，往華鎣山深處鑽，約定兩個月後的19號，大家在秦嶺的一個地方全軍會合，共同迎接解放大軍。

那天黃昏，游擊隊進入一個依山傍水的村子，有人提出要歇一口氣。儘管當時游擊隊還沒有脫離敵人的包圍圈，離最近的敵人僅有50多里，劉政委看大家實在太累，太辛苦，就同意了。庚即，佈置了很強的警戒，讓隊員們分散到老鄉家裡燒飯。村子太小，老鄉事前不知道隊伍要來，沒有絲毫準備，要讓突然湧進村子的幾百人都吃上飯，得做好幾輪。

就在燒飯的那個當口兒[2]，劉政委對一直跟隨在身邊的林翰墨說：「你的情況林參謀告訴過我，透過這一段兒對你的觀察，我心頭更有數了，你要保持高度的革命熱情和革命精神，將革命進行到底。等部隊到秦嶺安頓下來，我要親自當你的入黨介紹人，介紹你加入我們偉大的中國共產黨。」劉政委還講了一些入黨必備的手續，告誡林翰墨一定要經受住黨組織對他在各方面的考驗。

林翰墨當時非常激動，喜出望外，主動抓住政委的雙手，半天說不出話來。他在這幾十天的游擊隊生涯中，看到了共產黨員在普通游擊隊員中的地位和力量，他在心底裡表示，這輩子要把自己的一切交給中國共產黨，做一名真正的黨員。

　　暴動的隊伍一坐下就爬不起來了，前後用了4個多小時，直到晚上10點多，部隊才重新踏上出發的路。劉政委覺得隊伍太大，負擔過重，行動不方便，就讓曾林副司令帶領一部分人從另外一條路走，他們揮手而別，剩下的人繼續跟劉政委走。

　　仍然是沿著石板大路前進，由於游擊隊沒有進行過正規的行軍訓練，大多數人是「散眼子」[10]，散漫無紀律，更沒有夜間行軍的經驗，在黑夜中深一腳淺一腳，大一腳小一腳摸索前進，不時發出巨大響聲和高分貝的關聯聲——引起所過之處農家狗強烈「抗議」，猖狂地囂叫。

　　有的隊員聽到狗叫更是慌了手腳，慌亂之中滾下懸崖，大呼小叫要人去拉，要人去救，就這樣走走停停。加上吃過晚飯，身上的血液要消化食物，身體發困，行軍速度更慢了。

　　到了半夜三更，游擊隊來到一處松樹林，又有人喊走不動了，而這一次離上次休息還不到5個小時。

　　劉政委毅然決定，再歇一次。

　　剛剛坐下，麻煩的事情就來了，負責警戒的林翰墨發現樹林裡有人影晃動，他馬上跑回來報告了政委。

　　劉政委判斷，跟蹤的敵人很可能立足未穩，還在調兵遣將，游擊隊有突圍的希望。「敵人的企圖很明顯，就是要包圍我們，把我們吃掉，我估計口袋還沒扎攏。」劉政委站起身來，當機立斷，「快撤！」

　　部隊一路小跑鑽進深山老林，拂曉時來到大巴山深處的小寨。雖說這一夜行軍強度不大，僅走了四五十里，但隊員們連驚帶嚇，困餓難耐，疲憊程度可想而知。

　　一進寨子，大家忙著找住處，你拿這樣，他拖那樣，場面頗為混亂，有的甚至不管不顧，倒下便睡著了。

　　林翰墨一覺醒來，已是下午太陽即將落山之時，他感覺肚子絞痛得厲害，可能是昨晚胡亂吃的食物沒有煮熟，想要屙痢打標槍[11]，慌忙中跑進林子大便。

　　排除贅物，肚子好受了許多，待他返回寨子時，看見滿山遍野的國民黨兵正在形成對寨子的包圍，只是圈子還沒扯圓。他本可以梭[12]了，逃出是非之地躲得遠遠的，但他想到自己已經不是普通游擊隊員了，他已是政委栽培的對象，要經受住黨

的考驗，不能只顧個人安危。說實話，在當時要遇上別人，很可能早就跑了，而林翰墨卻迅速跑回小寨，把自己看在眼裡的情況報告了劉政委。

已經晚了，敵人很快完成合圍，開槍了。子彈「嗖嗖嗖」地飛，手榴彈「轟隆隆」地炸，機槍、小鋼炮都用上了。

劉政委一邊組織抵抗，一邊召集隊員們研究出路，結果身邊的一個隊員槍走火，打在了劉政委不該受彈的地方。

林翰墨清楚地記得，劉政委在生命的最後一息還支撐著，用盡全身的力量一邊喘息，一邊叮囑大家：「衝出去的游擊隊員一定要找到曾副司令，與曾副司令會合，繼續扛起游擊隊的革命大旗，繼續革命。萬一找不到曾副司令，也要獨立成行自覺將革命進行到底，成為孤膽英雄，成為革命的『種子』，成為老百姓的主心骨，採取各種辦法阻止國民黨反動派對黨組織的破壞。要營救被敵人抓捕的同志，要搞出動靜拖住國民黨部隊，減輕前線人民解放軍進軍的壓力，要挺起腰板站出來迎接解放大軍解放重慶。」這就是信仰，這就是革命者的理想，這就是游擊隊的目標，也是一個共產黨員的生命託付。林翰墨把劉政委的話一字一句牢記在心裡。

敵人消滅了游擊隊的主力，回過頭來開始對付華鎣山周邊幾個縣游擊分隊活動過的一些鄉鎮，大肆逮捕支持過游擊隊或與游擊隊有關的農民群眾，血洗村鎮，濫殺無辜。

林翰墨東躲西藏輾轉數日，九死一生歷經磨難，終於走出了敵人的包圍。他想找一找游擊隊的其他人，但沒有遂願。沒有見到一個認識的人，不認識的人他不敢去問，偶有拿得穩的「面善」人，他主動問起華鎣山的暴動，沒一個人願意與他搭話。

萬般無奈，他這才想起曾經到過重慶沙磁區紅岩村，那個共產黨八路軍辦事處，於是繞開敵人警戒，星夜兼程直奔重慶。

對，游擊隊員像一盤散沙，紀律不嚴，素質不好，不聽招呼，沒得全局觀念，想幹啥子逗幹啥子，哪裡黑逗在哪裡歇，這是造成失敗的又一個原因！還有群眾基礎不紮實，沒得根據地，敵人一來逗跑，被敵人攆得雞飛狗跳。這一條也要告訴共產黨大官……

林翰墨一邊思索匯報的具體內容，一邊疾走。他回顧了許多往事，覺得思路理清了，思考也比較成熟，應該反映的內容差不多都有所體現了。

　　突然，一個念頭閃電般照亮腦海，他愣愣地站了下來：

　　是啊！怎麼能光給領導講我們的失敗呢，講我們這也不是，那也不好，對得起犧牲的劉政委嗎？對得起死難的兄弟同志們嗎？雖然這次仗沒打好，敗了，但游擊隊沒一個是孬種，一個個都是迎著國民黨反動派的槍彈往前倒下的，沒一個投降，沒一個退縮，沒一個不是以犧牲自己的生命為代價！我們的兄弟同志們，是真好漢真英雄啊！大義凜然，赴湯蹈火，視死如歸。我咋就差點把這個最最重要的情況忘記了呢？這一點千萬不能忘，這樣艱苦卓絕的戰鬥，可歌可泣的鬥爭，大無畏的犧牲精神，一定要真真實實、原原本本地向共產黨的大官報告！要提醒共產黨的大官，一定要為兄弟同志們請功，讓他們在黃泉路的那邊也要有臉有面，感覺光彩。

　　眼看就到小龍坎了，他的目的地就在眼前，他的希望就在眼前，成敗在此一舉。

　　天上的太陽不溫不火，笑瞇瞇地盯著崇拜她的向日葵。

註釋

1　夾毛駒：欺負。
2　洗白：消滅、完蛋。
3　逗：就。
4　盤紅：暴露。
5　勾子：屁股。
6　關火：管用。
7　黑：嚇唬。
8　除脫：消滅。
9　當口兒：時候。
10　散眼子：烏合之眾。
11　屙痢打標槍：拉肚子。
12　梭：跑。

第二章

　　林翰墨興奮起來。記得三年前到紅岩村,是跟堂哥一起來的,那時他還不懂得啥叫革命,堂哥是他的引路人。

　　堂哥是林翰墨叔叔的兒子,雖然是堂哥,卻只比林翰墨大幾個月,是同齡人。堂哥原和林翰墨同村,從小一塊兒玩泥巴,掏鳥窩,摘樹花,滾鐵環,一塊兒上學,算得上是光屁股兄弟夥。後來叔叔做瓷器生意發了,堂哥 12 歲那年,他們舉家搬到重慶,從此交往少了些。但畢竟同鄉同村同學,又有割不斷的親情和敘不完的友誼,林翰墨偶爾去重慶就落腳堂哥家,關係一直熟絡。

　　那次來重慶,堂哥已經獨立門戶,出社會公幹了。他的公開身份是重慶佛圖關鵝峰山國家油庫油泵修配廠廠長。修配廠不大,算個吃皇糧的單位,十幾個人,堂哥吃住都在廠裡。那地方堂哥帶他去過,還住了幾天。當時正值打了八年的抗日戰爭取得全面勝利,日本人戰敗投降不久,中國人揚眉吐氣,廠房的牆上,還能看到紅紙黑字的標語。

　　那幾天,堂哥帶著林翰墨每天從修配廠下山,參加市裡各種各樣的遊行集會活動。

　　當時,報紙上說國共和平談判處於僵持局面,許多問題不能達成共識。重慶人的火爆脾氣壓抑了八年,此時上了勁兒,煩透了亂糟糟的日子,迫切希望和平穩定。在共產黨發動下,各階層、各行業、各系統人員舉行聲勢浩大的示威遊行。每次遊行,堂哥都走在隊伍前頭,領頭呼口號。林翰墨走在隊伍裡面手拿三角旗,跟著堂哥使勁兒高喊。一天中午,他們在沙坪壩遊行結束,堂哥悄聲說:「翰墨,今天暫不回廠,先帶你去個地方。」

　　林翰墨覺得堂哥說的那個地方,一定很有意思,因為堂哥表現出神秘的樣子,他心裡也多了一層懸念。

　　他們來到一座灰色兩樓一底的房前。門前站著兩個持槍、穿灰色衣褲,臂章上亮著醒目的白色方塊布片,布片中心印有「八路」的戰士。那是門崗,門壁上一塊銅牌「中國國民革命軍第八路軍重慶辦事處」。

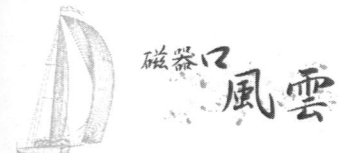

　　原來，八路軍重慶辦事處設在重慶小龍坎紅岩村大友農場裡面的這個建築內。堂哥告訴林翰墨，這是中共中央在西南地區的代表機關，在共產黨內稱為南方局。林翰墨想：堂哥連共產黨內部的稱謂都曉得，一定也是一個了不起的人物。

　　看得出，堂哥熟門熟路，是這裡的常客，站崗的八路軍戰士還跟他打招呼呢。

　　進了辦事處，堂哥上樓去了。林翰墨在一樓隨便走走。他看到這裡環境安靜，雖然人來人往，但到處乾乾淨淨，少有喧嘩，氣氛和諧，工作井然有序。人們雖然繁忙，但一個個臉上都掛著微笑，互相間很客氣。

　　堂哥辦完事下樓來，滿臉光彩地對林翰墨說就在辦事處吃飯，便帶林翰墨進了門洞裡的食堂。

　　一共六七張八仙桌，每桌有幾盤冒著熱氣的蔬菜，放在桌子中央大家共用，有油水但不豐，飯是甑子乾飯，自己盛管夠。

　　一個蓄著山羊鬍子、面目和善的清瘦老者與他們同桌，一邊吃飯一邊笑瞇瞇地問了林翰墨許多情況。先問是哪裡人，做什麼，家裡有些什麼人，然後進入主題，主要是農村的情況，農民的情況，農業的情況，還有農民的生活怎樣，農民有什麼希望。

　　要求林翰墨盡其所知，一一如實作答。

　　林翰墨覺得與老者交談既投機又沒有負擔，談得很輕鬆，一直談到所有人都離開飯桌，他都沒意識到。

　　回家路上，林翰墨不解地問堂哥：「那老頭為啥子恁麼[1]多話？」堂哥說：「老人家是董必武同志，是辦事處主任委員，共產黨的大官。」

　　林翰墨問：「多大個官？」

　　「比一個軍長大。」

　　「哇，有恁麼大？」林翰墨將信將疑。

　　堂哥說：「實際職權還不止，董必武同志是中共對重慶和四川、雲南、貴州、西康四省一市的政治、經濟、軍事、文化實行全面領導的總負責人，涉及香港、澳門的事他也要過問。」

「哇，總負責？你叫他『同志』，同志逗是總負責嗎？同志一定是共產黨的大官？」林翰墨想當然地猜測。

「不是，同志是志同道合的人。」

「我說嘛，這老頭怎個好接近，一點兒架子都沒得。」

儘管他似懂非懂，但他知道「同志」是一個聽起來親切沒有起伏，說起來順口波瀾不驚，很自然，很隨和，很「平等」的一個詞。

真是奇了怪了，像董必武這樣大的官，相當於清朝的幾江巡撫，一品大員，居然那麼和藹可親，一點兒不裝模作樣，一點兒不端身份，談吐舉止自然得體，一點兒不裝腔作勢。相比之下，國民黨的一個小排長都覺得自己官大得不得了，傲氣十足，欺男霸女，吃拿卡要，喝五吆六。這共產黨與國民黨真是有本質區別。

從此，林翰墨對共產黨更增加了無限的好感。

其實林翰墨不知道，中共中央南方局和八路軍駐渝辦事處設在紅岩村，周恩來、葉劍英、博古、吳玉章、王若飛、鄧穎超等中共著名領導人都曾在此生活、工作，歷時八年，為中國抗日戰爭的勝利做出了卓越貢獻。他們都與董必武同志一樣，都那麼平易近人。

這次華鎣山游擊隊暴動失敗，林翰墨認為是一個天大的事情。他想了許久，開始他怕別人說他向大官告狀，是「小人」行為，是背後打「小報告」，放黑標槍。後來又想：怎麼大的事情不反映上去是不行的，劉政委不是說過嗎？有情況要及時反映，反映情況才便於領導掌握整個工作進程，有利於領導對下一步工作做出合適的決策。這是沒有辦法的辦法，管他呢！最後，他還是決定直接來找董必武同志。他要告訴董同志，劉政委已經同意提拔自己入黨了，他應該算是一個共產黨，是「同志」，是一個與共產黨志同道合的人了！所以，他所有的心裡話都要向董同志倒完。

林翰墨大步走進大友農場，看到了那座灰樓。

來到跟前，他驚呆了。

昔人不知何時去，此處空留一座樓。大門緊閉，原先的招牌不見了，留下一個明顯的印跡，上面佈滿蛛網，整幢樓都灰土塵染，形孤影只，蕭條破敗，給人一種難以忍受的酸楚之感。

　　林翰墨全身無力，癱軟下來，心跳得「咚咚」作響，不知東南西北，不知自己該幹啥，過了好一陣平靜下來，孤苦伶仃低頭沉思，才恍然大悟：從1946年蔣介石撕毀和平協議發動內戰以後，國民黨與共產黨天天幹仗，打得昏天黑地不可開交，哪能容你八路軍還在重慶設立辦事處？

　　忽然，他看到大門右側牆壁上，有一塊似乎塗過墨汁的地方，趕緊湊到近前細看。牆壁上確實塗過墨汁，雖經風雨吹刷，上面的文字仍然依稀可辨：「八路軍重慶辦事處已遷往陝西延安。一九四七年二月。」原來，中共南方局的人早前就撤走了。

　　林翰墨頓覺天旋地轉，兩眼直冒金星，天塌下來了！他一個普通的游擊隊員能撐得住嗎？披星戴月，千里迢迢趕來，唯一的希望變成了泡影。怎麼辦？這個打擊太沉太重了，他的身子不由自主地癱軟下去，長條條地倒在灰樓前的石壩上，兩眼無神仰望著蒼天。

　　一路上擔驚受怕卻懷揣希望，這個希望支撐他衝破槍林彈雨，一路飽受艱辛才來到實現「希望」的地方，情況卻發生了180度大轉變，「希望」成了絕望，這個打擊對一個毫無思想準備的人來說，實在太大了，大得幾近崩潰。他感覺全身疲乏無比，累了，太累了，再也無法支撐起來，兩眼一閉，竟然什麼都不知道地「過去了」。

　　過了好久好久，他努力睜開眼睛，睡眼惺忪仍然疲憊不堪，蒼天亮光光的，已然不是白晝，是下弦月的餘暉。他感覺身上窸窸窣窣發癢，低頭一看，許多螞蟻成群結隊、川流不息地在身上忙碌著。

　　他「呼」地跳起來，脫了衣裳使勁兒抖動、拍打，把螞蟻打掃乾淨，漸漸才想起自己是為何而來，身在何方。

　　林翰墨坐在灰樓門旁的一塊石頭上，認真梳理自己的思路，思考著今後的打算。天無絕人之路，人要活下去，路還得往前走。

　　驚悸過後，恢復了些體力，思路逐漸清晰起來，回憶起上次來八路軍辦事處的情景。顯而易見，堂哥所在的修配廠一定是共產黨的聯絡點！八路軍重慶辦事處搬走了，修配廠總不能搬走，沒準堂哥也衝出重圍活著，又回去當廠長了呢？

　　天已大亮，晨風輕撫。

第二章

對，到那裡去，找不到堂哥，也可以向其他人打聽打聽。林翰墨覺得這不失為一條出路，一個現實又萬無一失的好主意。

這麼一想，林翰墨心裡踏實了許多，意亂的情緒穩定下來。他很看重自己在游擊隊的這些日子，他跟自己說：「畢竟是在劉政委身邊待過的人，畢竟劉政委已經提拔你當了共產黨，做事一定要穩重，莫慌張，不能讓人看不起，不能丟共產黨的人。」

林翰墨站起身來，挺直腰板，振作精神，邁開步伐，穿山越嶺，大步流星直奔佛圖關鵝峰山去找堂哥。

這條路過去走過，比較熟悉，他有了新的希望，有了好的心情，走起路來也輕鬆愉快。

鵝峰山還是鵝峰山，茂密的森林，遍地草花，樹枝上雀鳥啁啾啁啾跳躍不停，增添了他愉悅的心情，腳下更加飄逸。

等待他的那座曾經熱火朝天的修配廠，此時再一次讓他完全失望——擺在眼前的是斷垣殘壁，野草叢生。斷牆下，草叢中還有些銹跡斑斑的鐵疙瘩和配件殘片，壓不住的翠草吐出新綠，一只耗子不知從何處跑來，睜著兩只圓溜溜的眼睛打量這位陌生的不速之客。

林翰墨抬頭望望天，陰霾層層；低頭看看地，遍野蒼涼。他曾想過按照劉政委的要求去找曾副司令，但秦巴山區那麼廣袤遼闊，上哪裡去找？眼前的現實環境告訴他，此時曾副司令也承擔著被國民黨反動派圍剿的壓力，不可能在某一個地方等著讓他去找。

他真的立不住了，鐵打的漢子也難經住這樣的折騰，他大叫一聲：「老天啷個[2]這等無情，不給我林翰墨一條生路！」腦子一片空白，茫然無計，他再一次癱軟在地上。

黃昏，從鵝峰山那條老石板路上走下來一個疲憊不堪的漢子，拖著腳步，搖搖晃晃，緩緩地來到江邊吊腳樓，鑽進一間飯鋪，衝著櫃臺直叫「冒兒頭」[3]，一連吃下三大碗悶尖尖[4]的甑子飯。

窗外江上飄來一段歌聲。

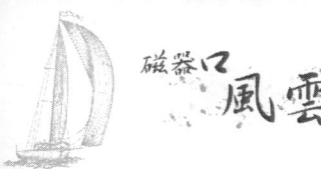

　　一個漁夫穩健地站在小木船的一邊,撒網收網,時而撿魚時而拉空,滿足的表情溢在臉上,嘴裡哼哼唧唧,拿腔拿調地高唱:

朝天門,大碼頭,迎官接聖 ——開呀。

千廝門,花包子,白雪如銀 ——開呀。

臨江門,糞碼頭,肥田有本 ——開呀。

哈哈哈!他一連從網上收穫了三條魚。

洪崖門,廣開船,殺雞敬神 ——關呀。

此網放空。

通遠門,鑼鼓響,看埋死人 ——開呀。

又收到一條魚。

翠微門,掛綵緞,五色鮮明 ——關呀。

沒有魚。

南紀門,菜籃子,湧出湧進 ——開呀。

收到一條魚。

太安門,太平倉,積穀利民 ——關呀。

金湯門,木棺材,大小齊整 ——關呀。

鳳凰門,川道拐,牛羊成群 ——關呀。

呀呀呀,連續三網無魚。

儲奇門,藥材幫,醫治百病 ——開呀。

有魚。

人和門,火炮響,總爺出巡 ——關呀。

定遠門,較場壩,舞刀弄棍 ——關呀。

福興門,溜快馬,快如騰雲 ——關呀,呀呀呀,三網無魚。

金紫門,恰對著,鎮臺衙門 ——開呀。

第二章

太平門，老鼓樓，時辰報準——開呀。

東水門，有一個四方古井，正對到真武山，鯉魚跳龍門——開呀！

哈哈哈，三網有魚。

漁夫硬是一字不漏把整段歌詞有喜有憂地唱完了，他唱的是老重慶十七道門的城門歌，其中九道真門可開可關，八道假門長年關閉，他把企盼有魚那一網唱成應開的門，無魚的那一網唱成不能開的門，真有魚的加了些「哈哈哈」，真的無魚的那些網唱成「呀呀呀」。漁夫是時而有「門」時而無「門」，悠悠然然自得其樂。

此時，林翰墨千呼萬喚找不著門，他的門在哪裡？曾副司令你在哪裡？你知道司令部那個叫林翰墨的游擊隊員嗎？他從小寨衝出來了，卻衝不出形單影隻和六神無主的困局。他在找你呀，他有許多事要對你說！

長江湯湯，群山茫茫。沒有誰來理會林翰墨的心事。

人生就像打魚，有贏有輸。

唱詞結束了，船划到了別處。

孩提時期的歌謠從街邊小娃兒口中蹦出，在林翰墨耳邊響起：「城門城門雞蛋糕，三十六把刀。騎白馬，帶把刀，走到城門滑一跤。」這首兒歌，過去聽來親切友好，此時此刻卻讓他切膚揪心，讓他心煩意亂，似乎小娃兒都在嘲笑他走到城門滑了一跤。他的確重重地栽了個大跟頭，栽得連爬起來都困難重重。林翰墨的心如萬箭穿刺，無比難受。

人是鐵飯是鋼，三碗毛乾飯下肚，穩住心神，長了點體力。林翰墨打定主意：回去！先回到磁器口老家去，等待恢復了精神，躲過了災星，再做打算。君子報仇十年不晚，老子決不會善罷甘休！

浩瀚長江波瀾壯闊……

註釋

1 恁麼、恁個：這麼，這樣，那麼，那樣。
2 啷個：為何、怎樣、怎麼。
3 冒兒頭：乾飯。
4 悶尖尖：滿滿的。

第三章

　　林翰墨老家住在嘉陵江岸邊磁器口鎮下場口。父親是前清武秀才，一個候補縣尉，性格剛直，為人仗義，疾惡如仇。人說路不平有人鏟，坑窪之地有人填。街鎮上遇有不平之事，林秀才也好出面「主持公道」，君子動口從來不曾動手，因有一身武藝壓軸，不怒自威，能夠解決一些問題。他雖不富裕，在鄉下僅有薄田十幾畝，但豪爽慷慨，每遇向他求助的，無不傾囊相幫，因而在鄉間鄰里中，受人擁戴。

　　清朝末年，中國最為黑暗。外國列強肆意欺侮宰割中華民族，政府卻軟弱無能，自甘做扶不起的「阿鬥」，一再退讓，喪權辱國，與「洋鬼子」簽訂了一系列不平等條約，不是割地就是賠款，老百姓衣不蔽體，食不果腹，白銀還得「嘩啦啦」往外流。

　　國內旱災澇災接二連三，政府對人民卻蠻橫無理，不減賦稅；地主盤剝有加，不減租子。農民被逼急了，便組織起來「吃大戶」，或揭竿造反。磁器口這個鎮，就有一千多饑餓農民聚眾「鬧事」，領頭的就是林秀才那個從成都學堂回來的長子林賢聖。

　　鎮長黃三蛋住在鎮子的上場口，是街上的土著惡霸，坐擁良田旺鋪，是當地首屈一指的富豪。那時，磁器口已相當繁華，各種商品物資集散，相對於周邊的村子，就算城市了。所以，住在磁器口街上的人，理當比周邊的鄉下人要高出一等。

　　黃三蛋老奸巨猾，與林家有著世代冤仇，卻奈何不得。他得知鄉間有人聚眾鬧事，心裡一陣高興，便知除脫林秀才的機會不期而至。

　　不日，黃三蛋心生一計，想了鬼主意卻不動聲色，派跟班把林秀才叫到鎮公所說：「據可靠情報，你家兒子帶著數百人馬今晚要在河神廟舉事，你看如何處置？」

　　話雖不多，內容卻陰險狠毒。你一個享大清奉祿的候補縣尉，不能管教子女，兒子公然領頭鬧事造反，你能袖手旁觀，不管不問？逼著林秀才掂量：你到底抓還是不抓？抓嗎？兒子必死無疑。放任不管嗎？追究下來，不但候補不能扶正，兒子性命不保，就連老子也脫不了干係，甚至全家性命難保。這是個一石幾鳥、難以求解的陰謀。

磁器口風雲

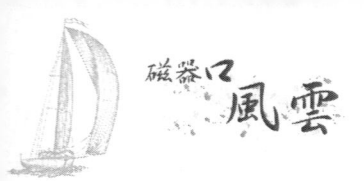

　　林秀才深知是黃三蛋要逼他就範，他啥也不說，也說不出啥，出了鎮公所大門，一路憂心忡忡回到家。當晚，林秀才提起那把當年參加過武舉的大馬刀，高一腳低一步隻身趕赴河神廟。

　　當林秀才怒不可遏地闖進廟時，賢聖正在慷慨激昂地演講。賢聖站在廟堂神龕上大聲說：「一個異族統治的二百多年的王朝已是苟延殘喘，密佈著瘴氣。聽吧，遍地是貧困的呻吟；看吧，城市鄉村遍地汙穢；道路泥濘，而朝廷利令昏昏，還滿足於骯髒與保守，徒留空洞的自尊。清朝氣數已盡。黃海戰爭以來一敗再敗，如水推沙。中華不是輸在國力，而是輸在志氣，輸在統治者軟弱無能，輸在腐敗透頂的清政府。不推翻清政府，國人還將任人宰割，成為帝國列強的下飯菜、刀板肉……凡是有血性的人，面對腐敗透頂的清政府都應該站起來，衝鋒陷陣，齊力推翻，救亡圖存。驅除韃虜，還我中華！」賢聖舉拳奮臂，慷慨激昂。

　　「驅除韃虜，還我中華！」群情噴薄。

　　村民們並不一定完全能夠聽得懂賢聖的語句，但能感受到他語句中的內容，所以跟著呼口號。

　　林秀才聽著越來越不是滋味，胸口陡然發堵，臉色由黃轉白，由白轉青，雙手顫抖著用起力量，大吼道：「孽種，膽敢指責朝廷，侮辱政府，結眾造反，大逆不道！」他不停地抖動著那寒光閃閃、陰氣逼人的鬼頭大馬刀，向聖賢示威。

　　廟堂的喧囂突然被他的「威嚴」鎮住。

　　鄉親們轉過身來，看那陣勢不對，試想勸解。林秀才仗勢得意，幾近瘋狂，六親不認，眼暴面紅，脖頸青筋賁張，一個掃堂腿，就勢把大馬刀往地上一蹾，左手抓住後腦勺那根長長的「豬尾巴」使勁兒一甩，那辮子就在頸上繞了幾圈。林秀才把辮尾往嘴裡一丟，緊緊咬住大吼道：「我是清理自家門戶，教訓不肖逆子，誰敢來管閒事，林秀才的刀不認人！」接著一個 360 度大旋轉，把鄉親們掃出圈外幾米。

　　賢聖卻非常鎮靜，大義凜然，毫無畏色：「革命者是不怕死的。死何所懼？只有主義不可踐踏，砍頭只是碗口大個疤，革命者前僕後繼，腳踏烈士血跡，是殺不盡斬不絕的！不管你們這些封建偽道士如何囂張，清朝注定土崩瓦解，改變不了滅亡的命運！」

第三章

　　林秀才不由分說，聲嘶力竭，直撲神龕，將賢聖一把拉到地上，鬼頭馬刀一閃，一橫，賢聖頓時被劈成兩段，一股鮮血直衝龕上的菩薩。

　　賢聖雖身成兩段，還強忍劇痛，怒目圓睜大喊：「我的血不會白流，我要用鮮血喚起民眾，喚醒愚昧，喚醒黑暗，驅除韃虜，還我中華，打倒喪權辱國、腐敗無能的清政府……」

　　林秀才揮舞大馬刀亂砍亂殺，殘忍地把賢聖劈成數截，鮮血、腦漿濺滿一地，牆上、柱上血腥四起。他完全喪失人性，濺得滿臉滿身鮮血、腦漿，成為一個十足的屠夫，慘不忍睹，十分恐怖。

　　林秀才當初給兒子取名「賢聖」，是想讓他日後能學習聖賢，做一個溫順守紀的護國人。可惜一介武夫，並不知道「聖賢」的真正含義和內在特質。

　　鄉親們親眼看著剛才還在慷慨激昂的一個鮮活人兒，瞬間被剁成了一堆漿血模糊的爛骨肉，一個個心驚肉跳，怕那「瘋子」再起屠刀，頓時樹倒猢猻散，跑得無影無蹤。

　　親生兒子，卻被父親親手殺戮。林秀才一時興起逞能，事過內心哪能不痛苦？林秀才多次在內心辱罵：「狗日的黃三蛋，我操你八輩子祖宗，你做的是斷子絕孫的事，你各人也要斷子絕孫，不得好死！」

　　林秀才恨死了黃三蛋，咬牙切齒，但打掉牙還只能往肚子裡吞。吞不下也要吞，硬吞。道理很簡單，他是大清的候補「官員」，端的是大清朝的碗，吃的是大清朝的飯，那就要行大清朝的事，服大清朝的管。生是大清朝的人，死也是大清朝的鬼。對於封建社會愚忠愚孝、君君臣臣、父父子子這一套，他是五體膜拜整明白了的。端人碗，服人管，他認為天經地義不可非議。

　　儘管林秀才忠心耿耿孝忠朝廷，全身心做清廷鷹犬，但也拉不回滾滾向前的歷史車輪，挽救不了清朝滅亡的命運。事過之後，他仍然混得孬，清廷並不鍾情於他，甚至對他的大義滅親無動於衷，不得搭理。直到清朝氣數已盡，改朝換代，他這個「候補」也沒撈上「補正」的一官半職。

　　鎮長黃三蛋倒是著力誇獎了林秀才一番，還說要報呈上司，請予披紅遊街表彰。

　　林秀才將手一橫道：「不必費神！」回家一連數日，關門閉戶，水米不進。

　　賢聖死後，林秀才一直沒有子嗣，直到十多年後，林妻才生下小兒子林翰墨。

磁器口風雲

民國年間,黃三蛋當上縣政參議。所謂縣政參議,就是國民黨縣級參議會成員。

林秀才被推舉做了個聯保組長,負責維持磁器口下街口相鄰幾個村的治安秩序。

哥哥的慘死,林翰墨漸有所聞,幼小的心靈被蒙上了一層陰影。正是如此,他從小與林秀才保持距離,從心眼裡畏懼,視之為凶神惡煞,儘量躲著,少有溝通。林翰墨心裡一直有個解不開的死結:好端端的哥哥,父親為啥子要親手殺死?既然要殺哥哥,為啥子還要生我養我?小小年紀的人想破腦殼,百思不得其解。

小翰墨性格倔強堅強,少時認真讀書認字,習槍弄棍也十分用功。再大一點,就喜好結交朋友。只是遲遲不肯提親,直到二十四五還光棍一條。

林翰墨練就了一身雙槍百發百中的絕技,多有綠林兄弟與他交友,還時不時地說些共產黨也是人,並非紅眉毛綠眼睛,窮苦百姓樂意接受共產黨之類的話。為了這個,老母親整日擔驚受怕,老父親則訓罵鞭打不止,但毫無效果。他從心底里有一種叛逆精神。

這天,林秀才在磁器口街上一條僻靜小巷中的小飯館裡,見林翰墨與水中蛟喝酒談天,親密無間。水中蛟原是從下江逃難來到磁器口的,因為街上人排外欺負他,才去了鄉下嘉陵江邊的一個住處。

林秀才驚愕了,想起大兒子被自己親手所殺的前車之鑒,他徹底絕望了,跌跌撞撞回到家中,喝了一大壺悶酒,仰天嘆道:「我林某愧對列祖列宗,養不出一個成器的兒子!我一生勤扒苦掙,老實忠良,一心報國為民,光宗耀祖,從無苟且偷安奸詐邪惡之念,卻落得如此下場。老天為何如此不公,為何不長眼睛,要懲罰林某?!」嘆罷,心事重重,老淚縱橫,又喝了一壺悶酒。

翰墨娘見了,不敢多問,情知又要大禍臨頭,只好躲在一旁偷偷落淚。

太陽落山,林翰墨方才歸來,一進家門,就被老父親叫住了。

「站到。你沒聽說過水中蛟嗎?你曉得他是啥子人?」父親強壓怒火,陰沉著臉問。

林翰墨沒在意父親的表情,低著頭平靜地說:「他沒娘沒老子,是個孤苦伶仃的窮人。」

第三章

「混帳，執迷不悟！」父親坐不住了，「唰」地站起身子，勃然大怒，「他是土匪！這一帶有名的土匪頭子！」

林翰墨何嘗不知？水中蛟從磁器口出去後在水門寨一帶聚眾為匪，有兄弟二三十人，長短槍十幾條，常有傳聞他帶領兄弟劫富濟貧，搶糧分財。

「他當土匪，是逼出來的。」林翰墨斜了父親一眼，平靜地說，「其實這人不錯，從不與貧苦百姓為難，很夠朋友義氣⋯⋯」

水中蛟是「嗨」了袍哥的。袍哥最初是四川的一個反清復明組織，專與清廷作對，跟林秀才這種人是生死冤家，格格不入的。

「莫說了。」林秀才擺擺手，「你爹我無德無能，管不住你這孽子。」「唉——！」又長嘆了一聲道，「從今以後，你我父子之情一刀兩斷，權當我沒你怎麼個兒子。你各自出去，自立門戶，暑冬春秋，饑寒飽暖，成人成鬼，是活是死，都是你各人的造化，由你去吧⋯⋯」父親恩斷情絕，下了要林翰墨離開家的逐子令。

林翰墨深知父親剛烈的個性和說一不二的霸氣，便一聲不吭愣在那裡，心裡卻是倒海翻江。父親抖動著手，吃力地從身後拿出那床早已捲好的被蓋和一個包袱扔給翰墨說：「去吧，向你娘告個別逗走，難得她生養你一場！」說完便不再言語。

想著就要離去的二兒子，林秀才肝腦動盪，思緒萬千，內心那個倒海翻江呀！「兒子啊，你要諒解父親的苦衷。你曉得你老子有多苦啊！你老子是大清皇帝賜給的候補縣尉，吃皇糧報皇恩，如今又當上民國的聯保組長，這都是國家洪恩浩蕩，半輩子修來的正果，是報答不盡的。你老子這輩子只能做順國順民的事，否則別人要戳脊樑骨。兩個兒子鬧騰『革命』，在當今時下不是正門正道，你們是劍走偏鋒的旁門左道，跟正統不符，危險呀！三十多年前碎屍你哥，保住忠良名節和全家性命，也是沒得辦法的下下策啊！如今你又重蹈覆轍，為父怎敢無動於衷，不聞不問？必須做個樣子給『民眾』豎標竿，向政府有交代呀！」

一想到大兒子人死不能復生，他就滿心的悔恨。雖然在上流社會賺取了一個大義滅親的口頭「名聲」，但艱難養育成人的兒子沒了。他雖然亂刀斬子，黃三蛋也做了呈報，但清政府並沒給他個「大義」牌坊，給個什麼功成名號，評個「忠心耿耿」獎什麼的，甚至朝廷從來都不曾提及。相反，左鄰右舍卻把他當成殺人不眨眼的魔鬼，小孩哭鬧時就用他的名字來驚嚇。迎面走路的人都儘量避躲他，沒人張識他，越來越失去人緣，越來越孤單。

磁器口風雲

　　大兒子死後，他背在一邊生了十多年悶氣，後來便把心思放在二兒子身上。儘管家境不富裕，但為了撐面子，還是勤扒苦攢地留了點錢供二兒子讀書，一直讀到高小畢業，使林翰墨成為方圓十里的「讀書人」。大兒子死後十多年，二兒子才出生，但這小子似乎跟那老大蒼天相濟，靈犀相通，從小就有一種跟「正統」離心離德的行為，現在居然信上了共產黨。「這共產黨是何方神聖，耍了啥子妖法魔技把我二娃迷到了？迷得他心無旁騖，九牛不拉，一意孤行。唉，族門衰敗，家門不幸啊！」

　　林秀才怎麼也想不通，這樣的事為啥接二連三出在他這個享受過「浩蕩」皇恩的傳統家庭，並且還是在他行將就木之時。是他上世造了孽，須以補償，還是當世犯了天條，屈情弓悲，該受懲罰？

　　林翰墨心潮起伏，在他眼裡，父親正是社會大動盪時代必將被淘汰出局的那類死硬分子，是大浪衝擊的異類，是被革命洪流衝刷得人仰馬翻的對象。林翰墨厭惡他，甚至記恨他。

　　林翰墨的母親十分賢淑，「大門不出，二門不邁」，專心相夫教子，是個生活在自己男人和孩子影子裡的賢妻良母。一輩子在男人的淫威之下大氣不出，二氣不吭，恭恭敬敬，任勞任怨。男人高興了，她成為男人取樂的玩物。男人發怒了，她就是男人的出氣筒、受氣包，萬事沒有自己的主見，啥都順著男人，勤勤勉勉，完全是自己男人和孩子的附屬，把自己的一切貢獻殆盡，毫無保留，一個典型的封建社會的受害者。

　　林翰墨聽說癸酉年的大旱，死了好多好多人，餓殍遍野，許多人家都沒留下活口。由於人沒吃的，家禽、家畜更是遭殃，幾乎絕跡。那時林翰墨才十來歲。

　　一天晚上，父親問母親：「屋頭的苞谷還有多少？」

　　母親答：「大概五升。」

　　舊時每升苞谷合今天 5 斤，5 升苞谷也就約 25 斤。

　　父親冷冷地說：「不能拋灑，要勻著些吃。」

　　母親應承著。

　　從此，母親每天上山采野菜，卻不見野菜上桌。

每次吃飯，翰墨與父親吃苞谷糊糊，讓母親來吃，母親總說：「我吃過了，你看我都長得這麼胖了，你們吃。」

舊社會，女人吃飯一般是不上桌的。翰墨也的確感覺到母親的變化，與以前相比有些發福。

其實哪是母親發福，是母親把苞谷勻出來給父子兩人吃，自己一直以野菜充饑，吃得全身浮腫了。即便如此，母親還是一如既往地每天晚上侍候父親洗腳，上床前抽煙，上床後按摩，侍候他直到打起呼嚕。

奇蹟出現了，5升苞谷硬是吃了三個多月，讓全家走出斷糧困境，走出了死亡線。

在這個家裡，林翰墨真正捨不得的就是母親。母親全力操持家務，維系家庭各項運轉，無怨無悔，實在太辛苦了。

父親男權太盛，一副大老爺們兒派頭，林翰墨從記事起，就沒見父親做過家務，哪怕是掃地抹屋這樣的小事。而且，他性情十分火暴，屁大點事就怒氣衝衝，喋喋不休，非吵即罵，使盡淫威，把一家人搞得驚恐不安。母親和翰墨經常要看他臉色行事，父親臉上轉晴了，母親和翰墨才敢把緊繃的神經解開，一旦父親面帶怒容臉色發陰，他們的尾巴都得乖乖地藏起來，小心翼翼。

當然，在封建社會，又有幾個男人不是死要面子犟出頭，硬邦邦的大老爺們兒？但是，太男人，男人得像父親這樣的著實也不多見。

磁器口是繁華的水陸碼頭，水碼頭當然是指嘉陵江黃金水道，陸（旱）碼頭陸路通渠卻在大山之中，因為偏僻，治安上才採用幾村聯防。

記得到了林翰墨啟蒙讀書的年紀，父親是聯保組長——一個幾村選出作為防止雞鳴狗盜維護社會治安的小頭頭兒。父親畢竟是前清武秀才，有一些本事，也有一定的威望，在當地算個人物。原本磁器口鎮就有一所小學和幾個私塾先生，因為父親自覺身份「特殊」，兒子跟了私塾先生似乎掉格，加上父親生性要強，磨不開面子，丟出話來：「我林秀才的兒子要讀最好的學堂。」這樣似乎才能高出別人一頭，凸顯他武秀才的地位，才能使管轄的治安別開生面，不可企及。所謂最好的學堂就是沙磁區的公家學堂。

磁器口風雲

這可苦了母親和林翰墨，從磁器口鎮下場到區學堂走大路二三十里，抄小路也有十三四里。每天雞叫三遍的時候，林母就要把翰墨從睡夢中拉起來吃飯，然後收拾書包，匆匆忙忙摸黑趕路。母親牽著還在發夢憧、睡眼未開的翰墨，抄小路去沙磁區上學。

由於小路行人較少，路邊蛛網、茅草、荊棘、枝條、灌木時而掛住母親的頭、頸、肩、背，母親從不畏懼，昂首挺胸，披荊斬棘，不管是颳風下雨，還是天熱地寒，領著翰墨勇往直前，從不耽誤。

母親原與父親同住，翰墨讀書不久，母親便從父親屋裡搬出來與翰墨起居一室。原來，自從林翰墨上學後，母親便每晚少了瞌睡，常常要爬起來，趴在窗臺上靜聽雄雞鳴叫。輸不起，怕耽誤啊。一遍、二遍、三遍時，母親就起床燒水做飯，侍候翰墨穿衣、洗臉、吃飯，整理書包，送他上學。這樣的折騰影響了父親休息，父親發了脾氣，把母親攆了出來。

有天夜裡，母親突然把翰墨拉起來，一邊穿衣一邊說：「娃兒，對不起，娘做了噩夢，起床晚了。」然後二話沒說，抓了兩塊冷鍋巴，提起書包，牽著翰墨，直端端往區上趕。

一路風塵僕僕，腳下高低撲騰，深坑淺窪，緊趕慢趕來到學校。結果，沙磁區街上不見一人，四周關門閉戶，悄無聲息，學校清絲雅靜，大門緊閉，只有遠處偶有幾聲疲倦困頓的狗叫。

母親口中喃喃自語：「是我昏頭了，搞錯了。上課恐怕要打瞌睡了。來，再睡一會兒。」

於是，母親坐在學校門前的青石條上，林翰墨在母親懷裡香香甜甜又睡了一覺，直到天亮校門洞開，林翰墨才入課堂。

原來，幾天前，家裡那只打鳴的公雞被山鷹叼走，沒有了報曉的動物。

想到這些，林翰墨深情地望瞭望母親。其實，母親對家人嘔心瀝血的付出，又豈止是送翰墨上上學，操持點家務這麼簡單。

在母親眼裡，兩個兒子都十分優秀，但又礙於父親的淫威而不敢多言。母親認為共產黨或許有些道理，如果沒有道理，又不是正統正道，為什麼會有那麼大的吸引力，能籠絡那麼多人心？慈祥的母親，憑著她的直覺，還真有遠見卓識。

林翰墨面對老母，兩個客膝頭兒[1]下地，深深叩拜，長跪不起，所有的真情深意全在他這長長的一跪之中。

註釋

1　客膝頭兒：膝蓋。

第四章

　　白晝終於收完了最後一抹，荒野裡的小東西開始淒憐地鳴叫，它們為林翰墨而發聲，為林翰墨的不平而呼號，而悲泣，傷心慟情，又無可奈何。

　　夜，一團漆黑，伸手不見五指。林翰墨拖著沉重的腳步，走出那個生他養他的家，沿著崎嶇的山路，高一腳低一腳默默地走著。他不知上哪兒，也不知去幹啥，只有漫無目的慢慢地摸索前進。

　　許久許久，鐮刀似的月牙悄悄爬上山尖，探出腦殼，給大地灑下一片銀白，星星也向他走來，離他越來越近，似在探問為啥如此落魄。他卻無暇解答，心事重重，離家也越來越遠。

　　林翰墨有些疲憊，停了下來：「天生一人，必有一路！開荒種地，興許能安身活命。」

　　林翰墨在離家二十多里的山坳選了一處避風的岩石，搭個茅棚，開荒種地，自食其力。

　　沒幾天，老友水中蛟聞訊尋來，見翰墨孤苦伶仃，死活要他搬到水門寨與兄弟們一塊兒住。

　　林翰墨不願再惹父母生氣，自然不敢去披那張「土匪」皮，說道：「我與你結交，看重的是情義，從無做綠林之意。」

　　水中蛟「嗨」的袍哥雖然也有個「智」字，手下卻是一群目不識丁的散眼子，是些被官府逼得走投無路、流離失所、沒有著落的農民或其他社會底層人物。

　　袍哥內部是有組織系統與等級制度的，分為仁、義、禮、智、信五個班輩。入「仁」字號以士紳為多，入「義」字號以商賈為主，入「禮」字號則多有匪盜、地痞、士兵，入「智」字號多為貧苦農民、手工業者、船伕、車伕，入「信」字號人數不多，主要是舊時下九流者。這些字號就是各個階層在社會上所企盼的形象。所以，袍哥組織中流傳著這樣的歌謠：

　　仁字號一紳二糧，

　　義字號買賣客商，

磁器口風雲

禮字號又偷又搶，

智字號儘是扯幫，

信字號擦背賣唱。

袍哥是川渝本地游民團夥「孤漏子」與從沿海傳入的天地會組織結合形成的產物，後來成為四川、重慶兩地群眾自發結社的組織。民國初年，據說這兩個地域的男子「無人不袍哥」。「孤漏子」是清朝康熙年間，以「填四川」的移民中沒能安家墾地的游民為主要成分形成的武裝團夥。這種流民團夥「結黨成群，流蕩滋事」，組織內部有主事的首領，有一定的「規矩」，但相同名稱的組織之間沒有統一隸屬關係，各個團夥分別活動，無論水陸通衢還是深山老林，都有他們的蹤跡。他們強悍好鬥，以搶劫為主要營生，但也參與船幫、鹽梟、保鏢一類活動，初期具有明顯的反抗清廷意識。

清嘉慶年間，川渝、兩湖大批「孤漏子」加入白蓮教暴動，有的地方還成為白蓮教的主力軍。後來白蓮教失敗，「孤漏子」在各地慘遭鎮壓，卻沒完全消亡，不少人滲入清軍與衙役之中。

為了加強內部聯繫，提高生存、發展和與官府對抗的能力，他們大量照搬天地會的組織形式與聯絡辦法，或直接與流入川渝的天地會會徒融為一體，在清道光年間發展成為幫會組織「哥老會」。「哥老」，就是「孤漏」諧音和轉音的異寫。

「孤漏子」發展成為袍哥後，組織結構與原來相比有了若干變化，其成員不再是單一游民，而擴大到社會各個層面、各個行業，還模仿天地會制訂了較為完善的組織體系與活動章程，有了各自的堂口、碼頭、會館，作為活動範圍與會務機構。

水中蛟的所謂「袍哥」，其實是姓「袍」名「哥」。把一幫窮兄難弟團攏，名義上扯了那麼個旗號，實質對袍哥的組織體系、章程、規矩知之甚少，也沒有進行過專門研究，他並不知道應該按怎樣的章法去做，而是走到哪裡黑，就在哪裡歇，拖一天算一天，沒得眼前計劃，更沒得遠大目標。

水門寨位於嘉陵江岸邊，離磁器口街上只有幾十里，從地理位置上看離石板鄉更近些，算是石板鄉的地盤，實質上是個三不管的「真空」地帶，也沒得哪個鄉鎮政府敢硬鬥硬地來管——因為拿不下火[1]。

第四章

　　嘉陵江是長江上游的一條支流，發源於秦嶺北麓的寶雞鳳縣，因鳳縣境內的嘉陵谷而得名，經陝西、甘肅、四川、重慶，在重慶朝天門匯入長江。

　　嘉陵江是長江支流中流域面積最大，長度次於漢江，流量次於岷江的河流。嘉陵江也稱「貢水」，古代中國以咸陽為都城時，南方各族向皇帝納貢的物資、米糧經嘉陵江逆流上行可直接進入皇城。

　　嘉陵江流經巴縣時形成一個江口，東海有一種胭脂魚，不知什麼原因，每年夏季毫無例外地要離開棲息的故鄉大海，逆長江而上，入嘉陵江，專程游到這個江口來產卵。隨大量胭脂魚同行的還有長江鯽魚、鰱魚、青波、水米子、江團等各類魚種，像是胭脂魚的護衛或跟班，浩浩蕩蕩地來到這個江口「衝浪健身」，「陶情取樂」。有人曾經編過故事，說胭脂魚是天上的七仙女下海變成的，那些護衛或跟班是天上一群崇拜她們的天神，攢到海裡沒搞到著[2]，就跟到這個江口來了。這是一個好故事，不知是真是假。

　　不知從哪朝哪代開始，方圓百里的農民就蜂擁這裡打魚捕蝦，搭建簡易建築，食宿棲身。久而久之，這些農民變成專以打魚為生的漁民，水中蛟就是這個堂口現在的舵爺。

　　這個堂口周邊地勢有些詭異：臨江入口處水下是大片暗礁，怪石嶙峋，溝壑縱橫，水流複雜，去無定向。臨岸的河壁似刀劈斧剁，背靠茫茫無際的大巴山。崖壁的雜草叢中隱匿了一條地下河，沿河探入是一片溶洞群，大洞套小洞，洞中有洞。洞內地勢呈梯形拾級上下，一頭紮入江底，一頭伸向大巴山深處。冬季少水時，沿梯形壩坡向下，可直接進入溶洞。夏季水豐則只能乘船進入溶洞。這個天然易守難攻的地形，成為歷朝歷代百姓躲避兵荒馬亂的理想場所。眼下則是水中蛟和弟兄們棲身的地方。

　　隔了幾天，水中蛟又來一回，說了一籮兜的話，想再次拉林翰墨入夥，可沒用。林翰墨耐心聽著不應承，不停下自己的勞作，赤膊光腳，搬石壘土，拋糧下種，幹得十分起勁兒。林翰墨走到哪裡，水中蛟就跟到哪裡，口頭不停息地勸說，但沒用。

　　水中蛟見他鐵心不肯進寨，便返回水門寨帶些米糧魚乾肉食之類贈送給他，臨走時丟下話說：「老弟日後若有三災五難，只消捎個口信，為兄定然赴湯蹈火，拔刀相助。」

磁器口風雲

　　林翰墨揮手向水中蛟告辭，依舊忙著農活。他每天日出而作，日落而息，倒也清閒自在，只是對年老的父母放心不下，消停下來便有幾次跑回家去站在屋後，隔著窗洞悄悄看著二老，見平安無事，才放了心。

　　這天上午，林翰墨正在地裡鋤草，忽聽山下傳來幾聲槍響，還有人大聲武氣吶喊。正納悶，有個操短槍的人一拐一跛地迎面跑過來。林翰墨抬頭細看，不是別人，是水中蛟。

　　「媽的，子彈打光了。那些狗日的還在追。」水中蛟罵著，歪歪倒倒地竄到林翰墨跟前。

　　林翰墨毫不猶豫，扔下手中活計，將水中蛟連扶帶拖弄進茅棚，藏在牆角的柴捆後面，又把尿桶移到旁邊，還把桶裡的尿水潑了些在地上。

　　剛收拾停當，拿起鋤頭走出來，十幾個偵緝隊員就追了過來。林翰墨認得那領頭的是偵緝中隊的豬隊副，便主動招呼：「豬隊副，你帶著隊伍是上山來打土豬呀？」

　　豬隊副見是林翰墨，頓時起了疑心：這姓林的哪樣兄弟夥沒交過？說不定與水中蛟也有瓜葛。便沒好氣地問：「剛才有掛了彩的賊娃子來過你這兒嗎？」

　　「我這鬼坡坡，除了你們偵緝隊公幹，哪個舅子來喲！」林翰墨說得認真，而且平靜，一臉無辜，像是真的什麼都沒發生過一樣。

　　「你仔細想想，莫要錯過得賞的機會。」豬隊副雖然聽出林翰墨一語雙關罵他「舅子」，但執行公務要緊，不好發作，邊說話，邊向偵緝隊員使眼色。兩個隊員立即往草棚裡鑽。

　　柴捆後面的水中蛟透過縫隙，眼睜睜看著兩個偵緝隊員鑽進草棚，他輕慢地拔出匕首，握得穩穩噹噹，隨時準備拚命。

　　棚子裡又暗又臭，兩個偵緝隊員被尿水熏得流淚，皺著鼻子用帶著刺刀的槍尖在床上挑挑戳戳，又揭開水缸蓋子看看，再徑直朝牆角那堆柴草走去。

　　藏在柴草裡面的水中蛟好生緊張……

　　忽聽「咚」一聲悶響，草棚裡的三個人都嚇了一跳。「媽的，踢著個尿桶，濺了老子一身，又騷又腥！」一個偵緝隊員罵著，把長槍往背上一甩，就要去搬那柴捆。箭在弦上，千鈞一髮，情況十分危急，林翰墨的背湧出一股冷汗，水中蛟揚起了匕首。

第四章

　　這邊林翰墨將鋤頭一放，偏著頭認真想了想，走上前去熱情地對豬隊副說：「要說人，先是從這條路跑過一個男子，我沒看清是哪個。這深山老林道路艱難。你們不容易來一次，也追累了，不如就在我這兒歇歇腳，喝口水，休息休息再說。」他熱心熱腸衝豬隊副笑笑，又伸手去拉：「走，走！我還有兩瓶燒老二，正愁沒個朋友助興。」

　　這個豬隊副與地道的大腳豬[3]差不多，四肢發達，頭腦簡單。這陣子卻轉開了腦筋：哼，好你個林翰墨，以為老子逗恁個好騙？我倆非親非故，想讓老子跟你打平夥，還要喝燒老二，喝鏹鏹！灌你媽的迷魂湯，還不是想把老子喝高了整飄拖住，騰出時間讓水中蛟跑得更遠，你把老子當哈兒[4]耍，老子才不上當呢！他想明白了，把手一甩，發出一聲喊：「兄弟們，別磨蹭了，快給老子追！」便帶頭往前跑去。

　　林翰墨還在那裡熱情地招呼：「豬隊副，哎，忙啥子？坐哈哈兒[5]再走嘛！」

　　草棚裡的偵緝隊員正扒柴捆，忽聽豬隊副一聲猛叫，扔下柴捆轉身跑了出去。把周身大汗淋漓的水中蛟赤裸裸地露著。

　　林翰墨進棚時，他還愣愣地蹲在牆角，瞠目結舌地後怕呢。

　　水中蛟從窗口望見偵緝隊遠去，也不言語，又要跑。誰知剛邁步，就左腳一崴，幾乎摔倒。林翰墨趕緊將他扶起，只見褲管上全是血，便問：「你受傷了？」

　　「輕傷，不要緊。」水中蛟若無其事地答。

　　「我給你包一包，先把血止住。」林翰墨邊說，邊將他扶在床上躺下，水中蛟還硬撐著要走，說是不能連累無辜。林翰墨不管他願意不願意，「哧」一聲扯下一塊上衣布條，給他包紮起來。

　　水中蛟說了偵緝隊追他的緣由。

　　林翰墨有個遠房親戚，叫林老三，這幾年跑陝西做鴉片生意賺了點錢。此人生性好賭，手氣又不好，一夜工夫，連本帶利輸個精光。為翻本，一咬牙，將自家幾畝水田薄地賣了，房子賣了，家當賣了，老婆也賣了，傾家蕩產作本在道上弄到15兩上好煙土，想發個洋財。誰知這回栽得更慘，走到青木埡，被守關口的偵緝隊連人帶貨一併拿住，送到偵緝隊隊部。中隊長黃金錠（小名金癩子）不在家，他那當縣參議員的老爹黃三蛋毫不客氣地代為處理。

磁器口風雲

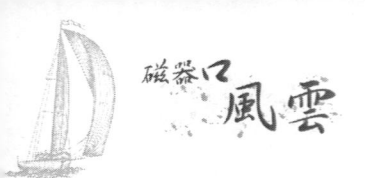

　　黃金錠的偵緝隊是沙磁區的偵緝中隊。沙磁區原先是巴縣的一部分，抗戰開始以後，因這裡建有重慶大學、重慶鄉村建設學院，又從外地遷來一批大、中、小學校，在一群知識分子倡導下，自發地成立了一個文化區，叫做沙磁區。國民政府為了「倡導民主」抗日，一紙命令，承認了這個沙磁區，還專門為這個區建立維護社會治安的警察中隊，但這個中隊還是屬地管理，歸巴縣縣長節制。為了區別於其他警察隊伍，重慶警察總署給這個中隊起了個特殊的名字——偵緝隊。為顯示「親民」，隊員們常穿便衣。美其名曰「偵緝」，實則承擔著監視知識分子的功能，同時還要協助巴縣治安，所以作為縣參議員的黃三蛋偶也插手一些事情。

　　就為這個名稱和隸屬關係，黃金錠耿耿於懷：工作範圍廣，任務重，責任大，機構卻沒升格，有他的事做，沒他的席坐，更沒他的話說。他的官沒長大，只算個小連長，經常生悶氣，卻也無可奈何。搬起石頭砸天，打不成翻天印，但他可以把氣撒在其他方面。

　　比如，磁器口鎮是有保安隊的，但新來的那個鎮長膽小怕事，沒個主見，加上那裡是黃金錠從小混到大的老家，磁器口鎮便成了他的出氣筒。所以，黃金錠的偵緝隊經常拍開鎮政府大門整些事情。鎮長、保安隊員只能忍氣吞聲，敢怒而不敢言。鎮長倒是「大度」能自我解嘲，以「多交朋友少樹敵」為由，懶得去跟偵緝中隊鬥個你強我弱。這樣一來，他是前前後後，上下左右，幾頭吃糖，上峰說他大局意識強，同朝官員說他忍讓為先好打交道。鎮長都這樣了，磁器口鎮保安隊還能幹啥？沒辦法有作為。

　　林老三的案子到了偵緝隊手裡，黃三蛋大喜，這15兩煙土能賣出什麼價錢他是清楚的，何況自己也是一個大煙鬼。難能可貴的是，這正是自己兒子管轄的「業務工作」，由他打理，誰也不敢說三道四。他便將煙土全部沒收，占為己有，還把林老三關押了好些天。

　　林老三痛不欲生，上水門寨找到水中蛟，請他做主，若能要回鴉片，各人一半。水中蛟見他可憐兮兮，當夜帶了兩三個弟兄隨林老三去磁器口黃三蛋家「討公道」。

　　誰知黃三蛋早有防備，幾個人摸進黃家，還沒有弄清東南西北，只聽一聲吶喊：「土匪來了！」頓時燈火四起，偵緝隊員將他們團團圍住，一陣亂槍，打得四下逃散，偵緝隊緊追不捨。幾個弟兄不知去向，水中蛟負了傷。

第四章

水中蛟的傷口包紮好了，林翰墨不由分說，背起他就走，一直送到山外埡口才與他告別。

水中蛟原是寧波沿海的漁民。「七七事變」後，全家人被日本飛機炸死，從此光棍一條成為流浪漢。1937年蔣介石在南京宣布遷都重慶，從此四川、重慶地區成為抵抗日本帝國主義的戰略大後方，雖然日本飛機時有轟炸，但社會總體比較穩定，人心相對安定。正所謂「前方吃緊，後方緊吃」，還算中國一塊沒有外敵直接侵擾的「淨土」。

水中蛟沿長江上行，流浪到嘉陵江邊水門寨定居。他原本在大海裡當漁民，大風大浪見得多，來到本地人認為水情險惡的水門寨當弄潮兒，實在是小菜一碟。他能潛水到江底直接從礁石縫裡抓出魚來，能在水下認出魚的公母，從而在產卵期只抓公魚，放掉母魚。如果給他一根麥稈，他可以在水下一兩個小時不出水面吸氣。

水中蛟的這些本事在當地人眼裡可是了得，有人把他佩服得五體投地。他單身一條，一人吃飽全家不餓，一人穿暖全家不寒。他為人仗義，凡有多餘錢財更是與一幫兄弟夥不分你我共同分享，猜拳行令喝五吆六，從來都自願吃虧。民間有了糾紛，只要他出面都能擺平撿順。憑著這些特有的優勢，他在那些拖家帶口的漁民眼裡何其偉大！慢慢的，水中蛟在漁民中就有了名氣和威望。後來，國民黨更加腐敗，竭力盤剝民眾：保長鄉長篦子篦，縣官州官梳子梳。民不聊生，官逼民反，一幫江湖兄弟糾集一起「嗨」了袍哥，專與富人作對，打家劫舍，扒富濟貧。水中蛟介入其中，便自然成了呼有人應，行有人跟的「龍頭」老大。從此，他就少有入江摸魚抓蝦了。

林翰墨的父親是前清武秀才，民國聯保組長，在當地也算個人物，生活過得去，家資尚有節餘。過去，水中蛟常給林家賣送江魚，幾乎每次都是林翰墨從老爹手裡拿過錢轉交給水中蛟，從不多問，從不短金少銀，還時常多出幾角幾分不要找補。

水中蛟比林翰墨大幾歲，他看出林翰墨是個本性慷慨、同情弱者的仁傑。特別是在惡少欺男霸女時，林翰墨更是主動站出來打抱不平，幫助窮人論事講理，指責惡少或蠻橫無理之人，伸張正義，體恤社會下層。水中蛟十分欽佩林翰墨，一來二去，兩人夠熟了。

林翰墨邊往回走邊想：那豬隊副真是頭腦簡單，四肢發達，有腦無髓的笨豬！老子略施小計逗把他騙走了，真是個豬腦子。

53

磁器口風雲

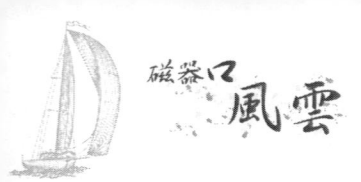

聰明一世糊塗一時，也會有糊塗一世聰明一時的時候。這一回是林翰墨從門縫看人了。俗話說：「大意失荊州！」林翰墨還不止失荊州。豬隊副這一回就聰明了一次。林翰墨剛鑽進窩棚，就感覺到了異樣，背上被一個硬邦邦、冷冰冰的傢伙頂住。

「莫亂動，謹防老子的傢伙失靈！哈哈哈哈……」豬隊副說完，裝模作樣地一陣大笑，笑得發嗆，笑得淚眼濛濛，婆娑起舞。他高興呀，差一點就要背過氣了。

林翰墨定神一看，好傢伙！十幾個偵緝隊員占據了整個茅棚，站著的，蹲著的，坐著的，都是荷槍實彈。

「把這土匪瓜娃兒給我捆了。」豬隊副一副得意揚揚的樣子，「日不隆屁[6]，貓鑽灶孔，腦殼發腫，老子叫你吃莽莽。等到起，有你好果子吃，帶走！」豬隊副先是冷嘲熱諷，插科打諢，既而大吼一聲，向偵緝隊員揮了揮手。

「日你媽！老子犯了啥子罪，要讓你們押解？」林翰墨大罵，不停地扭動身子爭辯著。

豬隊副手裡揚著塊破布，志得意滿地說：「少跟老子裝瘋迷竅[7]，見識見識吧，有這個如山的罪證，逗是殺頭也不冤你！」

林翰墨好生後悔，沒想到光顧包紮傷口，從水中蛟腳上換下的破布沒及時收撿，被偵緝隊拿住把柄，釀成了大禍。

黃三蛋父子對林翰墨連夜審訊，也沒問出個子醜寅卯、日月星辰，知道這是個乾人沒啥油水可榨，只好毒打一頓，捆住手腳，連夜送往縣城。

監獄裡，林翰墨又被好一頓毒打，皮開肉綻，受盡折磨，卻死活不肯承認自己是土匪，更不承認有殺人搶劫的行為。但那個世道「八字衙門兩邊開，有理無錢莫進來」。林翰墨是與父母脫了關係的人，身無分文，沒人出錢保釋，法院只好判了他15年徒刑。

消息傳到林家，母親哭得死去活來，父親卻坐著悶聲不響。

等老母哭罷去看林秀才時，見他依舊那麼坐著，瞪著雙眼——早已斷氣。這事林翰墨當時並不曉得。

水中蛟沒有閒著，帶著一幫江湖兄弟，幾次劫獄，都沒成功，還死傷了幾個兄弟，只好作罷。

第四章

　　磁器口寶輪寺頗有名氣的慧正住持，以宗教人士身份致書法院院長，以普度眾生為由，望念及翰墨無知，無知即無過，尚可教化，所經之事也沒產生嚴重後果，應以管教為主，請免予刑律。可法院不是講佛緣的地方，院長惡狠狠地放出話來：「只判刑，沒敲他的沙罐[8]算是便宜了。」這事再清楚不過，審林翰墨這種案子沒有油水，法院不甘心，根本不會買帳。

　　林翰墨被關進牢獄，心中十分難受。他思念自己的老父老母，不知道今生今世能不能再見。這對老人，猶如風中之蠟燭，瓦上之霜露，隨時都會消逝。15年的監獄生活何等漫長。15年！他的青春將全部葬送在這裡。他低頭不語，盤算著、計劃著，得想辦法出去！一定要出去！

　　綿軟的太陽鑽進鐵窗，透視著無數塵埃。

註釋

1　拿不下火：搞不定，管不了。
2　搞到著：得手、成功。
3　大腳豬：公豬。
4　哈兒：傻子。
5　哈哈兒：一會兒。
6　日不隆咡：囧。
7　裝瘋迷竅：裝瘋賣傻。
8　敲沙罐：槍斃。

磁器口風雲

第五章

半年後。

清晨，巴山深處的一個監獄裡吵吵嚷嚷，不知發生了什麼大事。

「媽的，開飯時間到了，一個個還哈撮撮[1]睡懶覺，倒尖不齊[2]的一群哈板兒[3]！」一個看守罵著。

往天一到開飯時間，犯人們像喉嚨管裡伸出爪爪，著急把火地鬧著嚷著要吃飯。今天這些人卻對吃飯無動於衷。他實在弄不明白，便掏出鑰匙打開牢門，朝躺在地上的囚犯用力猛踢。

「唉喲……」

「唉喲……」

囚犯們並不動彈，只是不停地呻吟，聲音微弱，像是命懸一線、要落氣的樣子。

幾個牢房都這樣。

「耶，莫不是得了啥子瘟症？」看守自言自語，飛一般跑出去。在牢裡，發瘟症是常事，那可是傳染性極強的病，一死幾十人，有時上百也不稀奇，弄不好還會把衙役染上。瘟症可不管你是什麼人，它不會「看菜吃飯」，挑肥揀瘦，不論你身份高低貴賤，是人都能染上，請君進住閻王殿，對誰都不客氣，這不是鬧著玩的事。

「隔壁的，全部過來把他們拖出去，哈迷日眼[4]的！」看守邊喊著，邊上前打開旁邊的牢門，讓其他犯人來幫助。他才不會自己動手呢，他怕死。

隔壁都是重刑犯，至少是15年以上的徒刑，平時很難出來透風喘氣，連倒尿桶都是這邊的輕刑犯代勞。他們一個個被開了手銬，在十幾個荷槍實彈的看守監視下乖乖走近輕刑犯牢房。

不好！這邊幾間大房子裡有上百名輕刑犯，一個個直挺挺地躺著。重刑犯見到這般光景，都擠在門口不肯進去。

看守火了，上前將他們一個個往屋裡推。

誰知屋裡的輕刑犯手疾眼快，翻身躍起，邁開重刑犯，把一桶桶屎尿潑出來，弄得那些看守狼狽不堪。重刑犯們趁此時機，餓狼般反撲過來，三下五除二就繳了看守的槍。

　　一百多名犯人一窩蜂衝出監獄，林翰墨趁著亂勁兒，奪路而逃，其他囚犯也各自奔命。

　　林翰墨東躲西藏才逃回老家！他慶幸自己幾個月來策劃的越獄計劃終於成功。

　　眼看可以與老父母團聚了，不知怎的他又犯起愁來。這個家門是進還是不進？不進嘛，日夜思念的老父母怎能相見？進嘛，自己是領頭鬧事的越獄犯，官府絕對不會善罷甘休就此么臺[5]，要是官兵追來，豈不會連累雙親？！

　　他在屋後竹林猶豫了好一陣，終於放棄了。林翰墨沒有回家，朝著自己在山上的草棚走去。一個時辰緊趕慢趕來到那個窩，可是那裡啥子都沒有了。草棚被放火燒掉了，莊稼也被踏為平地，全部毀滅，這肯定是豬隊副帶著偵緝隊那幾爺子幹的。

　　正當他走投無路時，堂哥找到了他，陪他在荒郊野外待了兩天，給他講了許多共產黨、游擊隊的事。這些故事他都相信，他曾隨堂哥到過紅岩村，有所感受，心中一直十分嚮往，只是忙人無計，沒有去找引路人。堂哥這次主動到來，正是他求之不得的好事。

　　他欣然同意，跟著堂哥來到大巴山深處的一個地方。堂哥介紹他加入了華鎣山游擊縱隊，有幸認識了他十分崇敬的共產黨大官、川東地下黨臨委書記劉璞，參加了著名的華鎣山暴動，結果暴動失敗，劉璞政委犧牲，堂哥消逝得無影無蹤，他隻身脫險。

　　其實，在小寨突圍那天，堂哥是第一批突圍的突擊隊隊長，他帶領隊員衝出寨門時，被敵人亂槍射殺，最早血染沙場，英勇獻身。

　　好在林翰墨參加游擊隊的地點離家鄉較遠，時間比較短。那時訊息不發達，在家鄉還沒人知道。這次他滿懷信心千辛萬苦跑到重慶，結果毫無收穫，又垂頭喪氣地從重慶回來，他已是無家可歸，更不便拋頭露面四處張揚，只好在荒山野嶺亂竄。

　　林翰墨在山中轉悠，看似漫無目的，其實他在尋找一處適合自己安身立命的地方，搭個草棚日遮太陽，夜蔽風雨，再開荒種點地，安頓下來等待時機再圖尋找共

產黨，尋找游擊隊。他一定要把自己的想法報告給共產黨的大官，對這次失敗，他如魚刺哽喉，嚥不下這口氣。

「哎呀，是林老弟嘛！」林翰墨正想著心事，梳理思緒，忽聞有人喊他，抬頭一看，是梨叔。

梨叔叫梨右章，家住磁器口後山黃桷埡。年輕時是一把種莊稼的好手，身強力壯，為人忠厚。娶個妻子雖是窮人家的女兒，卻十分美麗賢淑，第二年就給他生了個女兒。

這件事當時在男女家族中還引起轟動，因為梨右章和妻子都是所在家族一輩人中的老大，女兒也是新一代的第一個，雙方三親六戚都很稀罕。女兒 60 天做「雙月」時，來了許多親戚朋友朝賀。

大家看著襁褓中那粉嘟嘟的小人兒十分乖巧，微笑的小臉蛋非常喜人，一對大大的眼睛黑白分明，就像一汪清水中放進一只青皮圓瓜，喜歡得不得了。這個抱抱，那個親親。當聽說小傢伙還沒起名字，一個個便開動腦筋，樂意為小美人冠個名號。

男方親戚說叫「梨龍」，因為「龍」是 12 生肖中的第一個，有「首」的意思。

女方親戚說叫「梨東強」，她們希望這個家族因為添了一個美麗的人兒能夠富強。

兩個名字都好，寓意深刻，賦予了善意的願望，雙方固執己見，還因此爭執不下。

梨右章看親戚們都不讓步，採取了個折中辦法說：「我說怎個辦，小女的名字來個特事特辦，多點字逗行了嘛，逗叫梨龍梨東強。」

妻子一聽，急了：「我的女兒啷個要取個日本人的名字，不好，不好！」她又唸誦了幾遍：「梨龍梨東強，梨龍梨東強！胡扯，像是在敲鑼打鼓，不好，不好，要不得！」

可不是嘛，「其囉，其哆戗——」！經她一提醒，大家笑得前仰後合。妻子接著說：「我們家女兒是兩個家族中最為珍貴的一員，既然大家都稀罕，我說大名叫貴珍，梨貴珍，小名就叫珍兒。」

磁器口風雲

大家一聽「珍兒」，可不是嘛，這麼多人喜歡，就是一個珍貴的人兒嘛。都說好，表示贊成，所以梨右章的女兒就叫珍兒。

誰知就在這年，梨右章被抓去當了壯丁，幾次逃跑都沒成功。因為他體壯個大，在隊伍上一直扛重機槍。後來又去江西打共產黨，結果他所在的部隊偷雞不成倒蝕把米，反被共產黨打敗，他們的師長被共產黨俘獲了去。打來打去，離家幾年，梨右章最終覺得窮人打窮人不是路子，於是老想著逃跑回家。這個苗頭剛冒出來就被排長盯上，讓他脫不了身。

機會終於來了，那天部隊撲進一個村子，駐紮下來放禮拜。排長一早去鎮上「娛樂」，中午沒回營地。梨右章耍了個心眼兒，悄悄梭出來，埋伏在村子進出口小路旁的草叢中。

天近黃昏，排長斜挎著槍，歪戴著帽子，敞懷露肚，嘴裡銜著一根狗尾巴草，揚揚自得的一副樣子，手裡拿著喝了一半的酒瓶，哼著誰也聽不懂的下流小調，一步三搖，晃晃悠悠地過來了。

梨右章一個山鷹落地，騰空而起，猛撲下來，結果實實在在地壓在排長身上，排長驚恐萬分，尚未反應過來，就被梨右章拔出他佩帶的「中正劍」，僅僅一刀，刺入心臟，排長在醉夢中就離開了他崇敬的蔣委員長。

梨右章沿路幫工討口回到家鄉。

誰知他走後妻子無法維持生計，帶著女兒去郝保長家當了傭人，早出晚歸，好賴算是保住了居家的這個窩，梨右章躲在草叢中，遠遠地看著自己的家。

他還沒進家門，部隊捉拿他的通知早已送到，大批偵緝隊員在他家附近遊蕩。看到的屋卻不敢進，無路可走，便去水門寨投靠了水中蛟，跟著「水老大」劫富濟貧，大碗喝酒，大口吃肉討生活，算計著混得差不多了，有朝一日將妻子女兒接進寨去，也算一家人得以團圓。

梨叔見林翰墨衣衫破爛，髒兮兮的，狼狽不堪，想像得出他過的日子跟癩格寶[6]啃嫩豇豆差不多——懸掉掉的，恰似當年自己逃跑回來時的處境，同情之心油然而生。

他要當說客，要為林翰墨尋找個棲身之地。

第五章

「那些時日，么哥子你為老大水中蛟受了不少苦，你在裡邊時，他整日都在念叨，覺得虧欠了你一大筆債。現在你出來了，應該去見見他吧，不然在江湖上說不過去，他也會不安的。」梨叔邊說，邊拉著林翰墨往江邊走。

林翰墨本不想去沾惹水中蛟，他深深知道，跨出這一步，就被人稱作「匪」了，但又不好磨了梨叔的面子。一則梨叔真心相請；二則自己脫離組織，家毀田荒沒個去處；再則經不住梨叔的苦苦勸說和生拉活扯。幾番思量之下，也就跟梨叔走了。

水中蛟的人馬住在水門寨。說它是「寨」，還不如說是嘉陵江邊萬石叢中的一個岩洞。

那洞前是嘉陵江，三面是數十仞高的懸崖峭壁，除了老鷹，連猴子都難上去。清朝年間一位縣太爺為躲避白蓮教，在洞口用巨石築起厚厚的「城牆」，將岩洞變成了今天的這個寨子。

水門寨其實不錯，在一個幾不管的地方，相比之下離石板鄉稍近，離磁器口稍遠。嘉陵江岸邊方圓幾十里是衝擊臺地，水土豐厚，林木旺盛，也是種莊稼的好地方。

水門寨出入不便。走水路，前面浩瀚江水，怪石礁嶼波濤洶湧，大船靠不攏，經溶洞群進寨必換小船。陸路只有當年縣太爺在懸崖上鑿出的一串石窩，人需要四肢並用爬行才能進去，稍不留神就會掉進江裡，葬身魚腹。當然長期居住在此，走熟了也不覺得有多麼危險。

當年，在懸崖上開路並不容易，人們想了很多辦法，先選擇在比較平整的岩壁上鑿一段路，用木梯越過懸崖，架三角樁固定，這就是所謂的「棧道」。因為洞口懸在半岩，每鑿一段路還需要架木梯把棧道抬高。木梯用圓木做成，豎著是圓木，橫著也是圓木，用麻繩或竹條連接，每架木梯六七米長，半米寬。一共架了四部長梯，才把寨子通往外面的路連通。於是又有人叫水門寨為「木梯水門寨」。

這是個難攻易守，「一夫當關，萬夫莫開」的所在。不到萬不得已，人是不會進去的。因為洞中長年不見天日，青苔遍地，霉氣衝天，久居很難想像不會出毛病。雖然有木梯通往外面，進出仍是困難，如遇險情，撤掉棧道只剩木梯，進出就更是難上加難。

山洞裡有大大小小數十個「廳堂」，有些「廳堂」在數十里外的江面還有出口。但洞裡潮濕無光，洞頂還不時滴漏著晶瑩的水珠。長年累月點著松樹明子，洞壁被

磁器口風雲

熏得黢黑，空氣中瀰漫著濃濃的煙熏火燎味道，蚊蟲飛蛾也不少。過去是那些躲債躲丁的窮人才到這裡避禍，稍有點辦法的人是絕對不會到這裡來受「洋罪」的。

如今，這裡成了水中蛟的大本營，正面「大廳」是老大和兄弟們議事、分配浮財的地方。旁邊小洞，依次鋪著一些雜草、苞穀殼、爛棉絮之類，灰不隆屄[7]，那就是兄弟們起居的「寢室」。岩洞的通風口面搭著許多土灶，也許為了煙往外抽，旁邊橫七豎八放著一些鍋瓢碗勺，當然是殘缺不全的，那便是兄弟們的「廚房」。

兄弟們多數時候在江邊開荒鏟草種莊稼自給，實在無法維持生計時，才在水中蛟帶領下，去跑一兩趟「買賣」，把大戶人家的財產拿來均均貧富，打打牙祭，分享一點點大富人家的油水。水門寨的弟兄們也不個個都是溫順的種，分帳中也不是每次都盡善盡美，而是時有不均，弟兄們常為一些小事打打鬧鬧。特別是跑來「買賣」，大家高興的時候，水中蛟便把他們聚在一地喝酒助興，一碗碗「貓尿狗尿」下肚之後，有些弟兄酒喝飄了，便不能自持，大吵大鬧，有時還大打出手，甚至導致對方傷筋動骨。

水中蛟對這類事情熟視無睹，不聞不問，更不管。也難為他，他不會管。不過即便如此，也不傷大雅。江湖上有個言子兒，叫做：「水門寨的朋友——不打不相識，不打不成交，不打不成兄弟夥。」鬧過打過之後一覺睡過酒醒，清晨起來，兄弟還是兄弟，和好如初，照樣丁對[8]，受傷的兄弟不會過分追究，並不會產生裂隙。都是農民出身，都是被迫為匪嘛，所以沒有記性，也長不出記性，這樣一群人就這個德行。

水門寨人雖然有時出去跑「買賣」，總還懂得「兔子不吃窩邊草」這一道理，不搶窮人，也到不了濟貧的程度，與周邊幾個鄉鎮百姓比較對付，井水不犯河水，各行其道，相安無事。

林翰墨隨梨叔走完通往水門寨的最後一級木梯，早有弟兄報知水中蛟。

水中蛟興奮至極，遠遠跑過來將林翰墨抱住，還一個勁兒轉圈圈，轉得林翰墨頭都暈了。興奮之後停頓下來，再仔細端詳著林翰墨。

林翰墨只覺得光線太暗，看不清洞裡的東西，再經他這一旋轉，眼冒金星，站立不定。

第五章

　　監獄的日子是很苦的，不但限制了人身自由，也限制了身體機能的正常運轉。水中蛟打量著林翰墨，心中酸楚油然而生，半年的牢獄生活，把一條智勇雙全的好漢折磨得沒了人樣。（他不知道林翰墨出獄後還幹過游擊隊。）

　　水中蛟平日風風火火，幹事幹脆利落，是個剛強的硬漢，想到林翰墨是為自己吃的這份苦，心裡非常難過，大顆大顆淚珠奪眶而出，兩隻手不停地顫抖，胸脯上下起伏，好半天才蹦出一句話來：「到我這兒休養一些時日，等身體恢復了元氣，再去找那些狗日的東西算帳討公道，君子雪恨十年不晚，總有報仇的時候。這口惡氣一定要出！」

　　林翰墨笑道：「我大難不死，不要說必享後福之類的俗話，但報仇雪恨是絕對的，我聽老兄的，等得起，今後的日子長得很！」

　　說話間，林翰墨適應了洞內的光線，一行人到了水中蛟住的洞子。

　　這是個最靠江邊懸岩的洞子，大約有二三十個平方。太陽從臨江的一個豁口射進來，解決了白天的光線問題，使其不至於像別的洞子一樣，大白天還要用松油果子照明。

　　這是水門寨為數不多的幾個好洞，當然，在這好洞中又算最好的。緊靠洞底處，有一用圓木搭建的條形木臺，上面亂七八糟地放著一些黑舊的棉絮和獸皮之類，就是那張獸皮也能明顯看出不是一張完整的，而是幾張不同顏色的動物皮大針小針敘[9]在一起的大補丁，那是水中蛟睡覺的床鋪。

　　洞壁上掛著一支盒子槍和一支長槍，長槍擦拭得烏黑髮亮，下面疊著兩箱子彈，地上還放著幾顆手榴彈，看得出是要隨時準備戰鬥。

　　「床」的一側石頭上有口大木箱，想來裡面裝著水中蛟的全部細軟。靠近洞壁沿，擺著一些鍋碗瓢盆之類的生活器具。洞中有個天然石桌，周邊放了一圈石磴，是水中蛟和弟兄們研究事情的場地，今天卻放了幾大碗燉山雞、燉蹄花兒[10]、炒臘肉、紅燒擺尾子[11]之類的菜，還有兩瓶「燒鍋」酒。這些佳餚對道上人來說，一看就知道不是渣渣菜，是硬菜。

　　這是弟兄們遵照吩咐備好的酒席，用道上言子兒說，叫整莽莽、打牙祭，表明水門寨為林翰墨接風洗塵的誠心實意。

　　席間，三杯酒下肚，話匣子打開了，就著酒肉好一陣寒暄。

磁器口風雲

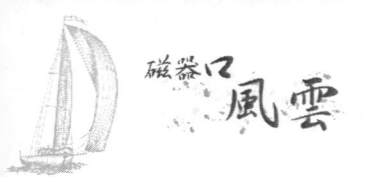

水中蛟講了他帶弟兄們劫獄不成,心中慚愧,覺得十分對不住林翰墨。

林翰墨只講自己是越獄逃出,隻字沒提參加游擊隊的事。他知道眼前這些人都是肝膽相照的好兄弟,但他們都是因為各種原因進寨入夥的,目的不同,成分複雜,總體上講都是對這個社會有著這樣或那樣的不滿甚至深仇大恨的人。但對他們講話還是要掌握分寸,哪些話當講,哪些話不當講還要拿捏,要在他們面前突然提到「共產黨」「游擊隊」這些字眼,又是另外一回事,對相當一部分人來說,還是比較唐突,還不太合適。林翰墨不想因為自己的事情連累他們。

水中蛟意料林翰墨再難在山中立腳,勸他入夥,並要把水門寨第一把「交椅」讓給他,使林翰墨成為水門寨吹哨哨兒集合的人。

「要是翰墨兄弟能成為我水門寨的龍頭舵爺,我們將像老虎長了翅膀,上天入地誰還敢惹?那真是全寨弟兄前世修來的造化!」水中蛟真心實意地說,他知道他各人有些本事,單打獨鬥、打抱不平還算個人物,但要帶隊伍就不行了。他是茶壺裡煮湯圓,從「嘴」裡吐不出來的,要把這二三十個兄弟調教好,還非得另請能人不可。

林翰墨知道水中蛟的誠意和良苦用心,推辭不就地說:「如果我還有點兒孝心的話,逗不能再讓老父老母生氣。家父的為人你曉得,這個夥,我是斷斷入不得的。中蛟大哥如若真為我好,逗讓我在山中搭個草棚,開荒種地,得以生活,我感激不盡。」

水中蛟從談話中聽出,林翰墨還不知道他父親已被氣死,本想立即把這事挑明,讓他打消掛念,安心入夥。可又一想,他父逝母在,孝道還沒盡完,況且,剛從獄中逃出,身體實在虛弱,如果將這不幸消息告訴他,不知會產生啥子後果!話到嘴邊又硬生生嚥了回去。

沒幾天,林翰墨終於從一個弟兄嘴裡得知父親慘死的消息。20多年,父親對自己雖然嚴厲,但畢竟是生身親人,為自己成長操心受累,而今又為自己的事慪氣致死。想到這裡,頓感悲痛欲絕,當夜就要出寨悼祭亡父,還要去看望那孤苦伶仃的老母。後又仔細一想:要是水中蛟知道了這事,還不派幾個弟兄護衛嗎?那樣一來,不打自招自己成為真「匪」,豈不又要氣死老母?更不妥!於是便裝著沒事的樣子,停止了表面悲傷,只把悲痛化為力量,默默地放在心裡,等到有了時機再做打算。

第五章

　　父親死後，林翰墨的母親沒有了依靠，為了避免觸景傷情，林母搬到了鄉下娘家老屋，躲開了下場口這個是非之地。

　　這天正逢磁器口當場，是農村人家趕鬧熱的日子。周邊的山裡人早早起床，背著蔬菜、藥材、皮張、木材等亂七糟八的山貨往鎮上趕，他們要去做「貿易」。嘉陵江邊的漁民也把自己的鮮魚、蝦蟹、魚乾等水上貨拿去鎮上變錢，換回米糧、鹽巴、針線。

　　林翰墨混在人流之中，趕個耍耍場。所謂趕耍耍場，就是啥也不買，啥也不賣，只是上街隨便轉轉。表面上看他東張西望，飽飽眼福，消磨時光，其實他是來探聽消息的。

　　他不相信 3000 多人的農民暴動就沒有一點兒說法，就不會有些「好事」之人傳出點兒訊息。他認為至少應該有些議論。

　　事與願違，一天下來啥也沒有聽到，想看的也沒看到。在尋找共產黨這個問題上，他是不會死心的。他來到自家附近觀察，這裡已是人去樓空。他想母親一定是搬到鄉下老屋居住了。

　　林翰墨回到水門寨住了幾日，整天百無聊賴，無所事事地白吃白喝，閒不住了。水中蛟也不過分強行挽留，安排他在靠山臨江的一個草窩棚子住下。

　　林翰墨要去看望母親。母親的娘家老屋門前是深深的鳳凰河，河上有座橋，是在兩條鐵索上鋪木棍的「甩甩橋」，是走在上面不停地左右晃蕩的那種橋，這是母親老家通往外界的唯一道路。

　　這天，他出了窩棚，正踏上母親老家門前那座曾經走過百十次、非常熟悉的甩甩橋，一件意想不到的事情發生了。

註釋

1　哈撮撮：傻兮兮。
2　倒尖不齊：該聰明時不聰明。
3　哈板兒：傻子。
4　哈迷日眼：傻、呆。
5　幺臺：停止、罷手。
6　癩格寶：蛤蟆。

7　灰不隆屄：灰厚油漬重。

8　丁對：要好。

9　敹：縫，讀音同「遼」

10　蹄花兒：豬蹄。

11　擺尾子：魚。

第六章

　　原來，林翰墨一干人犯從監獄集體越獄，使當局異常震驚，調集大批武裝人員追剿，當即抓回不少，經過審問，一致供出主犯是林翰墨。

　　前一階段，由於各地政府武裝力量的主要精力集中放在對付共產黨在各處組織農民參加游擊暴動上，現在游擊隊被消滅了，轉而處理日常公務。於是，當局四下散發通緝令，懸賞緝拿林翰墨。

　　參議員黃三蛋知道事情的真相後大驚失色。這林翰墨是他親自送進監獄的，如今逃出，要是報仇，還不第一個來找他算帳？他叫回那個當偵緝隊中隊長的兒子金癩子商量，決定兵分兩路。一路由金癩子帶隊，日夜加強對磁器口的巡邏。一路由豬隊副領頭，下到鄉下，長期埋伏在林翰墨母親老家附近。他料定這個孝子必定要去看望老母。當然，也有偵緝隊員建議直接進駐林翰墨老母的家中守株待兔，露頭就抓，但又不知林翰墨啥時回家，久駐又怕暴露目標，招來水中蛟一夥亡命之徒的伏擊，這條建議終未被採納。

　　豬隊副帶著偵緝隊員，在林翰墨母親老家鳳凰河對岸林子裡埋伏，一連等了好幾天也未見著林翰墨的人影，一個個垂頭喪氣，牢騷滿腹。

　　「媽喲，活見鬼。把老子弄到這個鬼都不下蛋的窮山溝來活受罪，連個婊子都沒得。」豬隊副是個出了名的「性大蟲」，幾天不幹那事兒，就憋得遭不住。他一邊罵，一邊吩咐一名小隊長替他帶領偵緝隊員就地值守，自己回磁器口鎮上解決「問題」去了。

　　「隊長，林翰墨露頭了！」一個偵緝隊員慌慌張張跑來，他提著槍，貓著腰，喘息未定地報告。

　　「在哪裡？」

　　「在甩甩橋上。」

　　「快！悄悄咪咪跟上去，不要叫那姓林的曉得。」說完，小隊長也提著槍，貓腰往林子前面靠。

磁器口風雲

「嘿嘿，這傢伙算是有孝心，終於曉得落屋了！」小隊長貓在樹縫中觀望，見林翰墨上了甩甩橋，輕聲示意偵緝隊員以樹林作為掩護，緊跟在林翰墨後面，千萬不能讓他溜之大吉。

「格老子，這幫狗雜種，硬是不放過老子！」林翰墨用眼睛的餘光發現偵緝隊員追來，不覺吃了一驚，他心裡暗罵，邊走邊打主意。

天，下著濛濛細雨。

林翰墨一溜一滑在前面走，甩甩橋在他身後左右來迴蕩。

偵緝隊員借林子掩護在後面穿插緊追，他們之間相隔的距離越來越近。但偵緝隊員不敢上橋，上橋就現象了，眼看著林翰墨進了家門。小隊長十分高興，他謀劃的這個請君入甕的計謀得逞了，如意算盤在他手裡一撥拉就輕輕鬆鬆實現了第一步。

「快，把房子圍起來！抓活的！」小隊長大聲武氣地高喊，隊員們立即衝過搖晃不定的甩甩橋，包圍了整個林翰墨老外公家的房子。

「搜！」一聲令下，偵緝隊員闖進老宅，按照分工各自進入不同地點進行搜查。

「咚咚咚！」「咚咚咚！」「乒乒乒！」「乓乓乓！」罈罈罐罐和器具用具被敲擊的聲音不斷傳出。

「報告！堂屋搜過了，沒人。」

「報告！臥室搜過了，沒人。」

「報告！茅司搜過了，沒人。」

「報告！屋前屋後都搜過了，沒人。」

「報告！廚房搜過了，只抓到一個老娘。」

「媽喲，老子不信他會飛！」小隊長氣炸了肺，原以為自己洪運齊天，趁豬隊副不在抓住政府通緝要犯林翰墨，功勞理所當然歸他一人，發財升官都有希望。誰料，雞飛蛋打，哦囉[1]，眼見的金子化成水，現成的財喜入了縫，煮熟的扁嘴子[2]又飛刮了。

「爬他媽的，倒霉透頂！」小隊長一邊罵，一邊大聲喊，「把那個老不死的東西帶上來！」

第六章

「天哪，你們這些老總要把我整死逗圖快吧！你們抓走我的兒子，逼死了我家老頭，今天還不放過我這個老太婆，你們逗快點下手，把我誅滅了好了……天哪！天……」那老娘被帶到小隊長面前，呼天喚地，號啕大哭。自然，她就是林翰墨的娘。

「少囉唆！裝啥子孫子？把你兒子交出來。」小隊長見翰墨娘大哭大鬧，沒有個停頓，急得臉紅筋脹。他一邊罵，一邊推搡她。

「隊長，」一個偵緝隊員湊到小隊長耳邊悄聲說，「看樣子，這老太婆的確沒見到兒子，林翰墨八成是沒有回家，在家門口晃了晃，擺了個迷魂陣逗逃走了。要是我們立馬去追，也許還來得及。待在這兒消磨時間不是辦法，會中了那小子的緩兵之計。」

小隊長見這小子倒也聰明，還會分析問題，說得也有點道理，便就坡下驢罵道：「媽的！老子今天便宜你了。」扔下林母，帶著隊員慌慌張張走出宅子，留下兩人守在橋上繼續監視，其餘的人分頭追擊。

其實，林翰墨並不會插翅飛翔，他見無處可逃，便迅速從側門進入堂屋。他非常熟悉老外公宅子的地勢：堂屋的樑上掛著塊金字黑色大匾，那是光緒年間縣大老爺賜給他爹的「大清武秀才」匾，約八九尺長，二三尺寬。當時做了兩塊，一塊在磁器口家中，一塊在這裡。匾的下方正好緊貼著一塊一尺見方的大橫木。林翰墨有一些腿腳功夫，他站在堂屋中央輕輕一躍，便上樑去了，輕輕放平身子，直端端地躺在那大橫木之上，一動不動，大氣不出，整個身子被黑色金字大匾遮得紋絲不現。

偵緝隊員走後，林翰墨輕輕從樑上跳下，快步走向木然呆立的娘親。

看著雙膝跪地的翰墨，林母不知怎麼回事，也不曉得從天上掉下的這個人是誰，只感到有些神奇異樣。六七十歲的人，風燭殘年，哪經得住接二連三的打擊？這些天老人家被折磨得老眼昏花了。

「娘，是我，翰墨啊！」林翰墨雙手抱住老娘的腿。

「兒啊！」林母發了好一陣呆，才認出沒了人樣的兒子。其時，在林翰墨身上，有監獄的糟蹋，也有長途跋涉的辛苦，還有急火攻心的折磨，幾敲幾打、數面夾擊，能經受住活下來算得上硬漢了。今番還能見到老母，已是不幸中的萬幸，萬萬幸，他肯定是沒個人樣了。

磁器口風雲

　　林母的雙手不住地在翰墨肩上摩挲，大顆淚珠直往下掉：「你啷個曉得娘回鄉下來了？」她不知自己日思夜念的兒子如何能神奇地來到身邊。

　　母親告訴翰墨，這幾天鄉丁、保長，還有偵緝隊老總，常來打聽他的下落，這才曉得他還活著。

　　「娘，爹死後您是啷個過的？」

　　「唉！」林母嘆口氣說，「我回到老家多虧鄉鄰幫助，才讓你爹入土為安，還有你那些平時的朋友，常給我送這送那，又常來看我。要不然，我這把骨頭怕是早當鼓槌敲了！唉！」她停了停，又說：「最痛人的要數家碧那女娃兒，她三天兩頭來一趟，不是砍柴挑水，逗是洗衣晾被。每次提到你，還掩不住內心的傷感，眼淚大顆顆地掉。」

　　家碧名叫許家碧，是鄰村許老夫子的獨生女兒，林翰墨的相好。許老夫子是個私塾先生，但思想並不保守，據說在辛亥革命鬧同盟會那會兒，也曾是下江一所中學的熱血青年，後來運氣不好，加上家庭壓力和自己被血腥場面嚇破了膽，來到重慶磁器口鄉下教私塾，結婚生子。但他對女兒的培養卻不受男尊女卑約束，堅持送女兒上沙磁區的公學，使女兒有機會成為林翰墨的同學。

　　「娘，兒子不孝，讓您受罪！如今我回來逗再不走了，一輩子跟著您，守在您的跟前！」林翰墨說著，兩手緊緊抱住林母，眼圈兒陣陣發紅。

　　「你瘋了，剛才還有那麼多偵緝隊的人來搜查，你逗白白送死不成？現在咱家逗剩下孤兒寡母，你要是有個三長兩短，娘逗再無依靠，只有死路一條……」林母生怕兒子又被抓走，她緊緊抓住兒子，泣不成聲，不時還去聽聽外面的響動，稍有異常，就要林翰墨趕緊藏起來，哪還能讓他留下。

　　林翰墨本想和母親生在一起，死在一起，不離半步。但冷靜一想，覺得大可不必。自己還有許多要緊的事要做呢！要真是母子寸步不離，說不定娘倆兒的死期就到了，那又讓誰去向共產黨大官反映華鎣山暴動失敗的情況？誰去完成劉璞政委託付的未竟事業？這趟回家的遭遇催生了他的另外一個想法，既然水中蛟有意收留，還不如獨自一人先去水門寨安頓下來，再接老母下山。對，這不失為一個兩全其美的最佳辦法，便對母親說：

　　「那我逗先走了。您老保重，我會常來看您。千萬莫掛念。」

母親嘮嘮叨叨送到門口：「好走，好走。要小心莫惹禍，莫惹禍！」

母子倆離別的心情可想而知，都如萬箭穿心，卻都想儘量不讓對方發覺，免得更加傷心。

濛濛細雨仍然無聲無息地落在地上，這是一個需要雨水的季節，苞谷已經抽穗揚花，要雨水灌漿飽米。林翰墨也需要雨水掩護，有了雨他才能利用道具。這雨是幸福的毛毛雨，是久旱所逢的甘露。他戴了頂遮雨的破草帽，蓋住自己的臉走出家門。

他家門前太開闊了，一目瞭然，不遮掩很容易暴露。他伏在門前的大黃葛樹後仔細地觀察動靜，看路上有什麼異樣，看是不是還有鄉丁或偵緝隊員在監視著，看有些什麼空子可鑽。

守橋的兩個偵緝隊員並沒離開，一個傢伙背靠面朝橋頭的那棵黃葛樹，手裡握著槍，兩眼賊一樣死死盯住橋頭。另一個則在附近轉悠，放流動哨，東盯西看，從各個不同方位監視著林翰墨老外公的宅子。

「媽的，真倒霉，這幫傢伙看守得真嚴！」林翰墨輕聲罵道，他沒招了。顯然，在眾目睽睽之下大張旗鼓地是過不去的，他不知如何是好。

回去吧待在家裡，說不定那些狗日的很快就會返回又要進屋搜查，自己被抓走事小，氣死老母事情就搞大了，這不是辦法。逃出去！離老母遠遠的，把戰場擺在離家越遠的地方越好。如何能逃得脫？舉目相望，這裡三面環山，萬仞絕壁，連猴子都望壁生嘆，退而卻步，何況是人！直立人更沒那個本事上去，向山上逃行不通。

門前小橋是唯一通道，又被荷槍實彈的偵緝隊嚴格把守。並且，其他前往搜查的偵緝隊員並沒走遠，一不留神暴露目標，這邊守橋隊員一喊，那群人很快就會折回來。「唉！不給出路，這也辦不到，那也不能辦，真是活人快被尿憋死了，是天要滅我嗎？」他細細思量著，發出一聲長嘆。

乾脆，衝出去！但怎麼個衝法，赤手空拳？別人向你開槍時，你連個比畫的東西都沒有，根本不能阻滯別人的快速行動，手裡沒有打狗棍防身，心裡發虛，顯然也不行。

磁器口風雲

　　啷個辦？游擊隊發給他的那支短槍，怕嚇到母親，在回家前埋藏在林子裡了，現在沒個壯膽防身的武器，衝出去不是白白送死麼？啷個辦？真的沒有辦法了！他呆若木雞，徘徊反側。

　　有了，林翰墨突然想起，父親有支槍。父親生前當聯保組長，為了防身，花錢讓人在雲南買了一支手槍，結果長期沒派上用場，父親就把那槍放在老外公家的牆洞裡了。

　　林翰墨溜回去，他不敢驚動母親，悄悄地取下偏房牆上的一塊磚頭，伸手摸出一個油紙包，那是一支德國貨，還好好的，另外一個小包是幾發裹滿黃油的子彈。

　　林翰墨小時候常用這槍在鄉下練習瞄準、射擊，很好使喚。

　　他把子彈上的黃油擦乾淨後一顆一顆按進彈夾，推上膛，貼身藏好，填上磚頭，把油紙拿到廚房扔進灶裡燒了。上次就是因為救水中蛟時大意而惹事，這次絕不能重蹈覆轍害了老娘。

　　林翰墨回到門前的大黃葛樹下，再次觀察動靜，此時他膽子大了些，心中平靜了許多，他要等待時機準備衝過橋去。他摸摸頭，額上直冒汗，滾燙滾燙的。他的心，「咚咚」地跳個不停，不知是緊張還是害怕，反正覺得發虛。其實，這是臨戰前的正常應急反應。

　　林翰墨緊了緊褲帶，拉了拉破草帽帽簷，兩腳蹬成八字，他要聚力向前衝刺，成敗在此一舉！

　　不行！這樣不是辦法，他很快打消強衝的念頭。對面兩個人合圍攏來，橋那麼窄，自己不但跑不出去，反而會自投羅網。

　　那邊橋頭，放哨的偵緝隊員一刻也沒鬆懈，不停地圍著鐵索橋打旋旋兒[3]。

　　「站住，不準動！」一個戴斗笠的人從橋上過來，被偵緝隊員攔住。

　　「老總，讓我過去吧！」那人哀求道。

　　「不行！給我回去！上峰有令，現在這個時間，任何人不許過橋！」

　　「為啥子？」

「哼！為啥子，明知故問，沒看見我們正在抓捕越獄逃犯嗎！」偵緝隊員說著，伸手去搜那人提著的竹籃，裡面裝著幾個烤熟的紅薯、洋芋，偵緝隊員一看沒啥搞頭，就一把搶過竹籃扔下深深的鳳凰河。

那人不服，爭吵起來。

這時又有幾個人要過橋，硬是被偵緝隊員統統攔住，逼著退回橋那頭，說是要等抓住了逃犯再放行。

看見那邊橋頭推推搡搡，亂七八糟擠成一團的樣子，林翰墨倒是有了辦法。他靈機一動，扭頭從黃葛樹後出來，在光天化日之下沿著甩甩橋這頭的路，朝自家方向走去。

這一招很管用，偵緝隊員果然眼尖，歸攏要過橋的人，轉身看見他大聲吆喝：「回來，回來！我說橋那邊的那個人，你他媽的，唧個逗溜過去了？快回來，不回來老子開槍了！」他指著林翰墨，見他繼續往前走沒有理睬，「嘩啦」一聲拉開槍栓，把子彈推上膛。

林翰墨裝著害怕的樣子，趕緊叫著：「老總莫開槍，老總，饒命！長官饒命！長官饒命！我，我現在逗回來，馬上次來哈！」林翰墨轉頭跑過去，很快進入人群，與別的人擠在一起，硬是被兩個偵緝隊員逼著從甩甩橋下路，退到離橋較遠的地方等著解禁。

林翰墨一到集中點，只站了一下，就有了新的動作。還等什麼？踏上來路往山下走。

「耶！不對頭，這人是啥子時候過的橋？怕是個假場合喲！」偵緝隊員回過神，見林翰墨已走出幾十丈遠了，又大聲喝道，「站住！我叫你站住，趕快站住！那個戴破草帽的人趕快給我轉來！」

林翰墨不買帳，繼續走。

「啪」一聲清脆的槍響，劃破寂靜的長空。守橋隊員疑惑不定，不知那漸漸遠去戴破草帽的人是不是逃犯林翰墨，但他自己又不敢過去抓，因為這裡還集中著一群要過橋的人，他得攔住，不敢擅離職守，只好朝天放一槍，再大聲呼喊：「快！抓住那個戴破草帽的人！」

磁器口風雲

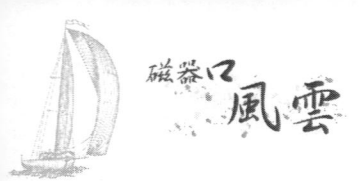

此時，偵緝隊的其他人員早已分開向各條小路搜索去了，一時無法聚攏。只有豬隊副去磁器口鎮嫖妓打完野食回來，聽到驚天的槍聲和呼喊，知道情況不妙，便胡亂從一條小路衝上通橋的大路。

那是個十字路口，林翰墨剛剛從橋邊下來，豬隊副就從側面橫穿而出。兩人相距不過三四丈，正對著打了個照面，看得清清楚楚。

「姓林的，你給老子站到！不站到？老子逗開槍了！」豬隊副手裡提著大連槍，氣喘吁吁地邊跑邊喊，他剛做了那事，體力有些不支。

林翰墨眼疾手快，從腰間掏出那支德國造大連槍，迅速打開槍機，回頭對準豬隊副就扣扳機，沒有動靜，他搖了搖槍，啞火了。

也該這個腳豬命大，這支槍長期不用，突然拿出來，槍機發澀，火藥受潮，子彈瞎火，姓豬的來不及躲閃，愣在那裡等死，卻因奇蹟發生而安然無恙，白撿了一條小命。

林翰墨奪路而逃，順勢拐入路旁茂密的苞谷地，那裡已成為一人多高的青紗帳。豬隊副瞅準林翰墨的武器不行，趕緊打開槍機，一頭鑽進苞谷叢中，窮追不捨。

豬隊副追到那條橫跨山腰的小路時，那戴破草帽的人卻站著不動了。豬隊副得意地一把抓開那人的草帽：「跑不了了吧，把槍交出來！」

情況卻不是他想像的，他吃驚地看著眼前這個人：「啷個會是你？大美人——！」他浪氣十足地驚叫一聲，呆在那裡雙眼放光，口水都差點流出來了。

原來，林翰墨進了苞谷叢東奔西跑，要竭力甩掉豬隊副尋個隱蔽的地方。當他衝到那條橫跨山腰的小路時，前面走來一個戴斗笠的人。

真是天無絕人之路，那不是剛才在橋頭被偵緝隊員扔掉竹籃的人嗎？想來不會是什麼壞人，不如借他找個掩護，上去換個傢伙！所謂傢伙，就是換裝換道具。

林翰墨跑步上前，揭掉那人的斗笠，頓時十分詫異，「啊」出聲來。眼前的不是別人，是家碧，並且與林翰墨一樣，穿了一身深藍色粗布衣褲。林翰墨沒想到兩人會在這樣的場合見面，家碧也是一臉驚愕。

第六章

此時情況緊急，已經來不及讓他們敘別後衷腸，甚至說上一句問候話都沒有時間。他們只是深情地看了對方一眼，家碧默契地一把抓過林翰墨頭上的破草帽戴在自己頭上，把鬥笠交給翰墨，小跑幾步就向另一個方向走了。

家碧瞞著父母給林母烤熟的紅薯、洋芋還沒送到，就被那偵緝隊員扔進鳳凰河裡，還把籃子給扔了，她正生氣：「那籃子可是從隔壁徐二媽家裡借的，拿啥子去還？這幫遭天殺的偵緝隊員，不得好死。」突然，家碧抬眼看見一個戴破草帽的人鑽進苞谷地，一個大個子警察緊追不捨。她看那被追的人有些像林翰墨，雖有一年多沒見面，不知他現在到底怎樣，但他在她心中的形像是永遠磨滅不了的。此時她知道自己應該做什麼。一是要見見他；二是應該過去幫幫他，幫他逃出魔爪。

於是，家碧順著小路往苞谷地這邊走。結果，他們「不期而遇」，她的那身打扮還真的派上了用場。

林翰墨入獄後，家碧十分思念，便向林母要了一身林翰墨常穿的舊青布裝，時常穿在身上。他倆高矮差不了多少，穿起來雖然有些寬大，長短還挺合身。沒想到，這個有意的動作，促成了無意的巧合，這種巧合救了林翰墨的命。

有人要問，為什麼這麼巧啊？不是在編小說吧？問得好。其實，中國古代穿衣是有講究的，特別是在顏色上有講究。自隋唐以來，黃色為太陽之色，是皇帝、皇宮專用色，皇帝自命人間天子，享受太陽。一品大臣用紫色，二品三品用紅色，紅色是高貴色。四品五品用綠色，六品七品用藍色，八品九品用青色。老百姓只能穿最黯淡、最難看、最普通的灰白色。民國以後，廢除了這些煩瑣的帝王禮教，民間卻特別鍾情兩種顏色。一是紅色，因為古代老百姓看到從皇宮朝廷出來巡察的大官一般穿紅色。所以，民國年間「金榜題名時」、洞房花燭夜、做壽滿歲等大喜日子，百姓愛穿紅色。二是青色，因為百姓們看到離得最近的朝廷命官八品九品多穿青色。所以，他們企望自己或子女有朝一日也能成為號召一方的地方官，而多穿青布。

翰墨與家碧以這樣的方式久別重逢，見面後連話都沒說一句，又馬上分開，雙方的心情，都無法平靜。或許正是因為這個，才引出了以後的事端。

註釋

1　哦囉：唉。
2　扁嘴子：鴨子。
3　打旋旋兒：轉來轉去。

磁器口風雲

第七章

　　林翰墨在家碧掩護下，再次脫離危險。

　　他回到水門寨，一直悶悶不樂。水中蛟問他原因，他不講，只是不住地嘆息。水中蛟不放心，再三追問，他才鬱悶地說：「我這個人還有啥子用？沒出息，混得孬，算是白白活了二十幾年！報國無門，保家無力。氣死老爹不算，老母親至今孤苦伶仃也管不了，心裡喜歡的人迎面而來不敢親近，連話都說不上一句，還算個男子漢嗎？」

　　水中蛟一聽，不覺笑了：「我當是啥子火燒屁眼兒的大事呢，原來逗是些針頭線腦油鹽醬醋的瑣事嘛，用得著你攢滾滾兒[1]的恁個愁眉苦臉嗎？」他拍拍林翰墨的肩膀：「常言道，大丈夫能伸能屈，何必把個芝麻綠豆的事情看得恁麼嚴重？要提得起放得下，站得攏走得開。你武功好，喝的墨水又多，留在我棚子做個老大，把我這些無組織無紀律的二桿子兄弟好好編排編排，調教調教，再多招留些人，教出點真本事，殺出去把那些狗日的一個個腦殼砍了，把你母親接進寨子享受天倫之福。至於老婆嘛，這天下的女人有的是，只要看上誰，搶來逗是⋯⋯」

　　「不行，不行，可不能胡來，那樣會氣死我老娘的。」水中蛟還沒說完，林翰墨就打斷了他的話頭，連連擺手，聲言不能那麼做，不可蠻幹，不可造次。他看了看水中蛟說：「中蛟兄，你如果真為我好，逗別提夥的事，逗讓我挨著你們，在岸邊搭個草棚，開些荒地種些莊稼，安頓好以後，再把我老娘接來一起度日子，逗感激不盡了。」

　　林翰墨經反覆思考之後，覺得入夥不妥，那樣會給老娘帶來很重的心理負擔，但又不能離水門寨太遠，遠了一個人單打獨鬥，勢單力薄也不行。於是想出一個既不入夥，又有個挨幫的辦法，這樣做他不招惹是非，不打眼，既安全，又自由，隨時去尋找組織也不會引起懷疑。即便有偵緝隊來滋事，水中蛟就近接濟一下，可避劫難。關鍵還是那件事，他是一個自由人，進出方便，要找共產黨，找游擊隊沒人阻攔，可以減小風聲。

　　他急著呢，要幹劉璞政委臨終前託付的幾件大事，到目前為止一件都還沒有眉目，沒有著落。

磁器口風雲

「那好，逗按你說的辦！」水中蛟是個急性人，爽快開朗，邊說邊就拉著林翰墨走出寨子，到嘉陵江邊去選擇造房的地基。

草棚很快搭好，就在水門寨附近。

林翰墨日出而作，日落而息，天天開荒種地。

水中蛟時不時帶著弟兄們出寨跑「買賣」，一旦弄到好吃好喝的，總要把林翰墨叫去打排排夥[2]，大口吃胴胴[3]，大碗喝瞇瞇[4]，這樣的日子也算是過得有滋有味。

這天，林翰墨正在水中蛟洞中聊天，突然進來一個高聳聳、瘦精精的年輕人。

林翰墨認得，他叫「雞腳神」，是水中蛟一個不可多得的兄弟。據說他很神通，走路特別快，雖然趕不上《水滸傳》裡神行太保戴宗的功夫，但也曾經在一天一夜走過260華里。正是這樣，才得了這麼個通俗易懂的名字。寨子裡的弟兄把他當成寶貝，送信、打探消息之類的跑路活兒總愛求他幫忙。

「腳神老弟，有啥子水急火燎的事，把你整得恁個急匆匆滿頭大汗的？」林翰墨警覺地問，順手拖過板凳，示意他坐下。他知道雞腳神出寨回來，有這樣的表情，必定帶回了不利的消息。

「他媽的，金癩子又要討一房婆娘，把個磁器口都鬧翻了！」雞腳神坐定，端起石桌上的茶碗猛喝了幾口，氣憤地說，「磁器口的鎮長、保長還有甲長都得去拍馬屁，他們自己吃別人欺頭，不會出一分錢，還不是要挨家挨戶向老百姓攤派。」

「這群惡胎神[5]，每年都要編條兒，無端地向老百姓要便宜，在這群人下面還有啥子好日子可過？乾脆把弟兄們拖出去整他一傢伙，讓他的喜事辦成喪事，給翰墨兄弟出口惡氣。」水中蛟怒氣衝衝地說，把手裡的碗往桌上一蹾，茶水濺了一桌。

林翰墨想了想問：「金癩子不是有老婆嗎？」

「嗨，那又啷個？對於這些有錢有勢的傢伙，吃得好，喝得足，精神好著呢，討十個八個女人小菜一碟，並不稀奇！」雞腳神氣憤地說。

水中蛟說：「我看恁個，乾脆，把那姑娘搶過來送給翰墨老弟。」

林翰墨連連揮手：「要不得，要不得，這不是我們善良人家幹的事情。」

「那家碧姑娘高高大大，樣兒出落得倒是挺逗人的，說不定翰墨兄看了還真會喜歡！」雞腳神邊說，邊拿眼睛看林翰墨的表情。

林翰墨臉上掃過一道慌亂，驚訝地問：「老弟，你說啥子？家碧？哪個家碧？家住哪兒？」

「是吧，吊胃口吧，我說你會喜歡嘛。」雞腳神衝林翰墨一笑說，「她的名字叫許家碧，家住堰塘灣，老漢兒[6]是個教私塾的先生。」

喔，林翰墨對她太熟悉了！許家碧的父親是從下江來的，起初有人稱他「許老江」，可鄉下人弄不懂「老江」是何意，以為是「老鄉」。時間長了，大家都管他叫「許老鄉」。他是個讀過十多年書的中學生，與林翰墨父親很合得來，在磁器口鄉間鄰里中一文一武兩個「巨頭」嘛，算是當地的頭面人物，當然會有些共通之處。

家碧才幾歲時，就常跟著父親到林家玩。比她大五六歲的林翰墨，總把她當小妹擔待。用紙給她折豬頭、燕子，用木板給她做大刀，用泥巴給她燒珠子，讓她玩得很開心。後來他們又同在一所公學同學，雖然相隔幾個年級，但畢竟青梅竹馬，兩小無猜。

家碧大了，長出了磁器口一帶女娃兒少有的高度和模樣兒，就像一朵含苞待放的芙蓉：鵝蛋臉、細長眉、丹鳳眼、雙棱鼻、薄唇小嘴、淺笑梨渦、白嫩皮膚，一襲披肩長髮，動靜相宜。她的那種白，不是白四拉垮[7]的蒼白，也不是死人子那種紙白，而是白裡透紅，極富生命活力的白。家碧姑娘不僅長得非常稱展[8]，品行也端莊大氣，美得讓人眼饞。

林翰墨耐不住了，硬要父親去提親。

父親思量再三沒答應，還說：「癲格寶想吃天鵝肉。」

不久，林翰墨終因「不安分」被父親逐出家門。之後，兩家大人再無往來。

其實，家碧對林翰墨也是一往情深，有情有義，日夜思念。

林翰墨被抓進牢房，她經常瞞著父母去照顧林翰墨他娘，隔三岔五，要去送點吃的、用的，噓寒問暖，做些家務，侍候一下莊稼，打掃打掃房屋衛生，給老太太梳理頭髮，硬是把林翰墨他娘當成自己的婆婆了。

家碧嫻雅，孝順，知書識禮，林母也十分中意，常常想著要接受這個兒媳，可連自己的兒子在哪裡都不知道！

磁器口風雲

皆因家碧出眾的美貌，引起了另一個人的貪慾，他惦記著，還常常在部下面前炫耀：「這方圓百里的美女，都是我的，你們說許家碧漂亮貌美，眼饞了吧？不瞞你們，這小娘們兒早晚要做我的姨太太。」這個人就是沙磁區偵緝中隊隊長金癩子。

金癩子講完這番話，他的那幫下屬立即喝泡舔肥[2]，賣乖獻媚。反正待在隊部也沒啥事做，隊長既然點了題，就順著這個大家都有興趣的題目說下去，拿女人當話題討隊長之歡心，既打發時間，也愉悅自己，提振精氣神，何樂而不為呢？特別是幾個有點文化的下屬，搜索枯腸用些文縐縐、肉麻麻的形容詞，硬是把許家碧描述成了一個仙女兒。

這個說：「那女人明眸皓齒，不施粉黛便美得讓人心跳，想起來逗舒服，要是真能幹上一次死也風流。」

那個說：「那女人秋波澄澈，身材婀娜，胸挺腚凸，要是能摸一摸奶子，抓一抓手臂，逗是挨幾棍子，也終生不悔，幸福萬端。」

還有人說：「那女人的肌膚白得幾近透明，讓人直流口水，特別是配上那根自然垂在腰桿上的長辮子，走起路來腰姿婀娜，長辮在腰際上甩來甩去，不用賣弄，便自顯女人風情，蓋不住的風騷。那樣兒，哼！讓人……」這小子已經完全陶醉了。

豬隊副聽到這些詞兒，雖然心裡翻騰著不是滋味，還是裝得表面平靜，他說不出什麼讚美的形容詞，他也不得說讚美詞。他心裡陰暗，只有跟著起鬨。他有啥子辦法？儘管他對所有美女都有很強烈的占有慾望，但那是「老闆」跑馬圈定的羔羊，他能怎樣，還能搬起石頭打天不成？

正是有了金癩子那句話，許家碧才沒人敢動。否則，豬隊副遇上這樣的「白天鵝」豈能不下毒手？許家碧豈有不被糟蹋的道理？

「多好的女娃兒，不能明媒正娶做個正室，卻要給那金癩子當小！」林翰墨想到她，不免生出許多惆悵。

雞腳神明白，林翰墨所說的「當小」，就是給人當姨太，連忙說：「聽說這個許老鄉很勢利，願意巴結權勢。黃三蛋答應他，家碧過門後逗給親家在磁器口找兩間門面做買賣，許老鄉便答應了。家碧沒辦法，只好遵從父命，她各人是做不了主的。」

「狗雜種！」林翰墨氣得七竅生煙，罵過一句粗話，便啥也不說，呆呆地低頭坐在那兒打王迋[10]。

「我說你老弟也是，放著恁個好的女娃兒不去拱[11]，偏偏在這裡生悶氣。有啥子出息？哈哈哈……」水中蛟拿林翰墨逗樂，邊說邊笑，弄得林翰墨很不舒服。

「笑個屁！別人急得去上吊，你還在這兒說風涼話，以為別人是在蕩鞦韆顯眼圖愉悅嗦！」林翰墨臉色難看，十分不滿地嘟囔著。

「我說你呀，是活人遭尿憋死了。老弟，你逗等到做新郎官吧！」水中蛟衝林翰墨神秘一笑，「哼，黃家不是很長臉嗎？等到起，老子要叫他狗日的黃家癩子人財兩空，裡外沒面子！」

林翰墨的心事，被水中蛟幾句話撩撥起來了。俗話說：「膽大日龍日虎，膽小日個抱雞母。」已經在生死線上走了一圈，槍林彈雨都滾過來了，還有啥子可怕的？「事來心應」是做事的一種境界，無論好事壞事，與其慌亂不堪，不如坦然面對，微笑迎接。原本就是他的相好，現在要成為別人的新娘。他想好了，豁出去了，事已至此，一不做，二不休。於是，林翰墨挺身而起，抱抱拳對水中蛟說：「老兄，這事拜託你了！蒼天在上，我對天發誓，許家碧跟了我，雖有吃不盡的苦頭，但我不會欺負她，生時我們比翼雙飛，死也要同巢共穴。不然問不過良心，也愧對老兄你的一片誠意！」

水中蛟見他動了真心，來了真情，自然大喜，召集眾兄弟聚會，商討搶親計劃。

鑒於偵緝中隊是百多人的武裝，鎮丁、保丁黃三蛋也能控制，單憑水中蛟的幾十個弟兄，很難取勝。

這件事直接涉及林翰墨，他不得不拿出所有智慧和能力來出謀劃策，全身心投入。

林翰墨一面主張智取，一面籌劃搬兵接應。

他反覆思考權衡，冥思苦想，一連幾個夜晚都沒闔眼，設計了多個方案，仍然覺得不盡完美。他在水門寨水中蛟的「大廳」裡來回反覆地走來走去，思考對策。終於，想起一個人來。

那是在巴縣監獄越獄的時候，林翰墨和同時逃出來的一個囚犯跑進一條又長又窄的巷子，被一群警察追了上來堵住退路，眼看就要被抓住，林翰墨好不心焦。

磁器口風雲

這時，巷子裡出來一個穿長衫、蔫兒不拉幾的老漢。

與林翰墨一起的那人眼尖，趕緊上前向長衫男人甩了個歪子[12]，長衫男人順勢將他倆推入旁邊的一個糞坑，就勢垮[13]下褲子「大便」，那手法嫻熟老練，冷靜大氣，毫無驚慌失措之樣。

警察追上前來，不見了兩個逃犯，覺得蹊蹺，左觀右望，沒見個能藏得下人的地方，闖進附近民宅院子搜查，也不見人影。他們便對糞坑起了疑心，但見一老漢亮著白花花的屁股蹲在那兒，也就消除了疑慮。

「臭死人，走！」領頭的手一揮，幾個警察捂著鼻子，趕緊離開。

警察走後，那長衫老漢將林翰墨兩人帶回家裡，好好清洗一番之後，還好酒好肉款待。

翰墨問他為何如此？他說：「既然你們甩了歪子，證明我們是老海[14]兄弟夥，都是道上的人，應該鼎力相助。」他告訴林翰墨，他就是縣城裡有名的袍哥李大爺，還遞給林翰墨一張電影，叫他今後若有事需要幫助，可憑這張電影去找磁器口的王大爺，他也會伸出援手的。

李大爺「嗨」的是「義」字號袍哥，這個字號以商賈為主，與水中蛟的「智」字號是有區別的。「智」字號袍哥的主要成分為貧苦農民、手工業者、船伕、車伕，他們不是一路貨色，貧富有分，但都是袍哥人家，都跑江湖道上，可以甩歪子，以禮相待。

「對，逗找他！」林翰墨主意一定，化了裝，一個人悄悄去磁器口見過袍哥王大爺，遞上李大爺的電影，說明自己的來意。

王大爺是磁器口街上的生意人，與黃三蛋本來不合，看不慣黃三蛋已經七十大幾年紀，還經常假借兒子金癲子的偵緝中隊氣使頤指逞威風，以官壓商，欺行霸市，加之過去他也有過求李大爺相助的時候，人家當時二話沒講，慷慨大方，還沒來得及還情呢。礙於面子，便滿口答應暗中相幫。

四月中旬剛過，磁器口黃家大院就忙碌起來，粉刷裝飾，張燈結綵。黃三蛋心情暢快，一是今年風調雨順，千石田畝出產豐盛。二是金癲子將娶二房，那許家女娃兒他是見過的，美貌嫻靜，十分可人，身強力壯，籮兜[15]有肉，是個生娃兒的胎。

金癩子大房出身縣城名門，仗勢欺人，凶悍異常，但不能生育。金癩子曾提出再娶一房，誰知那名門之女一聽，便大哭大鬧，還要跑回娘家找人講冤述屈，尋死覓活鬧得雞犬不寧，鴨撲狗跳牆。

　　黃三蛋為了臉面，曾好言相勸金癩子不納姨太，並給他出了不少點子，還向全家宣布紀律，任何人在家中再不準提及討「二」的事。至於金癩子在外胡鬧，嫖娼宿妓，大房裝作不知，不聞不問。其實黃三蛋心中的憂慮卻有一樁——擔心黃家早晚會斷香火。俗話說：「不孝有三，無後為大。」一大份家業財產沒人繼承，怎麼擺得平呢？

　　金癩子，大號黃金錠，是黃三蛋的獨生子。

　　黃三蛋是磁器口第一大富豪黃大老爺的獨生子，少小聰明伶俐，15歲赴蜀郡閬中鄉試，點為文秀才，當堂封為磁器口鄉鄉長，少年年紀就為官一方，春風得意。在回鄉路上，專程轉道去了成都的春樓耍個痛快，還覺得沒有過足乾癮，又到南充、重慶耍遍春樓，直至把黃大老爺給他應試的所有盤纏用得屎乾尿盡，才回到磁器口。

　　結果，惹了一身梅毒，還得了「黃三蛋」這個諢名。那是他在重慶與一開苞妓女雲雨之後，那女人也妖艷兒，要摸一摸小鄉長的雀雀兒，結果讓她大吃一驚：「你啷個會是三個蛋？我逗說嘛，啷個逗恁個痛呢！」說完還愁著臉，噓唏噓唏直做表情。

　　黃三蛋也不是省油的燈，回到鄉場還把這事掛在嘴邊，經常恬不知恥地把開苞妓女當笑話：「明明前面是根棍兒，她硬說是個蛋，真是賣勾子的不懂行。嘻嘻嘻嘻！」由此，大家便叫他「黃三蛋」。

　　當然，也有人笑話黃三蛋毬經不懂按到狗聳，明明是那女人為了**騙**他錢財故意裝處，他還曰北[16]是自己聰明看穿了別人的愚蠢。

　　後來，雖然討了三房四妾，想生個十男八女延續香火，卻一直未能遂願，直到年近50，討下七姨太才給他生了個兒子，之後七姨太再沒生育。有人懷疑這個兒子是有人幫忙做的私娃子，但黃三蛋已是兩代單傳，管不了這許多，仍視兒子為掌上明珠，取名黃金錠。

磁器口風雲

　　黃金錠打生下來就感受到家庭的溫暖，大小七個媽呵護有加，衣來伸手，飯來張口，在金屋銀院裡圈著，嬌生慣養，要啥有啥，自有思想以來，就沒聽說有個「怕」字。

　　這小子還繼承父習，天生聰靈，鎮小學畢業，考入巴縣中學。其父好色貪玩使壞的天性也遺傳給了他，從小風流成性，中學時便會招蜂引蝶，追逐校花。他爹雖然是清朝的鄉長、鎮長，民國的縣參議，但與縣城那些商賈巨富、黨棍軍僚相比，又是小巫見大巫，相差甚遠。

　　黃金錠卻不信邪，常以敢衝敢闖敢拿命拼著稱。有一次與縣長兒子，同追一朵校花，雙方「決鬥」，結果被縣長公子一刀砍下，讓他頭上留了個四五寸長的口子，頭皮翻捲，差一點要了他的小命。

　　從此，這小子老實多了，潛心讀書少有惹事，傷口癒合後，可能是那一刀傷及神經，長不出頭髮，留得一個大疤癩。當地人把頭皮不長毛的叫「癩子」，黃金錠從此得名「金癩子」。

　　今年情況大有不同，對金癩子來說是天賜良機：城中那名門媳婦的親家爺於年初暴死，親家母一個婦道人家還敢說啥子？金癩子再娶二房，便是水到渠成、順理成章之事。大老婆雖然仍舊哭罵不止，但聲音明顯小了許多。而且金癩子借勢還扇了她幾個耳光，她竟然毫無反抗之意，只是忍氣吞聲地嗚咽一陣，抽抽泣泣顯出一副可憐兮兮之態，就善罷甘休了。

　　這天是端陽佳節，黃三蛋家一大早就鬧騰起來。那些鎮上各保各甲的勢利眼，昨夜壓根兒就沒睡好或者通宵達旦沒閉眼，忙著幫黃家搬這弄那，殺豬宰羊，不辭辛勞。黃三蛋早早起床，穿了一身嶄新的黑底紅圈長衫，抱一壺水煙，各處轉轉，指指點點，張羅一番之後，坐在客廳迎接前來賀喜的各方鄉紳。

　　快到稍午[17]，客人們陸續到來，黃三蛋一邊應酬，一面派人上路探望迎親隊伍。

　　隔了一陣，他擔心路上出事，又打發了幾個偵緝隊員抄著傢伙前去接轎。

　　忽然，有人來報：「老爺，來了！來了！已經進場口了！」黃三蛋慶幸自己的擔心多餘，胸中的石頭落了地，心裡樂顛顛的。賓客們一邊讚揚黃家大富大貴，不斷有喜，一邊起身擠到大門翹首觀望，等待著漂亮的新娘子出現，要先睹為快，一飽眼福。

第七章

　　磁器口水陸交通四通八達，通往璧山、北碚、合川甚至江津，都有寬大的石板路，還有一條清澈透底的鳳凰溪繞鎮而過，無論是尖尖的柳葉舟還是寬大的鐵駁船都可從入江口的港灣順流而下進入嘉陵江大碼頭。

　　端陽節，磁器口鬧熱非凡。

　　過節唱戲是傳統套頭。從重慶城請來的「大號」戲班，在寶善宮戲臺唱戲。寶善宮集合道家「金、木、水、火、土」陰陽五行而建，大門有悖常規，比較奇特，不在道觀中軸線上，偏向東南，面向嘉陵江，暗合道家水火相剋之意。因這座殿宮為木板建制，怕火，要用水來克之。所以，這個院子多次躲過劫難，保存完好。寶善宮戲臺在天井一側，座位是石階梯，一次可容 500 個觀眾。戲臺下有一個百多平米的拜臺，善男信女可跪拜上香。拜臺旁有一古井，井內之水被稱為「神水」，供善男信女跪拜後淨手。

　　三鎮七鄉的龍舟隊在嘉陵江形成的開闊回水靜面排開競技，沿江兩岸早已人流湧動，把個磁器口場裝點得氛圍熱烈。

　　端陽節划龍舟已有悠久歷史，這一節慶在我國古代吳越時期就開始了，是圖騰祭祀的一種形式，比屈原跳汨羅江更早。千百年來，屈原的愛國精神和感人詩詞，廣泛深入人心。所以，人們「惜而哀之，世論其辭，以相傳焉」。

　　在民俗文化裡面，中國民眾把端陽節的龍舟競渡和吃粽子等習俗，都與紀念屈原聯繫在一起。紀念的意義只是一個方面，對於山裡人來講，其實，趕個鬧熱才是主要目的。那數不盡的趕鬧熱的鄉民，把個小小的磁器口四街八巷擠得水洩不通。人聲鼎沸，民樂陣陣，鑼鼓天響。更有一幫民間藝人踩著高蹺，戴著各種面具，歪歪斜斜地一路走來，特別高人一籌。

　　金蓉正街高石坎，是磁器口往北走進黃家的必由之路。觀看龍舟競渡的人們，站得滿滿的，把通往拱橋的過道堵得風吹不進，南來北往的行人只好站在橋的兩頭幹著急。

　　忽然人群往後一擁，你推我搡，看鬧熱的人東倒西歪，站立不穩，不知發生了什麼事。

　　結果，真的，事情發生了。

註釋

1　撞滾滾兒：不斷。

2　打排排夥：打平夥。

3　朒朒：肉，讀音同「嘎」。

4　喝眯眯：喝酒。

5　惡胎神：惡棍。

6　老漢兒：父親。

7　白四拉垮：慘白、蒼白。

8　稱展：標緻、美、帥，男女通用。

9　喝泡舔肥：討好、奉承。

10　打王逛：走神。

11　拱：爭取。

12　甩歪子、丟歪子：是袍哥行的見面禮節。

13　垮：脫。

14　老海：江湖。

15　籠兜：屁股。

16　日北：吹牛，說大話。

17　稍午：中午、中午飯。

第八章

　　人們歪斜著脖子朝南看去，是黃家娶親的人馬要過橋。那陣勢的確風光，前面有全副武裝的偵緝隊開路，後面是十幾個抬盒，裝著衣籠被罩，層層疊疊，還有金銀首飾、現鈔之類。其後是新郎金癩子騎著高頭大馬，身披繡錦，胸戴大綢花，要不是那道刀疤，還真算個英俊青年。他身後是新娘坐的八抬大轎，斷後的又是偵緝隊員。豬隊副也全副武裝，抬頭挺胸，興致勃勃，走得十分精神。

　　娶親的隊伍一上高石坎梯步，那喝轎的頭扛就特別賣力，喊得震天響。

　　頭扛的喊：「前面要上坡呀！」

　　眾抬客和：「慢慢跟到摸呀！」

　　頭扛的又喊：「前面要上坎呀！」

　　眾抬客和：「那逗慢慢展呀！」

　　頭扛的接著喊：「前面要過橋呀！」

　　眾抬客和：「那逗慢慢搖嘛！」

　　……

　　抬工號子悠揚錯落，又唱又喊，比歌聲還要嘹亮，還要動聽！

　　黃三蛋笑臉盈盈地站在門口，眼看迎親的隊伍要到家了，心裡的石頭總算落下。這黃三蛋自知欺行霸市，仗勢欺人，平常得罪人不少，加上匪患連連，迎親隊伍行走幾十里，很難說不出差錯。打早上兒子從家裡出發開始，他就懸著一顆心放不下來。現在花轎平安到達家門口，新媳婦就在眼前，心中算是有了踏實的感覺。

　　「說喜說喜逗說喜，」

　　「喜，呀──！」

　　「一顆穀子兩顆米，」

　　「米，呀──！」

　　「發財發財逗發財，」

磁器口風雲

「財，呀——！」

「男娃兒女娃兒生出來」，「來，呀——！」

……

一群破衣爛衫、蓬頭垢面、鼻膿口呆、灰不隆、哇渣[1]透頂的人兒，隨著頭兒的引叫，大呼小叫，還跳起了「拜拜兒[2]舞」。雖然舞蹈編排得多有變化，但舞者隊形變化中蹩腳而愚鈍的「穿花」滑稽可笑，真是一道亮麗的「風景」，引來眾多人駐足觀望，拍手鼓掌大樂大叫：「好，好，好！」

那是丐幫頭頭兒羅叫花兒領著的二三十個大大小小的叫花子，他們是前往黃家來捧場的。

在渝西農村，這是常見的事。叫花兒們打聽到誰家有好事，就去鬧熱鬧熱，討口好飯吃。主人為圖吉利，不願糾纏計較，總是把他們單獨引到一邊，以好酒好飯款待。

黃三蛋也不例外，當羅叫花兒還在「噼裡啪啦」放那百十顆三響兩不響的鞭炮，嘴裡不停地喊「喜」「財」「來」的時候，他便讓管家上前招呼叫花兒們快快入席，以免待在門外大煞風景。哪曉得，就在鞭炮炸響的同時，從左邊殺豬巷冒出一彪人馬，也簇擁著一乘花轎奔向高石坎，與黃家正在上坡的花轎挨挨擦擦並排而行。

舊時迎親花轎同了路，沒人願走後頭。據說，如果花轎走了別人後頭，新婚夫婦就不能白頭到老，這是一般人家都忌諱的事情。

兩乘花轎並排而行，相互挨得緊緊的，連轎窗的摩擦聲都能聽見，完全款到[3]一起，持續了一段路程，誰也不肯讓對方前進半步。你罵我老娘，我罵你祖宗，吵得不可開交。看鬧熱的人，發瘋似地往抬轎的地方擠，把黃家迎親的隊伍衝成幾段，被間隔在看鬧熱的人群之中，首尾不能相顧。

金癲子急了，大聲叫罵：「他媽的，是哪個在趁火打劫，要來攪老子的好事？反了，反了，簡直反了！這不是臊老子的皮嗎！兄弟們乘火[4]，給老子頂起，超過他們！」

黃家人有金癲子撐腰，又有偵緝中隊壯膽，自恃人強碼子硬，企圖以武力強行奪路。他們揮舞著槍托，朝圍觀群眾和對方的轎伕劈頭蓋臉亂打。可是打走了這個，又來了那個，加上街道狹窄，手足施展不開，那些人始終不得退讓，仍然堵住去路。

第八章

　　對方抬轎的好像是有意要與黃家作對，毫不示弱，幾十個跟轎的精壯男子揮舞拳頭與偵緝隊一比高下。就這樣推推搡搡搞了好一陣，兩頂轎子僵持在那裡一點進展也沒有。

　　豬隊副火了，拔出腰間的連槍，「啪啪啪」朝天就是一梭子。他黑著臉，拿槍的手高高地舉在空中，槍口冒著青煙，他以為這樣做就能鎮住大家。

　　沒想到槍聲引起騷動，圍觀的人群頓時大亂，像無頭蒼蠅，亂穿亂拱，紛紛奪路而逃。

　　黃家迎親的隊伍再一次被衝撞得四分五裂，對方那隊迎親人馬，倒也真的被嚇壞了，瘋了似的抬著花轎轉頭就跑，一直跑出磁器口的金蓉正街，離磁器口遠遠的，跑進深山老林。

　　足足鬧騰了好一陣，總算驅散了眾人，黃家才重新整理隊伍。偵緝隊員們也被折騰得大汗淋漓，一個個解開衣扣敞胸露懷，一路鞭炮、嗩吶，敲鑼打鼓地把花轎抬進院壩，各種聲音歇息下來。

　　「新郎新娘拜堂！」在紅燭高燒、花花綠綠的大廳裡，司儀一聲高呼，吹吹打打的鑼鼓音樂再次響起，媒婆趕緊揭開轎簾去引新娘。

　　「啊！」媒婆一聲尖叫，趕緊退到一旁，臉上變了顏色，變得烏雲滾滾，驚慌失措。她沒有抓到新娘的手，卻摸著一個冰涼冰涼的東西。

　　這一驚叫，黃家父子的心再次懸到空中，他們已經預感大事不好，意料之中的事情可能發生了。金瘋子顧不得那許多體面禮儀，三刨兩爪抓去禮帽，扯去胸前的大綢緞絹花，大步走到轎前一把撕下簾子，闖進花轎抱出一尊凹凸不平的大石頭。

　　黃家父子四目相對，沒了主意。

　　還是豬隊副清醒，他立馬提醒：「隊長，事不宜遲，趕緊集合偵緝隊全體人馬在全鎮的各個路口戒嚴，搜查那半路殺出的『迎親』隊伍，找出幕後指使，嚴懲不貸。」

　　黃家父子這才回過神來，大叫「快，快快快！趕緊佈置！不能讓一個人跑脫！」真是當局者迷，旁觀者清。

此時，林翰墨正和水中蛟帶領弟兄們抬著新娘許家碧行進在通往水門寨的石板路上。

今天這事，是這些天水門寨做得最得意、最順暢、最巴適的一件事。在這個過程中，兄弟們看到了林翰墨的能力和智慧。一路上大家滿面春風，進入一個山谷，抬頭扛的兄弟亮出了嗓子，其他兄弟就跟著和了起來，得意揚揚地扭大秧歌的舞步：

嘿嘿！

嘿嘿！

面前野兔跑喲，

那個跑喲！

雙腳一碰打絞絞喲，

打絞絞！

追上去，

晚黑吃燒烤喲，吃燒烤！

嘿嘿！

嘿嘿！

天上鷂子飛喲，

那個飛喲！

地上牛屎一大堆喲，

一大堆！

跘過去，

抱得美人歸喲，美人歸！美人歸！美人歸⋯⋯

哈哈哈哈⋯⋯

笑聲、歡呼聲在山林中迴響，樹上的雀鳥停止了歡唱，地上的昆蟲停止了鳴叫，安靜地觀望著這群快樂無比的漢子。轎子裡的許家碧也被顛得喜極而泣，淚流滿面，她覺得很幸福。

第八章

當晚，由水中蛟主持，林翰墨和家碧成了親，儀式搞得像模像樣，所有的程序一個不落，鬧鬧熱熱。宰了十幾隻鳳尾子公雞，殺了幾十條擺尾子，弟兄們大碗喝酒，大口吃肉，大聲叫罵，相互指說在磁器口鎮上出的洋相，鬧的笑話，著著實實地嗨和[5]了一場。

「媽的，江湖袍哥不但仗義，還真厲害。」第二天，林翰墨高興地對水中蛟說，「要不是磁器口王大爺鼎力相幫，使那些叫花子、黃家轎伕，還有圍觀的群眾配合，我們能有恁個順利嗎？老兄，你說呢？」說者無心，聽者有意，水中蛟想到自己的水門寨「袍哥」，自慚形穢。

林翰墨主動提出這個話題，看來是想法發生了變化，正中水中蛟下懷，又撞開了他的話匣子。

「我逗說嘛，不是我提勁，你要是『嗨』個袍哥，弟兄們絕不會放黃[6]，絕對給你紮起[7]，幫你雄起，水門寨今後在道上絕對關火！」水中蛟趁熱打鐵，不失時機地大加稱讚林翰墨，重提入夥的事，這是他埋藏多日的心裡話，也是眼前的實際情況，他用激將法再次邀請林翰墨主政水門寨。

「我算是看明白了，『嗨』袍哥，大家都有挨幫，多一些江湖朋友，沒什麼不好，只是不太懂袍哥的規矩。」林翰墨讚美袍哥原本只是說說而已，並沒上心，經水中蛟這樣一激，倒也真的開始了思索。他一直不願入夥，現在水中蛟又想他『嗨』袍哥，搞得他有些兩頭為難，不知怎麼辦才好。

這次從重慶回來，本打算是要繼續華鎣山游擊隊的未竟事業，像政委劉璞所說，只要還有一個人，就要和國民黨反動派做堅決的鬥爭，就要阻止國民黨反動派對黨組織的繼續破壞，就要給國統區人民樹立「主心骨」，就要扛起革命的大旗，體現共產黨人是捕不盡殺不絕的，就要去營救被捕的同志，剷除反動惡霸勢力，迎接解放大軍進攻重慶。

可是後來發生的一連串事情，完全不是他的初衷。事情發展到今天這個分上，讓他束手無策，六神無主，心灰意冷了，一腔的熱情像是被涼水所澆，他不曉得從哪個方面著手來實現革命抱負。

水中蛟一而再，再而三真誠地邀請他「嗨」袍哥，來當水門寨的龍頭老大，以前他只覺得不好或者說拿不定主意，因為他在共產黨的游擊隊裡面沒有聽說有袍哥。因此，對入夥的事，從來沒有認真深思過。透過這次搶親，嘗到甜頭，想來這也許

是一件好事：不逗有了一個組織，有了一支隊伍，繼續踐行游擊隊的使命不逗有了本錢了嗎？又一想：自己參加暴動畢竟只有幾十天，逗與革命隊伍失去聯繫，知道的革命道理不多，共產黨興不興「嗨」袍哥？搞了袍哥，日後見到共產黨的領導會不會受到埋麻？唉，這讓林翰墨左右為難。再一想：自己畢竟是游擊隊的人，劉政委說過，游擊隊員是一粒「種子」，只要有條件，就要生根，開花，結果，就要繼承革命事業。

管他呢，先搞起來再說，只要能給共產黨帶出一支隊伍，能對弟兄們有好處，個人犯忌即使共產黨今後追究起來，承擔責任受點兒委屈也不算什麼，讓兄弟們悶頭當土匪絕不是長久的光明之路。

水中蛟說：「老弟，你放心，弟兄們會很落教[8]，會按規矩辦事，不會抽底火，絕對給你紮起。我鬥大字認不了一筐，針眼細的理兒吃不進幾條，散漫慣了，領不起這個頭，一大攤活兒整起來費勁兒。你不像我，你喝過墨水，對那些袍哥的章法執行起來小菜一碟，一聽逗懂，一學逗會，你能管好各人，又能帶頭做標竿，你一定行。但有一條，你入棚子就得『嗨』龍頭大爺，不準推三推四！」水中蛟的一席肺腑之言，就像竹筒倒豆子，一空到底，一股腦兒講了自己的苦衷和企望。這也是，人上一百，形形色色，有的人天生是當「頭兒」的料，有的人天生就不是當「頭兒」的貨。

說實話，過去在水中蛟領導下的水門寨袍哥，只是個名字，算是姓「袍」名「哥」，名不副實，有袍哥的大旗，沒得袍哥的內容，在道上被人看不起。這也沒法子，因為水中蛟力不從心。正是這樣，他才巴心巴肺地要請林翰墨入夥當頭兒。他知道，這是一個不可多得的人才，弟兄們要是跟了林翰墨，自然會不一樣，水門寨袍哥必然在各方面都會有大的起色。

林翰墨一聽急了，趕緊說：「不行，龍頭大爺還得由你『嗨』，我最多敲敲邊鼓，幫襯幫襯你。」

水中蛟說：「翰墨老弟，你逗莫再為難我了，無論你橫看豎看，我都不是個『嗨』大爺的绺子。幹這行當，既要能蹬打，還得肚子裡有墨水，多點兒花花腸子，才吃得開，行得通，要善於交際，才能入道。我這個袍哥過去是沒入行幫、沒入道的，江湖上對我們小看，根本不認。繼續下去，弄不好，是會出笑話的。」水中蛟說得非常誠懇，沒得半點雕琢。

第八章

「哦,那,讓我想想。」林翰墨聽出來了,水中蛟的一番誠意是為了弟兄們今後在道上受到「尊重」,至少能與別的袍哥組織平起平坐。水中蛟對這二三十個弟兄盡力了,但他能力不夠,幾年也沒搞出什麼名堂,還被道上人看不起。他把弟兄們交給林翰墨,是要給弟兄們找一條出路。

「你『嗨』大爺,我當個紅五爺,做些具體的事。」水中蛟亮出心底,請林翰墨入夥。

他的意思很明確,並不會撒手不管,而是要管得更實一些。袍哥中的紅五爺又稱「紅五哥」「紅管事」「紅旗大管事」,職責是對外調解糾紛,對內執法,帶隊伍執行具體任務,在袍哥中最有力量,是個實權,地位僅次於龍頭大爺,這一職務不少是由職業袍哥擔任。

水中蛟見林翰墨不再吱聲,大喊一聲:「梨兄,上禮品!」

梨右章應聲而來,端著個托盤擺在林翰墨面前,原來是兩支嶄新的德國造連槍。

林翰墨見水中蛟說得誠懇,做得地道,抓住雙槍往腰間一插,抬起頭來。這一個動作,雖然無聲,但已經讓人感到他答應入夥了。

水中蛟長舒了一口氣。

陰曆五月十三,這一天叫「月中會」或「單刀會」,大概是民間為了紀念三國名將關雲長設立的一個「節氣」。每年的這一天,各地袍哥組織都要開大會,舉行新成員入夥和老成員晉升儀式。

這天,水門寨「大廳」擠滿了人。

一群地地道道山裡的莊稼漢、嘉陵江上的打魚人,要對現有袍哥組織進行重塑。這意味著他們將確立一個新的頭扛人,帶領他們進入新的天地,這個天地是禍是福,是平安是危險全然不知,與中國其他各地的百姓一樣,跟著感覺走,萬事隨大流,只要有人帶,就會追著來,完完全全的頭羊效應。

「大廳」正中石壁懸掛著關雲長的像,雖然只是請鄉村先生在紙上畫的一張白描,但仍然顯得十分肅然神聖。下邊那張方方正正的八仙桌上,兩支鮮紅的大蠟燭躥出長長的火苗,一閃一閃地熊熊燃燒著,在眾位兄弟的眼裡,那是兩張襯映心情的笑臉。還有那黃裡帶黑的香棒,三根一組,不住地冒著白煙,煙氣繚繞,向上升騰,似乎預示著今後的日子真的就會大火蒸包子——蒸蒸日上。

磁器口風雲

桌旁站著那個三十開外、性情剛烈、打架割孽[9]從不認輸告饒的水中蛟。他是這個新袍哥組織的紅五爺，今天的儀式由他主持。

水中蛟朗誦詩般地念道：「英雄齊聚會，大鬧忠義堂，天開黃道日，金蘭玉氣香。」

他抬頭看了看眾人，繼續念道：「當家執事請落座，新貴提升排兩行，身家不清滾出去，己事不明快離場。」

水中蛟看了站在桌前正中的林翰墨一眼，提高嗓門喊道：「龍頭大爺開金口，桃園結義萬古揚。」

「嘩！嘩！」全場一片甩袖子的聲音。

水中蛟剛剛唸完，眾人立即將兩手抱攏，接著再將兩手分開，將袖子一甩，猶如拉開弓箭，然後左腿跪地，右腿半直，側身蹲在地上。這就是「丟歪子」，是袍哥的第一禮節。

等到水中蛟再喝一聲：「智新社盟誓朝會開始。」頓時鑼鼓喧天，號角齊鳴，鞭炮震天響。

全體兄弟向關雲長畫像行過大禮，紛紛落座。

按規矩，這種盛會一般應在關帝廟舉行，沒有關帝廟至少也要找個其他廟宇，貼上關雲長畫像，然後在關雲長像前設置各排座席，龍頭大爺坐當中，閒、正五哥坐兩旁，新會人和將要晉升者依順序排兩排。

水門寨情況特殊，在當時特殊的環境中，弟兄們管不了那許多，排場方面能省就省，程序方面能減就減，只要大致不差就行。

他們既不敢公開集會，因為國民黨不會允許他們聚集在一起，又不願驚動寺廟裡的和尚，因為他們還沒有完全瞭解袍哥禮儀的正規程序，不想惹笑話。於是湊合著在水門寨「大廳」做個形式。雖然有些不倫不類，但做得十分認真，而且事前進行過排演，現在更是做得有板有眼，算是大致不差吧。

袍哥組織內部有一套組織構架，共分十排。一排叫大哥，尊稱「龍頭大爺」或「舵把子」。二排叫二哥，尊稱閒二爺，一般堂口沒人敢『嗨』，據說『嗨』二哥要倒霉，因為關雲長是老二，神威很大，一般人壓不住。三排叫三哥，尊稱三爺或「糧

倉」，管吃喝拉撒等後勤事務，其實就是全堂的內政事務由三爺過問。四排、七排沒人『嗨』，相傳鄭成功曾將「明遠堂」的法令規章和組織內部秘密寫好後裝入鐵盒沉入海底，後來海神發現錢四和胡七出賣鄭成功當了叛徒，至此袍哥內部就不再設四排、七排。五排叫五哥，『嗨』的人最多，最能管事的叫紅旗大管事，尊稱「紅五爺」或「正五哥」，其餘為閒五哥。六排、八排、九排、十排都要先做「幺滿」[10]，再根據表現逐級「超拔」。袍哥中的「空子」[11] 把提升叫做「超拔」。

林翰墨給這個新的袍哥組織取了個江湖大名叫「智新社」，過去這個組織只有一個「智」字號，頭目水中蛟，也沒個規章制度，萬事都由他一人說了算，是個弱勢獨裁組織，其實就是一群烏合之眾，一群無法無天的「天棒」，是沒有「入道」的，江湖上也多有取笑，現在名義上是規範入「道」，實際卻是重新建立。他們除了有龍頭大爺和紅五哥外，其餘的人暫時都為幺滿，待日後根據各自的功勞再行「超拔」。

弟兄們一字排開，坐滿了整個大廳。

水中蛟大呼一聲：「現在，由龍頭大爺宣布智新社條律！」

「喀！」林翰墨乾咳一聲，站起身來說，「我們的條律很簡單，逗是『五要五不要』，希望弟兄們聽仔細點兒。」

他掃了眾人一眼，言歸正題：「一要孝順父母。二要尊敬長上。三要除暴安良。四要正直無私。五要扶危濟貧。」「喀！」他又幹咳了一聲繼續說，「一不要卡估越教，恃強欺弱。二不要有理沒倫，犯上作亂。三不要假仁假義，見利忘義。四不要姦淫亂盜，游神參照。」他瞟一眼眾人，問：「這個『游神參照』大家懂不懂？」見眾人都靜靜地望著他，便接著說：「逗是調戲或嫖淫兄弟夥的姐妹妻子。第五條嘛，逗是不要冒充江湖，違反條規。」

「五要五不要」宣布完畢，他看著眾人，一板一眼地說：「條款逗是這些，簡單明瞭，如果有人違反，逗要受到懲處。光棍犯戒自戮自殺，幫兇越教自在江湖跳，中排管事越了教，自掌青鋒自己鏢。六、八、九、十幺滿越教，四十紅棍定不饒。」

眾兄弟靜靜地聽著，聽得非常認真，除了洞中「嗡嗡嗡」的回音，沒有一點其他雜音。

林翰墨揮揮手問：「各位兄弟，這十條合不合適？若不贊成，逗請站起來說話。」他特地用了一個「請」字。

註釋

1　哇渣：骯臟。

2　拜拜兒：跛子；「拜拜兒舞」是指以單腳跳為主的舞蹈。

3　款到：碰到、卡住。

4　乘火：加速。

5　嗨和：高興、痛快。

6　放黃：甩手、不給力。

7　紮起：幫忙、擁戴、支持。

8　落教：聽話、易打交道。

9　割孽：挑事、不和、鬧矛盾。

10　幺滿：最低層級的袍哥。

11　空子：行話、隱語。

第九章

「贊成！」眾兄弟凝神靜氣齊聲回答。

「那好，這十條多數是從其他堂口過繼來的堂規，只是我把第三條忠心報國改成了除暴安良。如今奸賊當道，貪官四起，惡霸橫行，哪還有啥子國可供『忠心』來報。」

他想：自己參加游擊隊逗是要推翻國民黨反動政府。所以把袍哥堂口的第三條堂規做了修改。

林大爺越說越來勁兒，樣子很激動。突然，他把臉陰沉下來，大聲說：「我們成立智新社，逗是要除暴安良。凡贊成這些條款的，都可以參加。別的堂口不收幹過下賤職業的人，我們收，我們要與眾不同。不管你是種田的、拉車的、抬轎的、擦背的、修腳的，吹鼓手、剃頭匠、討口子、戲子，衙門差人、娼妓、土匪，只要贊成我們的條款，都可以成為智新社的弟兄。」

他是想人多力量大，能網羅到各種人才。成員成分複雜，可從各個方面得來訊息，篩選出的有效訊息多，利用價值大，生存的餘地大，長久堅持的可能性才大。長久堅持擴大影響，與共產黨接上關係的可能性才大。他要對弟兄們負責，不能再走游擊隊全軍覆沒的老路。

這一招真靈，智新社向社會民眾敞開了大門，在以後的日子裡，石板鄉的各類社會人物，甚至磁器口和相鄰幾個鄉場的農民、窮苦人都來入社，入夥的人越來越多。連磁器口寶輪寺的住持慧正大和尚也加入了袍哥組織智新社。林翰墨只能把的確無家可歸的人留下，其他人承認「社員」身份，還是回自家勞動生產，但要做智新社的眼線，聽到什麼消息要立即向社裡報告。這是後話。

「好！」眾人齊聲歡呼，就是那些老社員過去也從沒有參加過這麼莊嚴的儀式，沒有聽過這麼多的新詞兒，大家都很新鮮，也很興奮，他們企盼著智新社能帶來嶄新的生活。

「現在，向關聖人發誓。」林翰墨說完，眾兄弟齊刷刷站起來，對著關雲長畫像丟了個歪子，跟著林翰墨大聲朗誦：「上認兄，下認弟。紅面真兇，卡估越教，游神參照……」

磁器口風雲

眾人唸到這裡，各說不一，有的說「遭天打雷劈而死」，有的說「挨千刀萬剮而誅」，也有的說「摔岩砸破腦殼」，還有的說「水打沙埋曝屍露天」「當壯丁吃槍子兒」，等等，反正自己認為什麼罪最難受就說什麼。

「弟兄們，今天我把醜話說在前頭，儘管我們發了誓，這只是口頭認可，還不算數。我們也要和別的堂口一樣，對違反條律的弟兄，有個王法。」林翰墨公佈了處罰形式。

袍哥的處罰共分八種：

第一種叫矮起或罰跪。

第二種叫磕頭，其中分磕響頭或轉轉頭。

第三種叫挨紅棍，用紅紙或者紅布紅綢纏繞木棒，根據犯戒情節輕重分別給予十、二十、三十、四十以至更多的棍仗劈打。

第四種叫擱袍或者留袍，就是停止在組織中的活動，留置查看以觀後效，改好了再讓他繼續組織生活。

第五種叫跳水，即由本堂宣判跳河自殺。

第六種叫放河燈或放豬籠，一是將犯戒者四肢釘上門板，寫明罪狀放入河中水衝浪打漂流死；二是將其裝進用圓木釘成的豬籠投河淹死。

第七種叫三刀六眼，犯戒者用尖刀在自己大腿上穿三刀即成六個孔的貫通傷。

第八種叫活埋，一是自己挖坑，坑下設九把朝上的尖刀，在眾人的圍觀下自己跳進坑內刺死，有人也稱之為九刀十八穿；二是由大爺傳堂，在黑夜荒涼陰冷的地方挖個深坑，四周佈滿警哨，龍頭大爺打紅臉，當家管事抹花臉，宣布罪行，犯戒者自行跳入坑內被活埋。

當然，有的堂口還有割卵子之類侮辱人格的刑罰。

林翰墨公佈完處罰形式，見眾兄弟默不作聲，便問：「我說的這些你們不贊成嗎？」

「贊成！」眾兄弟齊聲回答。是的，有啥子不贊成呢？他們這些老實巴交的農民、漁民，都是社會下層人物，受官府壓榨，被豪紳欺辱，被人瞧不起，連一些社會幫會組織都不肯收留他們。他們中絕大多數人雖然沒有文化，是一字不識的大頭

丁，但街頭巷尾、小居鄰里中的一些俗語俚句也知道一些，比如中國儒家傳統的八項德行——「孝、悌、忠、信、禮、義、廉、恥」是萬萬不可忘的，如果忘了就是「忘八」，諧音「王八」。「忘八」本身也是八項德行中缺最後一項——無「恥」。

過去跟水中蛟幹，打家劫舍跑「買賣」頂多算個團夥，夠不上團隊。但水中蛟畢竟沒喝過墨水，缺心眼兒，一遇緊急狀態就爹死娘嫁人，各人顧各人，扔下大夥兒不管，比誰跑得快。當然，他也管不了。還有，過去水中蛟沒有領著大家發過誓，沒舉行過入夥儀式，大家總是覺得胸口犯堵，是不是真入袍哥，自己都不清楚，入了夥也不踏實。

幸虧來了林翰墨，提出自己設堂口，創建智新社，才把大夥兒團結起來和那些有錢有勢的雜種們一比高低。為了把智新社辦得像模像樣，林翰墨和水中蛟還專門派人去向正規袍哥組織學了些章法呢。

雖然林翰墨宣布了那麼多「王法」，弟兄們卻一點兒也不害怕。大家都相信，王法是嚴厲的，但他們的大爺是正派的。絕不會無章亂整。

水中蛟堅持要從自己的洞子搬出來，讓給林翰墨居住，林翰墨堅持不受，兩人推來推去幾近翻臉。最後，林翰墨火了，說如果水中蛟不聽大爺的話，他只有走人。水中蛟才表示暫時維持原狀，但還是心有不甘。林翰墨也說，有事可以借水中蛟居洞的「大廳」議事，水中蛟才轉怒為喜。

林翰墨剛剛出任袍哥大爺，就贏得了眾兄弟的信賴，這僅僅是邁出了第一步。路，到底該怎麼走，還得看下一步。

林翰墨「嗨」了智新社的龍頭大爺，三天兩頭派雞腳神出寨打探敵情，看黃家父子對搶親一事的反應。現在不是從前，從前自己單打獨鬥，還可以由著性子來，是好是歹，是死是活都是一個人的事，現在三四十個弟兄把性命都交給他了，他帶領著一支隊伍，就要對弟兄們負責，幹事能不仔細嗎？

這天，他與幾個弟兄正在洞中閒聊，正說著「嗨」了袍哥還不行，下一步弟兄們還得長本事，雞腳神背著一個姑娘闖了進來。那姑娘十五六歲，披頭散髮，衣服上全是泥血，看不清模樣，已經昏死過去。

雞腳神喘息未定：「這小妹兒是我回來時在林子裡發現的，看樣子是餓壞了。」

磁器口風雲

許家碧被人叫來，見了這般場景，好不同情，急忙拿來帕子給小妹擦臉，還舀水來餵。

一些弟兄圍在門口，擠著看稀奇。

雞腳神「咕咚咕咚」一口喝下林翰墨遞來的半瓢水，抹一把嘴巴說：「大哥，鎮上全亂了。金癩子完全曉得了搶親的事，說這是搶妻滅子，是不共戴天的仇恨，他定要報仇雪恨，踏平水門寨。那些狗日的，這幾天正四處抓人，要把參與搶親的人全部關起來，還要送大牢。聽說去抓你娘，沒抓著，他們逗放火燒了你老外公家的房子……」

林翰墨知道大事不好，意料之中金癩子不可能善罷甘休，一定會報復，但沒想到他報復的方式這麼刮毒[1]，急不可耐地問：「我娘呢？你知道上哪兒去了嗎？」雞腳神說：「我打聽了團方四鄰那些人家，都搖腦殼，說是不曉得。唉，我也沒辦法，只好先回來報個信……」

林翰墨聽了，心裡十分不安。

許家碧那邊，忽然一陣喧嘩。原來，正在給姑娘餵水之際，梨叔從人群中擠進門來一看，便叫道：「珍兒！貴珍！你醒醒，你醒醒，我是你爹呀！」

姑娘慢慢睜開眼睛，喊一聲：「爹————！」起身抱著梨叔，傷心地大聲痛哭。梨叔心頭一酸，很不是滋味，眼淚掉下來。眾人受到感染，也紛紛落下淚來。

梨叔問：「珍兒，你啷個一個人跑到這兒來了，你娘呢？」

「爹，我娘她……」珍兒泣不成聲。

「她啷個了？」

「死，死了。嗚嗚嗚……」珍兒說不下去，只是一個勁兒傷心地哭。

「死了？啷個逗死了？」梨叔又急又氣直往地上督腳[2]，身子一傾，有些趔趄。

珍兒哽哽咽咽，好不容易才說出事情的原委。

原來，黃三蛋父子終於弄清搶親的是什麼人，並向縣長頻頻密報，任意誇大，上綱上線。說搶親事小，作亂事大，這都是華鎣山游擊隊餘黨曾林所為，要是不迅速加以制止，讓百姓鑽空子跟著作亂，與政府為敵，泛濫下去，說不定哪天會把縣

第九章

衙掀了，縣城砸了，把個巴縣，把個沙磁區弄個底兒朝天那就鬧熱了，針尖大的洞會形成簸箕大的風。

縣長心中有數，他用不著別人來教訓，這樣的事在他那裡經常有人報告，是見慣不驚的家常便飯，就事論事充其量也就是個民間糾紛，反而，他認為黃家小題大做，假公濟私，公報私仇，假以國家機器為一己私利，扯大奶子嚇小娃兒，並未給予足夠重視。

偵緝中隊豬隊副向黃家父子報告：「我已帶隊伍去過林翰墨家，翻遍那個狗窩，沒找到他老娘。」

「有沒有其他消息？」金癩子問。

豬隊副趕緊回答道：「那日搶親，有人親眼看到逃犯梨右章，他無緣無故到磁器口街上來做啥子？他不會來趕要耍場，這事肯定跟他有關。現在他家中有妻女兩人，要不要抓來？」

黃三蛋說：「先莫忙抓她們，你帶幾個人去盤問盤問，給點顏色，看看再說。」他是想先禮後兵，把事情摸出點眉目，再來個放長線釣大魚，要做就把這事情做得巴巴適適，滴水不漏，拿出政績來，以免縣長小看，同僚說三道四。他見豬隊副已轉身，立馬就要領命而去，覺得意猶未盡，忙叫住又說：「豬隊副，這些天，你們隊長心情不好，凡事只有勞你駕了。」黃三蛋對這個偵緝中隊隊副一直比較客氣。

「是，乾爹您見外了，兒子一定盡職盡責，盡心盡力，把您老吩咐的事情做得巴巴適適！」

豬隊副帶著幾個偵緝隊員，大搖大擺地去梨家。還隔兩根田坎，就朝地壩外砍柴的珍兒娘大聲喊：「梨家的婆娘，你男人在屋頭嗎？」

珍兒娘一見，趕緊往家跑，「砰」一聲關上門。

「媽的，啷個不聽招呼，老子又不殺你，還跑，跑個屁，我看你跑得脫？！」豬隊副氣急敗壞，快步來到院子門前，拳打腳踢起來，「開門開門，老子沒工夫跟你藏貓貓！」

珍兒娘拿來槓子死死頂住房子的門，輕聲而又急切地對珍兒說：「快，從後門出去，找你爹，逗說警察來了，叫他莫回來。」

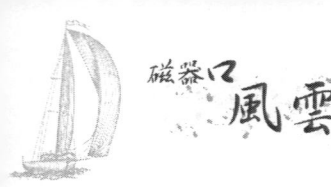

珍兒哭著呆在那兒，不想走。

珍兒娘急了：「你這個該死的犟牛，趕快去給你爹報個信，再不走逗來不及了！快！」

「那你……」

「跟你爹說，我沒事，他們不會拿我啷個。倒是你，無論如何不能落到那些雜種手裡，一旦落下逗完了，千萬千萬不能！」她反覆向珍兒強調落入虎口的危險。

珍兒仍然愣在那裡沒挪身子。

「快走，娘求你了！」珍兒娘近乎哀求又急切地喊道。

珍兒見娘直督腳，更是沒了主張。在這一爭一執之中，偵緝隊員已經到了後門，珍兒跑不出去了。珍兒娘急中生智，趕緊從灶裡抓了一把鍋煙墨，把珍兒抹了個大花臉，然後拉進裡屋塞到床下，吩咐道：「不管發生啥子事，千萬不許出來，如果不聽話，逗不是我的女兒！」

「轟隆」一聲巨響，門被推倒了。豬隊副一把抓住珍兒娘的手臂，一面向偵緝隊員下令：「還有一個，快搜！」他略加思索後罵道：「你這個臭婆娘，肯定心頭有鬼！見了老子，不出來迎接，反而躲躲閃閃，是個啥子道理？」

珍兒娘說：「我家沒個男人，孤兒寡母，你們來做啥子？」

「啪！」豬隊副一個響亮的耳光橫掃過來，惡狠狠地喝道：「臭婆娘，你還嘴硬！快說，你那個土匪男人回來沒得？你把他藏到哪裡了？」同時抓住珍兒娘不停地推搡。

珍兒娘兩眼直冒金花，氣憤地說：「你又不是不曉得，我男人被你們抓走好多年了，如今音信全無，我還向你要人呢，還來問我！」她已鐵了心，大不了一死，膽子反而大起來。

「媽的，你女兒上哪兒去了？快說！」

珍兒娘猛然掙脫豬隊副，跑到門口，對著西邊山上大喊：「珍兒，莫回來，快跑，屋頭來了豺狗子！」

第九章

　　豬隊副並不是處處犯傻的貨，糊塗一世的人也有聰明一時的時候，此時他的聰明勁兒就上來了。他指著東邊那片林子，對偵緝隊員說：「肯定在那邊的樹林子裡，你們快給我追！」

　　珍兒娘見偵緝隊員朝那邊跑去，大哭大喊：「珍兒啊，他們捉你來了，娘幫不了你了，你各自快些跑吧，跑得遠遠的！越遠越好！」

　　「哈哈哈！你這婆娘還真好心，給我們指方向。」豬隊副擰著珍兒娘的手臂，邊說邊放聲大笑。

　　珍兒娘似乎恍然大悟，便大聲哭喊改口道：「哎呀，她沒在那邊，沒在那邊啊……」她以這樣真真假假的張揚，給偵緝隊員一個錯覺，還以為她一時糊塗害了女兒，更堅定了追逃的信心，幾個隊員一溜煙兒消失在林子裡。

　　「嘿嘿，現在要騙我逗晚了。」豬隊副瞇縫起一對松泡子眼睛，死死地看著被抓住的這個女人。他兩眼一亮，像是發現了奇蹟：這是個漂亮女人，雖然家貧，屋裡屋外卻收拾得乾乾淨淨；一襲破爛衣衫，補丁摞補丁，並沒遮住她勻稱的身材；還有那協調的五官，方方正正地擺在白裡透紅的臉上；從衣領裡看下去，頸項以下的白，還有那酥胸，更是愛死人了。

　　「媽的，身邊反正沒別人，何不……」豬隊副喜上眉梢，他衝動的淫勁兒上來了，一把將這女人推進屋裡，關上門還插了閂。

　　「你，你要做啥子？」珍兒娘一個踉蹌，站住後驚疑不定。

　　「嘿嘿，嘿嘿……」豬隊副厚顏無恥，拉著臉皮，喉嚨裡直打乾噎，渾身像是著了火樣發燙髮燒。珍兒娘嚇白了臉，明白了他的企圖，連連後退。他慢慢逼過去，一邊手忙腳亂地解紐扣，一邊說：「沒啥子，你不能光伺候那姓梨的土匪，今天也該讓我這個政府的隊副來開開葷……」

　　她憤然至極，「啪啪」就是兩個耳光，打得他兩眼金花直冒。豬隊副已經顧不得這些許的小小刺激，猛地把她抱起來，扔在床上，幾把撕破女人的衣褲，然後三下五除二，胡亂扯掉自己的衣服，重重地壓上去，無論她怎樣腳蹬手撕，大喊大叫地掙扎也無濟於事。

　　「救命啊——！」梨家那低矮的草屋傳出淒厲的喊叫。

磁器口風雲

　　珍兒哪見過這樣的陣勢，躲在床下早已經嚇得魂飛魄散，渾身篩糠，根本不敢弄出半點響動。

　　豬隊副原是磁器口街上一個雜皮流浪漢，人稱「騷包腳豬」，無爹無娘，成天幹些偷雞摸狗的事。20歲還沒個正當手藝，趿著一雙破口布鞋東遊西蕩，一副二流子嘴臉。

　　他長得也沒個人樣：嘴向前伸，瓜殼寡臉，一副哈撮撮的樣子，外加滿臉的騷疙瘩，皮膚黢嘛黑。這廝極貪女色，有時幾頓沒吃上飯，還有心思去摸那過路女人的奶子，摸了就跑，跑不脫就弓著背讓人家狠揍，揍得鼻子嘴巴都流出血來。死豬不怕開水賴[3]，還要望著女人嘻嘻哈哈浪聲大笑，一副志得意滿的樣子。

　　儘管鬥大的字不識幾個，卻屄眼兒黑，極其大膽，好事不做，壞事做絕，不在乎生死，心毒手狠。誰要是把他逼急了，就「嗖」地拔出隨身攜帶的小刀，捅一刀就跑，也不管你是死是活，更不管你是天王老子還是地獄孫子。

　　他坐過班房，卻不覺得是件苦事，放出來依舊死性不改，還向人炫耀：「班房有吃有住，哪點不好？老子覺得是個好去處。」完完全全一個無賴。由於他長年混在磁器口，對磁器口鎮的卡卡角角都無比熟悉，一般人家的「事」還瞞不到他，所以，偷雞摸狗屢屢得手。

　　後來，黃三蛋讓他做了乾兒子，為的是收服惡人，少惹麻煩，另一方面也多個打手。

　　黃三蛋把他弄進偵緝中隊搞「治安」，這可對了他的胃口。至此，這廝更是狐假虎威，仗勢欺人，作威作福。背一桿槍指東打東，指西打西，沒事就走門串戶，白吃白喝。鎮上的妓女沒一個沒伺候過他，或者東吃一口，西啃一嘴，或者懷抱兩女享受「雙飛燕」，打完野食提褲子走人，從不給一文錢，連句客氣的話都沒有。人家是以此業求生計，也拿他沒辦法，敢怒不敢言，沾惹不起，只好躲得遠遠的，唯恐再見這個惡煞。

　　恨他的人曾想把他除掉。有一次，有人在他鞋子裡放了顆炸野獸的臘製丸子，這是一種用羊油包裹著烈性炸藥的爆炸物，是農民放在田邊地角對付毛狗子、豺狼、狗子之類的，一咬就響，具有一定的爆炸威力。誰知「騷包腳豬」穿鞋時先要倒倒鞋子裡的塵土，一下子就把丸子倒了出來。他心知肚明，是有人想扁整[4]他，置他於死地。

「騷包腳豬」冷冷地自言自語道：「哼，日你仙人板板，小祖宗想翻老子的羊角轉兒跟鬥，想送老子去閻王殿，還嫩了點點。幾個青勾子[5]娃兒逗想要老子吃莽莽的項上傢伙，沒門！」

這個時候，他卻不是豬腦子，聰明才智又湧上來了。他說：「這種事出來了逗不能讓它縮回去，伸出頭逗一定要鎮下去，否則，死到臨頭。」

你猜他啷個辦？他把臘丸子拿在手裡高高舉起，從磁器口大碼頭一直走出高石坎，來了個場頭場尾穿通而過，再回到金蓉正街街心，一路高聲喊叫，要眾人都來看他耍把戲。他這一招吸引了不少好鬧熱的人跟在身後。然後，他把臘丸子放在地上，使勁兒一踢，「轟隆」一聲巨響，他的五個腳指頭當場齊齊整整炸掉四根，血肉橫飛，把好鬧熱的人都嚇了個半死，瞬間如鳥獸散，躲得無影無蹤，整個街心只留下惡棍一人。他自己卻面不改色心不跳，輕鬆地從身上扯下一塊破布，往腳上一纏，嬉皮笑臉地走了。

這事轟動一時，人人都知道這小子是狗皮披肩做荷包，不是一個正經股子皮，是個不要臉不要命，誰都不敢招惹的惡人。在磁器口街上撞見他，沒人不驚慌失措，避而遠之。

黃三蛋下鄉派款徵糧，只要他去了，人們都會趕快儘量拿出糧款送上，還要賠著笑臉，以便打發瘟神。年輕媳婦大姐更不必說，見了他有如見到凶神惡煞的魔鬼，不寒而慄，恨不得鑽進牛肚子裡去躲藏起來。他聲稱，他走到哪裡，哪裡的狗都不敢汪汪亂叫。當了沙磁區偵緝中隊的隊副之後，更是底火很足，得意揚揚。

在磁器口，他只服一個人，那就是黃三蛋，他並不是害怕這個參議員乾爹的官銜，而是感激知遇恩德，他就對這個參議員言聽計從。

所以，珍兒娘碰到他就知道沒好事。

這會兒，「騷包腳豬」幹完事，仰躺在床裡，黑肚皮翻翻，心滿意足。這個瓜娃兒，可能是在做完這等事情之後吃過虧上過當，或者被人醫整過，此時也算有些警惕，沒有忘記把手槍從皮盒子裡抽出來，靠在身邊，手不離扳機，方便隨時迎戰。

追趕珍兒的幾個偵緝隊員跑了一大圈什麼也沒撈上，轉回來一看，才曉得上了當，知道是「騷包腳豬」編條兒扯靶子[6]，調虎離山支開手下，讓他們白跑，為他糟

磁器口風雲

蹋良家婦女掃清障礙。儘管他們心裡窩火，但也沒辦法，打不出噴嚏，還是選擇了不開腔。

「騷包腳豬」休息了一陣，恢復了精神說：「天色不早了，今天又很累，大家也很辛苦，我們回去吧。」轉身對珍兒娘說：「你給我好好聽到，你男人要是不回來，我跟你的這段緣分逗沒個完……媽的，這個婆娘還真是受用，整得老子舒服慘了[7]！」

偵緝中隊的人馬一走，珍兒娘羞忿難忍，哭得死去活來……催著珍兒快去找她爹。

珍兒出得家門，卻沒走多遠，在一棵大樹茂密的枝葉下藏起來，傷心地哭泣。直到天黑，她摸回家，只見娘換了身乾乾淨淨的衣服，把床鋪收拾得整整齊齊，自己長長梭梭地吊在堂屋，直直挺挺的。她用手一摸，娘全身已經冰涼，早已命歸黃泉。

聽了珍兒的一番泣述，水門寨的弟兄個個義憤填膺，摩拳擦掌，都要出寨去給梨右章報仇，要給黃三蛋、「騷包腳豬」一點顏色看看。

水中蛟平時最講江湖義氣，他見自己弟兄如此被欺，氣得更是不行，他把拳頭往桌上一擂，罵道：「日他媽，老子跟他拼了！」

弟兄們見水中蛟這般怒火中燒，受到感染，一個個抄起傢伙就要出寨。

「不行！」一直沉默不語的林翰墨突然站起身來，一把抓住水中蛟，攔住眾人。

「耶！格老子，好霸氣！沒整到你腦殼上嗎？是啷個的喲？還受得了這樣的氣？」

「莫非是要讓黃三蛋、『騷包腳豬』那些雜種，把弟兄們的親人整死完，你才甘心？」

「真是，整不多一[8]懂……」

弟兄們七嘴八舌，對林翰墨的行為憤憤不滿。連許家碧都愣了，放下手中活計，呆呆地望著林翰墨，似乎不認識他似的。

「林翰墨！」水中蛟冷森森地開腔了，「論年齡我該叫你老弟，論輩分你是我大哥。我說這事不管與你有無關係，你願去，逗和弟兄們一道去找黃家那些狗日的算帳。要不去，逗在寨子裡陪新娘子好了，但你莫攔著我們。」說著，又欲起身。

106

林翰墨急了，說：「誰都不準去，要去只有送死！」

「你怕死逗留在水門寨，我是堂口的紅五爺，有權為堂口的弟兄做主，逗是拚個魚死網破，我也得去！」水中蛟說著，吆喝一聲出了門。

「混蛋！」林翰墨真的生氣了，「嗶」的一下，拔出腰間雙槍，「啪」一聲扔在桌上，「哪個敢不聽招呼，我打死他！」

這一下，把在場的人都鎮住了。特別是水中蛟，他從沒見林翰墨動過這麼大的肝火。

「雞腳神！收拾傢伙，我倆出寨去，探看個究竟再說。」林翰墨已經深思熟慮，胸有成竹，他知道這時拉出眾人拚命，正中黃家父子引蛇出洞之計。他要見機行事，全盤考慮出寨討回公道的計劃。

這時，一直蹲在珍兒身邊抽悶煙的梨右章開腔了：「我和你們一起去，多個人壯膽！」

林翰墨說：「那好，明天我們一起去吧，今晚睡個好覺，養足精神！」

註釋

1　刮毒：狠毒、惡劣。
2　督腳：跺腳。
3　賴：燙。
4　扁整：收拾。
5　青勾子：嬰孩的青屁股。
6　扯靶子：撒謊。
7　慘了：極了。
8　多一：太。

磁器口風雲

第十章

天陰沉下來，加重了熱度，遠處能看見不斷扯動的活傘[1]，還能聽到「轟隆隆」滾動的悶雷，天要下雨了。

重慶8月的天氣，像驛站的客人，雨和烈日說來就來，說走就走。昨晚又扯活傘又打雷，結果是玉皇大帝耍排場，架子很大，實惠很少，也就是揚手撒了幾滴雨，地皮都沒打濕。

今晨，天上沒了一絲雲彩，火紅的太陽直端端地掛在天空，曬得人滿臉出油。丁丁貓兒[2]在路邊飛來飛去，翅膀與太陽鬥法，不時閃出金光；雞拉子[3]扯起喉嚨，自以為唱得動聽，越唱越起勁兒，沒完沒了；灶雞兒[4]也不示弱，聚起全身力量驚叫喚，生怕嗓門超不過別的小動物。這種火漂火辣的氣候讓心情不穩的人更加躁動不安，心煩意亂。

林翰墨一行三人，各自戴頂破草帽，簡單化了裝，朝磁器口走去。林翰墨提議，順路到他老外公家去看看，若老娘還在老屋附近，就叫她收拾收拾做些準備，回來時將她接進水門寨去。

他們走過小河上那一搖一擺的甩甩橋，林翰墨心裡頓時一沉，一股寒氣從腳底衝上來，他預感到今天這甩甩橋好像有點異樣，具體有啥子不對頭，又說不出來，隱隱約約有什麼不測將要發生，腳下的步子有些遲滯。

他們幾大步甩到老外公的屋前，哪還有什麼家？一片燒焦廢墟，幾堵黑不溜秋的斷牆，房上瓦片塌下，被砸爛的家具還冒著青煙，這個家一遍狼藉，慘不忍睹。

「娘！娘啊……娘……」林翰墨一聲聲呼喚，衝進那已不復存在的門。他不知道娘是否已被那些狗日的燒死在屋裡，心酸至極，老外公苦心經營起來的這個家，僅傳了兩代，而今全沒了。

他從小就喜歡這裡，那時老外公還在，他和爹娘經常要來看望老外公。這裡舉目能見高高的山峰，低頭能瞅清清的河水，平眼相伴是房前屋後的青竹，竹林的筍、筍殼和綠得發藍的嫩芽；高大的樹，樹上纏繞的藤；生長艱難的灌木雖然佝腰駝背，但仍忘不了生生不息，傳宗接代生出美麗的花，以花養成果實；老外公老外婆養的兩只蘆花母雞，還有小河上那走起來一搖一擺、晃晃悠悠的甩甩橋……

磁器口風雲

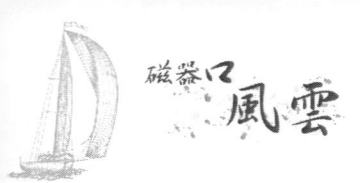

這裡的一切都那樣熟悉，曾給他帶來歡樂，又給他無限憂傷。哥哥不在世，他的出生曾給家庭帶來過短暫的歡愉。

他剛知事時，看見娘回到這裡總是不停地給老外公做這做那，收拾不停。爹則常帶他到山上打獵。他家雖然有槍，可在前清當過武秀才的爹一般不用，愛使那張考秀才時用過的弓，射山雞，射野兔，爹還誇耀說曾經射過一只豹子。林翰墨那時小，搞不太懂這些事理，但總能體會到樂趣。

每次來老外公家，他都是騎在爹肩上，看著走在前面的人，有著「高人一頭」的感覺，愜意極了。每次來這裡，爹都要在磁器口街上給他買包「夏麻花」或者一塊扒糕，他總是捨不得吃，拿來與老外公老外婆分享。

據說，清朝末年，磁器口鎮楊柳灣夏姓人家製作出來的麻花，口味獨特，三鄉四鎮的大人娃兒都很喜歡，食客迎門，美名傳遍四面八方。「夏麻花」選擇上乘的食料，採用全手工製作，口感香、酥、脆、爽，存放三五八天都不會發綿。夏家人嚴格遵照不外傳的祖訓，保守著商業秘密，不讓別人學去。

小時候的林翰墨很愛看夏家人做麻花。夏家媳婦那雙纖細的小手，把經過發酵的灰面[5]面胚揉捏筋熟，搓成長條，對折，繼續搓，打三折，一擰，一條麻花就展現在食客面前。這個麻花擰得多麼動人啊，讓生面胚子在瞬間就實現了華麗轉身。然後下油鍋炸，把原本普普通通的東西變得立體、形象和誘人！

「夏麻花」有四種口味：甜、椒鹽、怪味、蜂蜜。甜味麻花，香甜可口，入口即化，老人小娃兒都喜歡；椒鹽麻花，口味純正，酥脆化渣；怪味麻花最具重慶特色——重口味，集甜、麻、辣於一體，回味無窮；蜂蜜麻花，甜而不膩，清香爽口，許多女娃兒喜歡，尤其是那些千金小姐。

林翰墨一家來這裡，老外公總是要迎過甩甩橋，把他從爹背上接下，老外婆每次都給他塞一個煮雞蛋，還悄悄告訴他：「蘆花雞又下蛋了。」當林翰墨從兜裡掏出那被擠壓得破碎不堪的麻花時，一家人總是一陣哄笑，其樂融融。

林翰墨得知哥哥被父親用亂刀劈死之後，幼小的心靈受到強烈刺激，家裡再沒了那種歡樂。從此，林翰墨開始固執、任性、寡言、逆反。他冥冥思索：人世間為啥子這般無情無義？這般兇殘嚴酷？父親為啥子要殺死親生兒子？他只聽說貓頭鷹長大後吃母鷹的故事，難道人也和那鳥兒一樣無情？當他還沒理出頭緒時，自己又

被趕出了家門。不久，父親又因他入獄被活活氣死。這到底是為什麼？人世間這種你爭我鬥，打打殺殺的癥結到底在哪裡？……

「林大哥，快過來！」雞腳神站在一跺斷牆邊，輕聲呼喊。林翰墨走過來一看，又驚又喜。只見梨叔蹲在地上，雙手扶著淚眼模糊的翰墨娘，一個勁兒地安慰。可那老娘根本不聽，嗚嗚咽咽地數落著。

「娘！」林翰墨撲在娘身上，小孩子似的哭起來。那悽慘的哭聲，使得站在一旁的梨叔和雞腳神也不忍打開了眼睛的閘門，跟著一汪一汪地掉淚。

哭了一陣，林翰墨說：「娘，是我害了您老人家，讓您老流離失所。現在家沒了，您老沒個安身立命的地方，跟我們上水門寨去吧。」

「不！我死也要死在這裡，不然我對不起你那死去的爹，對不起你老外公老外婆。」林母邊說，邊用手擦眼淚。

「嫂子走吧，莫恁麼想，那些狗雜種不讓咱活命，我們偏要活，還要活得好好的……」梨叔站在一旁，不住地勸慰。

林翰墨說：「娘，你逗去吧。我們雖然住在水門寨，但可以在嘉陵江岸邊開荒耕作，那裡也和山上一樣，受官府管轄，有保有甲。不一樣的是，官府的奸賊們若是要來抓人，我們逗進水門寨躲起來。」

梨叔嘆口氣說：「唉，我們也不想恁個苟活著，這也是被逼得沒辦法的事呀。」

翰墨娘問：「你們不是土匪？」

「娘，你看我們像土匪嗎？」林翰墨見娘仍存遲疑，又說，「您先去水門寨看看，若是不滿意，我再把您送回來。相信兒子不會騙您。」然後吩咐道：「梨叔，麻煩您老人家先把我娘送到水門寨交給家碧，我和腳神老弟到磁器口探聽情況，這裡不是久留之地。」

「那你……」梨叔實在不放心，但翰墨娘是非送不可的。他遲疑片刻，對翰墨娘說：「老嫂子，我們逗聽翰墨的話，先走吧。」

「我的哥耶，我的死鬼呀……」翰墨娘又傷心落淚地大哭一場，方才一步三回頭地離去。

磁器口風雲

　　四人過了甩甩橋，林翰墨望著娘和梨叔漸漸遠去，抹了一把眼淚對雞腳神說：「走吧，去磁器口把情況摸得清清楚楚，再找那些狗日的算帳！家仇民恨一起報！」

　　「喔——！王大爺的客人，你，你，林，林……」春風樓的管事唸著堂口裡王大爺寫的條子，臉色變得慘白。他內心緊張，說話語無倫次，「林」了半天也「林」不出個名堂，背了好一陣子才喘過氣來說：「林大哥，金癩子的人正在四處捉拿你，為何不趁早出去避一避，這大庭廣眾之下，危險得很。」

　　他說的林大哥，正是林翰墨。他的那番話是出於關心的提醒，惡意的威脅，還是多一事不如少一事要把他支走？外人是弄不伸抖[6]的，只有他自己才清楚。

　　「哼，到底哪個吃虧現在還難說。」林翰墨冷笑一聲說，「金癩子父子和『騷包腳豬』這陣子到你這兒來過沒得？」所謂「騷包腳豬」，實際是專門用來配種的公豬，它的主要功能，就是用來和發情的母豬幹那種事，這裡是指豬隊副。

　　「沒，沒有。」管事扯了個謊，其實，豬隊副此時正在裡面尋歡作樂呢。

　　春風樓是磁器口最紅火的一個妓院，姓豬的豈有不來之理？管事之所以要扯謊，是怕林翰墨給他擺禍，砸了這裡的場子。

　　「那——」林翰墨並不理會他是否扯謊，略加思考問，「你曉得他們在哪點兒？」

　　「喔，剛才我看見黃三蛋那老東西進了翰林居，多半是過癮去了。」這個翰林居，是磁器口唯一的鴉片館。管事說到這裡，知道會有麻煩，似乎醒悟過來，驚疑不定地問：「你——？」

　　「沒得啥子，我們想會會他，有些事要跟他交涉。」林翰墨拱拱手說，「多謝指點，告辭了。」說完，帶著雞腳神走出春風樓。他們在街上打聽，證實黃三蛋的確在翰林居，便徑直朝那兒奔去。

　　翰林居在一條幽深的小街內。不知從哪年起，這裡成為舉子、翰林進出重慶城暫時居住的驛站。清朝末年，時局維艱，大廈將傾，人心撼動，再來這裡的舉子、翰林微乎其微，這裡凋零了。

　　如今又因內戰烽火，國亂家破，有人把它盤下來開了個煙館，生意還比較興隆。說起來真有些糟蹋聖賢。想通了也能理解，這應該是國破家碎的一種必然亂象。

那個小院林翰墨是知道的，小時候跟隨老爹進去過。那一次林秀才去向正在裡面耍舒服、操安逸的鎮長黃三蛋報告治安情況。小翰墨當時搞不醒豁[7]，報告事情的人要規規矩矩地站著說話，聽報告的人隨心所欲地側身躺在榻子上抽大煙，一副心不在焉的樣子。現在他明白了，這就是國民黨官員的等級制，官大一級壓死人。那時的人一旦當了官，就把令來行，就會自然生長出一種彎酸的性格。

林翰墨還記得進到小院之中，清幽、古樸的味道撲面而來，兩邊由老瓦房圍合而成，像個四合院，幾十年的泡桐、棕竹、桂花等樹木將院子裝點得幽然靜瑟。

這個院子是明代後期建成的，有300多年歷史了。明代晚期朝廷的江山已呈江河日下之勢，建築不講究雕樑畫棟，更多強調實用、簡潔、省工省時省原料。柱頭下邊用石頭作墊，是為了防潮。正院有個半月形狀的小建築叫月臺壩，它有兩個作用：一是堂屋來客，主人在裡面談事情，隨從就在那月臺壩喝茶聊天休息等主人，不影響廂房的人過煙癮，還能警衛；二是逢年過節，在此祭祀。

翰林居地處鬧市，小巷幾十米，不長，但並非窄小，相對而言是比較寬敞的，來往閒雜人員較多。黃三蛋老奸巨猾，非常小心謹慎。他燒鴉片，不僅帶著貼身保鏢，還專門派了兩個偵緝隊員在翰林居大門站崗，一般人根本近他不得。

翰林居對面是個飯館，那裡常有叫花子進進出出。此時就來了兩個，一個高高長長像根蒿稈，一個矮矮墩墩像個石鼓。兩人各戴一頂破草帽，身穿爛衣褲，手比煤炭還黑，臉上哇渣，沒有丁點兒乾淨的地方。他們不進飯館，卻一人拿只半邊碗，坐在門前哼哼：「發財伯伯、嬸嬸、大哥、大嫂⋯⋯把你的東西勻點兒嘛，哪怕是低低兒[8]䐄䐄也感激不盡，救人一命勝造七級浮屠⋯⋯」

旁邊是個擺肉攤子的屠夫，見那矮個子叫得可憐，順手割下一小塊肉扔過去。誰知高個子見了，咆哮著：「你個哈板兒，倒尖不齊，鬼迷日眼地跑到我的地盤來冒皮皮，打飛機，這還了得，滾！」伸手要奪矮個兒手裡的肉。

矮個子叫花兒也不示弱：「你瓜兮兮，哈撮撮，像個錘子樣。逮貓兒打個呵欠，毬經不懂，醒靈轟隆，還要來扇我的盒盒兒，從我嘴巴頭扒食，憑你那點本事，也不屑把稀屎照一照，去你的去，爬你的爬喲。你龜兒在老子面前充啥子殼子？吐你龜兒兩泡口水，滾一邊兒去。嗯，莫忙，你給老子站到，把䐄䐄還給我，不然老子弄死你！」這個叫花兒口若懸河，罵人罵得扎勁兒得很。

磁器口風雲

兩個叫花子都不省油，出言不遜，你一言我一語，互不相讓，還大打出手打起架來。

「整！嗨實整！不整不是人娘老子養的……」那些好事之徒趁機鼓動，抱膀子不怕柱多，揚穀殼不怕風大，一場鬧熱就在眼前。

旁邊還有幾個叫花兒，坐山觀虎鬥，在那裡安然自得，幸災樂禍，一邊用石頭拍打著地面，一邊扯起嗓子高聲大叫：

改，改，改匠的改，改匠的東西兩邊用；

木，木，木匠的木，木匠的東西光禿禿；

鐵，鐵，鐵匠的鐵，鐵匠的東西紅半截；

打，打，打起來了才好耍……

很明顯，他們吼出的這些語言和那手上的動作，是為打架的兩人營造一觸即發的氛圍。

許多不明真相的人都擁來看鬧熱，本來就很鬧熱的街面，此時顯得擁擠不堪。

「好！好！不要整得流湯滴水。再加一把勁兒，乾脆利落，哪個贏了我賞一塊大洋！」內圈有人拍著巴掌，不停地打氣。圍觀的人自然而然形成圈子，真是裡三層，外三層，重重疊疊又三層！

翰林居門口兩個站崗的保鏢，也踮著腳尖，伸長脖子，看那人圈中兩個叫花子一來一往地比畫打鬥。隨著推搡動作來回移動，人圈也隨之自然變換隊形，圍觀者都害怕自己遭誤傷，隨著隊形的變換擁來擁去，還引來一些小娃兒亂哄哄地擁擠過來。

「是哪個廢物無事包金在這裡胡鬧？」黃三蛋過足了煙癮，一身輕鬆從屋裡出來，喝道，「快把兩個驚風活扯的半截子么爸兒[9]給我趕開！瘋瘋癲癲。」

只見那高個子叫花兒猛一下將矮個子已經搶過去的那坨肉奪在手裡，飛似的朝翰林居跑，那矮個子稍微愣了一下，轉身追了過去。

偌大的人圈生怕放過稀奇，也隨即朝這個方向快步運動，差點兒沒把黃三蛋撞倒。保鏢和偵緝隊員趕快上前，用槍托驅趕人群。誰知圍觀者太多，趕走了這個，又擠來那個。

第十章

「把那兩個打架的雜種給我綁了，關到鎮政府，成何體統！」黃三蛋見人們不聽招呼，提高了嗓子，發出怒吼。語音剛落，幾個狗腿子就拚命朝人叢裡擠。

只見高個子叫花「啪」一下將手裡的肉扔出來，不歪不斜正好打在黃三蛋臉上，然後一鼓勁兒地朝金蓉正街的上場跑去。黃三蛋用手捂著滿是油汙的臉，大聲呼喊：「快，短到[10]那個叫花子，快開槍，快開槍，打死他！打死他！打死這個雜種！」

高個子已轉彎，幾個狗腿子又被人群分散開了，根本無能為力，只好朝天放槍。圍觀群眾聽到槍聲，嚇得四下奔逃，頓時街上大亂，只剩下黃三蛋孤零零地立在街心。

「啪啪啪」矮個子趁保鏢去追高個兒，人群被帶到上場，從破舊衣衫下的腰間拔出雙槍，走近前去一陣槍響。

黃三蛋用手指著矮個子叫花兒：「你，你……」下文沒來得及說出來，身上就成了篩子眼眼。

矮個子叫花兒迅速扔出個紙團，跑進逃命的人群之中消失得無影無蹤。

等幾個狗腿子倒回來，街上哪裡還有人影。從黃參議的屍首旁，撿起紙團展開一看，紙上寫道：「作惡多端的縣參議黃三蛋早該如此，這就是那些欺壓百姓者的下場！」落款是：「行不改姓坐不更名的林翰墨。」

「媽的，把隊伍拉出去，踏平水門寨，把那姓林的雜種抓起來千刀萬剮，再放把火把他們的茅棚燒成灰燼！」豬隊副鐵青著臉，大聲呼喊，「把人集合起來！」

站在黃三蛋屍體旁邊，一直沉默不語的金癲子開了腔：「慢！」他咬咬牙關，一字一句地說：「殺！你逗曉得殺，殺得完嗎？燒，你燒得光嗎？哈屁撮撮，盡開黃腔，長個腦殼不想事。人家既然敢留姓名，逗是向你下戰書，你以為逗恁個好對付？」

豬隊副急了：「未必老太爺逗白丟一條性命，你要便宜了那姓林的？」他真不明白，金癲子為啥對親生父親這樣無情無義，老太爺死於非命還這麼鎮得住場。他甚至懷疑過去那些傳言，這個當兒子的是不是真的信進去了，不認這個老子。

「哼！老太爺的命白丟？莫忘了老太爺是吃官家飯的縣參議員。」金癲子的話，把豬隊副弄得越來越糊塗。殺不殺林翰墨與這縣參議員有啥子毬關係？

磁器口風雲

金癲子見他雲裡霧裡不知所以，忙說：「他老人家既是官府的要員，這事就得由官府來處理！這一回老子要扭到費[11]，費得他幾爺子沒得退路，必須給個說法。」這是新仇舊恨一起算的一著棋，舊恨是這些年來一直沒有解決他偵緝隊的「高配」問題，新仇是政府官員「無端」地被殺。要逼著國民政府拿話出來說。當然，做這樣的事還要注意方法。哼，方法再簡單不過，就是塞點「包袱」，花點銀子而已。

「喔，我曉得了。」豬隊副恍然大悟，「你的意思是把這個案子上交，向巴縣政府告狀？」他憋了半天，終於說了兩句官話。

金癲子啥也沒說，只是點了點頭。

烏雲從四面八方湧攏來，又要下雨了。

註釋

1　活傘：閃電。
2　丁丁貓兒：蜻蜓。
3　雞拉子：知了。
4　灶雞兒：蛐蛐兒。
5　灰面：小麥粉、麵粉。
6　伸抖：明白。
7　醒豁：清楚、明白。
8　低低兒：很少、一點兒。
9　半截子幺爸兒：指尚未成年的男子或辦事不成熟、不穩妥的人。
10　短到：堵住。
11　扭到費：不放手。

第十一章

　　巴山腳下，籠罩著白色恐怖。

　　車站、碼頭、街道、鄉間路口，到處密布警察、便衣特務、偵緝隊的官兵，對過往的每一個行人，毫不例外地進行嚴格搜身、盤查；任何可疑的跡象都要作為重點對象，重點盤問；任何一個人都會讓他們疑竇叢生；一旦看誰不順眼，就會立即綁起來，押送官府。大的關口據點有上十人把守，固若金湯，一只蒼蠅都難飛過。

　　過關者提心吊膽，生怕哪點事情做得不丁對、不周全就大禍臨頭，所以都儘量克制忍耐，向「老總」討好賣乖，迎合著設站搜查的官人，大氣不敢出，回答問話低聲下氣；走路小心翼翼，生怕踩死螞蟻；關口周圍有小孩的人家，不管是白天還是黑夜，出現啼哭都要用手捂住，不準哭出聲來，誰都怕招惹是非。

　　「讓開！讓開！」兩個穿黑色制服的警察吆喝著吼開眾人。他們一個手提糨糊桶，一個抱著大卷告示，在磁器口的每個街口鬧市都貼上一張，然後耀武揚威，大甩甩地向靠近嘉陵江的大碼頭走去。

　　佈告上寫滿文字，還有照片，端端正正印著縣法院院長的大名。很快，每張告示前都圍了一群湊鬧熱的人。

　　「喔，不是啥子新花樣，還是老一套，緝拿那個殺死黃參議的林姓逃犯！」

　　「嘿，這回又漲價了，漲得蠻多嘛，看來是個搶手貨。嚯，還真是快當，昨天才二百五，今天賞大洋三百！我還想看看這姓林的真人是個啥樣子呢。」

　　這也許就是金癲子手裡的幾個銀子使然。人們說話語氣中「二百五」的含義是懂的，無意中流露出他們對與官府作對的林翰墨的羨慕。這樣的語氣含有一股子揶揄的成分，他們在內心還佩服得很呢。當然，也有鄙視官府，跟英雄開開玩笑的成分。

　　「賞得再多也沒得用，哪個去抓？哪個願意去抓？」一個提籃賣香煙火柴的小販輕聲說，「被那麼多當兵的撞到都抓不住，他們這群哈撮撮的小警察還能幹啥子？不是各人找死嗎？」不知這個小買賣人說的是那佈告上的人武藝高強，還是抓他的人沒用。反正一般人不明白他說這話的深層含意。

　　「也是，據說人家林姓哥子是練過輕功的，飛檐走壁，逢岩跨岩，逢坎跨坎，踏江過河如履平地，來無影去無蹤。不請神仙幫忙，一般凡人啷個抓得到他？這陣

磁器口風雲

子怕是早到外國去了！這種哥子啷個可能掉鏈兒，落到他們這些天煞星手裡嘛？」還真有人來「點題」。一些無事可做的街娃兒、好事者，愛看鬧熱，愛聽鬧熱，也愛製造鬧熱，逮到個話題就要添油加醋地演繹一下，然後還會幸災樂禍地看看自己製造的鬧熱會給別人帶來啥子表情。

　　人們指指戳戳，輕聲議論，那些待在一邊的警察見了也莫可奈何。他們有啥子辦法？未必去堵人家的嘴巴？幾個小兵秧子原本就是抓來的壯丁，他們不敢，只好裝耳朵聾沒聽見，裝眼睛瞎沒看見，反正公家的事公家辦，多一事不如少一事。這年頭，當兵吃糧本身就是一宗艱難辛苦的事，誰還會那麼過分認真？太認真了，怎麼掉的腦殼都不曉得。即便是迎面碰上「罪犯」，也只是張牙舞爪虛張一些聲勢，做做樣子，抓得到就抓，抓不到就算毬了！梭邊邊的又不是一個兩個，多的去了。

　　這時，從街對門旅館裡走出幾個人來，為首的約二十七八歲，身材結實，並不十分高大，西裝革履，一副寬大的墨鏡架在挺直的鼻樑上，擋住了大半個臉，神態瀟灑，步履堅實，一副十足生意人大老闆的樣子。跟隨他的幾個人，或西裝革履，或長袍馬褂，個個精神抖擻，雖大多目眼向前，但只要有點上心的人都能覺察，他們眼睛的餘光是把上下左右都監視著的，見對面許多人圍著一張告示，便一起朝這邊走來。

　　「你看那畫像，哪像個殺人犯？眉清目秀，慈額善臉，說不定擦身而過，也想不起是個被通緝的人。」一個婦女議論著，生怕同伴聽不懂，邊說還邊伸出雙手直比畫。

　　一聽這話，幾個膽大的人竟然「撲哧」一聲，然後取笑道：「讓這人做個女婿倒是蠻巴適的，沒準還能吃香香，喝辣辣，玩出些花頭來。」既而，更是引起一陣哄堂大笑，笑得那個婦女莫名其妙，看看這個又看看那個，有點不好意思地擠出了人群。

　　那西裝革履戴寬邊墨鏡的人，臉上也露出一絲難以察覺的微笑。他向緊跟其後的幾個人偏了一下腦殼，一行人離開觀眾，穿過丁字街口，再向北一拐，大搖大擺地上了大路，朝巴縣縣城方向走去。

　　縣法院在縣衙門隔壁，上一個小坡就到。

　　院長朱三令剛進辦公室，一位頭戴禮帽、身穿長衫的中年男子尾隨而來，掏出一張電影點頭哈腰地遞了過來，然後開門見山地說：「是黃隊長派我來的，他想知

第十一章

道他們家發生的那件事情,都過去這許多天了,院長大人目前對殺死老太爺那樁案件的偵破進展……」他所說的黃隊長,實際就是沙磁區偵緝中隊長金癩子。

來人邊說邊遞過一個包袱,「哐當」一聲丟在院長面前的桌子上:「這個,一點小意思,不成敬意,是隊長給院長大人的茶水錢。如果院長大人能盡快抓到兇犯,黃隊長還有更多表示。」「嗨——客氣了,哪敢收黃隊長的東西,黃參議員原本與我同朝為官,並肩同事,我做點事是應盡的道義,你們還這般見外,客氣了,真的客氣了。」朱三令口裡推辭,手卻不由自主地伸向那包銀圓輕柔地摸了一下,一雙眼睛笑得像對豌豆角。本來就肥胖的臉,加上這一笑,跟彌勒佛坐蓮臺沒兩樣。

「至於那個案子的事,我是盡心盡力在做,差不多天天都在貼佈告,天天都在加賞錢。可是那姓林的是個縮頭烏龜,逗是不露面,他不敢露面我們逗捉不到,我們也在想辦法讓他出來,一旦他跳出來絕對不會讓他隨便逃走,我已張網以待。」朱三令見來人正專心地聽,又說:「回去告訴黃隊長,請他千萬放心,只要那姓林的一露面,我們立即捉拿歸案,嚴懲不貸。目前的問題是找不到罪犯的蹤影。」看來,這件事情並非金癩子想像的那麼簡單,不是花一點銀子就可以了結的。

「黃隊長的意思是請院長大人立即抓住兇手嚴辦,盡快了結這樁案子,還黃參議一個公道,安撫黃隊長,好繼續盡職盡責為黨國孝忠。」來人綿裡藏針地說,把問題提升了一個高度。

「請回黃隊長的話,讓他儘管放心,本院一定抓緊辦理,不會懈怠。」法院院長也不是吃素的,自然有辦法對付,讓來人碰了個軟釘子。

兩人又談了一陣,來人方才離去。朱院長笑盈盈地輕輕把門掩上。他回到桌前,把那包銀圓放進抽屜,隨即拿出林翰墨殺人案卷宗「認真」審閱。

其實,朱院長知道,這個林翰墨不是個好惹的貨,沒準把他逼急,一不留神跑到法院來,自己這吃飯的東西還在不在都沒定數。再加上人民解放軍的大砲已經轟到了四川省的大門口,從那架勢來看,用不了多久,重慶也會成為「泥腿子」的天下,何必還要與這種刺頭泥腿結梁子[1],還是要給各人留條後路。當然,吃人嘴軟,拿人手短,黃家既然給了「乾貨」,樣子還是要做一做的。那黃家金癩子也不好惹,好在這林翰墨是個大活人,藏而不露,誰拿他都沒辦法,這樣一來還可以搪塞一陣子。

林翰墨教訓黃三蛋的事,很快就在巴縣、璧山、江津、合川一帶傳開了。

那些不甘寂寞、喜好說古道今的人，更是把林翰墨這位手持雙槍的袍哥大爺講得神氣異常，說他不但武藝高強，還會「隱身法」「定根法」「遁法」，來無影去無蹤，一個動作便可退兵十個，幾百千把人休想拿得住他⋯⋯傳揚得窮苦老百姓拍手稱快：「惡有惡報，善有善報，不是不報，時候未到，時候一到，必然要報。作惡多端的人早晚會被能人收拾。」

那些土豪劣紳、地方官吏無不心煩意亂，擔驚受怕：「作惡的事要收手了，兵荒馬亂的年頭，弄不好悄悄咪咪就被人黑了，還不曉得為哪宗起。做事留一線，以後好見面。還是本分點踏實！」

外界的輿論沸沸揚揚，林翰墨暗自高興，他覺得自己做了一件對兄弟夥和各人都有意義的事。劉璞政委不是說過嗎？游擊隊只要還有一個人，就要作為革命的「種子」生根、發芽、開花、結果，要將革命進行到底，除暴安良，做老百姓的主心骨，讓國民黨反動派害怕，讓國民黨反動派驚慌失措。

他的這些做法，雖然還無法阻止反動派繼續加大力量破壞黨的地下組織，還到不了「將革命進行到底」，做人民群眾「主心骨」的程度，還無法讓國民黨反動派驚慌失措，顧頭顧不了尾，顧尾顧不了頭，但也算行俠仗義，除暴安良，鏟惡除霸，讓老百姓順了口氣。他做了一件讓國民黨中的壞分子害怕的事。

他這樣做，是不是符合共產黨的要求還拿不準，因為在參加暴動的日子裡，他隨隊伍到土豪劣紳家提過槍，到大戶人家破倉分過糧，襲擊鄉公所也是為了提槍，還沒來得及大家在一起「小結」「研究」「學習」，情況就發生了很大變化，國民黨增加了圍剿的力量，他們被國民黨軍隊攆得滿地亂竄，被動挨打，被動還擊，後來被分割，再後來劉政委犧牲了，隊伍被衝散了。游擊隊還沒做過他現在做的這種事情。他認為游擊隊的稱號是偉大而神聖的，不可玷汙。所以他做這些事，沒用游擊隊員的身份，但他隱約覺得是幹了游擊隊想幹的事情。不管這麼做對還是不對，他心中堅定著一個信念：就以袍哥的名號，搞出些動靜，不敗壞游擊隊的聲響，擴大林翰墨的影響，讓倖存的游擊隊員向我靠攏。

他沒有忘記劉政委臨終前的囑咐，沒有辜負劉政委的希望，也沒有違背游擊隊暴動的初衷。他想：劉璞政委雖然犧牲了，但曾林副司令領導的那支隊伍還在，眼下社會上對他的這些輿論經過人們的口，一傳十，十傳百，百傳千千萬，幾傳幾不傳，很有希望能夠傳到曾副司令耳朵裡去，曾副司令逗會派人來找我。

第十一章

　　到那時，他要把這支隊伍完完整整地交給曾副司令，與曾副司令一起去實現劉政委的遺願：除暴安良，做老百姓的主心骨，阻止國民黨反動派對我黨地下組織的破壞，營救被捕的同志，迎接解放大軍入川，將革命進行到底。

　　目前，林翰墨已經做了兩件很吃皮[2]的事：作為「種子」活下來了，為了生存除暴安良。按照劉政委的託付，他還有很多事沒做。很多事也只是聽說的一個「詞」，隻言片語，怎麼做他不知道，也做不來。他相信曾副司令一定會派人來找他，共產黨游擊隊絕對不會不管他。抱著這樣的想法，他認為今後做事情要儘量擴大影響，盡快把他的事情傳到曾副司令耳朵裡。他等著曾副司令招他歸隊。

　　誰想，正是這些傳言，推波助瀾，惹出一些是非，造成刀光劍影，血灑荒郊！

　　「你們聽說了嗎？樟樹埡口趙家壪趙家院子趙紳糧家遭林翰墨的兄弟夥搶了。糧食被轉走，值錢的東西被搶劫一空，趙家的三個小姐也被他們放了排炮[3]，弄得半死不活，真缺德！」

　　「這還算好的呢！石板鄉郝鄉長鄉下老屋院子也被林翰墨搶了，洗盡了所有的金銀財寶，一把火燒了郝家房子不算，還把鄉長的老爹丟進火裡活活燒死⋯⋯」

　　常言道：福無雙至不曾至，禍不單行偏偏行。此時的林翰墨真是福無覓處，禍事成堆。附近一帶的富紳，好幾家被搶劫，姑娘遭輪姦，房屋被燒燬，有的連命都搭進去了。一個個受害人向官府告狀，據說這些傷天害理的事，都是智新社的袍哥大爺林翰墨和他的弟兄所為，說得有根有據，有板有眼，言之鑿鑿，無可辯駁。

　　這天石板鄉趕場，水中蛟帶著幾個弟兄混在人群之中，原本也沒什麼事兒，長時間沒出寨子，渾身都長「毛」[4]了，想出來透個氣，走個耍耍兒，看看風景。換句話說，就是湊鬧熱。

　　忽然有人撞了水中蛟一下，水中蛟回頭望瞭望沒見什麼認識的人，低頭卻發現破襖兜裡鼓鼓囊囊的，他感覺那東西的個頭不小，掏出一看是個紙團。他曉得，這肯定是個見不得人的動作，但又拿不穩是針對自己一個人，還是針對水門寨智新社。為了不引來麻煩，他決定暫時不打開紙團，裝著啥事都沒發生一樣繼續打望[5]。

　　散場了，水中蛟帶著兄弟們回到水門寨，回到自己的洞子。他掏出那個紙團，看看左右沒人，急急慌慌地展開。他不知禍福，心神不定，胸中像十五個吊桶打水，七上八下。

磁器口風雲

在驚慌中他看明白了，穩住了神。原來，那是石板鄉郝鄉長給水中蛟的一封十分誠懇的信。郝鄉長曾經與水門寨達成過相互尊重、互不傷害的協議，但近段時間民間有些對石板鄉和水門寨都不利的謠傳。他說他相信水門寨不會幹那些缺德事，也希望水中蛟不要輕易上當受騙，不可輕信那些扯地皮風[6]的人和蓄意散佈的流言蜚語，應該保持清醒的頭腦，繼續履行兩家合約，井水不犯河水，各走各的路，各過各的橋，和平共處，永葆當初，相安無事。

信裡還以繪畫的形式表達了這樣一些意思：你水中蛟和你的兄弟為匪是逼迫的，這些年天災人禍，誰能保證一身清白，想要靜水一壇？誰也保不準。你們為匪原因各異，情可諒解。不能把責任完全推在你水中蛟和你的弟兄身上，政府做得也不好，不顧人民死活。但人活一張臉，樹活一張皮，長期為匪總不是辦法。歷史上許多綠林好漢都曾被招安，當官晉爵，修成正果，光宗耀祖，《水滸傳》就是最好的實例。我郝某人作為石板鄉鄉長願為你們找一條走向光明的道路。

水中蛟雖然聽說書人講過《水滸傳》，但沒有完整全面地聽過，是斷斷續續聽的，根本無法瞭解要義，他曉得108條好漢被招安，是中了朝廷的奸計，結果被一個一個收拾了。當然，郝鄉長作為民國的基層官員，他也沒整明白《水滸傳》中好漢被招安的要義，就拿來壯門面，沒準他連評書都沒聽過，而只知道這個書名和民間斷章取義的節節兒故事。這就叫瞎子牽瞎子走村串戶——過蒙，結果真被蒙上了。

繪畫中還表達了另外一層意思：我郝某人一直傾慕你這個智新社提口袋的紅五爺龍門掌事頭領的為人處事和號召力，目前石板鄉尚缺鄉保安隊副一職（那時，保安隊長都由鄉長兼任），如果你有意，我願成全你。這絕不是跟你吹牛日白擺玄龍門陣，郝某人是真心實意。如贊同，就在下個逢場之日，郝某將與你當面在石板鄉鄉場前面的小樹林談細節。

註釋

1　結梁子：結怨。
2　吃皮：實在、體面。
3　放排炮：輪姦。
4　長「毛」：發霉。
5　打望：打量、觀望。
6　扯地皮風：不著邊際、不靠譜。

第十二章

　　水中蛟高興得差點跳了起來。正如郝鄉長所言，他們幹土匪真是被逼的，那只是權宜之計，不是個長久的活兒。今天，平白無故從天上掉下來個大大的餡餅，有這樣一個改邪歸正、走正路吃皇糧的大好機會，的確是千載難逢，萬世不修。太好了，郝鄉長真是摸透了水中蛟的心思。

　　誰不想走正道？鑽山洞有啥子好？完全是被逼無奈。如果能給弟兄們找到一個安身立命的正當出路，那真是求之不得，何樂而不為？這可是八輩子祖宗修來的福分。於是，他把紙團藏好，企盼著下一個逢場的日子早點到來。

　　他想好了，這件事暫時保密，他要一個人把這件事做得漂漂亮亮，天衣無縫。他想：翰墨老弟教訓黃三蛋的事逗做得很巴適，名聲提高不少，但是那件事做得也有不完備之處，逗怎麼個六七十歲的老朽，他不該帶弟兄去，無形中給他的英雄形像有些減分，要是一個人去收拾那老東西，那才是頂呱呱的英雄。又是一次樹立英雄形象的機會，這次他水中蛟一定要獨立完成，「獨立」才能顯出有超人的辦事能力。

　　他不想過早地把這件事捅出去，他覺得自己有實力做好，用不著帶弟兄，不到抵攏倒拐萬不得已，絕不請人幫忙，絕不讓別人搶走功勞。

　　到了約定的日子，水中蛟對林翰墨扯了個靶子，說要去走個人戶隨禮還情。這種事在舊時渝西農村是很常見的。誰還沒有個三親六戚姑爺老表熟人友朋！水中蛟雖是下江人，但在本地也有些年頭了，認個親戚好友是情理之中的事。

　　林翰墨沒在意，只是說，近日外面發生的事情對水門寨智新社很不利，要防止誤傷，注意安全，不要招惹是非，出門遇事儘量忍讓，小心為是。

　　水中蛟嘴裡甜滋滋地應著，為了防備萬一，還當著林翰墨的面把盒子炮連槍的子彈上了膛，表面裝得波瀾不驚的樣子，其實他的心早已飛到了郝鄉長的跟前。

　　他一邊走，一邊思索：今天以後，水門寨的弟兄們再也不用東躲西藏了，他們逗要正大光明地當鄉丁了。各人也是 30 大幾的人了，當上鄉隊副逗找個本分人家娶一房媳婦，好傳宗接代，安安心心過過平常舒坦的日子。這件事他想起來都高興，還沒事偷著樂，甚至這幾天睡在「床」上都自不當然地傻笑。

當然，他並不懂得那個隊長一職只能由國民政府任命，他要去告訴郝鄉長，隊長一職應當給林翰墨幹，林翰墨有勇有謀，武功高強，槍法準，帶隊伍順溜，為人處事不擺了。這哥們兒提得起放得下，幹隊長是最合適的人選。他一定要去爭一爭，要說服郝鄉長，讓林翰墨當隊長絕對沒人不服氣，石板鄉一帶絕對治安一流，在全縣也會出類拔萃，沒得人敢與之平起平坐。

　　石板鄉離水門寨最近，威脅最大，但自從兩家達成協議，郝鄉長還算夠哥們，信守合約，一直相安無事。所以他相信這一次郝鄉長也不會虛情假意打漂漂，應該是真情招安。這一著棋好理解。一招安，水門寨就會憑空給郝鄉長送去三四十人槍，讓他白白撿個便宜得個相股[1]。智新社棄暗投明得個正大光明的名分，郝鄉長弄個「政績」，這是個幾頭都利好的實招。

　　水中蛟邊想邊走，不知不覺離石板鄉越來越近，他感到智新社離「光明」也越來越近。一想到即將到來的「光明」，水中蛟的腳步就輕快起來，渾身像喝過人參湯，吃過鹿子肉，打過雞血針一樣熱血沸騰。

　　走進石板鄉鄉場前面的小樹林，斜刺裡跑出一只野兔，在眼前一晃，徑直向前奔跑。水中蛟本能地跟著野兔追了上去。突然腳下一掛，一個嘴啃泥栽下地，幾個大漢兒撲在他身上，死死壓住，讓他不能動彈。

　　一個聲音高喊：「下了他的槍，給我綁了。哈哈哈，你水中蛟也不想想，恁個好的事能夠輪到你們這些土匪嗎？做夢當新郎，盡找好事！」原來，郝鄉長使了個瞞天過海的手法，用一根絆馬索誘捕了林翰墨的兄弟、智新社紅旗大管事、五爺水中蛟。

　　緊接著縣長發出通緝令，又一次張貼佈告，四處緝拿林翰墨。

　　天下事就有這麼怪，近日水門寨的人按照林翰墨的安排，大都安分守己，不曾出寨跑過「買賣」，連出寨門的時候都少，可別人偏說他們到處搶劫，弄得緋聞不斷，沸沸揚揚。

　　這到底是怎麼回事？

　　你說那些搶劫案是假的嗎？又不太像。那些女子被輪姦、老人遭殺死的現場又如何造得出假來？那麼，是不是有人冒充水門寨的弟兄呢？是旁人做了見不得人的事給水門寨弟兄栽贓，還是誰在裝瘋迷竅假裝不懂道上的規矩而亂擺譜？如果有，

第十二章

只能是金癩子，只有他才有那麼大的深仇大恨。如果真是這樣，又何苦呢？他金癩子想抓個把人還不是易事？隨便編織個罪名就行了，何須栽贓？

林翰墨苦思苦想，無論如何也扯不伸抖，得不出正確答案。眼看水中蛟就要被處死了，這如何是好？急得他像熱鍋上的螞蟻團團轉，一直沒想出一個妥善的辦法。

把水中蛟搶出來嗎？難免要動刀動槍。水門寨本身就在郝鄉長管轄的石板鄉地盤上，智新社一成立就與郝鄉長訂立了「檁子是檁子，桷子是桷子，井水不犯河水」的君子協定，強龍難壓地頭蛇，與石板鄉結下孽債，終不是好事。當然並不是怕他郝某人，岩鷹還不打窩下食呢，何況是水門寨智新社的弟兄們，袍哥講究以「義」為先。

想來想去，林翰墨決定先禮後兵，去找姓郝的鄉長談判。他要向姓郝的講清楚，近來的搶劫案都不是水門寨弟兄幹的，智新社的兄弟是非常落教講誠信的，絕不會幹這種丟渣渣兒拖泥帶水的事！如果錯殺水中蛟，惹下眾怒，與水門寨從此結下樑子，其後果必定是姓郝的遭報復。當然，至於那些搶劫、殺人、放火，以及強姦到底是哪些雜種幹的，他林翰墨一定要弄個水落石出，冰消雪散，讓真正的惡棍浮出水面並繩之以法，把惡棍抓出來送與郝鄉長報仇雪恨。

林翰墨的意思透過一個中間人向郝鄉長做了轉達。本來，姓郝的也是爹生娘養的凡夫俗子，有筋脈血管的肉胎肉身，並不是金剛不敗、刀槍不入的神仙，他也拖家帶口，兒女成群，並不想過於激怒水門寨。他知道那些人都是天不怕地不怕，閻王面前充老大的亡命徒，是不好惹也惹不起的。

既然智新社矮下身子，同意為石板鄉討回公道，交出惡棍，郝鄉長就同意先等段時間看一看。他郝某不是蠢豬，知道見好就收，就坡下驢，便順水推舟，放出些軟話作為讓步。但還是限定了時間，十天之內交不出惡棍，就將水中蛟處死，以人頭告慰被害老父親的亡靈。

郝鄉長與智新社約定，交出的惡棍須人贓俱獲，不得假打，不能隨隨便便抓個什麼人濫竽充數，不能冤枉好人傷及無辜，整出一波又一波互相仇殺的事來。為了防範萬一，在十天內，他把水中蛟嚴格禁閉於秘密地下室內，自己帶領十幾個鄉丁日夜看守，還派出武裝加強了鄉政府周邊的巡邏，避免生變。

磁器口風雲

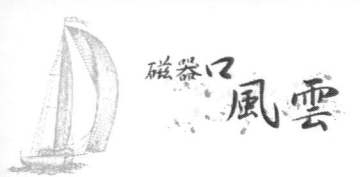

條件談妥後，林翰墨派出弟兄化裝成各色人員，奔赴各地四處打探，尋找搶匪惡棍的蛛絲馬跡。他自己扮成縣保安大隊的諜報組長，帶著雞腳神直接去郝家壩子——郝鄉長的老家查訪。

郝鄉長的大哥郝老大雖說是個精細人，可他並不認識林翰墨。

「諜報組長」問：「那天到你家來搶劫的是些啥子樣子的人？你認得不？」

「那些人打著花臉，又黑燈瞎火，我看得不是十分清楚，不認得，說不伸抖到底是些啥子人。」郝老大用右手抓了抓頭頂，又說，「不過，我曉得他們是林翰墨智新社的人。」

「哦——！」「諜報組長」感到不可理喻，非常吃驚，又問，「你憑啥子逗恁麼肯定，他們逗是林翰墨智新社的人？」

郝老大說：「證據多得很呢，我閉著眼睛都可以說出好多來。」然後敘述了他家那天被搶的經過。

那是一個漆黑的夜晚。很奇特，平時的夜也黑，但沒得那天那麼漆黑。說明家裡有事，事前有徵兆。郝老大和家人剛吃過晚飯，就聽見門外的大黃狗一聲連著一聲狂叫不止，似乎那狗是跳起來躍得很高的那種急促的狂叫。

他正要起身查看，一群打著花臉的土匪闖進家來，為首的是個大漢兒，足足比他高出半個頭頂。那大漢兒往他面前一站，他頓時感到一種欺壓，不自覺地就倒退了幾步。

大漢兒一進屋就指揮嘍囉，點起火把，搶這搬那，有人還帶著口袋，見到點值錢的東西就往口袋裡面裝，連鋪籠罩被都不放過，只要是細軟就一股腦兒爭搶，忙得一塌糊塗。

郝家老爹站出來說了幾句指責的話，那夥持槍的匪徒就怒了，將郝家的人一個個捆了，丟進裝紅苕的大土窖裡，蓋上木板，搬來旁邊的大木櫃壓在上面，然後，更加肆無忌憚地亂翻亂抄。

郝老大和他老爹沒被丟下苕窖，匪徒用洗臉帕把這兩爺子的嘴堵住，用繩子捆個結實，再扒開衣服用香燭的暗火燒他們的「八團花」，燒得胸膛直冒油煙，疼痛難忍，吐出洗臉帕呼天號地。匪徒們樂得前仰後合，拍手叫好，然後逼問郝家的金銀錢財都放在哪裡。

第十二章

老爹實在忍受不住就說：「你們有本事去石板鄉找我兒子郝鄉長去！」

為首的大漢兒一聽，火了：「你少拿哈雞巴郝鄉長黑人，老子林翰墨這樣的芝麻官見得多了，怕你那個當屌鄉長的兒子我逗不來你家了。你信不信，敢不敢賭，老子連鄉公所都一鍋端了！」

整了一陣，沒弄出名堂，就將郝老大捆在門前大樹上，放火燒了房子。有個大鬍子問那為首的：「老大，這老東西如何處置？」為首的說：「懂得起撒，我林翰墨辦事從來都是釘釘鉚鉚，乾淨利索，不留後患。一不做二不休，把他燒死算毬！」

於是，大鬍子叫手下人抱來柴草，用火把點燃，將郝家老爹推進火裡活活燒死了。為首的用槍管點著郝老大的鼻子說：「記住，老子林翰墨的智新社不是好惹的，告訴你那當鄉長的兄弟，要是下次來還拿不到金銀珠寶，逗用你的狗命做抵押。」說罷，帶著他的弟兄浩浩蕩蕩而去。

「他們走遠了，我才試到鬆脫了繩子，結果發現我家那只大黃狗早被那群人毒死了。」

「你說有個大鬍子？」「諜報組長」十分驚奇地問郝老大。在他腦海裡，此時正不停地自問：「難道會是他們？嗯！不可能，簡直不可能！」他突然高興起來，好像發現了新大陸，忙問：「那領頭的有啥子特點？」

「特點？這個……」郝老大抓了抓頭皮，說，「我不是說了嗎，他是個大漢兒，比我高出半個頭頂，往我面前一站逗有受欺壓的感覺，讓我倒退了幾步。」說完又指著「諜報組長」說：「比你還高恁麼多。」

「再想一想，還有沒得其他特點？」

「……其他的特點，特點？這個特點？嗯，好像，好像有隻手長得像生薑。嗯，對，對，是六個指拇兒，火把照起我看得清清楚楚！」

「六個指拇兒，是哪隻手？你好好想想。」

「是六個指拇兒。是左手還是右手呢？左手？右手？這個……嗨！」郝老大想了一陣子終於說，「是左手，一定是左手。在他捆我的時候，我反抗，我們面對著面，我無意中抓住了他的那隻手……」

磁器口風雲

　　林翰墨簡直不敢相信，搶郝家的竟是袍哥里的兄弟夥。磁器口王大爺堂口裡的三爺周首占就是左手長了六個指頭，個頭也高高大大不一般，對！就是他，一定是他，絕對是他。林翰墨心裡有譜了。

　　在袍哥中能「嗨」三爺，多少也是有些本事的人。這個角色實際是袍哥組織中分管錢糧的內當家、內掌櫃，掌管全社的經濟，經營商業，如茶館、賭場、棧房等，掌管錢糧進出。這個人在一社之中地位是很高的，僅僅次於龍頭老大和紅旗大管事老五，算是吃喝拉撒中的實權人物。

　　「為啥子王大爺手下的這等人物搶了人家，還要栽贓別人，還要活生生地把水門寨智新社扯進去呢？道理何在，意圖何在？」林翰墨百思不得其解。

　　舊時重慶地區有若干個袍哥組織，有些袍哥組織是正兒八經、正正規規的，完全按照袍哥的各項要求去做，凝聚力強，抱團很緊，這樣的袍哥組織有戰鬥力，是惹不起的。有些組織雖然奉行袍哥綱領，有袍哥名稱和組織形式，但由於人員成分複雜，管理不地道，鬆散，沒規矩，甚至就是一群打家劫舍的「散眼子」。這樣的袍哥根本談不上戰鬥力，一觸即潰，一打就散，也常常被人收拾。磁器口王大爺的袍哥組織是介於兩者之間的那類。

　　於是，林翰墨派了幾個兄弟，沒費多大力氣就把那個大鬍子抓來審問了。讓他把搶劫郝家壩子的事件，細細緻緻講清道明。

　　郝老大說的那個大鬍子，是王大爺堂口的一個麼滿，這人鬍子多心眼兒少，常跟在周首占屁股後頭四處搶錢劫財，是週三爺的得力幫手。

　　林翰墨親自來審，幾個兄弟一陣吆吼，沒幾招，還沒動刑，大鬍子就吃不住，全部倒竹筒抖料了，還大言不慚地說：「落到你幾個手裡算老子背時倒霉。老子好漢做事好漢當，是老子做的老子各人扛，要殺要剮隨便。死在道上老子心甘情願，不怕別個笑話。二十年後老子又是一條好漢。」這大鬍子吵吵嚷嚷地展示他的硬氣，實則一個地地道道的二桿子，撒眼子[2]。

　　林翰墨把他交給郝鄉長，大鬍子依舊供認不諱，展示他的硬氣，承認近期的搶案都是他們幹的。至於為啥子要栽贓水門寨智新社的弟兄，他也是蒙在鼓裡至死不知。

128

不過這並不重要，只要證實搶案不是水門寨弟兄所為，郝鄉長就應該立即釋放水中蛟，並敦請縣裡收回通緝林翰墨的成命。

郝鄉長沒有食言，兌現了承諾。

幾次出手都獲得了成功，林翰墨看到了兄弟們的實力，也挖掘出了自己的潛力，心裡非常高興。他想：弟兄們完全可以接應被捕的同志越獄了，等把那些同志救出來逗接進水門寨休養。他蹲過國民黨的監獄，他曉得從那裡面出來的人需要恢復體力。他想：同志中肯定有高人，智新社如果能在高人指導下去完成劉璞政委交代的其他任務一定容易多了。

怎樣才能與渣滓洞、白公館監獄中的黨組織取得聯繫，他還沒想到辦法。況且，渣滓洞、白公館門朝哪邊開，樹朝哪邊栽，路朝哪裡走，他都不曉得。他想去找韓子棟，韓子棟是從渣滓洞、白公館逃出來的，也是他把裡面的消息告訴地下黨的。但這只是劉璞政委開會時提起的，他在一邊聽到了這個名字。至於韓子棟是男是女，是高是矮，是胖是瘦都不知道，怎麼個找法更沒譜。

「唉，真是愁死了。過去苦於沒有人槍，有了人槍又怕沒有經驗，現在人槍經驗都有了，要去救人卻又摸不著廟門，你說愁人不愁人？」

「活人不能被尿憋死。」這是江湖上的一句老話。「辦法總比困難多。」也是一句行話。江湖上的人講的是敢闖敢拚，從來不會被困難嚇倒。目前最好的辦法還是繼續搞大影響，把智新社做的事傳到曾林副司令耳朵裡去。林翰墨相信，只要曾副司令知道了，就一定會派人來找他！

林翰墨將水中蛟接回水門寨，大擺宴席，提出要用鬥碗裝紅賽賽、黃共共的砣兒肉，用品碗盛酒，讓弟兄們陪著敞開肚皮整一頓，開懷暢飲，來個一醉方休，把這些天鬧出的不痛快甩到爪哇國去，把水中蛟在石板鄉政府的「吃不飽」補回來。這樣做有兩個好處：一來為水中蛟洗塵壓驚，二來也為水門寨衝去被人栽贓陷害的晦氣。

水中蛟卻毫無食慾，連筷子都不碰，聲淚俱下。一方面，他悔恨自己不長心眼兒，沒有識別能力，被別人的花言巧語所迷惑，上當受騙不說，還險些害了弟兄們，毀了水門寨智新社。另一方面，這漢子感激林翰墨第二次救命之恩。水中蛟說：「林大爺兩次救了我的命，有如我的再生父母，來世變牛變狗，也還不清林大爺的人情帳，只是有一條，我還得請林大爺做主……」水中蛟說到這裡，停頓下來。

磁器口風雲

「哎！」林翰墨一看覺得不太對勁兒，把袖子一抹，說，「中蛟兄弟一向快人快語，今天啷個說話吞吞吐吐，搞得婆娘兮兮的？」大夥兒都看著，企望著水中蛟的下文。

「我不曉得這話當說不當說，怕說出來林大爺冒火……」

林翰墨急了：「有話逗說，有屁逗放！悶在心裡算個毬？你還把我當大爺，把大家當兄弟嗎？」

水中蛟鼓足勇氣說：「周首占是王大爺手下的人，也是袍哥兄弟，王大爺又曾有恩於我們，照說，天大的事我們都得忍了，可今天我這口惡氣總是嚥不下去。他周首占幹事栽贓於人，害得我差點丟老命不說，還臊了大家的皮，讓林大爺也因我而遭官府通緝。我輸不下這個理，望林大爺做主，我帶弟兄們去把周首占放平，把他周家的圈兒掃了。」所謂「放平」就是殺死；所謂「掃圈兒」，就是殺死全家不留活口。這是土匪的黑話。

「莫性急，」林翰墨說，「這事我自有主張，你不必掛在心上，儘管放心，今天先吃飯，吃飽了喝足了，再說算帳的事不遲。」

其實，林翰墨也很為難。自從他被逐出家門，像一匹失群的野馬東奔西跑，沒個依託，好不容易走上正路參加了游擊隊，結果暴動失敗，流落四鄉，剛剛找到個袍哥組織當靠山，卻又惹上內訌。磁器口王大爺勢力不小，又有恩於水門寨，要是和周首占較起勁兒來，又與王大爺有打翻天印過不去之嫌。如果把這事撇下，兄弟們的確是白受了冤屈，不會答應。這件事真作難。

想來想去，權衡利弊，最後他還是下定決心先把周首占抓起來，把事情的來龍去脈理清楚，然後去向王大爺解釋，儘可能得到王大爺理解。

周首占並不是一般人物，他比泥鰍還滑，要抓住他是比較難的。且不說他一身武藝，一般人近不了身，關鍵是這人是在動盪環境中成長起來的，比狐狸還機狡，比皮膚還敏感，稍有風吹草動就會十分警覺，加上手下一大幫兄弟極難對付。自從大鬍子被水門寨抓走後，他就感到自己的末日不久了，更是加倍警惕，時隱時現，神出鬼沒，現在是東躲西藏連行蹤也找不到了。

水門寨的弟兄四處打探，淘神費力好不容易才得到可靠消息，說是他舅舅鄧保長得了個疑難雜症必死無疑，做七十大壽要大辦一回衝喜去魔。

人生七十古來稀嘛。這個大壽原本就應該做，又遇身心有恙，所以這個壽一定要做。不做，晚輩們說不過去。老輩子臨終前周首占總應該見一面的，人死不能復生嘛，何況他只有那麼一個親舅舅，小時候還對他多有接濟，有恩於他。

那是個天高雲淡、萬里晴空的日子，一聽說要去抓周首占，水門寨的兄弟們早早就起了床。

水中蛟是個急性人，他怕別人搶了頭功，就對林翰墨說：「當家的，冷嘴總是包不住熱湯。我這人一根腸子通齊屁眼兒，袖子裡藏刀打不過轉，有話直說。」說到這兒，他收住話頭，看看林翰墨，把聲音稍稍向上抬了抬又說：「論輩分，你是堂口裡的龍頭大爺，原本應該坐守高堂，前幾次你卻事必躬親，每回到場，親力親為。但我覺得，你不能事事都撿在手裡衝在前面，這樣也太小看我們智新社的兄弟們了。」

林翰墨聽他這麼說，懂得起他話中的含意，有點吃驚，不解地看著他。

水中蛟接著說：「抓大鬍子是你林大爺去幹的，抓得很利索。這抓周首占的事逗讓給老哥我吧。反正，我跟那狗日的仇比天大，不把他放平不解我心頭之恨，在世也難以為人。」他說的「放平」，就是要整死之意。

「那好，你逗帶幾個弟兄去吧！」林翰墨沒有多想，大大方方答應了水中蛟的請求。

鄧保長家在離磁器口七八里遠的鄧家灣。一大早，不少窮人就被甲長吆喝來給保長家張羅。什麼擺桌子拿凳子，什麼掃地劈柴，什麼洗碗挑水、殺雞宰兔，忙得團團轉。那些甲長和紳士們，穿著過年過節才上身的衣服，提著禮品或揣著現鈔，慢搖細擺地從四面八方向鄧家灣走來吃稍午。

水中蛟這回學精了，他怕去早了引起周首占警惕，眼看太陽當頂了，才帶著四五個弟兄出現在鄧家灣。他們不曉得周首占是否先到，怕打草驚蛇，就先埋伏在附近林子裡。此時，衝喜的午宴快要開席了，通向鄧家院子的大路已沒了行人，該到的應該到了，水中蛟一等人才提著禮品朝鄧家走去。他們出現在鄧家院子時，午宴還沒開始，也沒見到周首占，思索著可能是在內屋陪著老舅，或與親戚朋友打麻將，便間插在其他客人之中，耐心地等著。

註釋

1　相殷：便宜。
2　撒眼子：缺心眼兒的人。

第十三章

其實，周首占比他們想得還要縝密。為了躲避不測，他先派人去鄧保長家安排，讓稍午宴有意推遲一些。然後密切監視進出的客人，若發現可疑跡象，就立即轉回來報信。

他這一著果然奏效，手下很快帶來消息：智新社紅旗大管事、五爺水中蛟帶著四五個弟兄出現在鄧家。周首占感到了問題的嚴重性，水門寨來的這夥人想必醉翁之意不在酒。他算得很準，顯然，水中蛟的弟兄來給鄧保長祝壽是假，是打掩護，要提他的人頭才是真。埋伏在路途之中的周首占自鳴得意技高一籌，會心一笑，沿著小路悄無聲息地溜了。

「他媽的，比狐狸還要狡猾！」水中蛟撲了個空，垂頭喪氣地回到水門寨，滿腦子發熱，滿肚子發堵，心頭不順，口頭罵個不停，怪自己的運氣怎的就會這麼差。

林翰墨勸道：「莫急，莫急，心急吃不得熱豆腐，你釣的是條大魚，不是遊子花花兒，這種事情總是有這樣那樣的彎彎岔子，不會那麼輕而易舉逗得手，來得容易逗不是大買賣，大買賣絕對不易。」他極力安慰水中蛟，然後出點子：「我看還是把弟兄們找來商量商量，看有啥子更好的辦法，反正這事不急在這一時半會兒。」

智新社的兄弟們很快到齊。一提到周首占，個個氣得直咬牙。有的說把他婆娘、娃兒抓來當人質，有的說乾脆放把火燒掉他的房子，還有的主張智新社凡是能拿槍的弟兄都下山去找他，哪裡碰到哪裡發財。

林翰墨覺得這些意見幾乎都是以牙還牙、冤冤相報的火拚，是沒有頭腦的魯莽行為，不會產生啥子震懾作用，過於張揚還會引來道上的鄙夷，得不償失；火上澆油會殃及無辜，也不利於解決問題。這些意見大都沒有可取之處，他自己一時又想不出什麼更好的辦法。

大家看林翰墨一直不吭聲，沒有支持誰的意見，都認為這事很棘手，一籌莫展。坐在一旁的慧正和尚不慌不忙地開了腔：「阿彌陀佛！老衲倒有一計，不知是否管用？」

這慧正和尚正直慈善，原本就很受當地百姓敬重。他入智新社不久，憑著自己的實力，「嗨」了個閒三爺，就是掛個名號出謀劃策，並不拋頭露面親自去做具體

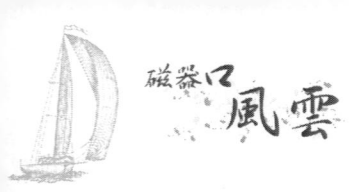

事的一個「三排」。弟兄們把他當長輩，平時尊敬有加。他雖然仍在磁器口寶輪寺做住持，但智新社有事，他從不推辭，每請必到，還經常發表一些見仁見智的高深理論，為智新社想出一些行之有效的高招，往往屢試不爽，十分關火。

此時，林翰墨見他有話要說，忙把手一揚，止住大夥兒的議論：「安靜一下，大家聽到，三爺有話要講！」

慧正說：「昨日師弟差人上山，說是鄭幺妹夫君亡故，明日『頭七』，務請老衲去一趟。」說到這裡，他停住話頭，端過蓋碗茶，手提碗蓋刨了刨，細細地品起茶來。

「頭七」是中國的一種喪殯習俗，家人認為死者去世後第七天亡靈會返家，家人應該在亡靈回來前預備一頓飯，還要在家中燒一個梯子形狀的東西，請來和尚唸經超度，請三親六戚守夜，送亡靈順著「天梯」進南天門。然後家人迴避睡覺，睡不著也應該躲進被窩。如果讓死者亡靈看見家人，會令他掛記，影響他投胎轉世。

眾弟兄見沒了下文，大惑不解，那鄭幺妹給亡夫做「頭七」，與周首占有何相干？

慧正喝了一席茶，將茶碗放回桌上，繼續說：「那周首占是鄭氏婆家遠房姐夫，由於鄭氏生得姣美乖巧，有幾分姿色，她夫君健在時，周首占就常去胡攪蠻纏，如今她夫君做『頭七』，這周首占豈有不去之理？」

林翰墨聽得很認真，問道：「如果那姓周的傢伙不去鄭氏家，或者鄭幺妹不請呢？」

慧正不慌不忙說：「這個不難，老衲自有辦法叫他必去無疑。」

「好！」林翰墨高興地拍著大腿：「兄弟們各自回去休息，我與三爺和五爺留下，研究具體方案。」

第二天一大早，慧正就帶著三四個徒弟來到鄭幺妹家，一打聽，才知還真的不曾請過周首占。慧正說：「既然做頭七，就是對亡靈尊重，得請幾個有名望的親戚來以壯氣派，否則亡靈到了那邊會覺得沒有面子，人間親人也不會安心。」

鄭幺妹聽他這麼說，感到有些為難：「長老你不曉得，不是我不想請，而是不曉得上哪裡去請，也不曉得請得了哪個？我家世代貧困，親戚們也都一個個窮得叮噹作響，哪裡去找啥子有名望的人喲。」

第十三章

「阿彌陀佛，施主此話差矣，還是有的。」慧正單手合十，微閉著雙眼，語重心長地說。

「我家有名望的親戚在哪裡呀？沒聽說過，我各人都不曉得！」鄭幺妹吃驚地看著慧正法師，期待著給她指點迷津。

慧正略略睜開瞇著縫的雙眼，看了看鄭幺妹說：「據老衲所知，那磁器口王大爺門下的週三爺是你家姑爺，不如逗將他請來。」

鄭幺妹急了：「長老你不曉得，那周首占一則只是七扯八拉九桿子打不著的遠房親戚，二則那人素來流裡流氣對小女子不懷好意，萬萬不能請他來招惹是非。」

慧正說：「這些事，施主放心，你儘管把他請來，老衲自能為你解圍，也能為亡靈掙得面子壯門面。」

鄭幺妹雖說人很年輕，可也是個吃齋唸佛的人，向來對慧正大師十分敬重，於是不再說二話，趕緊打發兒子去請周姑爺來壯門面。

周首占的住所離鄭幺妹家不近，也不算太遠，只需幾個時辰就可走到。他見鄭幺妹的兒子來請，聽說這是鄭幺妹的意思，心裡那個美呀，像吃了蜂蜜一樣，甜抿抿、樂滋滋的，嘴巴扯到了後頸窩，笑得兩隻眼睛像豌豆莢，眉毛彎彎跟眼睛擠在一起貼在臉上，得意之色溢於言表，渾身上下都舒服透了。

周首占瞇著眼睛想：鄭幺妹嬌小玲瓏，臉嫩肉粉，下田時挽起褲腳，看到她蓮藕般的小腿，逗會聯想到那白嫩的大腿，想到白嫩的大腿逗會聯想到她幹那事兒時的激情與溫柔。過去有她老公在場礙手礙腳，挑逗糾纏還有所顧忌，現在既然丈夫已死，正是得手的機會。這根懸吊豇豆就要吃進嘴裡了，他哪個會不高興呢。

不過，低頭一想，他又覺得這個事情有些蹊蹺：鄭幺妹丈夫在世時，我曾多次試探，她都很堅決，從不買帳，今天卻驚風火扯專門叫兒子來請，會不會是請君入甕，叫我去吃麻麻魚[1]？她葫蘆裡賣的是啥子藥？是真情還是假意？在當下這個時期會不會有個萬一？

抬頭向遠處看了看，又覺得是不是想多了，他否定了先前那個想法。喔！也許是她本來逗有心於我周某，實話實說，我周某高高大大，俊朗出眾，一表人才，又是磁器口袍哥中的三爺，前呼後擁，威風八面，吃香喝辣，應該是人見人愛的。過去鄭幺妹不讓糾纏只是礙於夫君在世，怕惹麻煩，怕生事端。在鄉下這種事是讓人

磁器口風雲

為難的，要是傳出去女人會一輩子抬不起頭。門前不清的事，她以謹慎為先也對，很好理解。如今丈夫已逝，便無障礙，也逗無所顧忌了。女人嘛，怕孤獨，誰不想有個伴鬧熱一下？還是沾親帶故的親戚，對外不打眼，沒準我過去的當晚逗會……

想著這等好事，周首占身體下面那個小弟弟，便不安分地躁動了，褲襠像有人撐傘似的膨脹起來，難受得不行，他臉樂心甜地把身子弓起，在家裡直打旋旋兒。

轉了幾圈冷靜下來又想：這事萬萬不可大意，上次去鄧保長家祝壽，要不是相機而行，說不定逗走不脫了，肩膀上這個吃飯的東西沒準早逗搬家了。為了打點兒野食兒搞個女人保不住腦殼，肯定不是划算的事。老實說，只要平安無事，這輩子不知要搞多少女人呢，又何必急在一個鄭幺妹！還是要小心為上，小心劃得萬年船。

周首占左思右想，先是覺得鄭幺妹也就是個一般女人，說白了他就是放不下她那白嫩的大腿。但只要一想到她白皙的大腿，就管不住自己欲心熾盛。過去有過幾次糾纏，始終沒能遂願，但他不死心，越想得到越得不到的時候就越猴急。去吧，怕有不測，腥沒吃上還脫不到爪爪；不去吧，又怕錯過機會，過了這村沒了這店，真還不好確定。

他冥思苦想也理不出個妥善的辦法。最後，鄭幺妹白嫩的大腿在他腦子裡翻滾著，占據了揮之不去的上風。他決定碰碰運氣，便拿出個硬幣來拋高定輸贏：如果袁大頭朝上就去，袁大頭朝下就不去。他朝天一拋，接住，慢慢打開：「哈哈，大頭朝上，天知我也！看來與鄭幺妹這一腿是上天安排的，去得，完全去得，不去不行！」

這一下，他覺得之前的想法都是狗屁。哼！上當受騙，她孤兒寡母一個小娘子，站起來一把把兒，縮起來一團團兒。我八尺男兒，高大偉岸，愛我還愛不過來呢。她蝦子最多四兩力，還能把我啷個樣？會上啥子當？會受啥子騙？到底是誰吃誰的麻麻魚！他思索著，只要小心點，不怕吃不到腥。這些年的經驗也說明，要不是膽子大，王大爺的袍哥里哪裡能有他週三爺？

他照例派出探子在前面開路，事前與探子說好，若遇不測即時發出信號。自己帶上兩個武藝高強的保鏢掉在後面，走走停停。

周首占家與鄭幺妹家相隔一條深深的河谷，兩家站在河谷兩岸可以互相高聲喊話，但因高大的樹木和滿山密不透風的刺竹林遮掩視線，遙遙相望而不得相見。要

第十三章

從這家走到那家，還得沿著那彎彎曲曲、狹窄陰森的山間羊腸小道一直下到河谷，再朝上爬到山頂。

周首占帶著保鏢出了門，前面探路的嘍囉毫無反應，估計路途平安，他便精神十足直下河谷。走了一段，他不繼續前進了，坐在那除了涓涓流水就只有光溜溜的一片鵝石板兒的小河邊戲水。他是在消磨時間，等前面探路的嘍囉發信號。

過了好一陣，前面響起一聲「喔——嚯！」山谷裡也接二連三地「喔嚯……喔嚯……」起來。這回聲，十里八里都能聽見。周首占明白，這是平安無事的信號，證明探子已安全到達，而且在沿途沒發現絲毫可疑痕跡。他不由得心裡一陣安逸，慶幸自己決策的正確，心裡還想：如果不來，惹得鄭幺妹不滿，今後沒準逗很難上門了，女人最愛面子，最怕傷心！

他站起身來，拍拍屁股上的灰土，再扯扯那嶄新錦緞衣服上的折皺，嘴巴裡高興地蹦出一句「平安無事嘍！」帶著保鏢開始上山。

他今天專門穿了件過年或者袍哥組織開會才穿的錦緞袍子，他要給鄭幺妹留個好印象，來個一炮打響，就勢收服鄭幺妹，今後就把她家作為銷魂的一個窩子，那樣就可常往鄭家衝了。

他才走出幾步，就聽得後面山上有人呼喊：「對面撿柴的，莫要燒山毀林喲——！聽到沒得——？」這邊山上雖然沒人答話，但沒過多久，就燃起了一大堆樹枝，一股白煙直衝天際。

周首占雖不明白其中的奧秘，這個情況卻觸動了他敏感的神經，覺察到不大對勁兒，便扭轉身子和保鏢加快腳步往回走，進而小跑起來。

「撲通！」一條粗大的繩索從道路中的草叢裡突然繃直，將小跑中的周首占絆了個俯面啃泥。他還沒搞醒豁啷哪個回事，就被水中蛟帶領的幾個弟兄捆了個結結實實。緊接著，「啪啪」兩槍，緊隨他的兩個保鏢沒來得及反抗，便成了槍下鬼，魂飛天外。

本來，依水中蛟的德行，他是要將周首占當場弄死的。但在出門的時候，林翰墨反覆叮囑，一定要帶個活口回去，以便問出些名堂，徹底洗清水門寨智新社的冤屈。可這周首占根本不是人娘老子養的，不是盞省油的燈，嘴硬身子硬，打死不告饒，根本不配合，躺在地上裝死狗，任憑兄弟幾個怎樣生拉活扯，拳打腳踢，堅決不走。

磁器口風雲

水中蛟來了氣，一腳蹬脫他的鞋子，一把抓下他腳上的襪子塞進周首占嘴巴，叫兩個大個子弟兄把他扛在肩上，像扛只老山羊一樣。周首占不停地亂彈亂動板命，硬是幺不到臺。兄弟們根無法邁步向前。

水中蛟便叫兩個弟兄一前一後吊起周首占的手腳，架在粗皮鬆樹扛子上抬著走。周首占嘴裡「咿咿哇哇」胡吵亂叫，身子搖搖擺擺盪著鞦韆，活像一個甩動的吊床。

周首占是個老土匪，兄弟們好不容易才把他弄進水門寨。這傢伙對於一般王法根本不在話下。死豬才不怕開水賴呢！這人不聽人論理規勸，軟硬不吃。林翰墨讓他坐著，問了好半天，話說了一籮筐，他就是不搭理，只是鐵青著面孔，兩眼瞪得比牛卵子還大，一個勁兒冷笑。

林翰墨火了：「他媽的，真是茅司裡的石頭，又臭又硬，我不信撬不開你的臭嘴！」

「當家的，這傢伙既然是袍哥堂口裡的翹皮子娃兒，比較千翻兒[2]的三爺，要對抗到底，我們逗用堂口的王法來收拾他！那『三刀六眼』的家規還不曾用過，今天逗讓他來試試，我逗不信他不打虛！」水中蛟沒有耐心了，要使絕招，還沒等林翰墨開口，便自作主張地從身上「嗖」地拔出一把明晃晃的尖刀，呼啦一下從周首占腿肚子上穿過去，說：「這玩意兒本來是要你各人動手的，你小子不配合，今天老子逗替三哥代勞了。」

周首占的腿肚立即被穿了個通透。也許由於刀子太快，一時還沒有痛感，只見他牙關咬緊，一聲不吭，儼然像個大「英雄」。但當尖刀慢慢從他腿上拔出時，兩個不小的窟窿噴泉般地衝出鮮血，他大張著口，嚇得「啊呀——」一聲，昏死過去了。

水中蛟舉起尖刀，又要往下戳。

「慢！」林翰墨揮揮手說，「等他醒過來再整，看是開口還是不開口。」

一個性急的弟兄拿來一瓢冷水，「唰」地朝周首占腦殼上潑去。他慢慢清醒過來，再沒那麼強硬了，不停地「唉喲，唉喲」叫個不停，嘴裡也大口大口地喘著粗氣，滿頭滿臉更是濕漉漉的，不知是水還是汗，很可能是水混著汗珠不停地往地上滴。

「你到底招不招？」林翰墨大喝，走近周首占，「你為啥子要冒充我和智新社弟兄的名，去幹那些傷天害理的勾當？」周首占又不作聲了，蔫蔫兒地耷拉著腦殼。

第十三章

林翰墨又說:「那好!想必對週三爺小打小鬧是不過癮的,需要大刑伺候!」他向水中蛟使了個眼色,大聲說:「弟兄們,叫週三爺嘗嘗千刀萬剮是個啥子滋味吧!」

「好呢——!先剝他的皮,然後再把心挖出來下酒!兄弟們燒一鍋開水,多加把柴搞快點兒,準備伺候週三爺。」水中蛟應著,和另外兩個弟兄圍過來,有的手握尖刀,有的按住周首占的頭,只等下手。

常言道,軟過關口硬過渡。周首占雖說為人粗野,但也懂得些淺顯的道理。他在江湖闖蕩多年,對於「燒八團花」「打竹籤子」「吊鴨兒浮水」,甚至連「割卵子米米」的刑法都曾用過,那是對別人。那時,他是強者,別人受刑他作樂。儘管如此,由於這些刑法都十分殘忍,其實,看著別人受刑疼痛,大喊大叫,他表面痛快,內心也十分害怕。對這個「千刀萬剮」,他不僅沒用過,連見也沒見過,他只聽人說「千刀萬剮」是道上刑法中的王牌,任何一個刑法都無法和這個相比。那是用尖刀從活人的頭上開始剝皮,一直剝到腳尖,如果你中途昏過去,就用冷水潑醒再繼續剝,直到把你活生生痛死為止。

周首占一想到這個慘勁兒,內心一陣害怕,他抖抖顫顫地說:「林,林大爺,我虛了,虛了,求你莫恁個。我說,我全說,這事不是我的主張。」

林翰墨一驚,問:「不是你是哪個?」

周首占:「是王大爺。」

林翰墨心裡一緊,喝道:「胡說!你竟敢拿王大爺來頂黃?!」

「我周某從來說話做事都敢作敢當。不信你們可以三人對六眼,說得脫走得脫。我絕不日北。」他喘息著說。

「那好,你說,王大爺為何要栽贓陷害?」

「我說,」周首占睜開瞇縫的眼睛,看了看林翰墨和手握尖刀的水中蛟說,「你們堂口近來名氣很大,殺了黃三蛋,璧山、北碚、大足、江津、合川一些堂口的弟兄都敬仰你們。再這樣整下去,我們磁器口的袍哥不用多久逗要遭你們吞掉,那時我們的龍頭老大、五爺、三爺逗都靠邊了。」

「媽的!」水中蛟氣衝腦門,再也忍不住了,手起刀落,就此結果了周首占的性命。

139

「唉──！」林翰墨十分惋惜，但人死不能復生，已經無法挽回。他清楚，水中蛟的禍事惹大了，那磁器口的王大爺，是個有勢力的人物，公開殺死了他堂口的三爺，他的臉面擱得住嗎？能就此罷手嗎？江湖上的這些打打殺殺就是因禍而起。兩個巴掌同時拍，械鬥才沒完沒了。這樣的內訌何時結束？何時才是個頭？

　　此時，林翰墨感到進入了一個黑暗的胡同，人生道路越走越艱難。他長嘆：「曾副司令，你在哪裡？為啥子還不派人來找我呢？我撐不住了，我想死你了，我的智新社走到盡頭，再往下逗走不下去了。」他徘徊，他猶豫，腦殼陣陣發痛，他不曉得今後該怎麼辦。此時此刻上天無路，入地無門，唯一的辦法還是只有等待，等待著曾林副司令派人來找他，接他歸隊。

　　他也不想想，老蔣在全國各個戰場的老本幾乎輸光了，只剩下西南一隅，他把國統區的白色恐怖推向了極致，每天都佈置重兵搜捕共產黨人和進步群眾。曾林這個被國民政府重金懸賞緝拿的要犯在這個特殊時候，有這個膽量大張旗鼓地來找他嗎？

　　即便他本人有這個膽量，組織上也不一定允許他在此時公開露面。沒有暴露的「精幹」都要求隱避，公開的更是要求遠離，共產黨要保護革命人才建設社會主義呢。

　　終於，他覺得就這樣等下去不是辦法，在痛苦的煎熬中他想起一個人來，他決定去找他，看他能不能想個辦法讓智新社眾多的弟兄化險為夷，走出困境。

　　自從水中蛟殺死周首占，林翰墨天天提心吊膽，預感有厄運降臨。智新社雖然社員不少，但拿槍的只有水門寨的三四十個人，與磁器口王大爺的袍哥相比，實力差得遠了去了。他叮囑弟兄們，沒特殊情況不要出寨，即便是伙食旋淡寡水不見油花花兒[3]，也不能隨便出寨跑「買賣」。他告訴兄弟們，有效地保護自己，保存實力，才能狠狠地打擊敵人，要求大家萬事一定要忍到，千萬千萬不要發歪墨。只派雞腳神和幾個精壯漢子天天悄悄梭進磁器口打探虛實。

　　他的擔心不是沒有道理。從雞腳神打探的消息中得知，王大爺一面聯絡各地袍哥，一面投靠沙磁區偵緝中隊長金癲子，揚言近日要帶人血洗水門寨，搞垮智新社，為他的堂口挽回面子，為週三爺報仇。

　　當然，林翰墨並不害怕這事。兔子逼急了還會咬人，何況這些五大三粗活靈靈操傢伙的人，大不了拚個你死我活，魚死網破。

細想起來，他又覺得不是辦法。如果弟兄們都是單身漢還好辦，毫無牽掛。事實上大都有家有室，打起來了，妻室兒女怎麼辦？關鍵還在於，這樣做有違給共產黨帶出一支完整隊伍的初衷，面對面戰鬥肯定有死傷。

　　他是從教訓中走過來的，深深懂得個中的痛苦。所以能迴避火拚就要儘量迴避，迴避不了再說。

　　不過，這樣毫無作為地坐著躲也不是辦法，躲得過初一躲不過十五，躲得過一時躲不過一世。想來想去，終究沒有想出個好辦法來。正當他有如山窮水盡的時候，傳來一個上好的消息。

註釋

1　吃麻麻魚：上當受騙、渾水摸魚。
2　千翻兒：調皮、搗蛋、愛惹事。
3　旋淡寡水不見油花花兒：沒有油水。

第十四章

　　林翰墨那個一直漂泊在外的遠房表哥，最近突然回到磁器口鎮，還當上父母官。他是個滿腹經綸、喝過不少墨水的人，也去過不少地方，眼界開闊，見多識廣，想必有些智慧門道。林翰墨在這個上天無路、入地無門的時候，去找他指點指點迷津。

　　吃過早飯，林翰墨化了裝，隻身一人出了水門寨。

　　磁器口是他從小生長的地方，也是生他養他的地方，熟門熟路，鎮公所就設在入場的路邊。

　　沒多大工夫，林翰墨就到了。進得鎮公所，見有個師爺模樣的人迎面出來便問：「老哥子，高鎮長高華中在嗎？」那人狐疑地看著他，林翰墨便補了一句：「我是他親戚。」看來真是一朝天子一朝臣，高華中當了鎮長，師爺也換了，變成一個不認識的人。

　　那人雖然釋懷，但還是打量了林翰墨一番，才朝裡喊：「高鎮長，有親戚要會你。」

　　屋裡傳出一個聲音應道：「快請進來！」

　　話音剛落，那人也走出門了，先是一驚，又端詳半天，才高興地說：「哎，是表弟嘛，幾年不見，我差點都認不出了。」他拉住林翰墨的手說：「請進，反正我今天沒得啥子公務，咱兄弟倆好好聊聊。」回頭對那師爺吩咐：「老李，我表弟來了，勞你到飯館搞幾樣菜，扯兩瓶燒老二，送到我房中，錢替我墊上，晚上一併數籤文，一項一項結算。」

　　「好說，好說。」李師爺明白，鎮長所說的「燒老二」，就是鎮上自釀的高粱白酒。他一邊應著，早已出了鎮公所的門。

　　跟著鎮長進到屋裡，穿過辦公室，再入一道小門，就是鎮長臥房，這是鎮公所最為僻靜的一間房子。房子不大，床椅桌凳，簡單幾樣，也沒啥特殊佈置。床頭牆上有一幅字，是揚州八怪鄭板橋的真跡拓片：「難得糊塗，吃虧是福。」床尾上橫七豎八擱著些書刊魚竿之類的東西，給人一種「書蟲」加閒人的感覺。

磁器口風雲

靠街那面牆開著扇小窗，旁邊一道小門。高鎮長指著那門說：「這是我的通道，平時關得嚴實，如逢出去玩耍喝酒晚了，就從街背後陽溝過來，進這後門。」進而自嘲：「有時半夜三更想老婆了，也是從此門溜出去打打望，還算便當。」

鎮長高華中，雖不是林翰墨的直親，過去卻走得比較勤密。他家有田土幾十畝，算殷實小富，但他本人從小並不安分讀書，好管閒事。這一點，與林翰墨臭味相投，耍得到一塊兒，很有共同語言。

高華中在沙磁區讀滿高小，就到下江讀中學去了。因為不守本分，經常參加遊行、集會之類活動，與政治結下淵源，幾年下來成了武漢三鎮聲名狼藉、遠近聞名的「危險分子」。據說 1939 年被捕過，關在武昌的監獄。有人說他是因為 1935 年被共產黨挑唆，迷途不返，專門在學校老師學生中串聯，從事與政府不能保持一致的運動。其實，當時他只不過十八九歲，高中畢業後在漢口一所小學當老師。後來又聽說得了精神病，於是從監獄放出來，一直漂流在外，居無定處。

前不久回到家鄉，憑著父親的人緣關係和他在外面弄回的一張國民黨黨證，做了磁器口鎮的鎮長。

磁器口是偵緝隊一手遮天的地方，「治安」方面，自然被偵緝隊「接管」，偵緝隊非常強勢，根本不讓鎮上插手。加之黃三蛋的家族勢力世代相傳，根深蒂固，在這裡當鎮長完全就是傀儡，有一種被架空的感覺。實際上就是被完全架空，頂個鎮長虛名，無法行使鎮長實權，召開所謂治安聯席會議，讓鎮長向下屬開「空頭支票」，工作在「強人」之下，有許多說不出的委屈，道不完的苦衷。也不單是高華中被人架空，近幾年到任的多個鎮長沒幾個受得了，還因為與偵緝隊不能保持一致而不歡而散，關門走人。

高華中回到磁器口，雖然時間不長，上至巴縣黨部書記長，下至普通百姓對他都能接受，偵緝隊的那些人也覺得他好打交道，應承事情快當，不計較吃虧受損。鎮公所的公職人員，包括師爺、夥夫、鎮丁更是一致擁戴，認為這人隨和，好共事。平時喝酒打牌，下棋吹牛，不分卑尊，能與「民」一塊兒快活，他把這個鎮長當得左右逢源，上下叫好。

有人認為他就是個背著一張「鎮長」皮皮的普通人，是個為光宗耀祖、顯赫門庭的無能之輩。有人半真半假地跟他開玩笑說他就是個鍾馗，他卻說：「洋叉打雞子，縫隙過日子，樂得輕閒。無為而治最大治，無樂而樂更大樂。為人不可太計較。」

第十四章

他有句口頭禪:「吃點喝點耍點,比出去胡作非為強。」他交朋友,三教九流都有。老師、校長、書記長、三青團幹事長、保長、甲長、地主、長工,以及和尚、道士、江湖中人,都與他打得攏堆。

「表弟,以前我每次回家,你總要來聊聊,這一次自從我回來當了鎮長,啷個沒見你來過?」高鎮長一邊說話,一邊把林翰墨拉到床前坐下,轉身去整茶水。

「唉——!」林翰墨長嘆一聲:「表哥,山高水長溪流入道,各人都有一本難念的經,一言難盡啊。」高華中微笑著並不答話,沒有放下手上的活。

門外一聲高喊:「鎮長大人,我回來了!」李師爺一頭撞進來,滿臉流汗,放下東西,也不歇息,抹桌子擺筷子,一招一式嫻熟得讓人難以置信,不多時就將酒菜放在小桌上:兩瓶純高粱白酒,一盤花生米,一盤炒雞蛋,一盤豬頭肉涼菜。

高鎮長連聲說:「有功有功。」李師爺回道:「鎮長大人還要啥子,儘管吩咐。」高鎮長笑道:「等本大人米西完了再說。你也來喝一口,隨便整點兒嘛。」

「不了,不了。」李師爺推辭著,退了出去。

高鎮長舉起杯子,打量著林翰墨,壓低了聲音問:「林翰墨,林大舵爺,看樣子是遇到不順心的事了?」

「唉——!」林翰墨一聲長嘆,一仰脖子,把那滿滿一杯白酒喝了下去。然後把自己如何被趕出家門,開荒種地,怎樣入獄,又怎樣死裡逃生越獄,上水門寨改組袍哥建立智新社,搶親,殺死黃三蛋又殺死周首占,以及磁器口袍哥舵把子王大爺與智新社結梁子的事通通說了一遍。只是未提參加游擊隊的事。然後嘆道:「唉!原以為江湖上的袍哥弟兄最講義氣,我高高興興搞了個智新社。想不到竟撞到些沒肝沒肺的東西!抓到扯到絆到款到剎不到各,如今我林翰墨已是牆壁上的團魚,四腳無靠了。今天來逗是求表哥大發慈悲,救我眾弟兄逃出生死危難關頭。」這些繚繞在他心裡頭的話語,這些天來一直折磨著他。今天在這裡,當著高華中的面,不知不覺毫無顧忌地一吐為快。說完,悲憤的雙眼直直地望著表哥。

其實,高華中回家鄉當鎮長雖然時間不長,對林翰墨的情況卻聽說不少,他料定這個智新社的大爺必來無疑。但讓他沒想到的是,林大爺隻身一人,大白天公然堂而皇之地進鎮公所。可見林翰墨的大膽和無所顧忌,或者是事情急迫。

磁器口風雲

此時，他見林翰墨如此說來，忙笑道：「看你，把我都當成救苦救難的觀世音菩薩了，至於嗎？喝酒，喝酒！事情也許不會像你想像的那麼嚴重。」他呷了口酒，慢悠悠地說：「天生一人，必有一路。上帝給你關上一扇門，必然會給你開一扇窗。我不信，像表弟這樣義薄雲天之人還會沒個出路？！」他把平時安慰下屬的官話用在了這裡。

「出路？」林翰墨並不在意，苦笑說，「只要有條生路逗行了。官府腐敗不堪，土匪臭名在外，袍哥鉤心鬥角，你叫我去靠哪一個？況且如今他們都像齊頭水一樣湧來對付我，都快把我淹沒了。」他越說越激動，一仰脖子，又將滿滿一杯酒灌下肚。

他看高華中一臉坦然，不停地向他敬酒奉菜，並無戒心提防，也沒什麼忌諱，就接著說：「我想了好久，決定去投奔共產黨游擊隊曾林，只是沒人引路。」他這是試探，或者說也是企盼。

高華中聽到這裡，不覺一驚，似乎有了一絲慌張，趕緊給林翰墨夾了塊豬頭肉說：「表弟，你已經喝飄[1]了，在說胡話。吃菜吃菜，快莫說這些！那曾林是政府緝拿的要犯，你就不怕掉腦殼？」

「哼，我曉得他是這種人，才要去投奔他呢。他們劫富濟貧，專與官府作對，對老百姓好，受到好多好多人擁戴，有啥子不行？」林翰墨說完，又將滿滿一杯酒吞下肚裡。

「表弟，你快打住吧，我求你了，莫在這裡給我擺禍事好不好？」高華中哭喪著臉，給林翰墨夾了一塊炒雞蛋，又說，「好些事情，有著千絲萬縷的背景，一句半句很難說清楚，你要是聽表哥一句話，就莫在外面提共產黨的事，那可是政府要緝拿的一群匪徒，與他們為伍很危險，會招惹許多是非。至於你目前的難關，我看還是可以闖過的。」他盡其所能地寬慰這個表弟，既有同情，也有堅信。

林翰墨瞇縫著眼，醉意濛濛，看著表哥語態平緩、字音清晰地說：「我看是武昌的監獄把你關順服了，本想找你引路去見曾林，你卻膽小如鼠，毫無擔當，提都不敢提。好吧，我不和你談論官府的事，你說我該啷個闖？」

「嗨，哪裡有活人遭尿憋死的？！」高華中並不和林翰墨反駁，他邊呷著酒邊說，「別人會拉勢力，你就不會？」

「我？」林翰墨疑惑地看著他。

第十四章

「對。」高華中也看著林翰墨，兩個腦袋瓜子似乎向前聚了聚。

「你是喝高了嗎，明擺著，我逗是因為拉了一桿子兄弟才惹了今天這身爛事嘛。」林翰墨有些奇怪，清不到由頭生硬地說。

「我不是說這個事。」表哥賣了個關子。

「你說哪件事？」林翰墨更是糊塗，更不懂了。

高華中說：「目前不是要競選『國大』代表嗎？要很好利用這個時機，幹出些事來，廣結人緣。」

林翰墨聽得雲裡霧裡，他不知這個「國大」代表競選與他有何關係，與他弟兄們的出路有何關係？

高華中說了好半天不痛不癢的話，才讓他多少領悟出一些道理，還是似懂非懂地問：「我那幾個人，還能翻得了大浪？」

「你就不想為李大爺湊幾張票？他可是個有實力的人物呢。」李大爺曾經有恩於林翰墨，林翰墨怎麼也是要還情的，這是江湖中人的道義。他認真聽高華中如此這般做說明，使他醍醐灌頂，茅塞頓開，他感到這的確是眼前的一條路。

原來，國民黨當局為了維持搖搖欲墜的統治地位，搞了個假民主騙局，在全國公開選舉「國大」代表，各縣的頭面人物都四處活動拉選票。在林翰墨所在的縣裡，大大小小幾十股勢力捲入競選漩渦，為全縣一個絕無僅有的代表名額爭來奪去。

當然，在磁器口一帶勢力最大的要算縣黨部書記長陳運九，還有磁器口袍哥大爺王長久，其次才算縣城袍哥李大爺。他們雖然都是一路貨色，但內心各打各的小算盤。相比之下，縣城袍哥李大爺對於林翰墨的威脅要比其餘兩股勢力小得多，遠在一隅，短時間構不成危險。況且，水門寨所在的石板鄉郝鄉長是李大爺的遠房舅子，要是支持李大爺競選成功，無疑就等於支持了郝鄉長。郝鄉長曾暗中盤算過，要能得到石板鄉的多數選票，只有求助於智新社的弟兄，他找人向林翰墨表示過，做過姿態，並再三解釋那次與水中蛟的過節純屬誤會，話明氣順，希望跟林翰墨和好如初，不要記恨。郝鄉長甚至提出還要下血本，犒勞林翰墨的弟兄們，可是沒有得到智新社的回音。

在石板鄉地盤上，主要是智新社和縣黨部書記長陳運九的勢力，郝鄉長也是個空架子。當然囉，眼下智新社正四面楚歌，自保鹽罐都困難，翻不起多大個浪花。

磁器口風雲

　　身為縣黨部書記長的陳運九，仗著自己老家在磁器口，地方豪紳都得向著他，又有金癩子的武裝力量作為後盾，料想選舉必然穩操勝券。自然，封官晉爵的許諾是少不了的。

　　磁器口袍哥大爺王長久也不是等閒之輩。他手裡沒有官權，可有的是錢財，家中開了幾十個商號不算，每年還得收幾百石租谷。他捨得花血本，到處請客送禮，大把鈔票直往外甩。

　　林翰墨的想法是，選舉就是狗咬狗的鬥爭，他才懶得去管誰選上，誰沒有選上，誰勝誰負都一回事，根本與己無關。現在，既然高鎮長說明了內中奧妙，他不得不思考思考。

　　林翰墨從磁器口高華中處回到水門寨，連夜派人給郝鄉長送信，表示答應他開的條件，與他合作，支持李大爺競選。

　　郝鄉長喜出望外，立即請林翰墨去鄉公所共同制訂比較詳細的措施。水門寨決定立即派出各保甲的智新社弟兄暗中到選民中拉票。當然，弟兄們的安全由郝鄉長給予保證。

　　選舉開始了，石板鄉作為一個獨立的選區，投票在鄉公所附近的小學禮堂內舉行。

　　天還沒亮，不知是誰在禮堂門口貼了一張招貼，上面用五顏六色做了裝飾，排頭是首打油詩：

　　詠酒

　　這個酒，那個酒，

　　都是渾酒。

　　名酒不如高粱酒，

　　國大要選羅老朽。

　　「耶，這是啥子意思？」一個選民輕聲問同鄉。他看了半天沒看出是啥明堂，被這繞來繞去的《詠酒》詩弄得雲裡霧裡，一時半會兒轉不過彎來。

　　同鄉一時也說不出所以然，細細品味了好一陣，才輕聲說：

第十四章

「我想,這是針對那兩個人的。」

「哪兩個?」

「還不是王長久、陳運九!你看,不逗是用一個『渾』字連接的兩個『酒(久、九)』嗎?」

「噢,『渾酒(久、九)』,果然這樣,明白了,是在罵那兩個人呢。」

「至於那個羅老朽嘛,逗是全縣有名的叫花頭兒,羅叫花兒。」同伴解釋說。

「真是入木三分,惟妙惟肖。」

此時,太陽已升起大約兩竿高了,選舉還沒開始,人們注意力集中到那張招貼上,都在悄悄議論那首打油詩。在打油詩同一張紙的下面,寫的是「國大」代表候選人簡介:

姓名:羅老朽

學歷:甑子(政治)大學抄手系畢業

歷任職務:酒行行長、孤老院院長、棲留所所長……

作風:工作積極、負責,紅白喜事從不缺席。

……

如此辛辣刻薄的招貼,據說當天在全縣各大選區會場門前都有發現,真不知道是誰湊了這麼大個鬧熱,在嚴肅認真的政治選舉面前開這麼個玩笑,整出個小插曲。

選舉開始了,石板鄉郝鄉長到會場煞有介事地宣布了注意事項和紀律,無非是所有選舉都要申明的那些常規。如,不要抓到選票就畫圈,要看清楚說明,填寫時字跡要清楚,不會填的要請教別人,不許亂填亂畫,不許徇私舞弊,要服從現場人員,不許擾亂選舉會場秩序等等。讀完那個現成的稿子,民主選出監票人、計票人,郝鄉長便閃到一邊,溜之大吉。

郝鄉長派來維持秩序的十幾個鄉丁,身背長槍,在昏暗的會場裡踱來踱去。

選票由監票人和計票人向各保長發放,保長又發給甲長,甲長再發給選民。所謂選民,實際是各甲派的代表,百姓們對這種選舉從來都不感興趣,本不想參與,但不來不行。這一來,一個人手握幾張甚至上十張選票的情況隨處可見,不足為奇。

「他媽的，你娃睜開狗眼看個明白，老子是不是好惹的？」

「請你把嘴巴放乾淨點，莫說你不好惹，逗是你祖宗先人我也是不怕人的。」

發出了選票，會場裡就像在滾開的油鍋裡淋了瓢冷水，暴烈得使人有點兒害怕。各派勢力為了爭奪一張選票，相互爭吵、辱罵，你搶我奪，推搡摩擦，甚至打鬥。

在會場外的巷道裡，擺滿了大小不等的方桌和條桌，桌前坐著一兩個或三四個識字的人，那是選舉委員會專門設置的助填人員，為的是幫助那些不識字的選民代為填寫選票。為了裝模作樣體現所謂「充分的民主」，在禮堂的場子中央，還用屏風圍了個圓圈，上書「秘密寫票處」，可是從領票開始到計票結束，沒見一個人進去寫票，即便有人想去，也不敢去，那地方太不秘密，太顯眼了。

「先生，請替我填個羅老朽，他是窮人，我也是窮人。我打老遠跑來逗是要選他。」一位白髮蒼蒼的老太爺，從甲長手裡拿到張選票，徑直走到牆邊一張桌前，抖抖顫顫地把選票遞給代為填票的人。

「那好！」那人應著，接過選票就飛快地填寫。

待在另一張桌子上的人死盯盯地看著他填好選票，罵道：「你他媽的胡扯雞巴蛋！你填的是哪個？」邊嚷著，就要伸手去奪票。

那填票人也不認輸，回敬道：「以為老子怕你？怕你的人他媽還沒有叫春呢。」

老太爺被弄得莫名其妙。他哪裡曉得那填票人已「移花接木」，將他說的「羅老朽」填成了「陳運九」，殊不知被王長久的人看見了。於是雙方就沒完沒了地爭吵起來。像這樣張冠李戴、指東填西的事隨處可見，那些代為填票的人都各為其主。耀武揚威的鄉丁們，對眼前發生的這一切視而不見，聽而不聞，就像一個個瞎子、聾子在會場裡來回走動，機械地「履行」著他們維持秩序的職責。

突然，會場一陣騷動。辱罵聲、砸桌砸凳聲、拳打腳踢聲，還有慘叫聲，響成一片。

誰都清楚，這是為爭奪選票引起的。

原來，選舉剛開始不久，受陳運九之托，由金癩子派來的幾個偵緝隊員走進會場大聲嚷嚷：「各位選民都要與政府保持一致，一定要支持陳書記長競選，不然，

第十四章

逗以通共匪論處。大家都放明白點,誰要是懂不起,逗莫怪老子手裡的傢伙不認人!」殺氣騰騰!

誰知,那王長久的人立馬就罵起來:「毬個書記長,你陳運九算老幾?我們王大爺逗不買他的帳,莫忘了王大爺手下的弟兄也不是好欺的。王大爺逗在磁器口街上,哪一點對不住你們?」似乎他們拿到了偵緝隊的把柄。就這樣你一言我一語,話不投機,雙方打架割孽動起武來。

打了一陣,又覺得這樣不是辦法,有人提出「分票」,也逗是雙方各控制幾個保甲的選票。怎麼個分法?對半分是不行的,雙方都不贊成。乾脆,就四六開或三七開好了。雙方都贊成,對這個分法都表示服氣。問題是誰願意要三成或四成?誰又能要到六成或七成?於是,僵持,再動手,打鬥也就沒個了結。

「啪!啪!」會場門口突然響起槍聲,是雞腳神帶人開的槍。他高聲喊道:「既然這次選『國大』代表叫民主選舉,民主民主選民做主,那逗是要由選民自己做主,願選誰逗選誰,不能由你們拉拉扯扯、打打鬧鬧。」邊說,邊帶著弟兄們衝進會場。他看了鄉丁一眼說:「你們這些背梆梆槍的不能主持公道,我們來主持!哪個龜孫子敢亂來!兄弟們接管會場!」說完,安排眾弟兄各就各位。有的把住大門,有的站在助填人員桌旁做監視,有的混入人群之中推波助瀾。

鄉丁們見此情景,不敢吱聲。

這一來,使得陳運九和王長久的人大驚失色。他們對智新社插手選舉的事大感意外,此時是強龍難壓地頭蛇,鄉丁和智新社都是土著,王大爺與陳書記長的人與他們比較就成了少數,都是一比二。由於力量懸殊,好漢不吃眼前虧,都不敢多話,只好將事就事,各自抱著碰運氣的態度。可他們哪裡曉得,智新社弟兄早在各保甲中做了大量工作,要求他們一致投陳運九和王長久的反對票。

投票結果,陳運九和王長久基本上沒得到什麼選票,李大爺得票最多,叫花兒頭兒羅老朽也得了不少選票。

事到如此,王長久的人雖然氣得要命,可是沒辦法,只得灰溜溜地撤回磁器口。陳運九請來的那些偵緝隊員卻不認輸,他們還要挽回敗局。在監票人和計票人都要離開現場的時候,偵緝隊員提出計票不準確,要求將選票全部封存送縣城複查。計票人和監票人本來就對這個選舉結果表示不滿,便一致贊成將選票送縣城,至於下文如何,他們只想眼前,不想多管今後。

磁器口風雲

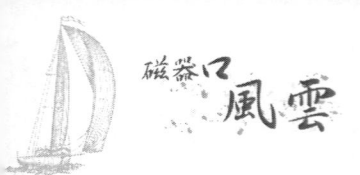

　　這時，早有人將郝鄉長找來。他二話沒說，派鄉隊副親自帶領十來個鄉丁將選票火速送往縣城。

　　稍午剛過，太陽還沒倒威，路上的行人非常稀少，從石板鄉通往巴縣的那條山路上，護送選票的鄉丁們倒背著槍，呼哧呼哧直喘氣，他們要在天黑前趕到磁器口，搭乘通往縣城的船。

　　前面有個埡口，翻過去就是磁器口。在這節骨眼上，鄉丁們再也走不動了，吵吵嚷嚷要歇息。隊副說：「好吧，少歇一會兒再走。」

　　話音未落，林子裡走出一二十個偵緝隊員，擋在路前，為首的打過招呼：「奉上司命令，選票由我們護送，你們回去吧。」說完，上前奪票。鄉丁們情知不妙，這分明是金癩子要為陳運九搶票，毀了這些選票，姓陳的就可以在縣城大做文章。但他們又無可奈何，人家人多，武器又好，有啥子辦法，只好拱手相讓。

　　偵緝隊員把票箱搶過去，一路輕鬆，大搖大擺朝埡口走去。他們慶幸，還是半路劫掠這招奏效，只在路邊坐了一小會兒，就輕而易舉完成了隊長交給的任務。

　　「大膽毛賊，錘子兮兮的還敢奪選票。攔到，攔到。量你們也逃不出老子的包圍。聽到沒得，偵緝隊的人給老子爬開！」隨著一聲高喊，智新社五爺水中蛟帶著二三十個弟兄，從四面八方向偵緝隊員撲過來。

　　「你們這群土匪給老子窪到[2]，想要選票？沒恁麼撇托[3]！」偵緝隊小隊長凶相畢露，他憑著也算地頭蛇，武器精良，對智新社半路殺出並不認黃，拔出手槍要動武。

　　「啪啪，啪啪啪……」清脆的槍聲，劃破寂靜長空，兩隊人迅速散開，各自掩護，展開激烈槍戰。

　　打了一陣，偵緝隊人少，占不了上風，自知不是對手，丟下票箱奪路而逃。小隊長嘴裡還自我解嘲地不停叫罵：「狗雜種，一群憨包，你默到撿了個趴貨。等到起，老子要讓你龜兒子拿走容易，送回難！」

　　智新社的弟兄得勝而歸，郝鄉長大受感動，決定履行競選前與林翰墨達成的協定。

　　自古道：「禍兮福所倚，福兮禍所伏。」好事不一定永遠就是好事，壞事也不一定永遠就是壞事。智新社獲勝而歸。

這次由高華中一手浪起來的武裝衝突，給智新社又一次帶來了大麻煩。

註釋

1　喝飄：喝醉。

2　窪到：站住放下。

3　撇托：便宜。

第十五章

　　石板鄉鄉公所的二十多支長短槍全部被搶，郝鄉長中彈逃出，險些喪命。至於是何人所為，他郝某一概不知，據說來人都打著花臉，又是深更半夜，黑燈瞎火，整個行動搶劫者一言不發。

　　冉縣長得到呈報，急命沙磁區偵緝中隊金癲子連夜偵破。金癲子沒費多大工夫就探明：據可靠情報稱，此事系林翰墨所為。

　　一向溫文爾雅的冉縣長一拳砸在桌子上：「成何體統！成何體統！在國民政府統治的核心地帶竟然會出這等破事，這林翰墨是真的越來越不像話了。」他實在氣得不行，一個小小的江湖袍哥組織，一群散兵游勇，居然鬧到了多次出擊、覆水難收的地步。他哪裡曉得，這是郝鄉長與智新社聯合上演的一出「周瑜打黃蓋」的把戲！

　　按「國大」競選前與林翰墨達成的血本協議，李大爺在石板鄉獲得多數票，郝鄉長送智新社二十支快槍，五箱彈藥。現在李大爺如願了，郝鄉長卻有了難處，再三訴苦，送槍送彈藥都可以，但要有個送法。光天化日之下大張旗鼓地送絕對不行。這樣送，他郝某人今後就徹底完了，智新社也就沒了下回。為了郝鄉長好向上司交差，要用明搶暗送的方式——掩耳盜鈴，也能遮掩人的耳目。

　　半夜時分，水中蛟帶著智新社的弟兄打著花臉，摸進了石板鄉公所，首先朝郝鄉長手臂開了一槍。郝鄉長「哦豁」連天地一聲聲慘叫著，「被迫」命令鄉丁和師爺丟下武器快快逃命。

　　智新社的弟兄輕而易舉提出了石板鄉鄉公所的全部槍支彈藥，一溜煙兒就無影無蹤。

　　冉縣長毫不猶豫，斬釘截鐵，要把失去的損失奪回來。在偵緝隊出發後，他還不放心，他怕這支雙重領導的隊伍表裡不一扯靶子，便連夜加派縣駐軍內二警鄒營長帶一個正規連的兵力，協助金癲子的偵緝中隊，前往石板鄉進剿。

　　正午剛過，全副武裝的駐軍出發了。出發前，鄒營長公佈了賞格：打死一個搶匪，賞大洋三元；打死一個匪首，賞大洋五十元；如果誰打死林翰墨這個目前本縣最大

磁器口風雲

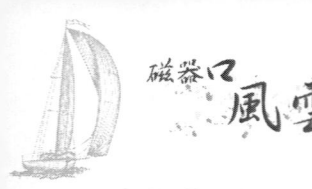

的「一號」匪首，賞大洋一百五十元，活捉者賞大洋三百元（那時這個價錢足夠買一幢小樓）。

出城門不遠，隊伍向左一拐，走上一條小路。

金癲子在隨隊電話裡告知鄒營長：「據下人密報，林翰墨正帶著兄弟夥在寶輪寺睡覺，如果趕在天黑前給他個突然襲擊，定能全殲。」

鄒營長一驚：「寶輪寺離磁器口街上那麼近，王大爺的人難道沒有察覺嗎？」

金癲子說：「沒有察覺。他們沒敢驚動王大爺，這逗叫最危險的地方最安全，這是他們的如意算盤。沒想到我有內線在寺內，把他們的情況偵察得一清二楚。」

縣城離磁器口是八十多里石板旱路，抄小路去寶輪寺可以節省一二十里。鄒營長在電話裡告訴金癲子：「那好，叫你的人盯緊點，也不要驚動王長久這個土老帽，到手的鴨子不能讓他搶走，立功受獎的機會只能由你我兄弟享受，不能讓他這個外人分羹。你們把住行軍時間，不要太快也不要太慢，我們約定，兩隊人馬天黑前在寶輪寺會合。」

鄒營長情緒激昂，命令部下全速前進。

不到幾個時辰，已經走了大半路程。雖然士兵們汗流浹背、滿臉疲勞，有人提出休息片刻，他卻一刻也不準怠慢，催著隊伍勇往直前，他怕王大爺來分功勞，也怕金癲子不講信譽提前到達，驚走了林翰墨，要求部隊盡快趕到寶輪寺，一鼓作氣把林翰墨他們圍住。

王長久的人的確不知道，即便知道，他在這個問題上也不會跟他們一邊倒，他只會袖手旁觀，坐山觀虎鬥，讓你警察部隊與智新社鷸蚌相爭，打殺得血淋淋的兩敗俱傷，他才高興呢。

此時，鄒營長騎在馬上想心事，他認為自己的官運又來了，升官發財的時機就在眼前，如果一舉消滅林翰墨，他離團長的寶座就不遠了，最近內二警巴縣團的團長調走了，團長一職虛位以待，暫由冉縣長代理。一個縣長，本來就不是軍人，代什麼團長？只是盯著團長位置的人太多，有團副、參謀長，還有三個加強營的營長。上峰擺不平才決定讓他做個臨時過渡，要是他鄒營長能一舉拿下林翰墨，這不就是水到渠成、瓜熟蒂落的事！

第十五章

其實，他的算盤一點也沒打錯。林翰墨和他的幾十名疲憊不堪的弟兄，此時的確正在寶輪寺內呼呼大睡。他們哪裡曉得大禍就要臨頭！

近日，智新社的弟兄提了石板鄉的槍，雖然郝鄉長再三發誓，絕不告密。可是林翰墨還是留了一手。先把水門寨弟兄的家眷都接進寨去，安排專人在各個要道口子放哨打探，一有風吹草動，全部轉移。接著又按李大爺說的「人逼毛了，怕個毯！有啥子事幹不得」的「教誨」，帶領兄弟們在山下搶了幾家惡霸，將所得錢財部分分給窮人，留下部分作為轉移備用。這是他在游擊隊學到的做法，為的是反動派出動時多點人通風報信。

這一段時間，水門寨的弟兄們在幾縣交界的地域附近打土豪，晝伏夜行，神出鬼沒，傷亡不大，收穫卻不小。弟兄們很久沒有這麼高興過，但也非常疲乏，準備回寨休整。

夜里路過寶輪寺，有些人實在走不動了，大家一商量，反正離水門寨也不遠，加上住持慧正本來就是智新社的人，磁器口的袍哥大爺王長久在「國大」代表選舉時與縣黨部書記長陳運九鬧翻了，自身處境尷尬，也不會在「事業」的低谷時期為難智新社，林翰墨前思後想估計不會有啥不測，便命令進寺歇息。

寶輪寺始建於唐代，後來被燒燬，現在的建築為北宋鹹平年間重建，位於磁器口右側嘉陵江畔馬鞍山前端的白岩山上。白岩山山勢高聳，林木幽深，前面是浩瀚嘉陵江，背靠巍然的馬鞍山，從正面看寺門，需要仰起腦殼。

寶輪寺，殿宇恢宏，歷史悠久。傳說當年，朱允炆被他四叔燕王朱棣攆得四下躲藏，後來逃到重慶削髮為僧，隱避於寺內，至今天王殿牆上還有「龍隱禪院」四個大字，這「龍」指的就是朱允炆。清朝人有詩贊曰：「撥雲尋古寺，崖破洞重開；踏遍空王界，深宮篁草萊。」古寺道風淳厚，是有情眾生心發菩提、追求正覺的殊勝境地。

寺內「大雄寶殿」的建築結構未用一顆鐵釘，全木榫卯結構。殿中兩樁刻有盤龍抱柱，栩栩如生。最奇的是兩柱的基石，一柱凸出地面尺許，一柱凹下幾寸，但兩柱平衡。歷時千年，全殿沒有一根柱子打偏[1]，真是天工巧奪，匠心獨具，可稱之為一絕。大雄寶殿佛祖坐像前有一枯井，據說可直通嘉陵江邊的「九石缸」，有人曾投入一隻鴨子，事後鴨子從「九石缸」鑽出來游入江中。

寶輪寺在極盛時期，有僧人上百人，香火晝夜不息。光緒以後，寶輪寺敗落了。

磁器口風雲

由於戰事頻繁，民不聊生，寺院也日漸衰落。民國八年，天大旱，和尚們斷了炊糧，紛紛離散還俗。寺中物件，凡值錢而又能帶得走的，幾乎無一剩下，徒留大片長年失修的廟宇、幾棵高松古柏和幾個老得挪不動窩的和尚。

又過了幾年，來了個慧正和尚，擔任寺中住持。此人自幼出家，受戒於梁山雙桂堂。雙桂堂原本是個出大和尚的地方，慧正出家後，又雲游四方，廣結善緣，洞明世事，自成一體，是個有名的怪僧。來到寶輪寺長住，不辭辛勞，講經說法，四處化緣，決意重整旗鼓，發達曇花。但因國弱民窮，雖歷經千辛，寺院也有所改觀，但到底無法重現當年的盛景。而今這寺中也還是冷冷清清，總共不過十幾個和尚。

慧正不是閉門談經之輩，他研究時局，普度眾生脫離苦海，經世濟民，向來有些獨到見解。眼見國家貧弱，政治腐敗，作為佛門中人，雖不必如塵世熱血男兒那般咬牙切齒，但也難免有憤激之時。因此，教授弟子時，愛插入些經外之論。用白話說，就是「理論聯繫實際」。弟子們多為貧苦出身，生活無著或心如冷灰才遁入空門，當和尚並非他們的遠大理想，慧正的講經說法最容易引起共鳴。因此，對這位本來就聲望很高的大和尚住持備加敬重。

寶輪寺有個壯年和尚卻是根攪屎棍。此人法號慧覺，生性古怪刁鑽，自視聰明，心口不一，凡是愛盤算個小九九。曾因與一個進香少婦發生苟且，被小和尚拿住，慧正恨他辱沒山門，損壞佛家聖地形象，欲將其逐出，虧他百般悔過，保證下不為例，方才留下。從此，慧覺對慧正表面尊重，內心懷恨，伺機報復。

慧正雖有所察覺，卻並未放在心上。

事情就壞在這個慧覺身上。

昨夜三更時分，慧覺被一陣響動驚醒。打開後窗一看，只見黑暗中一些人從白岩山溜進寺來，慧正住持提一盞燈籠在前面引路，與旁邊那漢子低聲說話。

待人走得近時，看清那一干人背著刀刀槍槍，提些東西。慧覺大驚，那不是水門寨智新社的人嗎？走在前頭與慧正說話的那人他也認得，正是過去常來寺內而今官府正在通緝的林翰墨。

慧覺急將窗戶關上，心頭怦怦直跳，卻又忍不住，把耳朵貼在窗上靜聽，還不時墊著腳尖平眼從窗縫向下看。不一會兒，腳步聲越來越近，那些人從窗下路過。

只聽慧正說：「逗在這後院空房歇息吧，這地方多時不用，絕少有人來驚擾。」

林翰墨說：「給三哥添麻煩了。」說到三哥，慧覺一時半會兒沒有聽懂，被弄得莫名其妙，他根本不知道三哥指的是誰，便愣手愣腳，小心翼翼來到門前，從門縫看出去。說話的只有兩人，除了林翰墨就是慧正，他料定慧正便是智新社的三爺。這傢伙狗拿耗子還真是咬得沒錯。

　　過了些時候，忽又聽慧正吩咐：「一空，悟清，快去給林大爺他們準備一天的伙食，做事要小心，別忘了進出將門鎖上……」

　　慧覺又驚又怕，想不到這慧正如此膽大妄為！「好哇，既然你敢通匪，逗莫怪我慧覺了。招惹殺身之禍，你慧正自是罪責難逃！」

　　慧覺這麼想著，突然心花怒放，他哪裡還能入睡！躡手躡腳跳下禪床，輕輕將門帶上，然後摸到後院空房牆下靜聽動靜，只聽得窸窸窣窣的稻草聲，大概是有人睡在上面翻身，還有人扯撲漢[2]。他心中一喜，摸到一處矮牆旁，翻牆跳了出去。

　　慧覺也知道，這個時候找磁器口街上的袍哥王大爺沒用，說不定他還在因「國大」代表選舉生悶氣呢。在那場角逐中，王大爺原本志在必得，下了血本，結果顆粒無歸，賠大本錢了。現在這種出力不討好、費人又費事的勾當，王大爺肯定懶得管呢。此時找他，不但搬不了兵，還會搬起石頭砸自己的腳，千萬不能去找他。磁器口也有保安隊，但那個鎮長是個說不清道不明的人，膽子小得比老鼠不如，找他也沒用。

　　寶輪寺向東十五來裡便是石板鄉鄉公所，但那鄉里的槍支剛剛被搶，郝鄉長身負重傷，誰來管這等事？向西十七八里就是青木鄉，可那鄉里兵力有限，根本不是林翰墨的對手，況且那裡的鄉長也是個害怕惹事的貨，找他也沒用。他尋思著，便徑直朝沙磁區奔去。他要去報告偵緝中隊長金癩子。當然，得多走點路，二十來裡。

　　要說在搬救兵這個問題上，慧覺和尚還真不是傻瓜。平心而論，上面那兩鄉一鎮的保安隊加起來，戰鬥力也不敵林翰墨的智新社。他慧覺和尚能夠捨近求遠，是他的智慧，否則事情的變化還不知是怎樣的呢。

　　就這樣神不知鬼不覺，天亮前慧覺又趕了回來，把門關上大睡。好在他年紀較大，「享受」單間──主持安排他獨住一個禪房，沒人曉得他夜裡幹了些啥子見不得人的事。

磁器口風雲

太陽剛剛偏西，馬不停蹄的縣內二警駐軍已經趕攏寶輪寺，還好偵緝隊沒到。鄒營長命令兩挺機槍架在寺院兩側斜坡上，居高臨下封鎖山門和後門，其餘人員埋伏在四周密林之中。儘管如此，哪個也不敢輕舉妄動。畢竟是對付三四十個荷槍實彈的亡命徒，不是小娃兒過家家鬧著玩兒。他一面等金癩子的隊伍，一面拿望遠鏡觀察寺內動靜。

鄒營長有將軍在決戰前夕的氣派，把望遠鏡提在手上，頓時生出一種少有的威猛感覺，非常愜意。

寺院裡風平浪靜。鄒營長留神著那後院，荒草叢中一條小徑，一兩個小和尚挑水劈柴，並無什麼異樣，正常得不能再正常了。他反而覺得不太對勁兒，心裡有種說不出的預感，他不敢再往下想。

天色漸近黃昏，鳥歸月下，寺院中升起淡淡的炊煙，繚繞於灰白的天空，漫漫飄散。寺內幾許洪渾的梵鐘之聲傳出，悠長深遠。

已等了個多時辰，鄒營長耐不住正在罵娘：「狗日的金癩子，你哈批撮撮的，做事掉渣渣兒，比老子近恁麼多，還拉不出來。」話音剛落，金癩子的隊伍姍姍遲來。

其實，金癩子有他的道理。他多次領教過林翰墨的厲害，如搶親、殺爹、奪票……他都沒占過便宜，既然縣內二警駐軍出馬，不如等他們大戰之後，再由偵緝中隊來收拾殘局。他深知自己的偵緝中隊吃喝玩樂、日賭夜嫖個個都是一對一的好手，戰鬥力就不能比。人家內二警可是老蔣的嫡系正規軍改編而成的，是曾經跟共產黨的正規軍面對面地較量過陣地戰的。

鄒營長來不及計較，劈頭問道：「黃中隊，你的情報可靠？」

「絕對準確！」金癩子看了鄒營長一眼，補道，「當然，除非這陣子有人放信，走漏了消息！」這話說得有點不太友好，內二警的人先到，不是活活把罪過往鄒營長身上推嗎？

「這你放心，自從我到達後，逗全力監視，即便寺裡有只蒼蠅飛出來，我們也看得清清楚楚。」鄒營長說著，揮了揮手，命令道，「全體注意，機槍掩護，其餘人分前後左右四路進攻，出發！」

第十五章

　　大大出乎意料的是，槍聲開路，吼聲震天的警察部隊一口氣包圍了整個寺院，有的差不多就要衝進大門了，可廟內竟然毫無反應，這個場景著實把大家嚇了一跳。林翰墨這等土匪也太沉得住氣了。

　　「趕快停下！」鄒營長大喊，所有槍聲聽停。鄒營長心中好生疑惑：這到底是啷個回事？是不是中了埋伏？貿然行進容易，出來卻難。這種事是兵家最為忌諱的。他四下望瞭望，又覺得不像請君入甕，沒發現可疑之處。

　　正在這時，山門「吱呀」一聲，慢慢打開了。警察們嚇了一跳，迅速舉起槍，料想有一場惡仗，幾個膽小的警察本能地縮到一邊。

　　一個小和尚探出頭來，見到都是些橫眉綠眼的惡人，拔腿就往回跑。

　　「黃隊長，你帶偵緝中隊衝進去！」鄒營長見金癩子沒作聲，只是愣愣地看著他，接著說，「我嘛，和我的全體官兵一起圍住寺廟，你我齊心協力，來他個內外夾擊！」

　　「媽的，滑頭鬼，你當老子是三歲的娃兒，你在外面看，老子帶人衝，這叫錘子個『齊心協力』！」金癩子暗罵著，心想吃虧的事總是偵緝隊，衝進屋裡是明明要吃槍子兒的。轉念一想：林翰墨機靈過人，哪一次被包圍他是衝不出去的！你他媽的堵在外面兵力分散，戰鬥力反而減弱，也沒啥子好果子吃！於是，命令豬隊副在前面開路：「給我狠狠地打，打得越猛越好！」他心裡明白，只有這樣虛張聲勢才不會吃虧。林翰墨一旦被打得招抵不上，只能從薄弱環節突圍，那時就有你鄒某人的好受了！

　　豬隊副毫不猶豫，槍一揮，大喊大叫，壯著膽子領頭就上。誰知慧正走出山門，雙手合十：「阿彌陀佛！各位施主，這是要做甚哪？」

　　「你這和尚，裝瘋迷竅！給老子爬遠點。」豬隊副嘴裡罵罵咧咧，帶著偵緝隊就要衝進去。

　　鄒營長揮揮手說：「莫忙！」他到底多了一個心眼，對慧正說：「你這老和尚，瓜迷日眼的，膽敢在廟裡窩藏槍匪，還不趕緊給我交出來！」

　　慧正吃驚道：「佛門清淨之地，哪有啥子匪與不匪？」

　　金癩子怒道：「囉唆個毬！少跟老子批跨卵跨[3]。站到幹啥子？還不快把這老東西抓起來，衝進廟去把人找出來，拿他是問！」

161

磁器口風雲

　　偵緝隊在豬隊副帶領下，一擁而進，寺院裡輕風雅靜，並未遇到任何抵抗。他們衝到後院，將那單獨的一個房間團團圍住。一個個偵緝隊員扣動槍機，「啪啪啪」地將子彈從門窗射了進去。

　　鄒營長聽到寺院裡響起槍聲，以為是林翰墨的人馬要突圍，便令部下開槍射擊，截斷智新社人的逃跑後路。

　　偵緝隊的人聽到外面響起了槍聲，以為是林翰墨突圍了，轉身向外開槍聲援。

　　「啪啪啪……」「嗒嗒嗒……」廟內廟外，機槍步槍如炸苞谷泡似的響成一片。

　　慧正急得直跺腳：「阿彌陀佛，佛門聖地，休得無禮，休得無禮！」儘管他喊破嗓子跺斷腳，那些人卻沒有一個理睬他。

　　密集的槍聲響了好一陣，不但這個禪房，就是整座廟子也沒有半點抵抗的回音。

　　金癩子甚覺情況不妙，領人衝開那間房門，壯著膽子細細打量，裡面除了些破爛器具，灰塵蛛網，並無別的，更不用說人影！

　　此時，鄒營長已從外面進來，令人四下搜尋，仍然一無所獲。他氣得咬牙切齒，問金癩子：「黃隊長，搶匪呢？我可是要回去交差的呀！」

　　金癩子非常著急，大叫：「給我把慧覺和尚叫來，狗東西，這個時候藏哪裡去了！」

　　慧正此時倒是真正一驚，上前說：「他打柴去了，尚未歸來。」

　　正說著，有人大叫：「在地窖裡抓住了一個！」

　　金癩子急切地喊道：「帶上來！」一看，正是慧覺。

　　金癩子一把將慧覺提起，惡狠狠地喝道：「快說，搶匪在哪點兒！」恨不得一口將他吞下。

　　慧覺全身發抖，說：「就在那，那後院的空，空房裡……」話沒說完，「啪啪」就挨了兩記耳光。

　　慧覺知道情況有變，卻又不知是怎麼個變法。他原怕打起仗來遭到誤傷，謊稱砍柴，跑到地窖裡待了半日。這會兒也只得反覆申明：「我是親眼看到有人從我的禪窗下路過，親耳聽見慧正吩咐一空、悟清的……」

金癩子迫不及待地吼道：「去把那兩個小和尚叫來，問一問。」

兩個小和尚被偵緝隊員押來，說昨夜一直在禪床上睡覺，並未做過其他事情。其他和尚也作證是這麼回事，昨晚沒發現寺院發生異常情況。

慧正好生氣憤，微閉雙目，雙手合十：「阿彌陀佛！老衲從未薄待任何人，為何遭此厄難？罪過，罪過……」

鄒營長「唰」地掏出手槍，對準慧覺的頭罵道：「你這禿驢，怪眉日眼[4]，到底在耍啥子花招？快說，否則你他媽的小命不保！」

慧覺面如土色，作聲不得，又不得不吱聲：「老總，對不起了，我想，我是看走了眼，我是，我是聽，聽錯了話，或者是做，做，做了一個噩，噩夢……」

「龜兒子，敢來豁[5]我？竟有這等不靠譜的禿驢來放水，老子有你的好果子吃，把這狗日的禿賊帶走！」鄒營長氣得鼻青面黑，齜牙咧嘴，臉陰沉得可怕，「弟兄們，開路，到磁器口再去理論！」他氣急敗壞，看來晉升的夢這一次算是泡湯了。

走了一程，兵丁們罵那慧覺和尚是天煞星，是災星，將他毒打一頓，丟在路邊。這個慧覺和尚，好似一股禍水，流到哪裡，就會給哪裡帶來災難。此是後話。

鄒營長一路對金癩子破口大罵：「你他媽的當老子是個只知吃喝的牲口啊！拿老子的隊伍當猴兒耍嗎？啥子毬毛偵緝隊長，混帳王八蛋，遭天劫地埋的一群爛東西，害老子白跑。日你個先人板板，操你祖宗八代老子都解不到氣。縣長那裡，你去交代……」他搜腸刮肚，把曉得的所有下流話全罵了出來，還覺得沒有罵到位。

金癩子自認晦氣，雖然他與鄒營長沒有直接隸屬關係，但人家是營長，自己最多算個正連職。官大一級壓死人，加之這次錯在自己，只好忍氣吞聲，大氣兒都不敢出，默默走路。

他自知有過失，便早早地安排了傳令兵先回磁器口備餐：「要多整些朒朒，還有那遠近聞名的上等好菜毛血旺。」他今天是心甘情願當個東道主，讓這群人吃飽喝足，好好犒勞犒勞鄒營長和他的部隊，讓他們消消氣，敗敗火。這一次著實輸了面子，但同朝為官，今後還需相互幫襯，不能記較一時一事的得失，眼光要放長遠一點。他真不明白，這林翰墨到底是如何逃脫的？此時又在哪裡？

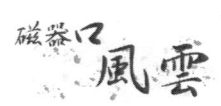

註釋

1　打偏：歪斜。

2　扯撲漢：打呼嚕。

3　批跨卵跨：東扯西拉。

4　怪眉日眼：沒心沒肺、奇奇怪怪。

5　豁：騙。

第十六章

　　在那條通往水門寨的險峻山路上，林翰墨帶著吃飽喝足的弟兄們正在疾行。

　　秋風呼呼地刮著，已是深秋時節，氣溫開始驟降，天冷了，智新社弟兄們那熱烘烘、暖洋洋的心並沒被吹涼。他們滿載而歸。他們走的是山間小道，這一路上杳無人煙，他們說說笑笑，自娛自樂，水中蛟還唱起了山歌：

天不怕來地不怕耶，

我比玉皇還要大。

管你是官是財主，

老子喊殺逗要殺。

你說見我，

怕不怕！

……

　　珍兒更是高興得不得了，她算是真資格的「軍中一員」了，為了參加大男人們的行動，她不知跟林翰墨磨過多少次嘴皮，還央求家碧去吹「枕頭風」，幸好雞腳神也來幫忙說情，才被批準。

　　那晚雖沒把那狗日的財主打死，但也跟著大夥兒追了一程，還得了一支長槍。腳神哥哥說，回去要把她帶成個神槍手。雞腳神不太說話，但對這八成熟的小妹很關心。她還知道，是雞腳神把她從山裡背進水門寨的。

　　珍兒走路還有些愛蹦跳。爹怕她摔跤，說她，她不聽，可腳神哥哥一說，她就不蹦了。因為她覺得腳神哥哥很了不起。他一天一夜可走一二百里路，還跟林大爺一起把黃三蛋給斃了。還有，每次林大爺都是把最關鍵的任務交給他，他都能很好地完成。換了別人，不曉得要把各人誇耀成啥子樣子呢，可他卻從來不講。他從小就很聰明，命大，四歲的時候，父親因為貧窮又愛酗酒，常常不能自顧，養不活自己那四五個孩子，便硬著心腸把他丟進了一個路邊水塘。誰知他慢慢爬了出來，坐在路邊，被好心人收養。

磁器口風雲

珍兒一想到這些事，心裡就有點那個。她從來不叫他「雞腳神」，她覺得那個「雞」字放在他身上有些不合適，不雅，並且在叫哥的時候還加了個「哥」字，總是哥哥長、哥哥短的，以示她與他的關係不一般。

「小妹，把傢伙給我。」山路不好走，天又黑，雞腳神要幫珍兒背槍，可她哪裡肯，她還巴不得給她的「腳神哥哥」減輕點負擔呢。但她只是一廂情願，對於雞腳神這個大男人來說，根本沒那個想法。他怕她搭撲趴或跟不上隊伍，就拉著她走，有腳神哥哥與她牽手她更是樂得「腳神哥哥」前、「腳神哥哥」後地叫個不停。

「腳神哥哥，你說，今天林大爺說得好好的，晚上才離開那廟子，為啥子說走逗走嘛？我都還沒有睡醒哩！」

「我也不曉得。」雞腳神應著。

他是真的不知道。那陣，一個個都睡得死條條的，林翰墨忽然叫醒大家，叫趕緊出發，接著便是好一陣快跑……誰也弄不清楚林大爺那葫蘆裡賣的啥子藥。

其實，直到這陣，林翰墨自己也納悶著呢，究竟是誰帶的信呢？慧正法師只說是個年輕人，不肯說姓名，也不肯說是哪部分的，只說那人跑得滿頭大汗，遞上一張紙條就走了。紙條上就說了一句話：「大軍壓境，火速撤出，若有遲疑，全軍覆沒！」儘管猜不出這消息是否可靠，為防萬一，林翰墨還是帶著弟兄們快速轉移了，只留下雞腳神躲在山上觀察情況。

雞腳神是剛剛才趕上隊伍的，向林翰墨報告，撤出寶輪寺不久，果然內二警的鄒營長和金癩子的偵緝中隊就包圍了寺院，還動用了機槍和小鋼炮，他連聲說：「好險！好險！」

林翰墨怎麼也想不出，為啥子這麼快就走漏了消息？又是啥子人救了兄弟們？百思不得其解。管他呢，反正以後出行跑「買賣」，第一是要加倍小心，第二是要盡快設法弄清那個年輕人的來歷。

弟兄們平平安安回到水門寨，個個歡天喜地，將林翰墨視為所向無敵的救星。水中蛟也覺得把弟兄們交給林翰墨是他做得最對頭的一件事。

他們連日東砸西打，無往不勝，分了不少浮財，沿途經過的窮苦人有了衣穿，有了飯吃，百姓們都擁護他們。

第十六章

　　林翰墨雖然精神百倍，在弟兄們面前總是慷慨激昂，氣貫長虹，但內心卻並不踏實。

　　這天半夜，他猛然驚醒，渾身大汗，喘息不止。身邊的家碧急忙將他抱住：「翰墨，你嘟個了，全身怎麼熱瀝瀝的，像進了蒸籠一樣？」

　　林翰墨說：「我做了個夢，夢見水門寨被包圍了，弟兄們鮮血飛濺，屍體成堆，我被埋在最底下，嘟個也爬不出來……」

　　家碧說：「你不要胡思亂想，水門寨不是那麼容易攻得進來的，放心吧。」然後，百般溫存地說：「睡吧睡吧，天還早呢……」

　　林翰墨再也睡不著了，一會兒讓家碧靠在他身上緊緊地抱住，一會兒又與家碧並排仰臥在床上，眼睜睜望著黑夜，聽那海嘯般的江浪怒吼。是啊，他的確無法知道明天是個什麼光景，將來又是什麼光景。難道就這樣有吃就飽脹，無吃蹲火塘？就這樣溝死溝埋，路死路拋？就算這樣，他一個人還好說，可是這些弟兄們呢？還有家碧、老母，以至眾弟兄的家眷，要把他們帶向哪兒？

　　他自幼讀書，也知道不少英雄好漢的故事，最鬧熱的莫過於《水滸傳》。那108條好漢鬧得多來勁兒，但結果又怎樣呢？歸順了官府，還不是被官府借刀殺人，一個一個地給收拾了。

　　想到此，他雖不是那種瞻前顧後的人，但也難免不寒而慄。他當然曉得，無論怎麼說，這些弟兄都是沒有退路的，但總得找個進路，流血掉腦殼也得向前進……好不容易把隊伍拉起來，把大家團在一塊兒，下一步應該怎麼走，自己卻犯難了。他知道，現在這種東一榔頭西一棒子，是不行的，不是長久之計，游擊隊肯定不是這麼個搞法。游擊隊到底應該怎麼搞？他也弄不醒豁，他再次迷茫了。

　　還有，事情整急了還不行，弟兄們一時半會兒難以轉過彎來。有些事單靠自己一個人也不行，要有人來點水、引路，名正言順，弟兄們才會服氣，沒有個幫襯孤掌難鳴呀。

　　路在哪裡？那李大爺倒是被「選」上了「國大」代表，接觸幾次才知道，那位舵爺不過是抱膀子不嫌柱大，誇誇其談說著鬧熱而已，真有事來，他也幫不上大忙。林翰墨真想把這些心思跟大夥兒擺擺，可如果真話相告，弟兄們是否有這個承受力？

磁器口風雲

那樣豈不亂了軍心，讓大家沒了主心骨？還別說弟兄們，就是家碧他都不敢講。時至今日，家碧都不曉得他參加過游擊隊，上過華鎣山。

這樣胡亂地想著，內心一陣陣孤獨。林翰墨真希望哥哥還活著，甚至希望老爹還在世，但他們都活著又能怎樣？

他拍拍家碧：「你千萬莫把我做夢的事給弟兄們講啊！」家碧沒聽見，她已睡熟了。他輕輕地嘆息了一聲……

清晨，他再一次派人出寨去。

雞腳神出寨三天。

珍兒三天都不高興。不跟任何人主動說話，跟大夥兒一起練武，練一會兒就沒勁兒了，又到山邊路口去望望，總是心神不寧的樣子。

她問爹：「腳神哥哥為啥子還不回來？他去做啥子了？啷個要一個人去？」

爹說：「這些都是爺們兒的事，女娃兒家莫多問。」

珍兒好沒勁兒，她對腳神哥哥也憋著氣：「走的時候也不跟我說一聲，等到第二天早上起來才曉得。」珍兒除了爹就只把他當最親的人，可他並不把她放在心上，自然是很氣人的。等他回來，她下決心不理睬他。說實在的，她是擔心他一個人在外面出事。他是一個可憐巴巴的人，從小就沒得到過父愛母愛。

珍兒越想越覺著怕人，對腳神哥哥外出很不放心，她想去問問林大爺具體情況到底怎樣。她走了一段路，又停了下來，有點猶豫，怕別人拿這事說笑。畢竟是十五六歲的姑娘了，主動去關心一個爺們兒，這算個啥子意思？！可站了一陣，雙腳又不由自主地往前移，自己也說不清為什麼，不知不覺到了林翰墨住的地方。正好，水中蛟他們也在那兒。

「珍兒，你是來問雞腳神幾時回來，對嗎？」林翰墨也夠神的，珍兒還沒開口，他倒先猜準了，未必他真是個算命先生？弄得她的臉蛋「唰」地紅到耳根。

水中蛟見狀，也來湊鬧熱：「珍兒，你怎麼喜歡腳神哥哥，我來當媒人，讓你們成了親，我也好得個大豬頭！」說得眾人哄堂大笑。

第十六章

珍兒被笑得很不好意思，她不知如何是好，張口說：「我才不嫁他這種無情無義的人呢！」真是又單純又潑辣，一針見血，還沒真的「審問」，自己就把秘密倒出來了。大家一愣，接著，一個個笑得彎腰駝背。

林翰墨正在喝茶，「噗」的一口噴出了半碗茶水，也跟著大夥兒大笑起來。

珍兒紅著臉朝外跑，差點與進來的一個人碰了個滿懷。「腳神哥哥，你回來了？」她突然站住驚悸地說。

風塵僕僕的雞腳神大步走進來，叫了聲：「林大爺，你們等急了！」眾人好不歡喜，水中蛟一把將他按在凳子上坐定，趕緊遞過一碗茶水，說：「這曹操真是說不得，一說逗到了！」

雞腳神接過茶，「咕咚咕咚」喝了個精光，說：「各位兄長，事情弄出點眉目了，但沒辦得很歸一……」

林翰墨說：「莫急，先給珍兒打個招呼。你一走，她好像失去支柱，這幾天六神無主了。」

經他這一提，雞腳神才想起剛才對撞而過的珍兒。回頭一望，她正躲在洞壁的影下絞辮子呢。

「腳神老弟，你這無情無義的人，這陣子嘟個突然又變得有情有義了呀？」水中蛟邊說邊一陣笑，引得眾人又是一陣哄堂大笑。雞腳神聽說了事情的原委，竟也鬧出個大紅臉。珍兒見別人又在議論她，羞澀地跑開了。

不多時，珍兒又進來了，用一個木製的小盆端了半盆熱水，手上還拿著雙棕窩子鞋，跑得臉紅撲撲的，她把木盆和鞋賭氣地往雞腳神面前一蹾。

大家這才看到雞腳神腳上那雙滿是塵土的鞋早有個老虎嘴了，七嘴八舌地誇珍兒心細。

雞腳神也望著珍兒嘿嘿一笑：「多謝多謝！」

珍兒嘴上不說，心頭的氣早已消逝得無影無蹤。

林翰墨說：「珍兒，快去叫家碧大姐給你腳神哥哥弄點好吃的來。」珍兒不作聲，轉身就跑了出去。

磁器口風雲

又說笑了一陣，言歸正傳，雞腳神將這幾天跟蹤那陌生人的情況仔細地講了一遍。

原來，那日一個年輕人送信到寶輪寺救了他們之後，又有兩回類似的事情，讓智新社弟兄在孤立無援的情況下虎口逃脫，化險為夷。林翰墨好生不解。

儘管別人每次都不肯留下姓名，但江湖中人，哪有知恩不報的？！大夥兒商定，一定要查個水落石出，再備一份厚禮答謝。所以派雞腳神隻身下山，暗中查訪。線索只有一點，最後一回脫險，是在去馬兒坪的路上那晚，一個挑擔子的人送的信。

梨右章說：「覺得那人面熟。」

水中蛟說：「好生想想，是在哪裡見過？」

過了一陣，梨右章說：「想起來了，在羅家岩一帶見過，是個貨郎。」

林翰墨說：「腳神老弟，還得麻煩你到那一帶找一找！」

雞腳神先到羅家岩找，見著兩個貨郎，都不是。又到附近村子尋訪，也沒見著。第二天磁器口趕場，估計一般貨郎都得去，雞腳神便也去了。

水中蛟說：「還真是膽子汪實[1]，要叫偵緝隊碰上，你逗沒命了！」

雞腳神說：「我化了裝。那貨郎果然在那兒。我想問問他，可他說兩句客氣話，轉眼逗溜走了。我只好跟在後面吊線兒，看他到啥子地方。他走我逗走，他歇我也歇。七彎八拐地走了一整天。你們猜他最後到了啥子地方？」他有意賣了個關子。

大家凝神靜氣，近乎異口同聲：「到了啥子地方？」

雞腳神說：「又回到了磁器口街上。」

他說到這裡，見眾人仍然鴉雀無聲，入神地等著下文，於是說：「擦黑的時候，那人一下閃進了一個屋裡，關上門。我一打聽，那是鎮政府李師爺的家，貨郎大概是他家裡的人。這事不好辦，把我整糊塗了，不敢亂闖，逗先回來了。」

大家還在納悶，林翰墨把手一拍，恍然大悟地說：「我為啥子逗沒想到會是這個人呢！腳神老弟，你這事幹得很好，解開了我心中的謎團。」

眾人忙問：「你是說李師爺是我們的恩人？」

第十六章

　　林翰墨拐彎抹角地說了一通緣由，大家才恍然大悟，算是明白了。林翰墨說：「一定是他，確定無疑！莫看平時裝得樹葉子掉下來也怕打破腦殼，可我瞭解他，是個講情義的人！」他心裡想的是，這個人一定是把智新社的事情報告給了曾副司令，曾副司令給他指示要他在暗中幫助，這就有了幾次送信營救的事。

　　林翰墨心裡那個高興啊，他想著只要去找到這個人，他就一定能夠見到曾副司令歸隊了。

　　他滿懷信心地等待著，盼著天盡快黑下來。

　　磁器口高鎮長剛要吹燈上床，後面的小門被人敲響。這麼晚了，會有哪個來呢？再聽，那敲門聲也不熟悉，他從枕頭底下摸出手槍，推上子彈握在手中，一邊慢條斯理地問：「是哪個敲門？」

　　門外輕聲回答：「是我，表哥。」

　　他小心地拉開門，只見林翰墨笑容滿面站在門口。

　　「是你？」

　　林翰墨搓著雙手說：「表哥，好久不見，想死我了，你也想見我吧？！」

　　「說啥子呢，快進來，快進來。」高鎮長穿個火把窯褲兒[2]，輕聲說，「小聲點兒。」

　　林翰墨忙說：「後面還有一個兄弟夥。」

　　背著個大背篼的雞腳神跟了進來，高華中忙把門關上。接著，又到外面辦公室門口張望了一下，再一道一道地插嚴門閂，返身回到床前，把槍收了，拉來外套趕快籠上自己的身子。這才喜形於色地笑道：「快坐，快坐。」他指著林翰墨的鼻尖：「你這傢伙真是膽大包天，深夜闖到我的鎮公所來了，也不怕我叫人抓你！」

　　「嗬！」林翰墨笑道，「你要是那種人，說不定我早端你老窩了！」

　　高華中問：「你們是去哪裡發財，路過這裡？」

　　「不！」林翰墨說，「是專門來看你的。」

　　高華中笑道：「大爺下山，小的可領當不起。」

　　「狗屁大爺，你又取笑我。」林翰墨說著話，努努嘴，示意雞腳神到門外去放哨。

磁器口風雲

雞腳神是個機靈鬼，一轉身就要出門。

「沒那個必要。」高華中輕聲說，「恁麼大一夜了，我這兒是不會有人來光顧的。當然，我也不會留你們耍到天亮。」他轉身從櫃子裡拿出個酒瓶：「我這兒還有點燒老二，只是沒得下酒的菜。」

林翰墨說：「下酒菜我們都帶來了。」話聲剛落，雞腳神就端過背簍，一樣樣往外拿，還有專門從磁器口煮來的毛血旺，雖然已經涼了，但香味不減。毛血旺是那個地方的招牌菜，嫩而爽口，油而不膩，和化渣，香鮮麻辣，一碗下肚，通體大汗，暖人身心。這道菜熱吃有熱吃的舒服，冷吃有冷吃的味道。

好酒好菜，一樣樣地往桌子上擺。

最後還拿出一包沉甸甸的東西，打開一看，全是白花花的銀圓！高華中有些驚訝，問：「這是幹啥子？」

林翰墨沒作聲，把高華中拉到桌前端端正正坐定，再把雞腳神拉上前來，兩人並肩齊齊給高華中丟了個歪子，又行過大禮說：「多謝你的救命之恩，要不是你，我們眾弟兄哪能活到今天！」

高華中雲裡霧裡：「這是啷個回事？」

雞腳神說：「高鎮長，我們是找了好久才找到這兒來的。林大爺說李師爺是你的人……」

高華中擺擺手忙說：「小聲點！啷個扯到李師爺了？」他又去前後門聽了聽動靜，他真沒想到這林翰墨偵察到他頭上來了，還拉出一串人來，便輕聲說：「林翰墨，你們跟我跟李師爺都毫無干係，即便有人幫了你們，也大約是別人認為你們值得幫助。不過，這不會是我們，世上同名同姓同模樣的人多著呢，希望一定不要瞎猜。你們是政府緝拿的搶匪，是政府通緝的要犯，稍不注意，你一句話就會把我們送進監獄的，你可要想後果呀。」高華中看了林翰墨和雞腳神一眼，嘆道：「唉！不談這些了，說起來就勞心，我們喝酒，說點別的事情吧。」

林翰墨也不深說，一邊喝酒，一邊回憶過去，敘些往事，再天南地北地吹些飛天龍門陣，氛圍熱烈，話題散漫，說得十分投機。

過了半夜，二人告辭要回去，高華中也不說留他們再聊聊的客氣話，把那包錢放回背簍說：「留著自己用吧，我當鎮長的不缺這個。」

第十六章

　　林翰墨和雞腳神出了後門，摸著黑在回水門寨的路上走著。他一路都在尋思這個表哥：他到底是啥子人？太神秘了，你說他壞呢，可誰都擁護他，無論是官府、紳士還是平民百姓，從沒有人說他個「不」字。你說他好呢，為啥子那次「國大」競選，他叫別人投縣黨部書記長陳運九的反對票，而他這個鎮卻多數投了陳運九的贊成票。當然，因其他選區都不贊成，陳運九最終還是落選了。

　　「唉——！」林翰墨長嘆一聲，心裡嘀咕著：「這位高表兄到底是國民黨的人還是共產黨的人？他是國民黨的人，為啥子不把我們抓起來，還讓我們隨便出入他的鎮政府？他是共產黨的人，為啥子又不願帶我們去找曾林副司令，讓我帶著隊伍儘早歸隊？」

　　其實，林翰墨用不著苦苦思索，重新組建的中共地下黨川東委員會早已注意到他們的活動了。劉璞同志犧牲後，中共中央指示在香港的上海局，再次組建了中共地下黨川東委員會，指定了書記、副書記，收攏了散在各地的組織和黨員。共產黨的地下組織對於國民黨來說，就像割韭菜一樣，割了一茬又長出一茬，而且更加旺盛，更具活力。

　　林翰墨的行動驚動了黨組織，地下黨川東委員會向下轄機構發出指示：要查清林翰墨等人的各種情況，弄清他們的背景，密切注視其動向，必要的時候給予幫助……

　　此時，中共地下黨正派人前往石板鄉、青木鄉、磁器口等巴縣的各鄉鎮……

　　初冬葉落，枝灰，烏鴉叫，離春天不遠了。

註釋

1　汪實：大。
2　火把窯褲兒、窯褲兒：內褲。

第十七章

　　天邊掛著圓圓的月亮，大地還是一片灰色，小文就匆匆忙忙出發了。沒走幾步，便停了下來，摸了摸身上攜帶的秘密文件，他要小心行事，要很好地完成這次特殊的任務，不能把文件丟失。他放下包袱，又收拾了一陣，再一次進行檢查，確定沒出紕漏，這才放下心來邁開大步朝磁器口鎮奔去。他是受中共重慶地下黨負責人老肖的派遣，從廣安縣的一個鄉村出發的。

　　臨行前，老肖再三囑咐，目前國民黨正在重慶各區縣大肆搜捕地下黨人，路上一定要加倍小心，把文件安全送達磁器口藥鋪。

　　小文是個機靈鬼，多次出色地完成了黨組織交給的任務。可是，這次有些犯難，那磁器口鎮他從未去過，更不曉得那磁器口藥鋪的門朝哪邊開，樹朝哪邊栽。這個「頭」該怎麼個接法？那接頭人是啥子模樣？這些問題一直在他腦殼裡打旋旋兒。他覺得這次任務不比往常，擔子太重，稍有疏忽，丟老命事小，給黨的事業造成損失事大。領導給他佈置這項工作時，雖然嘴上沒說，但他心裡明白這個任務的份量，心裡有些打鼓，最後，還是堅定地接受了任務。他在心裡暗下決心，一定要排除萬難，找到接頭人。

　　這天正好磁器口逢場，太陽還沒當頂，那依山傍水的長街已被擠得水洩不通，從各個路口進場的人還源源不斷地走來。兩頭場口，不僅有背槍的鎮保安隊員轉來轉去，還有金癩子專門從沙磁區派來的部分偵緝隊員，對來往行人進行嚴格盤查，他們是奉命來抓共產黨的。

　　「娘的個毬！瓜迷日眼哈撮撮的，一天都在抓共匪，把老子弄起來到處跑，連個屁都沒聞到。」一個偵緝隊員坐在場口的地上，嘴裡叼著煙，很不耐煩。

　　站在他旁邊的一個人也開了腔：「我說老兄，你說那共匪長得啥子模樣，人家背上又沒刻字，我們啷個曉得？弄不好走到你眼前也不認得。」這答話的是個鎮保安隊員。

　　「慢！」那罵娘的偵緝隊員似乎有點神經質，兩眼閃著凶光。他一股勁兒從地上爬起來，死死盯住對門的一個鐵匠鋪，接著，拉起身旁的保安隊員跟了過去。

　　「喂，打鐵的，你兩個在說啥子？」偵緝隊員伸手攔住鐵匠身邊的一個年輕人。

磁器口風雲

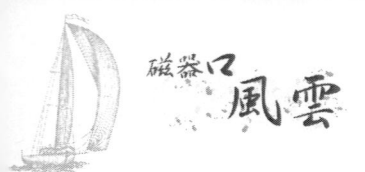

鐵匠說：「這位老弟不曉得磁器口藥鋪在哪兒，我正在告訴他，給他指指路。」

「哼！我早逗看出來你不是本地人。」偵緝隊員把槍管對準年輕人問，「你是幹啥子的？叫啥子名字？快說，你娃要是不說，我逗給你毛起[1]哦。」

年輕人倒是鎮定自若，不慌不忙從懷裡掏出一張重慶市警察局發放的身份證遞給偵緝隊員說：「你拿去看吧，都在這上面。」

偵緝隊員不識字，把證件翻了幾個面，只好交給身旁的保安隊員：「讀給我聽。」

保安隊員看了看說：「上面寫道，姓名：陸陽德；性別：男；籍貫：四川廣安；職業：藥材商……」

其實，這個年輕人的身份證是假的，他就是老肖派來接頭的小文。他做夢也沒想到，一個小小的磁器口，會有那麼多偵緝隊員盤查，剛踏進場口就被擋住了，難道蹚過無數灘口的他，會在這兒翻船？他無論如何也要闖過去，不能栽在當口。

「喂，我問你，哥子！」偵緝隊員聽保安隊員唸完身份證，又開始盤問，「你到磁器口來買啥子藥材？」

小文不假思索地回答：「買黃連！」其實他也不曉得這麼說對不對頭。管他呢，既然磁器口背靠山區，說買黃連大概不會錯。

「哈哈哈，哈哈哈！」偵緝隊員鼓起一雙豆豉眼，像是撿了個金元寶放聲大笑，「你曉得不？這兒根本不產黃連，我看你是毬經不懂，批跨卵，一定有鬼！」

小文暗暗一驚，想不到這山山相連的磁器口不產黃連。真不知如何是好。過了一瞬，他笑著說：「老總，跑生意的人有個啥子鬼喲，沒有黃連買黨參，沒有黨參買厚樸，沒有厚樸買杜仲，我既是藥材商就得做藥材生意，有啥子藥材就做啥子藥材。」

「胡扯！我看你瓜兮兮的，逗是個共產黨。」偵緝隊員罵著，要動手搜身。

小文連連擺手說：「老總，何必嘛，我身上除了點兒盤纏，只有兩件換洗衣服，若看得來，就把這點錢拿去。」說完，「噹」地拋出兩個大洋。

「你以為兩個大洋逗收買得了我？沒得恁麼撇托[2]，說不定你身上藏有共匪的啥子文件。莫怪我屁眼兒黑，腸子刮毒，這事由不得你了，老子今天是執行公務，公事公辦，一定要搜。」偵緝隊員邊說邊蹲下身子從下往上動手搜身。

176

第十七章

　　事情到了這一步，還有啥好說的？人家兩個，你只有一個，人家手裡有槍，你赤手空拳。要搜就搜吧！小文這麼想著，站在那裡讓他把全身搜了個遍。

　　「他媽的！不曉得天有多高地有多厚，敢在這裡來冒皮皮[3]。還說是藥材商，身上錢都沒得，做個啥子藥材生意？」偵緝隊員罵著，心裡很不是滋味兒。

　　這傢伙向來愛敲詐勒索，他抓共產黨是假，詐錢財是真。他哪裡是要搜小文身上的什麼文件？分明見他是藥商，料想帶了不少錢財來進貨。以為是個發財的大好機會，藉故要大敲一坨，想不到啥也沒搜到，一腔熱情被劈頭蓋臉地澆來一瓢冷水，你說氣人不氣人？他把那包衣物又翻騰了幾遍，確實沒有找到錢，便扔到一邊，罵道：「去你媽的哈龍包[4]，分明逗是個共產黨，把他關起來！」說完兩人就把小文綁了。

　　小文被反綁著雙手，動彈不得。他望著被扔掉的衣物，說：「你們要抓，我也奈何不得。不過，麻煩你們把我那衣物還我，在監獄裡還得穿。」他停了一會兒，又說：「另外，麻煩二位老總給磁器口藥鋪說一聲，就說我被關了。請李家藥鋪告訴我老闆，我老闆是王大爺的好朋友。」

　　「老兄，」那保安隊員拍拍偵緝隊員的肩膀，輕輕說，「他既與磁器口藥鋪有瓜葛，又和袍哥堂口的舵爺王長久有關係，我看這事還是要穩到點，直接押走會不會惹麻煩？何不先把他帶到藥鋪去問個明白。」

　　「問個毯，老子想關逗關。」偵緝隊員有些不耐煩，兩只小豆豉眼睛不停地翻動，一副人大氣粗的樣子——整你沒商量。

　　「你娃鬼迷心竅是不是？撿到的人情不曉得送，沒準兒也能弄到幾個米米。」那保安隊員雖沒動氣，但話裡藏話明顯提高了聲調。進而他又放軟了語氣：「老兄你有所不知，這李家在磁器口是有勢力的，與你們寶中隊也有交往，而且關係密切。如果這人真的與李家有什麼瓜葛，你能抓進監獄去，他逗能弄出來。何況，你也沒搜到別人啥子證據，逗不明不白地把人家關起來，說不過去嘛。」他是怕偵緝隊員惹下禍事，一拍屁股就可以走人，保安隊員是土生土長，要背黑鍋。他看了偵緝隊員一眼，接著說：「等把他帶到李家一證實，如果這人與李家毫無干係，不逗搞歸一了嗎？那時再抓再送再關也不遲。」

　　偵緝隊員覺得這話十分在理，並且一提到寶中隊，他在表面上能繃得起，內心還是虛，誰不知道那也是個死要面子的主，便大聲對小文說：「走！我不怕你妖艷兒，

177

磁器口風雲

看在我這位兄弟的面上，先饒你一遭，跟我們到藥鋪對證。哼！要是李家不認黃，老子對你逗不客氣了！」

三個人並排走著，小文被夾在中間，他默默不語，心裡盤算著下一關怎麼過。他不認識磁器口藥鋪的主人，也不知道前幾天老肖寄去的接頭暗號他們是否收到，要是接不上頭，事情就糟了！

磁器口藥鋪正處在金蓉正街的上半段，旁邊就是汲水巷，這是一個前店後廠的鋪子，儘管街上行人擁擠，他們還是很快就到了。一溜鋪面是藥房，櫃臺後面一大壁貼滿藥名的抽屜，還有一個齋鋪。所謂齋鋪，就是只賣素食不賣葷腥的店，實際相當於現今的糖果店。齋鋪旁邊是深巷，壁頭上掛著塊挑出來的藍色布簾，上書白色隸書：「內設棧房。」這藥房、齋鋪和棧房都是李家開的，棧房沒另打招牌，人們還是習慣叫它「磁器口藥鋪」。其建築不算豪華，青瓦木柱、木板牆、木樓梯、木樓板、木板房……總之，整個建築除了房頂的遮蓋之外，一應全是木質。

小文被帶進齋鋪，不見有人理他。據看門的下人說，掌櫃在棧房裡。他們便沿著又深又窄的巷子向裡走。樓梯口坐著個穿長衫的中年人，手裡拿張《沙磁日報》。小文湊上前去，只見頭版報縫裡登著醒目的廣告：

祖傳秘方 專治頭風

藥到病除 從不放空

小文不覺心中一喜，料定這人便是接頭對象。可他擔心弄錯，不敢搭白，便一聲不吭。在這種危急的關鍵情況下，萬一出現差錯，就會給黨的工作造成損失。

此時，那偵緝隊員和保安隊員也沉得住氣，不露聲色，他們要看看這藥材商是真是假？

「喀！」偵緝隊員乾咳一聲，算是打了個「招呼」，向那天井旁、樓梯邊看報的人發出有人來的訊息。

保安隊員也隨即大眉大勢地開了腔：「掌櫃的，來生意了，住店！」

小文卻啥也沒說，趁那看報人抬頭之際，避開押他的人，暗暗地微微搖了幾下頭。

第十七章

「啊，稀客，稀客！」看報人見進來兩個背槍的，中間夾個背著手的年輕人，很是驚奇，立即站起身來。

「李大哥，叫我好找哇！」小文喜出望外地說，「杜老闆叫我來買點藥材，他寄的錢你收到了嗎？」

「喔……」那李大哥有點兒形失常態，他何曾收到過誰寄來的錢？只是一瞬，他又鎮定自如：「收到了，收到了，你逗是他派來的……」

「陸陽德。」小文自報了姓名。

李大哥說：「看樣子，你們是要做大生意了。你家老闆剛寄了錢票來，你可能又帶來不少現鈔吧。」

「現鈔？」小文和兩個背槍的人都感到愕然。

「你不是請了兩個保鏢嗎？料定是要做大生意。」李大哥邊說，邊拿眼看那兩個背槍的。

「哈哈哈……」小文笑著說，「我哪裡請得起保鏢呀，是他們自願幫乾忙。」

偵緝隊員被他們譏諷得無地自容，心裡暗暗罵道：「媽的！要是老子拿到證據，不剝了你的皮才怪，我看你還敢不敢戲耍老子！」

那保安隊員雖然也被譏諷得滿面通紅，但因本鄉本土的，只好賠著笑臉：「李老闆，這完全是個誤會，他……你……」他結結巴巴搞了半天，不知所云，不知道該如何解釋這場「誤會」才對。

「沒關係，沒關係，既來之則安之。」李大哥趕緊開了腔，「都是自己人。來，請坐，抽口煙。」他說著，順手遞過香煙，又朝裡間喊道：「蘭香，給客人上茶！」

「不麻煩了，我們還有公幹。」保安隊員說著，解開了陸陽德手腕上的繩索，就要退出。那偵緝隊員也默不作聲地跟著往外走。

「既是有公務，我也不強留。你們為我家客人帶了路，也不能空幫忙。」李大哥說著給每人遞過兩塊銀圓，「小意思，買碗茶喝。」

「多謝多謝，我們哪裡好意思要李老闆的錢呢。」保安隊員雖然嘴裡這麼說，手還是伸過來接了錢。

179

磁器口風雲

一直緊繃著臉的偵緝隊員接過兩塊銀圓，向上拋了一下接住，臉上才綻出一點笑意，他衝李大哥抱抱拳，說了聲「多謝」，便與保安隊員一道退出那深深的巷子。

李大哥走過來，熱情地握住小文的手，輕聲說：「同志，一路上吃苦了！」

「還好，總算順利達到。」小文笑著說。他感到李大哥的手是那樣溫暖，暖遍了他的全身。

李大哥把小文帶到裡間，笑著說：「這次接頭暗號傳遞方式有點兒新奇，和過去都不一樣，我還差點兒沒弄清楚呢。」

「這是老肖想出來的，不是把那廣告都給你疊在面上了嗎？」小文說，「雖然這個接頭方式跟以前一樣是公開登在報上的，可是既無地點，又無時間，這樣敵人無法察覺。當然，既然是要與你接頭，就得提前把這張報紙寄到你手上才行。」

「難為他想得恁麼周到。」李大哥說。

小文說：「沒辦法，特殊時期的特殊手段。」那時國民黨的白色恐怖已經到了無以復加的地步，稍有不慎就可能功虧一簣，給黨組織帶來重大創傷，中共地下黨已經吃過大虧了，不能再做無謂的犧牲，已經輸不起了。

李大哥看著小文，若有所思地問：「上面有啥子指示？」

「有！」小文說，「你家有碘酒嗎？」

李大哥大為不解：「要這東西幹啥子？」

「你拿點兒來吧，到時就曉得了。」對於一個藥鋪，碘酒就是個常用的外傷用藥，是必備，非常簡單，李大哥轉身去拿。

碘酒找來時，小文已在桌上鋪開一件白色汗衫，用棉簽蘸著碘酒朝汗衫上面塗抹，汗衫上不斷清晰地出現了一行行紫色的字：「……放手發動群眾，爭取當地武裝暴動，接應獄中難友，配合正面作戰，迎接人民解放大軍入川……」

小文告訴李大哥，這汗衫上的字是用小麥粉的麵筋配成溶液寫的，晾乾後，潔白無瑕，不會露出痕跡，即便敵人搜查，也萬無一失。但麵筋一旦遇到碘酒，就會顯色。小文還告訴李大哥，根據上級的指示，要盡快利用各種武裝形式，開展一連串的出擊。

「看樣子是要大幹了？」李大哥問，「那麼，我們的解放軍從哪個方向進來？」

第十七章

小文說：「目前形勢發展很快，人民解放軍每天都在向前推進，看樣子是要從陝西入川。我們要盡快行動起來，有所表示，配合解放大軍。」

「那麼，」李大哥問，「我們都依靠些啥子力量？比如，林翰墨的袍哥兄弟能不能利用？」

小文說：「不是早已利用了嗎？我這次來的主要任務，就是來瞭解他們那支力量的具體情況。」

「好！」李大哥把林翰墨的家庭、身世，他如何被逐出家門，如何坐牢，如何越獄，如何搶親，又如何創建袍哥組織，殺死縣參議員黃三蛋、匪首週首占以及攪和「國大」競選等依次講了一遍，最後說：「林翰墨的弟兄們多數是受苦受難的莊稼戶、窮人。他本人對國民黨政府極為不滿，曾四處打聽曾林的下落，要參加游擊隊。」他講這番話，足以說明新組建的中共地下黨川東委員會還沒有與華鎣山游擊隊副司令曾林接上頭。

小文聽得入了神，問道：「那，你們是如何對待這支隊伍的？」

「這個嘛，」李大哥呷了口茶說，「因為他是袍哥大爺，他的弟兄們也都是袍哥，能不能發展他們入黨我們還拿不準。但我們早逗在注意引導他們開展對我們有利的鬥爭了，如「國大」競選，打土豪，擴大群眾影響。」他說到這裡，看了小文一眼又說：「當然囉，他們有什麼困難，我們也暗暗幫助，只是不便直接與他們打交道。」

小文聽完匯報說：「你們做得很好。但對於這些人應當具體分析，不能說參加袍哥土匪什麼的都不能發展入黨，重要的是要看他們在幹啥子，幹了些啥子。至於下一步咋辦，等我回去向老肖匯報後再說。」

「林大爺！他媽的金癩子這個卵人還么不到臺了，又告陰狀，都告到重慶去了！」雞腳神從外面歸來，徑直衝進林翰墨的家。林翰墨為了多點時間陪伴母親，經常住在嘉陵江岸邊的草棚裡。雞腳神氣呼呼地遞給他一張滿是文字的紙說：「你看吧！」

林翰墨接過來，只見上面寫道：

重慶市政府訓令

民保字第 013 號

磁器口風雲

　　事由為呈報巴縣奸匪首領林翰墨與眾匪相勾結予剿辦一案，飭查明究裡，辦具報由第九區行政督察專員兼偵緝司令公署。

　　據署名現任沙磁區偵緝中隊長黃金錠呈控巴縣奸匪首領林翰墨勾結眾匪誣害良民，予轉飭剿辦等情到府。合行抄發原呈令仰該署查辦具報。

　　此令

　　附抄發原呈一件

　　主席兼保安司令　朱紹良

　　警察處處長　王元輝

　　民國三十七年十二月八日發

　　「哈哈哈！」林翰墨看完訓令，放聲大笑，「難為他金癩子想得周到，給老子揚了個大名，連重慶市政府那些龜兒子也曉得我了！」他把那抄著訓令的紙捏成一團，正要扔掉，忽然又想起了什麼，便問：「喂，腳神老弟，這東西是從哪兒來的？」

　　「說來奇怪，」雞腳神想了想說，「一個貨郎好像是故意放在我跟前一樣，還用了一塊小石頭壓住紙角，生怕被風吹走，貨郎離開時還看似不介意地督了一下腳，提請我注意地上的東西。」

　　「貨郎？」林翰墨若有所思地問。

　　「好像又是上次送信的那個人，我還追了一陣，他幾拐幾彎逗消失得無影無蹤，沒追上。」

　　「噢？難道真的是他？」林翰墨輕聲問，立即做出一個決定，「腳神老弟，辛苦你了，快去休息一陣，今晚黑我們出去看看。」

　　「是不是要端金癩子的老窩，掃他的圈兒？」雞腳神疑慮不定，直拿眼睛看林翰墨。

　　「逗憑我們這幾個弟兄？」林翰墨反問一句，接著說，「等我找到曾副司令以後，不光要端金癩子的老窩，老子還要掃他龜兒縣政府那個姓冉的圈兒！」

第十七章

　　找曾副司令，談何容易！為這事，智新社的弟兄們不知跑了多少路。可是連曾林的影子也沒見到。有一回，林翰墨去縉雲山向綠林兄弟牛碧倫打聽。老牛說：「那華鎣山的曾林嗎？我確實打過交道。」

　　林翰墨喜出望外，頓時覺著有了希望，忙問：「啥子時候的事？快說給我聽聽。」

　　牛碧倫十分得意，慢吞吞地說：「也有些日子了，有天夜裡，我領著弟兄們去岳池的一個街上，準備端了那鎮上的秦和錢莊，哪曉得街上佈滿崗哨，保安、警察和偵緝隊不停地走來走去，不好下手。忽聽一陣槍響，滿街都亂了起來。原來有人在攻打鎮公所，機槍手榴彈全用上了。有人在喊：『曾林來了！』

　　「我們放棄了錢莊去看鬧熱，那時鎮公所已經燃起了大火，一些人直往外跑，屋頂上站著一個人，手打雙槍，一槍一個，彈無虛發。

　　「這邊偵緝隊的人馬去救援，卻又被一挺機槍火力壓住，哪裡過得去！直殺得保安警察片甲不留。我當時逗想趁機把錢莊端了他媽的！車轉身子逗要去攻打錢莊大門。

　　「嗨！逗在這時，有人拱過來將我身子一扳，說：『牛老兄，快走吧，今天不是搶錢的時候，慎防吃虧。』我回頭一看，正是那個打雙槍的角色。逗問：『老兄你是？』那人說：『在下曾林。』我好生奇怪：『你如何曉得我姓牛？』「那人說著：『不光曉得，啥時候還想來拜望你，商議大事呢！』「我正要問，那人兩手一拱：『這兒不能久留，失陪了！』眨眼工夫，逗不見了。

　　「翰墨兄弟，你我都久走江湖，算得上見多識廣的人，卻從沒見過有這等身手的，真的逗是一眨眼工夫逗不見了！」

　　牛碧倫接著說：「這時，錢莊的門已經撞開，有兄弟要我藉機搭個巴巴車，依得我的老脾氣，也逗衝進去幹他媽的一單了。可我想著曾林的話，趕緊叫弟兄們撤。我絕不是閃色子[5]了，遭他的話黑到了，我是真的相信曾林。我帶著弟兄們一口氣跑到岔路口，躲在林子裡一看。天啦，長長的一隊人馬向那鎮子開去。絕不拉飛白[6]，扯謊不叫人。盡他媽的內二警警察啊！好些兵！全是硬槍硬炮。希得好[7]我們調[8]得快，要不然還有個命嗎！雖然搶錢莊的事拉爆了沒搞成，但命撿回來了。翰墨兄弟，你看看，這姓曾的是不是奇了，料事如神……」

183

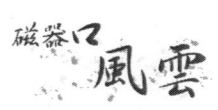

註釋

1 毛起：抓起來。

2 撇托：簡單。

3 冒皮皮：顯擺、炫耀。

4 哈龍包：笨蛋。

5 閃色子：畏懼。

6 拉飛白：誇大其詞。

7 希得好：幸好。

8 調：跑。

第十八章

　　林翰墨聽得雲裡霧裡，覺得牛碧倫吹了些飛天龍門陣，但還是捨不得放過一線機會，進而問道：「他後來和你有無往來？不是說商議大事嗎，派他手下人來找過你沒得？」

　　牛碧倫說：「沒有。他到處打游擊，把不定啥子時候來都來過了，你我都不一定曉得。」唉，終究還是個不過癮的故事。

　　夜，一團漆黑，伸手不見五指。林翰墨帶著雞腳神高一腳低一腳地摸進磁器口那條半邊街，順著街背後那條長長的陽溝，摸索著朝鎮公所走去，他們要把滿腹心思講給高鎮長聽，要他千萬幫助找到曾林副司令。現在風聲越來越緊了，國民黨巴縣政府對智新社的防範越來越緊，他們已經不敢在大白天進入磁器口了。

　　忽然，前面閃出一條人影，輕聲叫道：「雞腳神兄弟，你和林大爺要上鎮公所去嗎？」

　　神了！是誰猜得這麼準？林翰墨和雞腳神這麼想著，一愣，不約而同地從腰間拔出短槍，悄無聲息地扣開扳機輕聲喝道：

　　「是哪個人？」

　　那人平靜地回答：「是我呢。雞腳神兄弟，你聽不出來嗎？」聲音很輕，卻又那麼熟悉。

　　「你到底是哪一個？」雞腳神說，「我一時半會兒想不起來了。」林翰墨慢慢地把槍向上提。

　　「噢？」那人反問道，「你們不是好幾次都要找我嗎？」

　　「是你？！」林翰墨和雞腳神同時驚叫起來，雖然眼前一團漆黑，看不清那人的面孔，卻迅速把槍抵上保險，插進腰間，「唰唰」抖動袖子，齊齊地給那人丟了個歪子，按袍哥禮節行過大禮後齊聲說：「承蒙貨郎大哥三番五次給我們通風報信，讓我們化險為夷。我等弟兄大難不死，全靠你的救命之恩。請接受我們兄弟一拜……」

磁器口風雲

「別做這些禮節了,快走,小心有耳,這裡不是久留之地,有話到後山林子裡慢慢說。」貨郎打斷林翰墨的話,三個人徑直朝後山那片密密麻麻的樹林奔去。

天空中的星星逐漸從濃厚的雲層中露出笑臉,愉愉地看著林翰墨和雞腳神,它們似乎在說:「這下好了,這才算對了頭,智新社徹底有救了。」星星也為苦悶中的林翰墨歷經艱辛,終於找到了要引路的人而放光。真是功夫不負有心人!

林翰墨的誠意感動了蒼天,只要心誠,天助人願。還有什麼事瞞得過天?還有什麼事拗得過天?

林翰墨覺得自己有救了,他的這群兄弟夥有救了,他帶領的這支袍哥隊伍有救了,馬上就可以躍地而起,棄暗投明了。他一身的緊張在瞬間放鬆下來,但他還是提醒自己,不到萬不得已,不到恰當的火候,不能隨便下餃子,不能輕而易舉地把隊伍交出去。

「貨郎兄深夜途中等候,想必有要事相告。」林翰墨背靠一棵大樹,拉著貨郎的手,既動情又矜持地說,「我和兄弟們雖然算不得人物,但總還是常在江湖走動的人。蟲蟲螞蟻也曉得報恩呢,我們總不至於連蟲蟲螞蟻都不如吧?老兄應該充分相信,有啥子話,儘管吩咐,即便是要拿走我林某脖子上這個兩斤半,我也認了!」說完,重重地拍了一下對方的肩頭。

雞腳神接著說:「我們智新社是曉得感恩的會社,寧願人負我,不願我負人。林大爺日夜都在念叨你的恩德,總覺得這個人情不還,逗是知恩不報,豬狗不如,夠不上江湖中人的義氣。」他的補充更進一步把話挑明了,只是為了報恩,他的想法很純樸,與林翰墨的想法還不盡相同。

「多謝你們了!」貨郎有些感動地說,「其實,我們所幹的那些事,都是應該的。我們所做的一切,從來都沒想過要圖別人報答,我們還要為全人類求得解放呢,那是需要為別人幹許許多多事情的,給你們辦的那些小事,是算不上什麼的!」

「為全人類求得解放?」林翰墨感到很驚奇,他感到就憑這句話,這貨郎就不是一般的人,應該是自己要找的引路人。早在1938年,從武漢回磁器口老家養病,後來被捕又得了精神病,現在做磁器口鎮鎮長的遠房表兄高華中,就曾經說過這話。那時林翰墨只有十多歲,他根本不懂得這話的真正含義,心裡想著全人類是多麼大的一個範疇,能夠管得到那麼寬嗎?他還問過表兄啥子叫「解放」。

第十八章

　　高華中告訴他，就是要建立一個沒有剝削、沒有壓迫，人人都有土地耕種，都能吃上飽飯，都有衣穿，任何人都不能隨便欺負人的國度，延安就是這個樣子……林翰墨當即要表兄帶他去延安，到那「解放」了的地方去。表兄滿口答應，要他回去徵得父親同意。誰知話剛出口，父親就罵林翰墨不安分，還說那「解放」是「異端邪說，是入不了中華民國政府正道的」。

　　多少年來，林翰墨一直把「解放」牢牢記在心中，大半年前在華鎣山農民暴動中，劉璞政委在大會上再次講到「解放」，他才真正懂起「解放」二字的個中意思。每當遇見那些不平之事，他就想自己組織一支「解放」的隊伍，把金癩子、冉縣長這些狗日的殺光。

　　大半年來，費盡周折，組織不知到哪裡去了，可苦了他林翰墨。踏破鐵鞋無處覓，傷心懊惱無人述！今天組織卻從天上掉下來，主動找上門聯繫他，讓他驚喜。組織上知道他是組織的人，是「同志」，沒有忘記他，也不會忘記他。他的直覺是對的，組織永遠不會忘記他！一想到這裡，他就感到由衷的高興。

　　他理解，組織有組織的難處，在國統區的白色恐怖之下，組織上採取謹慎態度是完全必要的，應該的，如果貿然接頭，一旦哪個環節把握不好，出現紕漏，暴露了組織，後果就嚴重了，只能是更多的共產黨人人頭落地，給革命造成更大損失。重慶地區已經發生過這樣的事情，就是因為大意，國民黨反動派乘虛而入，教訓實在太深刻，刻骨銘心。看來，現在時機到了，條件成熟了，應了劉政委講過的一句話：「真正的共產黨人是斬不盡殺不絕的，共產黨人就是踏著前輩的血跡在前進。」劉政委在講這句話的時候還形象地背了一首詩：「離離原上草，一歲一枯榮。野火燒不盡，春風吹又生。」

　　林翰墨覺得聽起來非常順耳扎勁兒。

　　今天，他差點兒沒有控制住自己的感情，他有千言萬語要向組織一吐為快。但是，他多了個心眼兒，他告誡自己越是在關鍵的時候，越是對別人信任、要向別人拋心的時候越要鎮定、冷靜，千萬不可出差錯。實踐經驗告訴他，上當受騙的代價太慘烈了。

　　他壓制住那顆快要跳出來的心，藉著星光認真地打量著貨郎。雖然黑咕隆咚，看不十分清楚，他從輪廓感覺到這個人一定是個器宇軒昂、眉間清新、陽光、誠實、穩重的人。

磁器口風雲

林翰墨的腦子迅速轉開了,他覺得自己魯莽,想得太簡單:人說知人知面不知心,好險!逗恁麼輕而易舉相信了他,也太草率了,還要對他做些甄別,不能只看表象而上當受騙。自己一個人的事小,如果上當受騙,重蹈覆轍,跟水中蛟被郝鄉長捉拿一樣,逗是坑害兄弟們。現實鬥爭的殘酷無情讓他更加成熟了。

林翰墨試探著問:「那,你是共產黨囉。」

貨郎並不答話,而是用他那雙有些粗糙的手緊緊握住林翰墨的手。

雖然黑暗中貨郎也不能完全看得清林翰墨的表情,但完全可以從他那雙手的溫度和握著的強度,感覺到此時他對他的完全信任,感覺到雙方彼此的心都跳得很厲害,心情很激動,表情很嚴肅。

林翰墨感覺到貨郎是微笑著握住他的手的。

「林大爺,我不想在你面前隱瞞自己的身份。」貨郎平靜地說,「我確實是共產黨員,正因為這樣,有些心裡話我才想和你談談。」

林翰墨說:「既然貨郎兄看得起我,逗不要見外,敬請賜教。」回頭對雞腳神說:「你到周圍轉轉,注意觀察動向,怕莫有人盯梢。」

貨郎輕輕拉了林翰墨一把,兩人便坐在樹下的茅草叢裡談開了。從國民政府的腐敗,共產黨的建黨宗旨,黨對工人農民的態度,黨在抗日戰爭中的表現,在艱難中成長壯大,在解放戰爭中領導軍隊不斷取得勝利,談到林翰墨兄弟們目前極為困難的處境,最後談到只有共產黨才能救中國。林翰墨沒有說話,靜靜地聽著。

貨郎問林翰墨:「你願不願意跟著共產黨走?若願意,我們黨的負責人肖主任就和你見面商談,把你的弟兄們帶來參加游擊隊,為窮人打天下。我住在磁器口李家客棧,你覺得行就來找我。當然,人各有志,自覺自願,給你時間考慮,我黨並不勉強任何……」

林翰墨聽到這裡,感到自己很笨,自己在這大半年中多次去過磁器口,卻不知道李家藥鋪藏龍臥虎的秘密,他要找的組織近在咫尺。早知如此,何必去願[1]那麼多彎路,傻不隆咚地帶著弟兄們踢夢腳。他真後悔,後悔莫及,後悔自己的愚蠢,腸子都悔青了,真恨自己怎麼會那麼木[2],那麼不經心,耽誤了這麼些天。

不過他的這些想法都是些毫無道理的悔恨。如果共產黨那麼容易接上頭,還算共產黨嗎?這個組織還能有今天這樣強大嗎?同時,林翰墨也警覺起來,貨郎並不

曉得自己以前就是游擊隊員，說明他不是曾副司令派來的人，這會不會有詐？不是曾副司令的人，他是誰的人？是誰派他來的呢？為什麼要派他來？他說到肖主任，肖主任又是誰？還要好好想一想，千萬千萬不能被糊弄，千萬千萬不可上當受騙。

他把這件事情的前前後後快速地在腦海裡過了一遍，又覺得貨郎不會詐他。這個人多次給他們送訊息，讓他和弟兄們脫離虎口，逃出危險，這是誠心實意的，否則，哪裡還有他和弟兄們的今天。如果是詐，可以有一次，不可能有二次，絕不可能一而再，再而三。再有，人家貨郎說出了那麼多共產黨的道理，比沒得精神病以前的表兄高華中都懂得多，光明磊落，堂堂正正，敢於袒露自己的身份，說明人家是真誠相待。哪像高華中，怕這怕那，掉匹樹葉子都怕打碎腦殼。算了，他覺得沒有必要再往下想，就認準貨郎，觀察他下一步對智新社有什麼招數。

初冬的夜晚，寒氣逼人。兔子鑽了洞，鳥兒歸了窩，連那只有在夜間才活動的貓頭鷹，此時也躲進了那常青的綠葉叢中。

夜，是這樣的靜，靜得使人有點受不了。貨郎和林翰墨坐在茂密的茅草叢中，雙方都沉默著，各自想著自己的心事，沒再說一句話，林翰墨也沒著急把火地去接貨郎的話頭。

此時，林翰墨的心中十分矛盾，猶如翻滾的波濤。一方面，他早就盼著這一天，他做的那些事不就是為了這一天嗎？

這大半年來，他像個沒爹沒媽的孤兒，有話無人講，有苦無人訴，雖然家碧很溫柔，能給自己許多的體貼和理解，但她畢竟只是一個嫻雅的女人，有些事是幫不上忙的。雖然有這一大堆弟兄，但有些事情是不能過早地給他們講的。另一方面，組織上來接頭的人，並不曉得他是曾經參加過「華鎣山暴動」的自己人，這讓他有些失落，甚至一落千丈。因為知道他身份的劉政委已經犧牲了，堂哥犧牲了，其他的游擊隊員也犧牲了。副司令曾林一直沒露面，不曉得在哪兒，找都找不到，沒有人來證實他的身份，即便與貨郎所說的組織接上關係，人家會不會小看，會不會不認自己？

轉念又一想：今天機會難得，不能錯過。他斷定貨郎是真共產黨，是受組織委託來找他的。只要跟了真共產黨，從頭做起就從頭做起。劉政委不是說過嗎？革命不分先後，只要具有革命的堅定性就既往不咎。劉政委所說的既往不咎是對國民黨

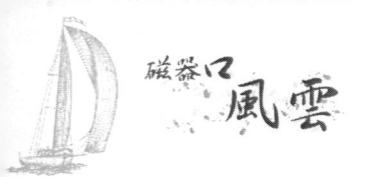

中過去帶有血債的人都可以不計前嫌，他林翰墨可是貨真價實的革命者。他相信，只要是共產黨的組織就不會小看他。他壓制著內心的喜悅，儘量不表現得太唐突。

想開了也就釋然了，不曉得就不曉得吧，他並不想此時就把事情說穿，說得那麼清清楚楚。他明白，現在憑著自己一張嘴對他的身份是說不清楚的，說出他游擊隊員的身份，必然會帶來組織對他嚴格的審查，四處去找證人，那樣他的事也得擱置起來，等弄清楚後再說。當然這是組織的事，是必需的程序。但那樣的話，說不定會產生一些誤會和不必要的麻煩，把大量的時間放在對他的「不放心」上。他想：現在這樣也很好，以全新的面孔、全新的思想投入到全新的組織，投入到全新的戰鬥中也好。

「林大爺，這件事我們是不是提得有些突然，你一時半會兒還轉不過彎？這不要緊，今後還有機會。」貨郎見林翰墨一直不說話，站起身來說，「夜已很深了，先散了吧。你回去好好想想，冷靜地思考思考後再說。」

林翰墨仍然一言不發，他也站起身來，緊緊握了握貨郎的手，欲言又止，話到了嘴邊，最後還是沒有說出來，就此依依惜別。

林翰墨帶著雞腳神一口氣跑回水門寨。

幾天後，林翰墨帶著雞腳神又上了路，他們去磁器口李家藥鋪找貨郎。

李家人告訴他們，那貨郎根本不是本地人，李家藥鋪與貨郎沒有任何瓜葛，只不過近年來貨郎到磁器口趕場時長期在棧房投宿，幾天前的那個夜晚出去後，就再沒回來。

林翰墨問棧房老闆知不知道他上哪兒去了。

老闆說根本不知道，貨郎的房錢已經結清，說不定再也不回來了。林翰墨一聽，氣得半天說不出話來。原打算在和尚主任見面時，先弄一份厚禮獻上。因此，在弄到禮物之前沒表態。誰知現在禮品搞到了，人又沒影了。真是倒霉透頂！這一耽誤，又不知何年何月才能見到共產黨！林翰墨懷著不安的心情和雞腳神一起蔫溜溜地往回走。

天上依然沒有月亮，也沒有雲彩，幾顆星星稀稀落落地撒在天空的幾個角落，給崎嶇的山路折射出一點點亮光，使夜晚不再那麼漆黑，心灰意冷的林翰墨和雞腳神在羊腸小道上邁著沉重的步子。

第十八章

　　雞腳神此時此刻十分理解林翰墨的心情，他要梳理與貨郎的談話，安靜地想問題，回憶那幾個關鍵的詞彙，不想讓別人打擾。他就儘量把腳步邁得穩健一些，儘量不弄出什麼響動來。

　　突然，一道黑影從前面閃過，在小路上留下一個白色的東西。雞腳神快步走過去一摸，是個紙團。他剛要扔掉，突然意識到，半夜三更在路上丟紙團，能是一般問題嗎？！

　　他趕緊摸索著打開紙團，劃根火柴一照，驚叫起來：「林大爺，好事，上等好事，找到了！找到了！總算找到了。」

　　本來進鎮前林翰墨就吩咐過不要大聲說話，以免惹事。此時的雞腳神哪裡還記得這些？他太激動了！激動得不能自已。還好，他們已經離開磁器口有了一段距離，周圍沒有人煙，稍稍有點響聲也無大礙。

　　林翰墨也發現了人影，本能地拔出手槍，正要去追，聽到雞腳神的咋呼，一轉身問：「你說啥子？！」見他手裡拿著個東西在看，便驚奇地湊過去：「給我看看。」

　　那張皺巴巴的紙轉到他手上後，雞腳神再一次劃燃火柴照著，林翰墨樂了：「快！我們回家去！」

　　已經沒有必要再去追那黑影了，他拉著雞腳神一陣小跑回到水門寨。他吩咐雞腳神：「睡覺，明天再說。」

　　林翰墨躺在床上，怎麼也睡不著。

　　他想：共產黨為啥子這樣料事如神？好像時時刻刻都在你身邊，又讓你看不見，摸不著。當你有困難的時候，他們總是暗暗地使勁兒幫你；當你最需要的時候，他們總是準時出現在你面前，還不讓你曉得……這個肖主任想必是個大神人！身材嘛，一定很魁梧。樣子嘛，一定很慈祥，逗跟寶輪寺裡的佛祖差不多。會不會像觀音廟裡的觀世音？觀世音的心腸像女人一樣仁慈，所以觀世音就是女人相。他看了一眼熟睡的家碧，情不自禁地咧開嘴笑了。他把老肖比成一個婦人，比成心慈面善的老太婆。這有什麼嘛，據說別國的觀世音也有男人相的，關鍵是比心腸。

　　他又一想，還不能這麼比，佛祖或者觀世音，都是人們企望他們給窮人辦好事，卻沒有真正給窮人辦過好事的泥菩薩。只有共產黨，才是窮人的救星！時時處處想

磁器口風雲

到窮人,幫助窮人,只有共產黨領導的游擊隊才是為窮苦人謀翻身謀解放的自己的隊伍。

想著想著,林翰墨睡不著了,就一個勁兒地翻身,像烙燒餅一樣。家碧幾次夢裡夢憧地問他,他都像跟她搭飛白,所答非所問,完全抑制不住內心的激動和興奮。

反覆地數羊,無濟於事,又數牛,數虎,都無法使自己平靜入睡。那就耗著吧,一直耗著,耗了很長很長時間,好不容易才迷迷糊糊瞇了一會兒,不知是哪家的公雞拖著嗓子,一聲長鳴──天亮了!

他趕緊穿上衣服,到廚房去幫做早飯的家碧往灶裡不斷添柴。藉著火光,他從懷裡又摸出那張不知看了多少次的皺巴巴的紙,仔仔細細地觀看,生怕看錯一個字,生怕錯過這次難得的機會。他把那簡單的接頭暗號反覆地背了又背,手還自不當然地比畫著,也不知背了多少遍,直到十分流暢,也不知比畫了多少遍,直到十分熟練,才極不願意地把紙團放回懷裡。

吃過早飯,林翰墨把水中蛟找來,說今天有貴客要進寨,不準任何人來打擾。另外,凡有可疑之人來,不得驚動,只需暗暗監視。水中蛟覺得奇怪,便問:「林大爺做事一向光明磊落,坦蕩大方,今天是啥子客人怎麼重要,怎麼神神秘秘,還要瞞到兄弟們,不準打擾?」

「中蛟兄,我林翰墨辦事從來都沒瞞過你,這次要例外,在事情沒有眉目之前,我誰也不會告訴。」林翰墨看著疑慮不定的水中蛟,又說,「這樣吧,你把弟兄們集中起來等到起,到時我會通知你們來見他。」

水中蛟走後,林翰墨又從懷裡掏出那張皺巴巴的紙看了又看。「嗨!」他驚叫起來,「我這人嘟個了?明明這上面寫得清清楚楚,接頭時間在晚上,我卻看成了白天!現在是早晨,離中午都還早著哩!」

家碧見他昨夜歸來後一反常態,這陣一個人又說又笑,還不停地走動,放心不下,以為他是得了病,忙去找水中蛟為他請醫生。

水中蛟信以為真,叫來雞腳神,誰知雞腳神笑著說:「沒事,我曉得大哥的病晚上逗會好。」水中蛟見他這麼說,知道其中定有緣故,因林翰墨有話在先,他也不便多問,估摸著不會是什麼壞事,便把平時持槍的三四十個弟兄集中起來,在水門寨下了整整一個白天的「三三棋」。

老天，從來都愛作弄人。你嫌時間不夠用，眨眼工夫就過了一天。你若希望時間跑快點，太陽卻長墨吊線兒地不願落山。

這一天，林翰墨認為比過去一年還長。他一會兒坐，一會兒站，一會兒摸一摸身邊的鋤頭，一會兒看看懷裡那張皺巴巴的紙，一會兒又到寨門口望望，好不容易才熬到天黑，又好不容易才等到深夜。他看看敞開的寨門，外面一團漆黑，江水「嘩嘩啦啦」地怒吼著。

他想：這遠道而來的客人，唧個走呢？那又高又陡的木梯，他能爬得上來嗎？他悔恨自己白天沒有注意這些細節，沒有讓人把寨子裡外檢查一遍，該修的修，該補的補。不行，這是一個天大的失誤，要是錯過今夜，不曉得猴年馬月才能再給機會。他要給來人準備個照明，好引個路，剛剛點燃一個火把，還沒來得及轉身出去迎接尊貴的客人，門前就有人高喊起來：「裡面有人嗎？」

林翰墨一愣，緊急轉身習慣性地拔出手槍。

來人已經進了寨子，從腳步聲聽，不會超出兩人。林翰墨把槍插回，注視著前面。

果然，只有一個黑影往前走。

註釋

1　繯：繞。
2　木：傻、呆。

第十九章

　　林翰墨拿起石桌子上那松樹明子走上前去一照，只見迎面來的是個中等身材的男人，頃刻之間已經站到了他的面前，那人面帶笑靨，右手不緊不慢地刮了四下額頭。

　　林翰墨欣喜若狂，就要撲上前去抱住那人，但很快想起了懷裡那張紙上交代的接頭暗號，連忙返身從座位邊伸手拖出一把放在那裡的鋤頭，小心地在客人面前不緊不慢地杵了三下。

　　「林翰墨！」那人熱情地打過招呼，直接往水門寨「大廳」走。

　　「中蛟兄，趕快把弟兄們帶過來會見稀客！」林翰墨的聲音激動得有些變調，驚呼著。

　　隔壁的弟兄們聽到喊聲，趕緊跑過來。

　　林翰墨說：「事先我沒告訴你們，是想讓你們突然吃一驚，高興高興。」他指了指客人說：「這位是共產黨秘書長、游擊隊的政治部肖主任。」他看看兄弟們，又說：「來，我們這些蔣該死喊的『土匪』，都來拜見拜見這位蔣該死喊的『共匪！』」

　　大家一點兒都沒覺得突然，倒是顯得不慍不火，平靜而自然，整齊地排成幾列，要向肖主任行一個周到的禮幸。原來，這幾天林翰墨外出的活動，雞腳神已經漏出些風聲，大家已有了思想準備，水中蛟還帶著大家練了一次禮幸，只是他們萬萬沒有想到，事情會來得這麼快。

　　弟兄們齊齊刷刷地走到老肖面前，丟了盃子，大聲喊道：「小的們拜見肖主任！」

　　老肖趕忙拱拱手還禮後笑著說：「起來，起來，坐，大家都坐。共產黨不興這個，共產黨裡面沒有大的們、小的們，我們都是平等的。」

　　林翰墨叫道：「中蛟兄，快把弟兄們準備的傢伙拿來，逗是那點點給肖主任的見面禮！」

　　不多時，弟兄們從隔壁搬來一大堆烏黑髮亮的槍，足有二三十支，擺在老肖面前。林翰墨說：「沒得啥子好禮，逗這點東西，請肖主任笑納！」

磁器口風雲

原來，上次貨郎提出遊擊隊肖主任要與林翰墨見面時，林翰墨沒有馬上作答，原因一是要先穩穩神，二是不能空手見領導，他需要找到見面禮，那時送什麼禮心裡還沒著落。不久，他帶著弟兄們專門下山一次，到鄰縣一個鄉提了鄉丁的槍，作為獻給共產黨游擊隊的見面禮。

老肖摸著一支支烏黑閃亮的槍，看看眼前一個個敦厚憨實的智新社弟兄，豎起大拇指，爽朗地說：「我聽說過你們不少事情，都是英雄好漢，真的了不起！要是我們重慶能夠多一些你們這樣的人，金癩子和姓冉的縣長這些狗官早就垮臺了！」

弟兄們就著老肖沒架子，和藹可親，很快解除了陌生，一個個打開了話匣子。

「唉！我們還不是被逼上樑山的。」

「是呀，金癩子殺了我爹。」

「黎麻子占了我家僅有的養家餬口的一塊地。」

「伍瘸子搶了我的婆娘。」

……

是呀，這些弟兄，誰沒有被國民黨反動派欺負過？誰沒有深仇大恨？大凡走上這條道路的人，人人都有一本血淚帳。

林翰墨說：「過去，我們東捅捅，西鑿鑿，亂敲亂打，早已和那些狗日的結下了世代都還不清的子孫仇。叫我們放下傢伙洗手不幹嘛，性命保不住，要幹呢，又幹不出個名堂……說不定哪天丟了小命逗算了。」

「唉——！」林翰墨長嘆一聲，顯得很悲觀，弟兄們也一個個垂頭喪氣。

「哈哈哈！」老肖放聲大笑說，「才說得好好的，大家都很硬氣，都是英雄豪傑，怎麼突然悲觀起來了？我們中國有了共產黨，窮人個個都會有出路，從此不會再受欺負。」

梨右章不慌不忙地問：「主任說的是個啥子出路？」他在國民黨部隊當過兵，知道共產黨的政治部主任是多大一品官，讓他沒有想到的是，這麼大的官居然這麼平和，他就大著膽子，第一個給肖主任提出問題。

「我今夜走百十多里路，就是來給你們談這件事。」老肖看了眾人一眼，接著說，「當然，今後打家劫舍的勾當不能再幹了。

抬起頭，挺起胸，堂堂正正地做人，跟著共產黨鬧革命！」

「鬧革命？」水中蛟有些不解地問，「這跟解放受苦人一樣嗎？」他只偶爾聽林翰墨說起「解放受苦人」，卻沒聽過「鬧革命」這個說法。

「革命當然要解放受苦人囉！革命是階級矛盾和社會矛盾激化的產物。社會上這麼多的物資都是勞動群眾創造的，在今天卻主要集中在蔣家王朝幾個家族不到全社會人數 1％ 的人手裡，這不公平！我們要從他們手裡奪回來分配給 99％ 以上的創造財富的貧苦大眾，這就是『革命』。要實現這個目標就要推翻現有的統治階級。反動落後的統治階級出於自身利益，不會輕易退出歷史舞臺，不會輕易地把政權交給無產階級，這就需要革命，需要用暴力來推翻他們。」

老肖的話已經是大白話了，但字面上還是有些咬文嚼字。大家雖然不太懂得，可是精神實質還是明白的。一句話，「革命」是對受苦受難群眾有好處的，是對蔣家王朝不利的事情。為了配合老肖的解答，水門寨的弟兄們頻頻點頭，以示對老肖的尊重。

老肖發現了這個勉強的動作，也感覺到這些人的純樸和可愛，就用了一句更加通俗易懂的話說：「打倒蔣介石，建立新中國，這就是我們的革命。」

「這話很在理。」林翰墨站起身來激動地說，「我們過去亂撞，沒人指路，共產黨的主張太好了，我們堅決跟共產黨走，殺頭也不變心！」

「林大爺，說得對頭！」老肖看看眾人，又說，「凡是願革命的，就跟著共產黨走。用手裡的槍桿子，為窮人打天下！」

雞腳神還有些不解地問：「這逗算鬧革命？」

「對頭！」老肖認真地說，「袍哥參加革命，成為游擊隊員，既壯大了革命隊伍，也洗掉了過去的不好名聲，找到了真正的出路，走上了脫胎換骨的康莊大道⋯⋯」

梨右章認真地問：「我們啥子時候能成為游擊隊？」

老肖笑著說：「現在就可以！」

「啊！我們有出路了，我們是共產黨的游擊隊了！我們棄暗投明走向光明了！」眾人一片歡呼。

「主任，聽說外面鬧起了游擊，我的心早逗癢了。」水中蛟指了指地上那一大堆槍說，「你逗收下這點見面禮吧，從今以後，我們逗跟你一起鬧革命，掃那龜兒金癩子的圈兒，提那姓冉的雜種縣長的腦殼，替窮人打天下，替窮人出氣……」

「嗐！」老肖看了看眾人，笑著說，「就你？憑我？憑我們在場這三四十人？」

聽到肖主任的反問，眾人愕然，你看看我，我看看你，以為是水中蛟說錯了話，一個個手腳無措的樣子，他們沒有聽懂老肖的意思。

老肖接著說：「革命需要所有的窮苦人團結起來一起幹。我們要發動更多的人，在中國共產黨領導下，群策群力地幹！人多才能勢眾，勢眾才有力量，才能真正阻止國民黨反動派對重慶各級黨組織的破壞，才能拖住國民黨的有生力量，減輕人民解放軍前線的壓力，才能接應被捕入獄的同志，才能將革命進行到底。因此，我鄭重宣布，對你們給我的這份見面禮，我代表黨組織收下了，感謝智新社各位弟兄的盛情。」聽到這裡，大夥兒覺得肖主任同意收下「禮品」，是給足了智新社兄弟們的面子，臉上馬上由陰轉晴，高興地咧開嘴傻哈哈地笑了，心裡舒服極了。

肖主任接著說：「同時，我代表黨組織把這些槍發給你們，用它們武裝更多的勞苦大眾！」

「弟兄們，」林翰墨大聲說，「從今以後，我們逗是共產黨領導的隊伍了。我們一定要按肖主任說的去做，哪個要是不聽招呼亂來，莫怪我這當大哥的翻臉不認人！」說完，把腰間的雙槍朝桌子上一拍。

……

東方發白了，弟兄們還沒散去。他們和老肖一起研究下一步工作，他們向老肖請教革命道理。老肖講全中國解放戰爭的許許多多新鮮事，這種講解讓智新社的弟兄們沒有一絲倦意，特別是共產黨的「土地革命政策」「打土豪分田地」，全國解放以後要「建設社會主義」等新名詞更讓他們興奮不已。用水中蛟的話說：「聽了一晚上老肖的革命道理和革命理想，覺得自己在人生的道路上多活了幾個輪迴。」

老肖要回去了。

老肖這一趟頗有收穫，達到了黨組織的目的。這是意料之中的事。有了那麼多次的接觸和交流，雙方一拍即合，組織需要林翰墨這支隊伍，林翰墨拉隊伍就是為了找到組織，現在雙方的願望實現了。

第十九章

　　老肖要林翰墨單獨送送他。這一晚，兩人談得很投機，意猶未盡。林翰墨更是覺得見面在一起的時間太短，還有許多話沒向組織上說，時間就到了。他拿不穩要不要把他參加「華鎣山暴動」的事給老肖講，他期待著時機，一時半會兒又不曉得從哪個角度講，因為直到現在他還找不到一個旁證。他感到不解的是，像肖主任這樣大的領導，怎麼會對他這樣一個小小組織的袍哥大爺有興趣？

　　弟兄們倒是很理解老肖的突然到來和要林翰墨單獨去送送的玄機，他們認為棄暗投明、今後的出路是大事，頭頭兒之間有些事情是不便當眾說開的，有些細節要深入磋商，反覆研究，最終才能達成共識。買個雞稱個魚還要討價還價呢，更別說要收走全副武裝的一大群人。

　　在嘉陵江邊的河灘上，老肖撿起一塊鵝石板兒，在手裡輕鬆地拋了一下接住後突然說：「你的事情，原華鎣山游擊縱隊副司令曾林同志前段時間帶信回來跟我們講過。你是好樣的。只是為了你的安全和便於工作，我們才沒有公開。只有少數幾個領導透過氣，其他人都不曉得。我們幾個領導認為，你以袍哥龍頭大爺的身份參加革命影響力更大一些，更有利於引導其他一些社會組織的人物參加革命，加入游擊隊。前段時間我們摸不清你的底細，不曉得你只是單純的報私仇還是別的什麼原因入袍哥，政治態度不明朗，條件不成熟，就沒有來與你聯繫。」

　　聽到這裡，林翰墨渾身的熱血沸騰了，他一直以為自己成了黨的孤兒，是孤軍奮戰，沒有誰知道他，瞭解他，他有說不完道不盡的苦，現在曉得了，黨組織一直在關注著他，是他錯怪了組織。這個硬漢止不住的淚水溢滿了眼眶。這是高興的淚水，快樂的淚水，幸福的淚水。他怕老肖看見他的狼狽相，他認為男人掉淚是一件尷尬的事情，拚命地忍住，不讓一顆淚珠掉下來。結果還是沒能如願，幸福的淚水最終奪眶而出，結結實實地掛在了兩側臉頰，他低下頭不好意思去擦。

　　老肖並沒看他，繼續說：「透過我們對你的觀察和考驗，現在又有曾副司令的推介，我們認為你仍然是一名優秀的游擊隊員，組織上決定恢復你的關係。組織是充分信任你的，現在你的身份變了，不單純是個袍哥組織的龍頭老大，而是一支革命隊伍的領導者。我走以後，你要大膽地挑起這副革命的擔子。」

　　林翰墨靜靜地聽著，沒有插話，他知道這樣的機會不多，要把肖主任的每一句話都牢牢地記在心裡。

然後，肖主任也講了講自己的成長過程。他雖然講得很平淡，林翰墨還是聽出來肖主任是個老革命，在烽火硝煙的抗日戰爭中擔任過八路軍的團級副政委，曾帶領一個營全殲日軍一個小隊加一個偽軍中隊。這一仗幹得非常漂亮，自己只有幾個人的傷亡。他還曾得到過彭德懷副總司令的高度評價。肖主任在延安上過抗日民族軍政大學，參加過在延安召開的中國共產黨第七次代表大會，對敵鬥爭的經驗豐富。

肖主任能把自己的情況主動介紹給林翰墨，這說明他們已經到了無話不談、惺惺相惜的地步。林翰墨覺得能當肖主任這樣的老革命的下級，是他莫大的榮幸。

林翰墨的做法能夠得到肖主任的肯定也是非常不容易的，說明重新組建的重慶地下黨組織對他的做法是認可的，對他本人和這支隊伍是充分信任的。實不相瞞，黨組織能派這樣重量級的人物來與林翰墨接關係，足以說明黨對這支隊伍的高度重視。同時，透過重量級人物的現身說法，節省了思想改造的時間，加大了一步到位的可能性。雙方放心，少走彎路。黨組織派有理論、有實踐經驗的大人物直接進入袍哥組織，罩得住隊伍，鎮得住歪風邪氣，讓兄弟們口服心順，少有二話。

肖主任極大地稱讚林翰墨透過袍哥這種形式，組織一群流浪無產者，增強了戰鬥實力。肖主任還說智新社是紅色袍哥，是黨組織信任的袍哥，是人民群眾需要的袍哥，這樣的袍哥越多越好！

其實，林翰墨搞袍哥是萬不得已，是想把事情搞大，整出動靜與曾副司令取得聯繫，是沒有辦法的辦法。原以為搞袍哥會給共產黨臉皮，會惹共產黨生氣，結果歪打正著，不但沒有生氣，反而黨組織覺得很對路，還給予了充分肯定和表揚，林翰墨心裡蕩起一股美美的滋味。

林翰墨緊緊抓住肖主任的一雙大手，肖主任的許多話使他腦殼裡的烏雲撥散了，心中壓抑的石頭搬開了，整個人一下子就輕鬆、亮堂了。他一直以來隱隱感到曾副司令一定會站出來給他作證，現在真的站出來了，他的願望實現了，在不經意之間就證實了他的身份。換句話說，他的角色轉換順利實現了平穩過渡，這是弟兄們看到的公開身份。其實，在林翰墨的內心根本不存在什麼過渡，他一直是以一個游擊隊員的標準在要求自己，在一步一步地改造袍哥隊伍。

他與肖主任間的距離突然就近了許多，這種近是一種心靈相通的近，是一種帶有深厚的階級感情的近，是一種兄弟般情誼的近，他實實在在地感受到自己在流浪多日之後終於回到家，有了依靠，有了擱處，心中踏實了。

第十九章

此時，他有好多好多話要和肖主任講，可是萬語千言湧動，各方頭緒太多，拎不出頭來，話也不知從何說起。他沉默半晌，終於蹦出一句話來：「我算是回歸組織，回到革命的大家庭中了。」

大半年來，找到自己的組織是他魂牽夢繞的第一夙願，他不知做了多少個夢與組織接上了關係，結果醒來，除了一身大汗就是驚悚。他還想過，在這兵荒馬亂的戰爭年月，國家那麼大，曾副司令越走越遠，能不能與組織接上關係都是個未知數。

歷經千辛萬苦，尋覓著，不分晝夜地尋覓著，到後來自己都有些信心不足了。他曾想：找不到自己的組織，能找到共產黨的其他組織也行。但又想：共產黨的地下組織是非常嚴密的系統，不是一廂情願想找逗能挨上邊的。你主動找人家，人家對你既不知根也不知底，會要你嗎？沒人證明你的身份，別人敢要你嗎？他有過許多疑慮，有過許多假設，有過許多失望。結果，自己原來的組織找上門來，他怎能不高興，怎能不激動，怎能不感到天命使然！他果斷地說：「請組織放心，我一定按組織的要求辦。」

肖主任說：「還有沒有什麼需要向我講的？」

林翰墨原本想把華鎣山游擊隊失敗的原因和自己總結的教訓給肖主任說說，但又想到初次見面就講這些傷情傷感的事未免唐突，有些不合時宜。他忍住了，迫不及待地問：「曾林副司令現在在哪裡？」

「他已經帶領隊伍到前線參加了人民解放軍了。曾副司令在信中說，你林翰墨是個好苗子，要我們好好培養。你一定要經受住殘酷鬥爭的各種考驗，爭取早日加入中國共產黨。」肖主任認真地說。

其實黨組織能派肖主任來，已經說明，是把這支隊伍當成一個團級的框架在進行培養。

林翰墨說：「如果劉璞政委不犧牲的話，我早應該是共產黨員了。年前他還說要提拔我當共產黨員呢，我寫了入黨申請書，還沒來得及交，劉政委就……」他說不下去了。

肖主任說：「革命不分先後，只要條件成熟，黨組織的大門是隨時敞開的。入黨不是提拔，而是為了更好地革命。我願意當你的入黨介紹人，你一定要經受住黨對你的考驗。」肖主任及時糾正了林翰墨對入黨的理解。話雖是那麼說的，但那是

磁器口風雲

林翰墨對入黨的真實理解和樸素情感。換言之，他認為入黨當游擊隊員有更高的標準和要求。

林翰墨說：「這句話我聽劉璞政委講過，請組織放心，我不會辜負肖主任的栽培！」說完鄭重地向肖主任遞交了一個折疊的稿紙。

這是一份寫得恭恭敬敬的入黨申請書，雖然折疊的跡印已經很深，周圍也磨毛了邊，但一眼就能看出這是一件數月以來一直珍藏在身上，帶著體溫的作品。這是一個有著堅定共產主義信仰的入黨積極分子的最好證明，不管在什麼艱難困苦的條件下，他都沒有忘記這份申請書。

肖主任看後莊嚴地把它疊好，無聲地揣進自己的衣袋。

肖主任又向林翰墨說了幾件事，其實就一件——組織上考慮以水門寨現有武裝力量為基礎，發展壯大游擊隊伍，準備在巴縣、北碚、合川、璧山、江津數縣邊境舉行暴動，每個縣建立一個中隊，然後合兵組建成川東游擊縱隊的一個支隊，集中力量攻打渣滓洞、白公館，把大批被捕的同志營救出來。目前最急需的是解決好人、槍、地盤的問題。肖主任指示林翰墨要做國民黨基層幹部的統戰工作，要聯絡磁器口及其周邊各鄉鎮一切可以利用的力量來反對國民黨反動派。

人的問題好辦，無論是誰，只要反對官府都行。農民、工人當然要，乞丐、抬兒客同樣要，即便是土匪也可以吸收。當然，必須是被逼上樑山，沒有作惡前科，不危害窮人，與國民黨反動派有深仇大恨的土匪才行。

槍嘛，問題也不大，可以採取多種形式搞。既可籌錢買，也可向人借，還可以去搶，搶得的錢物分給窮人，槍支彈藥歸游擊隊。更好的辦法是控制鄉、保政權，掌握政府武裝，瓦解鄉丁、保丁，變政府武裝為游擊武裝。

地盤嘛，是最麻煩的一件事。在巴縣這種白色恐怖籠罩的地方，要開闢一塊紅色區域，靠武裝奪取是困難的。最好的辦法是做國民黨地方政權的統戰工作，或派自己人掌握地方政權。這事，自然得從磁器口周邊、水門寨鄰近的幾個鄉著手。

水門寨實際控制的地盤不算小，方圓幾十里。嘉陵江岸邊的山上，到處懸崖絕壁，灌木叢生，間或有一片高大的松樹或杉樹林。稀有的幾塊平臺，耕地不多，僅能養活百十戶人家，統歸一個保管轄。所屬的這個保二三百口子成年人，多數都參

第十九章

加了林翰墨的袍哥組織智新社,當然,保長未曾參加。那傢伙還有些翹盤兒[1],軟硬不吃,他只服一個人,就是石板鄉的郝鄉長,因為他們都姓郝。

要統戰郝保長,首先必須說通郝鄉長。這郝鄉長雖然與林翰墨曾經有過一段以槍支換「國大」代表選票的交易,但雙方的承諾都兌了現,恩恩怨怨已經一筆勾銷。況且,選「國大」代表這類狗咬狗的權力之爭,官府從來都是視而不見,聽而不聞的。而國民黨的每一級政權對游擊隊、共產黨卻是有著不共戴天之仇恨,哪個黨國官員都不敢公開沾惹。試問,這統戰工作又如何去做?為了這個,林翰墨和那三四十個游擊隊員急得團團轉,不知從何下手。

事情有時就有這麼怪,當你感覺四門無路時,它卻突然柳暗花明,生出點兒希望來。

石板鄉郝鄉長有兩個兒子,分別叫大圓和小圓,都是精壯的小夥子。大圓在石板鄉場上尋了個商人的女兒做媳婦,眼下就要成親。不曉得嘟個回事,那年紀不過十八九歲的小圓,一下也動了春心,成天找娘要媳婦。

他娘最疼的就是他,莫說媳婦,天上的星星她也得設法弄。記得小時候,有一次大雪封山,小圓硬要耍野兔,郝鄉長穿著棉袍長衫,手捧著水煙盒子,說這樣的天氣沒法弄。可是小圓的倔強勁兒上來了,死活不依,又哭又鬧。郝鄉長急得沒法,扇了他一記耳光。為此,小圓娘尋著丈夫大吵大鬧,給了郝鄉長一頓亂婆娘拳還不解氣,一氣之下收拾包袱回了娘家。

郝鄉長原本很窮,一份家當都是妻子從娘家帶來的,哪裡還敢跟她鬥。於是只好低聲下氣把她從娘家接回來,並保證以後萬事都依從她。後來有人編了個言子兒,叫做:「有種母老虎不咬人,只會讓男人的耳朵。」郝鄉長這個「耳朵」一炮打響,從此便遠近出名。

這小圓是一個悶墩兒[2],也很妖艷兒古怪,那麼多名門望族的嬌嬌小姐他看不上,偏偏驚風活扯地喜歡上野性十足的珍兒。

郝鄉長對小圓說:「這珍兒父女都不是安分之人,況且又無傢俬財產,何必娶她?」

小圓卻說:「我喜歡她,她人長得漂亮,性格也灑脫。管她是搶客、棒老二還是討口子,我都要娶。」話都說到這種程度,根本沒有可商量的餘地。

在妻子督促下，郝鄉長萬般無奈，只得長嘆一聲，把郝保長叫來，如此這般地交代一番。

　　郝保長聽罷，無比驚訝。梨家那個珍兒他是知道的，梨右章被抓壯丁以後，珍兒的娘在他家當過傭人，那時珍兒還小。他雖不知梨右章父女是否參加打死黃三蛋、奪槍、搶劫等爛事，反正街上人對他父女的風言風語不少，不可能是省油的燈。話說回來，其實這些也無關緊要，他雖然不參加智新社，但對水門寨的人從來都是睜隻眼閉隻眼，能保住自己這保長職位就行，用不著去過問那許多。所以水門寨的絕大多數弟兄在嘉陵江岸邊搭了棚子，一般時候住在棚子裡，耕種點江邊臺地養家餬口，他也默許。梨右章在江邊也搭了個棚子，他當保長的從來不過問。

　　況且，鄉長只托他說媒，又沒派他調查梨氏父女的行為。但有一點，郝保長是清楚的：別人都說那珍兒眼裡只有雞腳神。這事讓保長有些為難，他清楚雞腳神在水門寨的份量。當然，不管有多難，他也得保這個大媒。哪怕是出錢買，他也得幹。

　　他不願得罪郝鄉長，也不能強迫珍兒，那個好管閒事的林翰墨是惹不起的，官府都拿他沒辦法，他一個小小保長又能翻起啥子梅花浪？說不定把林翰墨惹火了，啥時從哪個地方冒出來端了他的腦殼，那才是弄死只當睡著！郝保長一想到林翰墨就要篩糠尿急。

　　郝保長懷著十分不安的心情去找梨右章，低三下四，裝著非常為難的樣子，先把珍兒的才貌吹捧一番，然後才沿山沿嶺地提起說親保媒的事。

　　「媽的，他姓郝的鄉長兒子算個毬？逗是金包卵，我珍兒也不嫁給他！我逗恁麼一個女兒，粗茶淡飯還養得起！」梨右章火冒三丈，橫著眉毛豎著眼。

　　「老哥，話不能這麼說，男大當婚女大當嫁嘛！」郝保長滿臉堆笑地說，「你家珍兒到了郝家，也虧不了啥子的。」他本想說人家郝鄉長有錢有權，你梨家不過逃難到此，比討飯的好不了多少，還擺個啥子臭架子！可一想到事情只能辦好，不能辦砸，不能弄僵，到嘴邊的話也只好吞了下去，謙恭有加、笑吟吟地望著梨右章。

　　吃虧，梨右章根本不在乎，他的大半生都是在吃虧中度過的，他確實想讓女兒多些幸福。不過他看不起權勢和財產，他恨透了這種人。他希望女兒能有個善良能幹的丈夫，像雞腳神這樣的最好。兩個人互相體貼，相依為命，白頭到老。他許久前就巴望珍兒能和雞腳神成為一對兒。可此時，他又想到林翰墨為統戰工作著急上火，像熱鍋上的螞蟻團團轉的樣子，他突然在心底里生起了一個新的想法：要是能

第十九章

和郝鄉長結成親家，這游擊隊的許多事逗好辦得多。眼下這郝保長低三下四，逗是例證。

梨右章懷著極其複雜的心情，一直坐在屋裡抽悶煙，他苦苦思索：這郝鄉長畢竟是國民黨的鄉長呀。梨右章拿不穩當，最後，他站起身來對等得極不耐煩的郝保長說：「讓我想想。」

郝保長好容易等到這一句話，算是有了一半的希望，連忙站起身，點頭哈腰地說：「那好，那好，不打擾老哥子了，隔天我再來。」說完，抬腿出門而去。

在冬季，難得有今天這麼刺眼的太陽。

註釋

1. 翹盤兒：傲氣。
2. 悶墩兒：性格內向的人。

磁器口風雲

第二十章

　　梨右章無心去欣賞郝保長那副狼狼相，徑直朝林翰墨家走去。他把郝保長提親的事原原本本地說了一遍，最後說：「你是我們的雞婆，是我們的領頭人，拿個主意吧，到底啷個辦？」

　　「嗨呀。我正愁沒法子做那龜兒子郝鄉長的工作呢，這郝保長自動送上門來，不是好事嗎？還有啥子話說？」林翰墨高興地拍著大腿站起來說，「這事就恁麼定了，你答應他逗是。」

　　梨右章吧了兩口葉子煙，默默地說：「只是，珍兒恐怕不會幹。」他停了停，又說：「還有雞腳神。」

　　「梨叔！」林翰墨說，「肖主任走的時候交代的任務，最難辦的逗是搞地盤。以前我們統戰一個保長都難上加難，現在送上門來一個鄉長，這可是可遇不可求的難得機遇。我們跟郝家開了親，再給那龜兒保長送點禮，等於抓泡狗屎塗在他們臉上，無論我們今後幹啥子事，他們也開不起腔，這偌大一塊地盤不逗到手了嗎？」他用期待的目光看著梨右章，好像還想說點什麼。

　　梨右章見林翰墨這樣，忙說：「我也恁麼想來著，要不逗不來找你了。」他吐了一口唾沫，又說：「珍兒那裡，還是由我去說吧。」

　　林翰墨緊握著梨右章的手，沒有說話，內心充滿了感激，多好的弟兄啊！

　　梨叔回到嘉陵江岸邊的棚子裡，翻箱倒櫃，把那段珍藏了好久的花布找出來，拿在手裡看了又看，那是珍兒娘留下的，說是等女兒找到婆家時做件新衣，免得別人笑話娘家是窮鬼，一件新衣也做不起。

　　「爹！」珍兒連蹦帶跳從外面回來，「你在做啥子呀？」

　　「來，爹給你比比。」梨右章將花布披在珍兒身上，再揭下來，又披上，拉著女兒的手說，「你跟著爹受了不少苦，沒吃沒穿。如今人也大了，該打扮打扮了。」

　　珍兒感到奇怪，父親從來都教育自己「要艱苦樸素，不講吃講穿，美在心靈，不能美在外表」，今天為啥子談起打扮來了？她抖掉身上的布料，說：「爹，我不嘛，我不要打扮，這布是娘留下的。」

「爹曉得。」梨右章邊回答邊低下頭，喉嚨好像打了個結，哽噎著說，「珍兒，爹對你怎樣？」

自從娘死後，珍兒就跟著父親過日子。梨右章既當爹又當娘，冬天怕她凍著，平常怕她餓著，還怕別人欺負她，女娃兒還有一些特殊的事情，也需要理解和經佑[1]。有時她任性，和爹頂嘴，儘管他氣得直咬牙，也只能化成口水吞進肚子裡，從沒罵過她一聲，更沒彈過她一個指頭。想著這些，珍兒覺得他是世界上最好的爹，她一頭撲到梨右章懷裡，叫了一聲「爹」，一句話也沒說。

梨右章摸著珍兒的頭髮，問：「你說個實話，你喜歡腳神哥哥嗎？」

珍兒滿臉緋紅，忙辯解說：「爹嘟個也跟到別人亂說？」其實，她心裡喜絲絲、甜釀釀的。

梨右章沒理會，只管按自己的想法說：「如今，你年紀也不算小了，該找婆家了。」

珍兒沒作聲，一顆心「咚咚」直跳，本來就緋紅的臉，又多了一層紅雲。她對爹無比感激。說真的，她早就想著和腳神哥哥成親，然後把父親接到雞腳神的棚子裡去，甜甜美美過日子。但一個女兒家，怎好對父親說自己想嫁人呢？她沉默了一陣，嬌滴滴地說：「爹，我不找婆家，不嫁人，一輩子守住你，在家侍候你。」

梨右章用手摸著珍兒滾燙的臉，看著她那水靈靈的眼睛，說：「傻女子，男大當婚，女大當嫁，不婚不嫁是沒得道理的。哪個家裡願養老閨女？」停了停，又說：「爹曉得，自從腳神哥哥救你後，你逗一直對他好。可是──」他不知這個詞該怎麼措，話該如何說，說輕了女兒懂不起，說重了怕女兒傷心。

珍兒的心此時也緊張起來，她不知爹這個「可是」裡頭有啥子文章，「可是」的下文是什麼。但她相信，爹辦事虧不了她。她極力使自己平靜下來，小聲說：「有話逗說吧，我正聽著呢。」

「爹想問問你，」梨右章轉彎抹角地說，「我們如今要建的游擊隊好不好？」

珍兒口急心快地說：「那還用問？實實在在的好呢。肖主任不是說了嗎？要建立一支為貧苦人撐腰，為窮人打天下的隊伍嘛。」她真不明白，爹為啥不接著剛才的話題說下去，卻突然提出這麼個問題。

「唉──！」梨右章長嘆一聲，說，「哪裡又有游擊隊立足的地盤呢？」

第二十章

　　珍兒更奇怪了，這地盤與前面談的婚事又有啥相干？簡直風馬牛不相及。可她還是回答了爹的提問：「你們不是說要開闢紅色區域，要把鄉長、保長的官拿給游擊隊的人來當嗎？」

　　「你說得很好。」梨右章柔聲地說，「逗是為了這個，爹已決定把你許給郝鄉長的二兒子……」

　　「啥子啊？你要把我嫁到郝家去？」珍兒這一驚吃得不小，翻身從父親懷裡跳起來，雙手搖晃著父親的肩膀，大聲嚷嚷，「快說，快說呀，你說的是真的嗎？」兩眼直盯盯地看著父親，好像突然間變得不認識了一樣。

　　梨右章麻木的樣子，任女兒搖晃，任女兒吼叫，好半天才說：「是真的，我沒有騙你，是準備把你許配給郝鄉長的二兒子。」

　　「不！不！不嘛！」珍兒哭喊著，「我不喜歡他，我不認識他。除了腳神哥哥，我哪個也不嫁！」她衝出門去，徑直朝雞腳神的住處衝去。

　　「珍兒，快回來！珍兒……」梨右章氣喘吁吁地在後面追趕，嘴裡不停地呼喚。追了一程，他又停下來，遠遠地看著女兒奔跑。他決定讓女兒去見見腳神哥哥，讓他們抱頭痛哭一場，或許心裡會好受些。

　　「小妹，哪個欺負你了？」雞腳神迎面過來，見珍兒這番光景，關切地問。

　　是呀，被誰欺負了？是爹嗎？爹是為游擊隊著想。是游擊隊？又不是游擊隊要你嫁給郝家。況且，而今自己也是個游擊隊員了，應該為窮人著想，為窮人打天下才對。那麼，是被雞腳神欺負了？他為啥子不找人來提親？要早和他成了親，也沒今天這回事了。可是，人家真喜歡你嗎？說不定是自作多情呢！

　　珍兒這麼想著，見了雞腳神卻又無話可說。她轉過身來就朝山裡跑，她要到母親的墳上去痛哭一場。母親把她生下時為啥子不是個男娃兒而是個妹仔？為啥子不把她生成個沒人看得上的醜八怪，而要把她生得這麼光鮮的一張臉，這麼迷人的身段？珍兒嗚嗚咽咽地哭喊，一聲聲地呼喚著娘。

　　雞腳神不知所措，在後面緊緊追趕，嘴裡仍不停地問：「小妹，哪個欺負你了？快告訴我，我幫你討公道！」

　　珍兒見雞腳神追著自己問，哭得更加厲害。

梨右章趕過來，對雞腳神說：「莫理她，讓她一個人痛痛快快哭一場。」其實，作為父親，他的心早已碎了，他的這個家往事不堪回首。

十六年前，就在珍兒剛生下不久，他就被人抓了壯丁。幼小的女兒，只好由她娘一個人撫養。家裡沒有一分田土，珍兒娘帶著女兒去給人家當傭人。

冬天，北風呼呼地吹，母親怕凍壞了女兒，常用背帶把她背在背上。主人見了，非常生氣，罵珍兒娘沒個幹活的樣兒。娘只好把她放在簸箕裡，任由冷風吹打，等主人走了，又才背在背上。夏天，氣候炎熱，娘怕把她熱出病來，常把她放在陰涼處，有時去地裡摘菜，大個的螞蟻爬到珍兒身上，不是咬傷小手、小嘴，就是咬紅眼皮。娘為此不知哭過多少回……

這些都是後來別人告訴梨右章的。妻子把珍兒一泡屎一泡尿地拉扯成人，自己沒操過一點兒心。妻子死後，父女團聚，他常想著要為女兒做點什麼，給她些歡樂，作為補償。難道讓女兒嫁給鄉長的兒子就是一種補償？那麼，為游擊隊做事不該？梨右章心如刀絞，又猶如一團亂麻。無論如何，他理不出個頭緒，也不知道該怎麼去理。

「梨叔！」不知啥子時候，林翰墨已站在梨右章身邊，輕輕拍著他的肩膀說，「我看，這事不能勉強，還是另想辦法才行，莫把珍兒急壞了。」先前林翰墨心直口快，沒有深思就做了決定，過後一想，這事還缺乏思忖，就專門過來重新表達自己的意見。

「唉——！」梨右章長嘆一聲，「這事我也不曉得啷個辦才好。」

站在一旁的雞腳神雲裡霧裡，弄不清到底發生了什麼事。他問梨叔，梨叔沒回答，又問林大爺，林大爺也沒吱聲。他只好默不作聲地跟在他們後面，看個究竟。他們來到山口，只見珍兒正坐在一塊大石頭上號啕大哭，一聲媽一聲娘，哭得十分傷心，十分可憐，誰見了都會心碎。

「珍兒，」梨右章靠近女兒，輕聲說，「快莫哭了。那事，逗當爹沒說過。那邊，我回個話逗是，你依舊和腳神哥哥好吧。」

誰知，珍兒哭得更厲害了，她頭也沒抬，哽噎著說：「不，不！我都想好了，生是游擊隊的人，死是游擊隊的鬼，既然游擊隊需要，逗是死我也去。只是，我覺

得對不住腳神哥哥。他救了我的命，我沒能夠報答他。如今他都怎麼大歲數了，還是一只獨頭蒜[2]，怪可憐的……」她一邊哽咽一邊說，淚水漣漣。

聽到這裡，雞腳神再也忍不住了，一頭撲過去，把珍兒抱在懷裡，兩個人痛痛快快地大哭一場。雞腳神是條硬漢，從小就被父母遺棄，在江湖中闖蕩，無論受到多大的委屈，也很少掉淚。是珍兒的話太溫馨，讓他太感動，不能自持了，他做夢也想不到自己幹了哪件該幹的事，會在一個純潔的少女心中紮下這麼深的根，會獲取一個少女毫無雜質的初戀。他真是受寵若驚，顫聲說道：「你放心去做你該做的事吧，我會更加高興的。」

天底下還有比這更感人的事嗎？

林翰墨和梨右章再也忍不住了，把頭掉轉向一邊偷偷地擦著淚花。林翰墨太感動了，想到自己這群兄弟的無私，為了游擊隊的利益，他們是什麼都可以捨得的，包括小小年紀的珍兒都能做到。

珍兒從頭上摘下那根閃閃發亮的銀簪，放到雞腳神手裡，輕聲說：「帶上吧，這是我娘留下的，我一直把它戴在頭上，今天送給你。看見它，逗像看到我。」

雞腳神接過銀簪，一句話也沒說，趕緊從腰間拔出那把鋒利的匕首，插在珍兒腰間。

她知道，這也是他的心愛物，已經跟隨他走南闖北二十多年了。

這段時間的工作雖然辛苦，但大家心情舒暢，很興奮。雖然夜以繼日地想方設法，加班加點，但幹起事情來不覺得累，工作的成效非常顯著。肖主任交代的幾件事情都有了一些眉目，推動中雖然有些挫折，但也能夠正常進行。每項工作都找到瞭解決的辦法，進展還比較順利。中共重慶地下黨組織很滿意，給予了肯定和表揚。

這天，肖主任帶給林翰墨好消息：「重慶地下黨組織認真審查了你脫離游擊隊以後的各種行為，加上你與組織接上關係後的表現和你本人的自願申請，組織上正式批準你為中共地下黨員了。我就是你的入黨介紹人，請你按照黨章的要求，辦理好文字手續。」

肖主任說完，從隨身的公文包中拿出幾本書交給林翰墨說：「組織上讓我把《中國共產黨七屆二中全會決議》《共產黨宣言》和《社會主義論》交給你，這是每一個入黨的人都要讀的。你要認真閱讀，要努力按書中的要求去做。」

磁器口風雲

　　林翰墨是在特殊情況下，黨組織決定直接接收的一名新黨員，不是每個人都能被黨組織直接接收的。這表明黨組織對林翰墨的器重。

　　林翰墨雙手接過三本書。然後，從衣兜裡掏出一張折疊得整整齊齊的紙交給肖主任。

　　肖主任打開一看，上面恭恭敬敬地寫著「我這大半年的情況」。這是上次肖主任來時佈置給林翰墨的功課——為了配合組織審查，讓他寫一份自我經歷的材料。現在雖然組織審查已經結束，並且合格，林翰墨仍然按要求把脫離游擊隊後的所作所為進行了小結，寫成文字材料呈送組織。

　　肖主任接著說：「你做得很好，黨的人就是要不折不扣地完成黨交給的任務。從今天起，你就是一名名副其實的中共地下黨員了，一定要以一個合格的共產黨員的標準來要求自己，認同黨的綱領，執行黨的章程，追隨黨的事業，為天下窮苦人而鬥爭；遵守黨的紀律，服從上級領導，保守黨的秘密，絕不叛變革命。隨時準備為了黨的利益犧牲自己。」林翰墨激動地聽著肖主任的談話，默默地把每一句話都牢牢地印在心頭。

　　說完林翰墨個人的事情，肖主任換了個話題說：「人民革命戰爭發展的形勢很快，人民解放軍從今年春季開始大規模解放大城市，國民黨反動派已經分崩離析，節節敗退，正在走向全面潰毀。我們要抓緊時間，大量發動群眾，擴大武裝力量，早日準備再次舉行暴動，接應被捕的同志越獄，迎接解放大軍入川。」肖主任還講，重慶地下黨已經與獄中的同志取得了聯繫，知道他們中絕大多數人被關押在歌樂山上的渣滓洞和白公館裡，待下一步搞清具體情況以後，要制訂實施營救的方案。

　　肖主任講到這些事的時候，林翰墨突然想起上一次華鎣山游擊縱隊暴動失敗的代價和當時自己梳理的一些經驗和教訓。

　　於是，帶著請教的口氣說：「暴動的事情是不是還要考慮考慮，上次的損失太慘重了，我們吃了大虧，特別是劉璞政委的犧牲，太不划算。」

　　肖主任略加思索後說：「這些天全國的革命形勢與你們那個時候相比，已經發生了天翻地覆的變化，已經不可同日而語。我黨發表『五一口號』之後，革命形勢如江河直下，一日千里。許多民主黨派都擁護我們黨召開政治協商會議，討論建立新中國呢！再不暴動就輪不上我們了，我們要做出成績向新中國獻禮！向新政治協商會議獻禮！人民解放戰爭節節勝利，為了更好地領導人民奪取全國的勝利，中共

中央決定建立屬於人民的新中國，成立中央人民政府。中共中央於 1948 年 4 月 30 日發佈了紀念『五一』國際勞動節的口號，鄭重提出：『各民主黨派、各人民團體及社會賢達，迅速召開政治協商會議，討論並實現召集人民代表大會，成立民主聯合政府。』」

林翰墨沒再插話，興奮地望著老肖，靜靜地聽著，越聽越振奮人心，越聽越覺得信心百倍。

肖主任繼續說：「革命是要付出代價的，沒有代價就不能稱為革命。要想獲得勝利，必然會有犧牲。辛亥革命不也是透過多次暴動，犧牲了許多人才勝利的嗎？我們中國共產黨人也是這樣，是在歷次武裝革命失敗的教訓中，逐步成長壯大，走向勝利的。」肖主任講的都是大實話，從 1927 年 8 月 1 日中國共產黨在南昌舉行暴動，向國民黨反動派打響了第一槍之後，緊接著有廣州暴動，廣州暴動後有秋收暴動，秋收暴動後有廣西百色暴動，以及後來一系列的暴動。

肖主任堅定地說：「中國共產黨人是不會被屠刀嚇倒的，不會一朝被蛇咬，十年怕井繩。就是要前僕後繼，從敵人的屠刀下爬起來，掩埋了戰友的屍體，擦乾身上的血跡，高舉旗幟繼續戰鬥，直至取得全中國的勝利，直至讓勞苦大眾真正掌握國家政權，真正翻身當家，成為國家的主人。為了全中國人民的徹底解放，為了人民的革命事業，一個劉璞倒下去，會喚起千萬個劉璞站起來，拿起槍桿子跟國民黨反動派做殊死的鬥爭。沒有暴動就沒有武裝鬥爭，沒有武裝鬥爭就不能奪取政權，不能奪取政權就沒有中國人民的勝利，沒有中國人民的勝利就沒有全人類的解放。」由此可以看出，共產黨幹事就是要目標遠大，目的明確。

肖主任接著說：「現在不比從前了，我們有如此強大的人民解放軍，橫掃國民黨軍隊勢如卷席，摧枯拉朽。國民黨已經不堪一擊，兵敗如山倒。他們是兔子的尾巴長不了啦。他們的日子已如山崩地裂，水推河沙。他們的天下已經快到盡頭了。」

肖主任從理論到實踐，又從實踐上升到理論，把暴動的目的、意義、宗旨講得清清楚楚，就像口授一篇文章，一口氣說了出來，中間沒有停頓，沒有重複。說得言辭鏗鏘，堅定有力，豪情滿懷，激情萬丈，說得他自己也滿臉通紅，激動不已。也許他多次打過腹稿，至少他認真思考過這個方面的問題，才能爛熟於心。

林翰墨在心裡想：這共產黨辦事為著一個目標的實現，聚集了全黨的智慧，調動了全民的力量，前僕後繼，至死不渝，不達目的不罷休；劉政委說的「要讓窮苦

百姓翻身,要當家做主」並不是一句空話。這不,人家已經在兌現諾言,馬上就要成立一個新的國家了。他雖然已經入黨了,但還不太習慣自己的黨員身份,還把黨組織稱呼為「人家」,他認為自己的表現離黨員還有距離,在心裡都覺得不好意思。

　　肖主任轉了個話鋒說:「當然,這次暴動要注意方法,要吸取經驗教訓,思考縝密,準備充分,儘量減少不必要的犧牲,儘量保護我們的同志。這就要求我們不能採取集中在一個點的單一暴動,那樣會引來國民黨反動派的強力進剿,而要在國民黨統治區的更多地方同時暴動,分散多頭,全面開花,讓國民黨顧得了頭顧不了尾。對游擊隊更要加強訓練,隊員要有軍事素質,要強化組織紀律,要加強政治教育,要有思想基礎,要有階級覺悟。」肖主任聽進了林翰墨反映的情況和提出的建議,認真思考了暴動的具體細節,是深思熟慮之後才講出這樣一通激情飛揚的話語的。

　　林翰墨似懂非懂,雖然還有些疑慮,卻沒有再問,也沒有堅持己見。因為人家是久經考驗的老黨員,在八路軍部隊裡打過大仗、硬仗,是大領導,長期在黨的隊伍裡工作,是見過大世面的決策參與者,怎麼也比他這個山溝裡的新黨員強上數十倍。

　　當時共產黨在全國的軍事形勢和政治形勢的確令廣大人民群眾歡欣鼓舞,令國民黨反動邪惡勢力聞風喪膽,驚慌失措。

　　人民解放戰爭到了1949年初,敵我雙方的力量發生了根本變化。遼瀋、淮海、平津三大戰役取得全面勝利,共接收投誠、和平改編與殲滅國民黨正規軍144個師,非正規軍29個師,合計154萬餘人。國民黨賴以維持其反動統治的主要軍事力量基本上被消滅。三大戰役的勝利,沉重打擊了國民黨軍隊的士氣,嚴重動搖了國民黨上下的獨裁夢。同時,人民解放軍的力量大增,士氣高漲,勢如破竹的氣勢,大大增強瞭解放全中國的信心。三大戰役的勝利,標誌著國民黨在長江以北統治的瓦解,為人民解放軍橫渡長江天險,解放全中國打下了良好的基礎。

　　三大戰役,使國民黨在政治上和軍事上都付出了慘重的代價,已無進攻之力,轉向千瘡百孔的重點防禦。即便如此,還是到處都在叫喚兵力不足,對國統區「固若金湯」的統治已經力不從心了。

　　在政治上,解放區的人民政府認真實行《中國土地法大綱》,分得土地的勞苦大眾,真正領略了翻身做主的滋味,支前的革命熱情空前高漲,一切為了支援前線的解放軍解放全中國,解放區的平民百姓激發出了從未有過的革命激情,使人民解

放軍有了廣闊的大後方，攻無不克，戰無不勝。共產黨已經成為一邊倒的唯一正確的領導力量。

與此同時，國民政府對農村鄉鎮的管理原本就比較鬆散，此時，前方的戰線越拉越長，對農村的管理更是鞭長莫及，無暇顧及，何況巴山蜀水那些天高皇帝遠的卡卡角角。

到了 1949 年，川渝廣大地區的袍哥組織形成了很大的勢力，無處不袍哥，男人無人不袍哥。只要你「嗨」了袍哥，會丟歪子，就是道上的人；只要你是道上的人，你在道上啥事都好辦。換句話說，國民政府的鄉鎮對水門寨的革命行動也只能睜隻眼閉隻眼，愛管不管了。

這是一個千載難逢的機會。

正是這些大好形勢和有利因素，也讓國統區一些黨組織的領導者，走進了好大喜功的胡同，又開始頭腦發酵，思想鼓脹了，他們被人民解放軍一個接著一個捷報頻傳的勝利沖昏了腦頭，從而不管不顧，急於做出更大的成績，向人民解放軍獻禮。

已經成為中共地下黨員的林翰墨，煥發了青春，有了使不完、用不盡的力氣。工作更有幹勁兒，看事更客觀，思考問題自不當然地更全面，走路都覺得與以往不同，更輕便更快捷了。特別是每晚都要在松樹明子下，認真閱讀肖主任送的那些書，這已成為習慣，雷打不動。

有時讀得如痴如醉，有時讀得激情澎湃，有時讀到高興處，還把熟睡的家碧推醒，一廂情願地把他認為精彩的部分輕聲念出來讓家碧聽。他念的那些句子，讓睡眼迷稀的家碧，一頭霧水，甚至莫名其妙，全然不知所以。

多少次家碧一覺醒來看他還在孜孜不倦地讀書，嬌嗔地提醒：「幾更了，還讀書？人又不是鐵打的，休息了，休息了。」林翰墨卻說：「你不曉得，我真是找到革命的道路了，過去我們只知道與國民黨反動派鬥，卻沒明白道理，是泄私憤，抱不平，瞎貓去撞死耗子，闖到一次算一次。看了這些書，我才曉得要有策劃、有目的地幹事，做一件成一件，儘量減少失誤，減少損失，要做對人民大眾有意義的事。讀了這些書，才覺得心裡多麼亮堂，腦殼是多麼空稍，像換了一個人樣。」

家碧迷迷糊糊，不知所雲，強撐著勉強聽了幾句，翻了個身，就輕輕地扯起撲漢，她又睡著了。

磁器口風雲

　　有了革命的理論武裝頭腦，林翰墨的思想開竅了。工作方法更加靈活、多樣，解決問題的措施更切實、具體，克服困難的辦法更多，更實際，精神面貌也有了很大的改變，青春煥發。

　　過了一段時間，肖主任來檢查工作，還請來地下黨巴縣中心縣委的領導視察水門寨。透過統戰工作，水門寨附近幾個鄉的情況有了進一步改善。

　　林翰墨全面落實了肖主任上次下達的各項指示，加強了游擊隊各個方面的籌備工作，反映在水門寨兄弟們身上有了明顯的效果。

　　在林翰墨規勸之下，有幾個抗日戰爭勝利後退伍的國民黨正規部隊老兵，加入了水門寨的隊伍。他們負責軍事訓練，教授隊員立正稍息，列隊走步，用槍用刀，刺殺射擊，高姿低姿，撤退掩護，還教一些班排進攻、防禦的戰術技術。還有一位從中原解放區突圍回鄉的解放軍戰士，他給弟兄們帶來了一些解放區的工作方法、活動方式和見聞。

　　林翰墨從小學請來老師，在嘉陵江岸邊教授弟兄們大唱革命歌曲，學跳秧歌舞、踩高蹺、打腰鼓；到附近農家牆壁和江邊石頭寫標語，貼標語；到老百姓中去宣傳國民黨腐朽沒落，宣傳共產黨的宗旨，宣傳《中國土地法大綱》，宣傳推翻三座大山的剝削和壓迫；組織貧民協會和婦女翻身會，組織農民抗糧、抗丁、抗稅。

　　江邊有婦女洗衣刷鞋，田間地頭有農民犁田種糧侍候莊稼，遠山有兒童站崗放哨，大黃葛樹下有大娘納底兒扎鞋。處處反映出一派祥和向上，百姓休養生息、安居樂業，弟兄們與老百姓融為一體的景象。

　　水門寨的隊伍已經完全採取公開的活動方式，形成了一支群眾擁護、頗有聲勢的武裝力量，地方保甲根本不敢過問。地下黨巴縣中心縣委的領導十分讚賞，不停地誇耀，說水門寨有「小延安」的味道。

　　肖主任也非常滿意，講了許多讚美和鼓勵的話，還深入弟兄們之中去瞭解情況。肖主任和中心縣委的領導在水門寨住了好幾天。

註釋

1　經佑：照顧。
2　獨頭蒜：沒瓣的蒜——沒伴。

第二十一章

　　從表面看,這裡的確是一片徹底革命的景象,熱火朝天,時時展現出欣欣向榮、蒸蒸日上的樣子。

　　但是,如果融入他們的生活之中,走進他們的活動裡面,就可以發現這裡離「小延安」還是有距離的。換句話說,形式上像延安,實質內容還不是延安。深入他們的生活,不難發現一些道聽途說、啼笑皆非的事情。

　　這天,肖主任與巴縣中心縣委的領導在嘉陵江邊一個村子視察,遇上那位從解放區出來的戰士給水門寨的一群弟兄做宣傳。

　　他熱情洋溢、激情噴湧、口無遮攔地吹牛聊天,滿嘴都是新詞,學著軍隊政委演講,手舞足蹈,以姿勢助說話,說到興高采烈之處還扭起來。那些水門寨的兄弟們,一個個十分崇敬的樣子,認真聽他演講。

　　那位教官指手畫腳,有板有眼,一字一頓地說:「我在解放區聽說,共產黨打敗國民黨解放全中國,這是自由王國進入必然王國,歷史有規律,不是偶然性而是堅決性!這個事情還得到國際共產黨的幫助和支持。歐洲有個法國,懂嗎?逗是生產《國際歌》的那個地方的共產黨頭頭兒,非常贊同中國共產黨對中國的統治,為了表示他們的支持,為了擴大他們支持的影響力,他們『待高樂』。」

　　「啥子叫待高樂?」有隊員提問。

　　教官看了一眼提問者:「不懂了吧,我來給你說,逗是待在高處快樂。知道不?歐洲有個阿爾杯子山,是那裡最高的山峰,法國人爬到那座山的山頂上,嘿高興的樣子,他們用這樣的方式來支持中國共產黨,嘻嘻嘻,外國人好耍得很。」

　　「嘻嘻嘻,嘻嘻嘻。」教官這些新鮮奇特的見聞,說得那些隊員一個個跟著笑了起來。兄弟夥們都是第一次享受這樣的詞彙,第一次感到語言還有那麼奇特的作用,也像吃了興奮劑,喝了梅花鹿血一樣,臉上洋溢著花兒一般的幸福。

　　教官接著說:「我在解放區的時候,共產黨的領導幹部都怎麼講,人民解放軍是正義之師,仁義之師,英雄之師,為老百姓辦事,是人民的子弟兵,所到之處都能得到人民群眾的幫助。古時候有個言子兒叫做『得到多做,遲到寡做』。解放軍現在占領了許多地方,得到了許多地盤。所以,有好多工作要做。我們今後成為游

擊隊，逗和解放軍一樣，是共產黨領導的人民子弟兵隊伍了，我們也要多做。我們這支游擊隊接受共產黨的領導晚一些，我們遲到了，逗要『寡¹做』，比人民解放軍要做得更多，把遲到時候做得少的那部分補起來，大家有沒有信心？」

「有——！」弟兄們高聲喊起來。

因為這位戰士神撮撮地倒懂不懂，抖不伸，道不明，找不著北，那些水門寨的兄弟夥些更是綠眉綠眼，霧獨獨²地雲飄霧繞。一個個曠兮兮地睜大眼睛，茫然地望著這位宣傳員，不知所雲，但內心認為他很有「文化」，講的肯定是好事情，只是自己聽不懂而已。所以，他們跟著感覺走，教官笑，他們笑；教官嚴肅，他們嚴肅。當有人發問的時候，他們就看發問者的臉色，發問者懂了，他們就點頭。教官鼓勁兒的時候，他們便異口同聲地表態，誰都怕跟不上形勢被別人笑話。

巴縣中心縣委的領導看到這裡，哭笑不得。他感覺這位戰士敢講是一種可愛，而這種無知的道聽途說，清不到環環，理不出道道，還加上了自我創造，也不能說他是真的扯靶子有意歪曲，其心忠厚，其情真誠，也能讓聽眾滿意自豪，摩拳擦掌，激發革命熱情，對鼓舞士氣還是有些作用。但這樣瞎子牽瞎子，一旦別人今後明白過來，是會笑掉大牙的。

他沒有直接去指責，而是似笑非笑地對肖主任說：「什麼亂七八糟的東西，明明是法國在野總理戴高樂，卻把別人說成是待在高處取快樂，待在高處求高興。明明是『得道多助，失道寡助』，就是正義的事業能夠得到絕大多數人的支持幫助，非正義的事業不能得到絕大多數人的支持幫助，卻說成什麼得到了就要多做事，遲到了就光做事情之類。」

老肖聽出來了，他對此有些惱火，但沒接他的話茬，默默地跟著又轉了別的幾個地方。

中心縣委領導冷靜下來轉念一想，革命理論對這些沒有文化的農民來講原本就高深莫測，許多東西連黨內同人都一知半解，更何況下層群眾，能夠學到多少？能講出來的就更少。作為一個戰士，有這麼多的革命「理論」，已經實屬不易，相當可觀了。在這樣的情況下，這種事情既不能放任不管，也不能拔苗助長，操之過急。矯枉過正，需要循序漸進為好。他自己把心結解了。

他思考了一會兒對肖主任說：「老肖啊，這樣下去不行。這裡有了一個很好的基礎，我們要想方設法鞏固這個彌足珍貴、來之不易的大好局面，夯實這個已有的

第二十一章

成果，拓展良好的形象，不能讓它放任自流，隨遇而安。要盡快派人來加強引導和指導，規範和匡扶，使之盡快成為一支成熟的革命武裝力量。」

肖主任笑著說：「是啊，熱情很高漲，工作很扎勁兒，內容很一般，水平差得遠啦。」

林翰墨剛剛送走肖主任和巴縣中心縣委的領導，有人來報，汪陵江到。

汪陵江，因世代在嘉陵江弄潮，到了他這一輩仍然是船工，父親便給他起了這麼個名兒。他水性極好，又會武功，為人正直，剛過而立之年，已成了磁器口船幫的會首，也是船業幫會的領頭人，主持幫內幫外大事。也有人叫他「船頭兒」，手下還有「師爺」「跑河」「財神」。會館設在磁器口大碼頭，統率著嘉陵江上幾十條船隻的千百個船工、水手、搬運工，勢力很大。在江湖上，汪陵江是「智」字號上的袍哥大爺，袍哥組織大號「德慶社」。

汪陵江與林翰墨是從小在磁器口街上長大的偏搭檔朋友，兩人很是合得來，今天相見特別高興，真是志同道合，可稱「同志」。不過汪陵江不是中共黨員，所以，還不是那個特定意義上的「同志」。

那時，社會上對嘉陵江的船工、水手、搬運工都叫「船老闆兒」。船老闆兒為了方便下水作業，長年穿著長衫不穿窯褲兒，打「光壩燈籠」。所以，但凡有從大碼頭上街的「水上人家」，磁器口街上的那些半截子么爸兒屁娃兒，常常聚集成群，追著高聲喊：

船老闆兒，穿長衫兒，

風吹見毛毛兒！

船老闆兒，穿長衫兒，

風吹現毛毛兒！

以兒歌取樂，讓人想起這些水上工作者，都覺得髒兮兮的不乾淨，也不難看出在大江大河裡討生活的船上人家的艱辛。

汪陵江主持德慶社袍哥，自有他提高正面影響力、發出正能量的絕妙做法。他從德慶社的弟兄中選出一百名帥哥，每人做了一套西式「禮服」，上下裝布料是機織卡幾純白色，牛皮皮鞋純白色。尤其是禮帽很講究，全用當年收穫的上等麥稈去

219

磁器口風雲

皮留芯取中段，每根麥稈只用 40 公分，經鹼水浸泡、漂洗、陰乾後，由能工巧匠編織而成圓盤禮帽，每頂訊白，在太陽下閃閃發光。公曆每月 25 號上午 10 點，舉行一次百人抬貨「禮裝走場」，一百頂白色禮帽，一百套白色西式「禮服」，一百個吼聲，陣仗煞是壯觀了得，不管是颱風下雨，還是烈日炎炎，從不間斷。

每到這個時候，汪陵江都要把那身「禮服」燙得伸伸抖抖，褲子熨得現刀片輪輪，戴上白色禮帽，穿上白色三節接頭皮鞋，打上紅色領帶，帶頭抬貨。隊伍後面的抬兒客可以換人，但打頭的永遠是他。

他抬頭挺胸，嘴裡叼著一只雪茄，肩上壓著沉重的扛子。原本長得登登督督[3]，現在又用著勁兒，滿臉漲得通紅，更有風采。每次都從磁器口大碼頭，經金蓉正街到高石坎繞場一圈：

嘿喲！嘿喲！

嘿喲！嘿喲！

嘿喲，嘿喲，嘿！

一聲聲沉穩的號子，一個個西裝革履的抬兒客，邁著整齊的步伐，一步一步，踏石留印，統一向前，成為磁器口街上一道亮麗的風景，引來許多行人駐足喝彩。

磁器口街上那群半截子么爸兒，更是興高采烈地追攆著隊伍高唱：

抬兒客，一身白，

豁妹看到了不得，

白天羞得低眉眼，

晚黑想去當右客。

兒歌引申的是對這些抬工的羨慕。

前不久，林翰墨專門派人與汪陵江聯絡，商談建立游擊隊為窮人打天下的事。

汪陵江聽後高興得不得了，當即打發聯絡人給林翰墨捎來口信，表示隔幾天一定專程到水門寨拜會林翰墨，細談具體事宜。

此時，兩條江湖好漢終於見了面，非常客氣，相互擂打肩膀。

汪陵江笑著說：「我說嘛，林大爺你混得好，的確有本事，是個幹大事的人呢，不吭不唱，不聲不響，陰悄悄地逗找到了共產黨！」

「我找到了還不逗等於你汪大哥找到了，恁麼甜的果子我還敢獨吞不成，獨吞是會甜出毛病的！」林翰墨邊說，邊拉汪陵江坐下。

說話間，聯絡璧山縣縉雲山刺竹林綠林好漢牛碧倫和江津縣四面山蛇皮溝拉棚子王渙升的人回來報告，牛王兩股人滿口答應，願意參加游擊隊一併起事，兩人還說能參加游擊隊是百世修成的正果，是為弟兄們找到了一條正規出路，是見了天日。

他們都是官府通緝的人物，只等林翰墨確定好聚會時間、地點，便可及時趕到。

林翰墨聽了興奮得不得了，根本沒想到自己加入中共地下黨後，很快就成了登高一呼、揮者百應的人物，他要把這些喜訊及時報告給黨組織，於是主動行動，連夜翻山去巴縣坐船從長江下重慶找老肖。

因為眼下他的名氣太大，走陸路不安全，這個路線可以繞過嘉陵江磁器口檢查站。

汪陵江非常支持，要與林翰墨一同前往，路上有個照應，他說：「坐船的事，包在我身上。」

林翰墨把水門寨的事向水中蛟做了詳細交代，扎服[4]他近日不要出寨，便同汪陵江一起踏著星星，踩著露水，趁著夜晚的寧靜出發了。

滔滔嘉陵江，晨霧猶如一個巨大的蚊帳，把個古老的縣城罩得嚴嚴實實。林翰墨跟隨汪陵江一路來到巴縣縣城，汪陵江沿途每有可疑情況就會主動上前護衛，用他「德慶社」的方法「開道」，慶幸沒有遇到跟蹤，便滿街穿行，很是自在。雖然大街小巷都貼滿緝拿林翰墨的佈告和畫像，可誰也看不清誰。

「菜豆腐喲！」隨著一聲高喊，一個挑著滿滿兩大桶豆花的漢子，從拐角處竄了出來，險些跟走在前面的汪陵江撞個滿懷。

「媽的！沒長眼睛！」汪陵江破口大罵。

那人走上前來，不聲不響地把兩桶豆花往地上一放。汪陵江一見此景，知道是要打架，忙著撈衣捲袖，林翰墨趕緊上來拉住他的一只膀子，說：「莫理他，趕路要緊。」還給他使眼色，可汪陵江仍瞪著一對血紅的大眼睛，硬著脖子，毫不相讓。

磁器口風雲

誰知，那挑豆花的漢子卻並沒動手，恭恭敬敬地給汪陵江丟了個歪子，說：「是小的不對，險些撞倒汪大爺。常言說，大人大量，大人不見小人怪，還望汪大爺海涵！」

「啊，你是哪個？嘟個曉得我？」汪陵江收住拳腳，吃驚地問。站在一旁的林翰墨也有些吃驚，看來他們如此謹慎還是暴露了。

挑豆花的漢子很有禮貌地說：「小的是『民生』輪上的水手，認得汪大爺，想必汪大爺不記得我了。」

「怎麼說來，你是船長張大哥的人？」汪陵江看著那滿滿兩桶豆花，不解地問，「你嘟個幹起這個營生來了？」

「喔！」挑豆花的漢子說，「我們的船昨天下了重慶，張大哥留我在巴縣辦些事，等他們轉來再一道走。大清早閒著沒事，逗替婆娘挑些豆花出來轉轉，找幾個稀飯錢補貼家用。」他不好意思地接著說：「想不到差點兒撞倒了汪大爺。」

「哈哈哈！真是大水沖了龍王廟。」林翰墨聽到這裡，忍不住放聲大笑。

「我這人真是……」汪陵江拍著腦殼對挑豆花的漢子說，「鬧了半天，我們都是自己人，還忘了介紹。」他指著林翰墨說：「這是智新社的林大爺。」

挑豆花的漢子趕緊向林翰墨丟了個歪子，畢恭畢敬地說：「小的在江湖上早已聽說林大爺的大名，只是無緣相見……」

林翰墨趕緊還禮，笑著說：「我只是個平凡的人，江湖弟兄抬舉而已。」

「這裡不是說話的地方。」汪陵江拉了拉挑豆花的漢子，「我們還要趕路。你回頭告訴張大哥，我們原本是要搭他的船走下水的，他卻先溜了。那，我們只好改日再去船上拜訪。」

「那好！那好！」那挑豆花的漢子拱拱手，扶起扁擔挑著兩只沉重的桶一聲聲吆喝著「菜豆腐喲！菜豆腐喲！上好的新鮮菜豆腐！」消失在小巷之中。

林翰墨隨汪陵江來到江邊，見「民德」輪停靠在碼頭，沒見有水手收拾，說明這船靠岸已有一段時間了，隨時可能出發起航。

第二十一章

　　這是民生公司一艘剛下水不久的新輪，多數船員是下江人，汪陵江並不認得，沒有熟人，林翰墨的安全就沒有保障。正當他著急上火時，突然想起船上管伙食的老王，曾經和他有過交往，也是江湖道中的朋友。

　　「對，我們逗找他。」汪陵江說。

　　「行，聽汪大爺的。」林翰墨非常信任地應道。

　　汪陵江和林翰墨在江邊茶館找到老王，送過禮信，說明來意，老王滿口答應，只是船要等到霧散後才能起航，因為碼頭上的人盤查嚴密，為了保證安全，建議最好臨到船起錨時再上。

　　「那逗等吧。」林翰墨無可奈何地對汪陵江說。於是在茶館找了個既僻靜又能望得見「民德」輪全貌的位子坐下，叫了兩碗茶，兩人坐定打起牌來。江湖中人打牌，從來都離不了個「賭」字，即便是兄弟、父子，甚至夫妻間，不管賭注大小總得有個表示。民謠曰：「打牌不賭錢，猶如炒菜不放鹽。」似乎不賭就無娛樂可言。當然，最後贏家不是把錢掃走，而是將賭得的錢拿出來請客或是送給輸家，這是感情到位，誰都不在乎。

　　林翰墨和汪陵江打牌下的是小本賭注，每盤贏得的錢還不夠買碗茶，只不過為了掩人耳目，消磨時間罷了。第一盤，林翰墨贏，第二盤是汪陵江贏，他們齊好牌，第三盤還沒開牌，意料之外的事情發生了。這真是有心栽花花不活，無心插柳柳叢生。

　　想見的人沒到，不想見的人卻到了，冤家路窄，躲都躲不開。

　　忽然傳來一陣大驚小怪的呼聲，還驚抓抓地高喊：「林大爺，智新社的林大爺，你好清閒囉！還有時間到這裡來打牌，哈哈哈！」

　　林翰墨抬頭一看，嚇了一大跳。那呼喚他的不是別人，正是偵緝中隊金癩子手下的豬隊副，身邊還帶了個隨從。他們搖頭晃腦，臉上掛著得意的奸笑，分明是在說：「你姓林的居然敢到我的眼皮底下無事燈兒晃[5]，今天你本事再大也插翅難逃了！」

　　看來，他的運氣是沒說的，財路是誰都擋不住的。不是嗎？那麼多兵都想抓住林翰墨發點橫財，結果都是痴心妄想。為啥他就獨獨撞到豬隊副的槍口之下呢？而且還是主動送貨上門，真是前世修來的福分。這次要發一筆大財已是鐵板釘釘，板[6]都板不脫的事了。

「林大爺是趕船吧？」豬隊副一針見血地問，牙齒暗暗地咬得咯咯響，右手緊緊握著腰間的槍把。

「哦，這不是德慶社的汪大爺嗎？嘟個也在這裡？」豬隊副一副事不驚人人吃驚的樣子。其實，一個山上的袍哥大爺與一個碼頭上的袍哥大爺在一起說說話是司空見慣的。他故作驚訝是弄不醒豁：林翰墨的膽子也太大了，居然敢在到處貼著通緝令的縣城，在大庭廣眾之下公開露面。

汪陵江見此情景，生怕林翰墨吃虧，要站起身來與豬隊副理論或相拚。林翰墨一把將他按住，平靜地說：「輸贏是盤牌嘛，何必這麼性急？」他摘掉頭上的博士帽，底兒朝天擺在桌上，伸手從身上那件藍布長衫裡掏出一大把鈔票，放在帽子裡說：「這一盤，我們來下個大賭注，不知老弟你敢不敢？」

「有啥子不敢的？」汪陵江聽出林翰墨話中有話，忙大聲說，「怕得老鷹不喂雞！要輸輸個名堂，要贏贏個痛快！」說完，也從腰間抓出一大把錢丟在桌上。

「那好！」林翰墨說，「老弟快人快事，佩服！佩服！」接著，他看了面前的豬隊副一眼，笑著說：「我想，豬隊副的人一定比汪老弟更痛快，能和在下一起耍兩盤嗎？」

「這個……」豬隊副這人最怕的就是「激」，他連光著腳丫踩炸藥的事都敢幹，還有什麼樣的事情難倒過他？何況只是賭錢！其實嫖娼賭錢本來就是他輕車熟路的最大樂趣。更何況林翰墨那雙挑釁的眼睛死死地盯著他。他心裡暗想：哼！老子不信你姓林的能在光天化日之下逃走不成？於是擠了擠滿臉的橫肉，像笑又像哭地對林翰墨說：「耍逗耍，老子還怕你不成，嘟個耍都奉陪到底，只是……」他想不下注占「乾股」。

「我曉得，豬隊副今天出門忘了帶現錢？」林翰墨是有意不掃他的面子，給他個臺階下。

豬隊副恰到好處地點點頭。

林翰墨又說：「這樣吧，你和你的那位兄弟，若贏了錢，就拿現的走，輸了，記個帳，由我墊上。」

「那好，那好！林大爺還算耿直，我來陪你！」豬隊副高興地應著，他心想：你記帳又管個毬用，還沒輪到你來討帳，老子早把你丟進監獄了！

第二十一章

　　拉來豬隊副的那個隨從，四個人各坐一方，他們打的是川牌，三個人打，一個人「坐醒」。所謂坐醒，就是候輪子，別人下了他再上。第一輪本來汪陵江要坐醒，豬隊副不幹：「莫恁個，不能壞了規矩，汪大爺是客人嘛，一定要上。」他假巴意思尊重兩位袍哥大爺，實則是要贏個痛快，只好叫他的隨從坐醒了。

　　十七張擺牌，論翻，每輸一張，付法幣一千元，這個數賭得夠大了。這是豬隊副提出的底數，不容商量，他要一口吃個大胖子。

　　他們都想贏別人的錢，打得很認真。

　　第一盤下來，豬隊副贏了。本來他也應該贏，他是幹這行的老手。

　　第二盤他又贏了，這使他的興致越來越高。

　　打了一盤又一盤，林翰墨卻毫無離開之意，他一邊品著蓋碗茶，一邊漫不經心地出牌。

　　這時大霧已經散去，水手們收拾著纜繩，眼看停在江邊的「民德」輪就要開船了，他還是不慌不忙。

　　豬隊副心裡想：難道這林翰墨不是趕船？那他出來又是幹啥子？未必僅僅是為了遛遛彎兒，打王逛？僅僅是來會會這汪大爺？會汪大爺為啥子要捨近求遠呢？

　　林翰墨打牌輸得多，贏得少，汪陵江更慘，從來就沒擺過一盤牌。豬隊副越贏越得意，臉上的肌肉往上提，兩眼笑得像一條縫。心想：老子有了錢，今夜可以去「春意濃」找那「一枝花」樂樂。當然，在磁器口搞女人他是從來不花錢的，可是現在是在縣城就不同了，這兒不是他豬某的地盤，即便是強龍也鬥不過地頭蛇。他每次到縣城，都不敢飛叉叉耍野玩橫，只有花血本去搞女人。

　　「各位，」林翰墨趁著坐醒的時候發了話，「你們替我把錢看著點兒，解個小手接著幹。」他站起身來，指了指桌上那博士帽裡所剩不多的錢，也不管別人同意不同意，轉身就往外走。

　　「林大爺先去吧，我們隨後就來。」豬隊副應著，飛快地把錢往口袋裡裝。心想：哼！姓林的，少扯筋兒日白，莫在老子面前打屙屎主意！你屙屎我也屙屎！看你啷個脫身！等老子弄足了錢，再來收拾你。

磁器口風雲

「喂，莫慌莫慌，水火不容情！」汪陵江伸手攔住大把抓錢的豬隊副說，「莫恁個酸唧唧的，你們都去屙尿。錢嘛，由我暫時給你們經佑到，你們轉來接著幹！」

豬隊副將汪陵江一把推開，一面把錢往衣兜裡抓，一面說：「去你媽的，想得安逸。你以為老子哈呀？讓你一個人把錢拿走？要得個鏟鏟！」

「你贏了錢逗不幹了，老子輸了錢又向哪個要去？不行！你娃贏得輸不得，沒得這樣的事，還得走幾圈！」汪陵江大聲說著，伸手去拉豬隊副。

那姓豬的本來就是個吃抹貨、撿便宜、操社會的亡命徒，哪裡在乎這一套，伸手從腰間拔出短槍，馬起臉瞪著一雙血紅的眼睛霸道慘了，吼道：「一邊去！再跟老子囉唆，這傢伙不是吃素的！」

此時，茶館裡已圍了不少看鬧熱的，一些好事之徒拍手喝彩：「要得，試試看，量他手上那根掏火棍也不敢打人！莫怕他！莫怕他！」真是抱膀子不怕樹大，拿別人的生命幸災樂禍開玩笑。

一些認識豬隊副的人嚇得膽顫心驚，生怕出事，趕緊把汪陵江拉開，輕聲說：「忍得一時之氣，免過百日之憂。算了算了，蝕財免災！」

豬隊副急得火辣火漂的，已經耽誤了分把鐘，他生怕林翰墨逃跑，見有人解圍，趁勢將桌上的錢通通撈起來放進兜裡，帶著隨從一陣風似的朝廁所跑去。

「媽的！瞎了你的狗眼！」在廁所門口，豬隊副與一個身穿青布長衫，戴著一副大墨鏡的人碰個滿懷，他顧不得那許多，罵罵咧咧，徑直朝廁所裡衝去。

「糟了，廁所沒人，姓林的跑了！」豬隊副大叫一聲，不知如何是好。其實，他與林翰墨進廁所的時間前後相差不過兩分鐘。

即便逃跑，那姓林的也跑不了多遠！豬隊副這麼想著，又來精神了。他命令手下人去附近郵政亭子給縣駐軍內二警的鄒營長打電話，請求全城戒嚴，自己鉚著勁兒向停在江邊的客輪「民德」衝去。

「嗚唔！嗚唔！嗚唔……」戒嚴的警報響了，整個縣城的大街小巷都有偵緝隊員和警察在跑動，過街的行人就地站定，一動不敢動，等待搜查。大人的呼喊聲，小孩的哭叫聲，還有偵緝隊員、警察對行人的打罵聲，混為一團，響成一片。

霎時間，整個縣城被鬧得天昏地暗，山雨欲來風滿樓，黑雲壓城城欲摧。

第二十一章

　　豬隊副一口氣跑攏「民德」輪，只差最後幾步梯子沒下完，聽得「嗚——」一聲汽笛長鳴，輪船起錨離岸。豬隊副差點沒剎住車衝進江裡，站定後舉頭前望，那身穿青布長衫，戴著大墨鏡的人剛好跳上船。

　　豬隊副此時才看得真切，那身段，那舉止，分明就是林翰墨。他毫不猶豫，舉起手裡的槍，對準林翰墨就要打。可是剛一抬手，還沒來得及扣扳機，林翰墨已溜進船艙。豬隊副氣得直督腳，大聲喝道：「剎一腳，剎一腳！停到，停到！輪船快停到！」他的聲音在那空曠的江邊，面對波濤中的龐然大物，顯得那麼有氣無力。伴隨著長鳴的汽笛和隆隆的機器聲的，是那越來越遠的輪船身影。

　　林翰墨坐進船艙，長長地吁了一口氣：「好險啊！」他萬萬沒想到，在縣城碼頭會遇上那姓豬的。這傢伙不待在沙磁區，跑到這裡來幹啥子？說不定是個巧合，也可能是另有預謀，真是冤家路窄！其實，危險在後頭呢！

　　豬隊副見追不上林翰墨，立即返身回去電告重慶市警察公署。

註釋

1　寡：光，只。
2　霧獨獨：弄不清楚。
3　登督、登登督督：魁梧、英俊。
4　扎服：叮囑。
5　燈兒晃：閒逛。
6　板：掙扎。

第二十二章

　　重慶市警察公署接到電話，立即命令軍警封鎖重慶港，並用無線電向「民德」輪發電報命令：「沿途不得停靠，在重慶港也不能靠朝天門，只能停靠南岸的碼頭。」

　　「媽的，這船今天啷個了？在龍洲灣不靠岸？！」一個乘客罵著，要去找船長。

　　「哼！龍洲灣？連大渡口這樣的大碼頭也沒靠岸呢，想必是哪家要招女婿，看上了船上的人，把我們硬拉去配他家的閨女吧。」一個青年調皮地說著，還做了個眨眼。

　　「都啥子時候了，還說笑話？我們有急事要下船，啷個辦？」

　　「找船長去！」

　　「對，找船長去！」

　　……

　　船上亂哄哄的，像開了鍋的粥。

　　「乘客們！乘客們！不要鬧，不要鬧。」不知是誰把船上的乘警找來弓腰駝背地喊：「警察公署有令，為緝捕本船上的匪首，沿途不得停靠，不準下客！」

　　有人罵道：「毬個警察公署！扯大奶子黑小娃兒，好黑人喲。經常都他媽的在抓共產黨，抓匪首，我從來也沒見他們抓到幾個真正的！盡他媽日白胡扯蛋。」

　　又有人說：「既然曉得匪首在船上，為啥子不抓起來？到底有多少？」

　　「聽說，」乘警想了想說，「聽說是一個！」

　　有人問乘警：「你們是脹乾飯的呀？既然只有一個，為啥子還興師動眾？」

　　「這……」乘警有些語塞，轉而威脅道，「不準鬧！哪個再鬧就以通匪論罪！」

　　此情此景，林翰墨看在眼裡，記在心上，他才不去管那些閒事呢，只要輪船沒有靠岸，就是安全的，他要抓緊時間休息，養精蓄銳，恢復體力。

　　眼看過了九龍坡，重慶碼頭就在眼前了，林翰墨這才振作起來思考如何躲過搜查。他來到船員住處，找到管伙食的老王，丟了個盃子，立即捲起袖子，亮出袍哥符號：「王老兄，我是汪大爺托你把我帶到重慶的，現在你們船上說有什麼匪首，

磁器口風雲

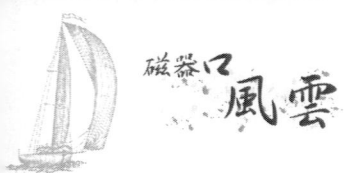

本來我逗不相信這樣的事，要是真把我當成匪首抓走。」林翰墨看了老王一眼，接著說：「恐怕王老兄在汪大爺那裡難於交代事小，自己受株連事大喲！」

老王也是吃乾飯長大的，又在江湖上混了那麼多年，這種雙關語的話他還能聽不出來？思索片刻忙問：「事到如今，我是會盡力而為的，不知老兄有何高見？」

「那……」林翰墨想了想，向老王招招手，嘴對著老王的耳朵如此這般地說了一個秘密。

「民德」輪駛進重慶南岸港。只見岸上三步一崗五步一哨，軍警林立。輕機槍、重機槍直端端地對準「民德」輪，荷槍實彈的士兵，把槍栓拉得「嘩嘩」直響，看上去殺氣騰騰，凶神惡煞一般，好不威風！

「船上注意！匪首林翰墨就在船上，為了搜查起見，任何人不得隨便下船！」

「輪船不許靠岸！輪船不許靠岸！就在江心拋錨！」岸上港口的大喇叭不停地叫喚。

……

「民德」輪只好在江心拋錨。船未停穩，數十只小船便包圍過來，軍警、便衣一擁而上，直撲「民德」輪的懸梯。他們一個個手裡拿著林翰墨的照片，對乘客一個一個對照。

身穿制服，腳蹬木板鞋的船長，跟在警官後面轉來轉去，協助警察這裡查一查看一看，那裡問一問，全船的所有人都未逃脫搜查。

警察沒有搜到林翰墨，在人們的吵吵嚷嚷中，自知理屈，只好把那些該在龍洲灣、大渡口、九龍坡以及重慶北岸下船的乘客用小船一船一船地裝滿送上岸去。

突然，一個便衣特務頭目在「民德」輪的甲板上揮動著手槍，大聲喝道：「快把那條小船划回來！就是那一條，聽到沒有？」他指著其中裝有船長的那只小船。

船員們不知所措，沒有理睬他，仍一個勁兒往前划。

「他媽的！再不划回來，老子就開槍了！」特務頭目把臉往下一垮，一邊吆喝，一邊氣急敗壞地把槍機拉得「嘩嘩啦啦」亂響。

船員們無可奈何，只好將快靠岸的小船又划了回去。那裝扮成船長的人就是林翰墨，此時，眼看就要離開危險地帶了，誰知小船又被特務頭目叫了回去。他的心

230

第二十二章

一下子懸到了嗓子眼，比任何時候都緊張。他心裡想著：這一回可能是走不脫了。萬一被敵人抓住啷個辦？幸好身上沒帶什麼秘密文件之類的東西。但自己剛剛入黨，游擊隊還沒有真正建立，在這如此關鍵的時刻被抓進監獄，真是不划算……唉！絕不能讓敵人輕而易舉抓住。要麼與敵人搏鬥，拚個魚死網破，要麼逗跳江自殺！他一聲不吭做好各方面的應對準備。

往回劃的小船離「民德」輪越來越近，眼看就靠上去了……「我有兩個弟兄需要上岸，坐你們的船，給我帶上。」小船靠到大船跟前，特務頭目說。

兩個小特務跳進小船。

林翰墨緊張的全身鬆懈下來，虛驚一場，這一場驚得不輕，人家在颼颼江風中發冷，他卻全身大汗。

林翰墨上了岸，逍哉遙哉地哼著山歌去找老肖，又躲過了一劫，他心裡高興呀！

向老肖詳細地匯報了工作，得到老肖的指示，林翰墨又風風火火趕回水門寨。

老肖充分肯定了林翰墨的機智，還誇讚了他的獨立工作能力，讓他非常受用，心裡美滋滋的。實話實說，他真是渾身充滿活力。人逢喜事精神爽，得到上級領導的表揚，他那飽經風霜而終年愁苦的臉孔，不知是什麼時候都跑到哪洲哪國去了。現在，他整日裡笑瞇瞇的，心裡不知有多甜。連妻子家碧也覺得他像變了個人，打趣地說：「從我認識你開始，恁麼多年都沒見你如此高興過。而今你怕是撿了金銀財寶喲！」

「哈！金銀財寶算個毬？逗是夜明珠我也不稀罕！」林翰墨笑瞇瞇地頂了妻子一句，聲音是那樣自豪。

林翰墨為啥這樣高興？一則，老肖和恢復後的中共重慶地下黨的領導對他高看一眼，多有鼓勵，說他的工作幹得很出色，既籌集了不少槍支，聯絡了各方人士，又把附近一帶都搞成了紅色區域。二是老肖把林翰墨水門寨的情況報告了中共地下黨四川省委，省委領導非常滿意，非常高興，在黨內發了通報，給林翰墨的水門寨取了個名叫「敵後解放區」，還說要派一批共產黨的文學家、藝術家到水門寨來采風體驗生活。

人家老肖是共產黨從延安派出來的大官，那麼器重你這個官府嚴加通緝的要犯，還有啥子不滿足的呢？當然，至於老肖的官到底有多大，林翰墨無論如何也說不清。

但他覺得，這官一定小不了，他在重慶時看到每天有那麼多人跟他匯報工作，連貨郎兄這樣神秘的人物都得聽老肖的指派，這些都是有力的證據。透過重慶之行，林翰墨越來越覺得自己的路子走對了頭。

在重慶期間，老肖每天從百忙中抽出時間陪他在江邊散步，有時去轉公園，跟他談理想，談人生，也談黨的有關知識，談得更多的是如何發展壯大游擊武裝隊伍。

老肖那麼高的官位，肚子裡裝了那麼多的知識，還那麼知書達理，那麼具有真知灼見，每句話聽起來都新鮮帶勁兒。同時，又那樣和藹可親，平易近人，林翰墨久久不能忘懷。

林翰墨自覺不自覺地把老肖與已經犧牲的劉璞政委相比較，得出的結論是共產黨的大官都是一個樣，不像「官」，沒有一點架子，都是這樣謙虛，這樣平易近人。這樣的人與普通人沒有生疏和隔膜，能與老百姓打成一片。林翰墨再次認定自己這輩子是跟對人，走對路了。

臨別時，老肖緊緊地握住林翰墨的手，十分謙虛而又真摯地說：「老夥計，再辛苦一段，只要我們努力工作，大力發動群眾，把貧苦大眾緊密地團結在黨的周圍，堅決執行黨的路線方針，按照黨的要求去做，聯繫更多道上的袍哥兄弟加入我們隊伍，不斷地壯大我們的武裝力量，就一定能完成劉璞政委的託付！」

林翰墨覺得，老肖是真的把他當成知心朋友和戰友了，並且把他提拔到了與自己平起平坐的位置。他覺得自己何德何能，能夠與老肖坐在一根板凳上，一起討論問題、分析問題、決定問題，一起發號施令。是黨組織信任他，根本沒把他當外人，對他沒有任何隱瞞，把他當成了充分信任的中堅力量，把他培養成一支革命隊伍的領頭人。黨組織交給他的擔子是那樣沉重，重得幾乎有點兒挑不起。他暗自下定決心：不管多重的擔子都要挑起來，都要盡最大的能力挑起來，就是把自己壓塌了也不能讓黨失望，對黨要無限忠誠，無怨無悔；對老百姓要友愛，多做好事；對敵人要狠，絕不手軟，要消滅，要有階級仇恨；無論如何也要完成上級交的各項任務，為黨爭光，為老肖爭氣，為共產主義奮鬥終生。

林翰墨找到梨右章，探明石板鄉郝鄉長的長子於本月二十八日娶親，他再三思量後說：「二十八[1]，這個日子好，一個『草』字頭，下面加個『八』字，不逗成了個『共』字嗎？我們要讓人們在心中牢牢記住這個字。」

第二十二章

　　他派人去重慶與老肖聯繫，建議利用郝家辦婚事的機會成立「水門寨游擊隊」，又透過書信或直接派人等形式，與江津縣四面山蛇皮溝王渙升、璧山縣縉雲山刺竹林牛碧倫以及磁器口汪陵江等人聯絡，要求一律帶領骨幹隊員於本月二十八日這天，到郝鄉長家以吃喜酒的形式聚會。

　　當然，水門寨的弟兄們去郝家聚會，還得由珍兒唱主角。郝家大兒子成親，未過門的二兒媳要去送情，也不能小兒巴事太寒磣。可她壓根兒就沒去過郝家，按規矩，頭次去還得舉行個儀式，人們通常稱之為「過門」。要大擺宴席，親家爺、親家母，未婚媳婦的兄嫂姐妹都得去湊份子趕鬧熱，要請男方自家的七姑八姨和長輩，還要為未婚媳婦備置彩禮。事實上，「過門」就是把兩家結親聯姻的事公之於眾，讓外人做個見證。

　　郝鄉長家用不著另備酒宴，七姑八姨也是不請自到，反正大兒要成親，兩場「穀子」一起打，一舉兩達便，啥子都是現成的，只是把梨右章的親友多請幾個就行。

　　請梨家的親戚，卻使珍兒犯了難。與郝鄉長家訂親，她本來就不願意，只是為了完成開闢紅色區域的任務，對那姓郝的實行統戰才勉強答應。她當時答應，完全是當成兒戲，為了圖郝家高興，好實現林翰墨的統戰意圖，哪曉得而今卻當了真。她明白，只要一公開過了「門」，誰都知道她是郝家的未婚媳婦了。按鄉下的規矩，她的身子已有一大半屬於郝家，沒有十分特殊的情況，她只有嫁到郝家去。

　　唉！要是那樣，可真是倒八輩子霉了！自己跟著父母吃了那麼多年苦，窩窩囊囊過了那些年，好容易才盼到參加游擊隊，去和那些有錢的、當官的作對，而今又許給了一個當官的兒子，以後自己的爹，還有林大爺和腳神哥哥他們不也要拿起槍桿子來和我作對，把我當外人？這啷個辦呢？珍兒思前想後，找不到個正確答案，最後決定先去問問腳神哥哥。

　　自從珍兒同意和郝家少爺訂親，雞腳神就不再和她那麼親近了，每次見面，總是躲躲閃閃，心裡卻有一股說不出的彆扭勁兒。

　　他倒不是因為得不到珍兒而醋意大發，主要是怕兩個人走得太近會引起別人閒話，若郝家知道過問起來，就要壞游擊隊的名聲。平心而論，他不願珍兒嫁給郝家，他認為那樣是虧了她。可自己又不能娶她，主要是覺得珍兒還小，又那麼漂亮，自己實在配不上。當然，他不是沒有遺憾，他恨自己為啥子年齡比她大那麼多，而且也沒有錢財供她享用。從這點上講，他對郝家的家業確實有些嫉妒。

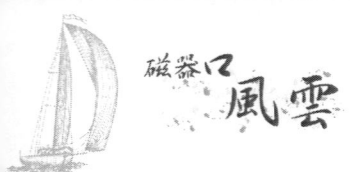

「腳神哥哥！」珍兒跑過來，紅著臉，還是像以往一樣地稱呼他，然後很認真地說，「我有句話，想問問你，你一定要回答我。」

雞腳神有些把不住慌了神。她有句話？啥子話？還一定要回答，難道是提親的事？難道她和郝家又產生了不愉快？不會吧！他沒作聲，斜著眼望著她。

「你現在還喜歡我嗎？」她鼓足勇氣，好容易才說出這句話。

果然是與提親有關的事，這事讓雞腳神很為難。「喜歡！」唉，人家一個大姑娘，都有婆家了，你還能去喜歡？「不喜歡！」也不對頭，人家天真活潑，有話從來都向你說，嘴又那麼甜，愛都愛不過來，能說不喜歡？他不曉得到底該咋說，只好反問一句：「你說呢？」

珍兒沒正面回答，又問：「如果我真的到了郝家，你還喜歡我嗎？你們會不會拿起槍和我對著幹？」

雞腳神聽到這裡，「撲哧」笑出聲來，他真沒想到珍兒是為了這個。他雖然不懂得許多理論上的東西，但有一條，既然是游擊隊同意她去的，當然不會把槍口對著她。他笑著說：「你不要想恁麼多，放心好了，一切都不會變化，仍然會和現在一樣。」

「真的？」珍兒轉憂為喜，進而問道，「那我還能當游擊隊員嗎？」

雞腳神不假思索地說：「這還用說？你已經是游擊隊員了！林大爺曾經說過，你要是真嫁過去了，也是白皮紅心，仍然是在給游擊隊做事。」他的話，像一股春風，雖然只有三言兩語，卻是那樣的柔和與溫暖，趕走了珍兒身上的寒冷，也驅散了她心中那團疑雲，她自己都沒有想到，她能得到林大爺那麼高度的信任。

她高高興興地回到家，翻箱倒櫃，收拾打扮，準備去郝鄉長家「過門」。

郝鄉長的家，在背靠鄉公所幾里開外的一個四合大院。院子裡的住戶雖然都是郝姓，但畢竟是各家門各家戶，還在一個山灣裡面，不是很敞揚，整不出多少氣氛。為讓喜事辦得氣派，郝鄉長索性把喜宴設在鄉公所，那兒地方大，宴席擺得開，很有氣派，新娘子當然還是進郝家大院。

他專門從縣城找來上好的廚師，幾天前就忙乎開了。他逢人便說：「我一生最大的喜事莫過於這次，大兒子結婚，二兒媳婦過門，真是雙重喜慶，喜上加喜！」他再三囑託下人，一定要把酒席辦好，免得各方貴客笑話。

第二十二章

　　親家爺梨右章早就給他透了信，林翰墨的四方袍哥兄弟也要來湊湊鬧熱，叫他專門騰出房子供這些人聚會。

　　郝鄉長覺得這個聚會能使他郝某大增光輝，在1949年那樣的光景下，梨右章這麼做算是給他幫了大忙，讓他有了接觸各方人士的機會，並且在政治選擇上可以腳踏幾隻船。他高興的心情溢於言表，親自在鄉公所樓上選了一間寬大僻靜的房間，叫人細心收拾出來，到時擺上桌凳、茶水和糕點。

　　二十八日這天，石板鄉鄉公所被打掃得乾乾淨淨，廊臺樓廊張燈結綵，煞是氣派，給人一種不是郝家結親，而是鄉公所辦喜事的感覺。

　　一大早，鄉公所的入門處就擺起一張八仙桌，桌上放著個厚厚的簿子，那是專門用來記載送禮人姓名和禮品用的。桌旁坐著個戴老花眼鏡的管帳先生，負責登記收禮情況。

　　還有個年輕的後生，是郝鄉長的二公子，負責承接客人送來的禮物，再轉手交給下人存放。當然，那些七姑八姨之類的內親外戚，早在頭天下午就把禮幸送到了郝家。當天上午來的只是一般朋友、同事、上司、部下和平時有些瓜葛的，或是像林翰墨這些來湊鬧熱的散客。有些平時與郝家無親無故，想巴結又沒個機會的人，此時也來走個人戶趕個禮幸，表示個意思。

　　此時的鄉公所，自然顯得異常鬧熱，八仙桌前那位管帳先生，忙不停歇地記帳，幾乎連屙尿也抽不開身，幾個時辰了沒見他伸直腰桿挪挪窩。

　　雞腳神坐在管帳先生身後，等待著林翰墨聯絡的那些各方好漢到來，攏一個，就叫人帶一個到樓上那間專門安排的房間去。

　　水門寨的弟兄來得最早，經常露面而又名聲在外的幾個人物，如林翰墨、水中蛟、梨右章他們，一律藏在樓上不露面。其餘的分別在院內巡邏或是到離鄉公所稍遠一點的地方放暗哨。當然，珍兒是不能上樓的，她只要一去那兒就會暴露目標，客人們的眼睛都盯著這個來「過門」的未婚二兒媳婦。她只有跟在小姑子身後，任由別人指指戳戳，像被觀賞的動物園猴子一樣讓人評頭論足。反正這是沒有辦法的事，只好豁出去，讓人看個夠，說個夠，即便別人說大了嘴巴，她也不在乎。

　　快到中午時分，汪陵江、大老黑、陳老二、牛碧倫、王渙升，各自都帶著幾個弟兄先後到達。接著，老肖也到了，他長袍馬褂，一副紳士打扮，溫文爾雅。他在

235

磁器口風雲

人情帳單上寫的是「重慶大友油號副董事長張某」，人們看到這副打扮的人，都有幾分敬畏。當然，許多人認為是郝鄉長有面子，能請到這樣的貴客來扯場子，有蓬蓽生輝的感覺。汪陵江、大老黑、陳老二、牛碧倫、王渙升也都沒報真名，雞腳神是憑著聯絡暗號認出他們的。

人員到齊，水門寨游擊隊成立會即刻就要召開了。可他們哪裡曉得，一場災難正在步步逼近。

事情是這樣的：數日前林翰墨按老肖的意見聯絡各方義士出席游擊隊成立會，雖然這項工作是在秘密的情況下進行，透過知己串聯知己，但這方法難保萬無一失，環節一多，不知不覺還是走漏了風聲。

磁器口王大爺從一「知己」處得到這個消息，他雖然在「國大」代表選舉中對縣城那幾爺子有些意見，鬧過不愉快，但隨著時間的推移，後來一想事情過了也就過了，日後還有求人的時候，於是就借此次得到林翰墨要起事的消息這一天賜良機巴結一下縣上的官員，消除一些隔閡。他連忙告訴了偵緝中隊的金癲子，並答應他手下的袍哥可以協助。

金家癲子也不是個哈板兒，他吃林翰墨的虧太多了。而今姓林的又有共產黨撐腰，更是惹不起。當然，他也不會聽之任之，放任自流。他與林翰墨有殺父之仇，能放過嗎？是一定要報仇的，但要變一個法子。於是，連夜親自進城，把這事向縣黨部書記長陳運九告了密。

陳運九是個精明透頂的人物，他不聲不響，悄悄上郵局截獲了林翰墨給各路義士的信，從中瞭解到水門寨游擊隊成立的具體時間和地點，然後將這些信件封好放回原處。同時暗中調集縣駐軍內二警鄒營長和偵緝中隊金癲子的兩股武裝力量，於二十八日上午風風火火趕到石板鄉鄉公所附近埋伏起來。自己帶著磁器口高鎮長和袍哥首領王大爺，以吃喜酒的名義前去偵察，一旦發現可疑情況，立即發出信號，鄒營長及金癲子的人馬便可把鄉公所包圍起來，將游擊隊一網打盡。

中午時分，陳運九一行才慢悠悠地來到石板鄉進場的三岔路口。

到底是先去鄉公所，還是先去郝家四合院？陳運九和高鎮長發生了分歧。按陳運九的意思，應該先去鄉公所，郝家的喜酒在那兒辦，想必游擊隊的成立會也在那兒開。

第二十二章

一向膽小怕事的高鎮長此時卻有不同的見解，他笑著對陳運九說：「老兄，你想想，鄉公所人多眼又雜，哪個異黨敢在那兒活動。郝家院子住戶多，誰敢擔保沒有一家通共匪？即便沒得，游擊隊也是完全可以躲在那裡清清靜靜地開會的。為啥子要在鄉公所辦酒席？我懷疑本身就是調虎離山、聲東擊西之計。」

陳運九一聽，覺得有道理，就要朝郝家院子走。

就在他們發生分歧時，王大爺提前到了鄉公所，發現了情況。他派了個手下氣喘吁吁地跑來報告：「書記長，快，快到鄉公所，林翰墨的人在那裡，我們王大爺看見雞腳神了，叫我來報告。」

「快，去鄉公所！」終於踩住了林翰墨的尾巴，陳運九有些激動，拉著高鎮長就跑。

說喜說喜逗說喜。

喜呀！

一顆穀子兩顆米。

米呀！

說財說財逗說財。

財呀！

源頭不盡滾滾來。

來呀！

……

鄉公所門口，叫花子頭兒羅老朽，帶著他的丐幫部隊，不知從哪兒突然竄出來，大呼小叫。客人們大感不解，按理，這喊喜叫財的事應該是等新娘子進門時去郝家院子喊。為啥這群人跑到鄉公所來了？人們從正屋、偏房、院子裡湧出來，把個大門圍得水洩不通。

一個小乞丐悄悄塞給雞腳神一張字條。雞腳神深知情況不妙，一陣風溜到鄉公所後院樓上游擊隊聚會的地方，把字條交給林翰墨。打開一看，只見上面歪歪斜斜地寫著五個字：「快往後山撤。」

他有些猶豫，是誰送的字條？小乞丐不識字，是寫不出來的。肯定，小乞丐背後有人。前幾次收到貨郎兄送的情報總能化險為夷，這次也準確嗎？如果說準確，派出去站崗放哨的那些游擊隊員為啥沒發現一點兒形跡？這樣的大事也該有人回來報告才對。那麼，這字條是個陰謀？是引蛇出洞圍而殲之？他把他的這些人比作蛇，蛇是具備反擊能力的。他不知該不該把參加會議的人員撤出去，比較猶豫，要是走錯一步棋就會全盤輸光的！他把字條遞給老肖說：「你拿主意吧！」

　　老肖瞟了一眼那幾個歪歪斜斜的字，蠻有把握地說：「情報可靠，快撤！」

　　這時，陳運九和高鎮長氣喘吁吁地跑到鄉公所，見門口鬧鬧嚷嚷，一片混亂，知道內中必有緣故，幾次往裡擠都被人群擁了出來，沒能擠進去，急得直督腳。陳運九顧不得許多了，對跟在身後的王大爺說：「快，快鳴槍，叫他們先把鄉公所包圍起來再說。」

　　高鎮長也在一旁搭腔：「是呀，趕快鳴槍，管他媽是侯爺王爺，抓到哪個算哪個！」

註釋

1　二十八：也寫作「廿八」，豎排看上去像「共」字。

第二十三章

「啪啪！啪啪！！」

霎時間，那些埋伏在遠處的內二警和偵緝中隊官兵，蝗蟲般從四面八方蜂擁而出，一齊向鄉公所圍攏。那些站崗放哨的游擊隊員此時才知有敵人衝上來了。他們是第一次這樣有規模地拉出來練兵，這些日子的訓練還是有成效，最起碼學會了保存自己，站崗放哨藏到別人看不見自己，自己也看不見別人的地方，直到槍聲大作才醒豁過來，便匆匆忙忙跑回鄉公所支援。可是，找遍後院的所有房間，參加會議的幾十名各方代表已經無影無蹤。他們只好把槍扔到井裡，混跡於人群之中。當然內二警和偵緝中隊的人走了之後，還是要撈起來的，只是要多費時間擦拭。在當時，槍是人的第二生命，是不能隨便扔掉的。

陳運九雖然氣勢洶洶地帶著二三百人的武裝包圍了鄉公所，卻大大地撲了個空。他好不惱火！真不明白是林翰墨耍了他，還是有人通風報信，走漏了他帶兵圍剿的消息。不管怎麼說，他這次確確實實又輸了，輸得還有點兒慘。除了默默地接受縣駐軍內二警鄧營長和偵緝中隊金癩子罵逼道娘的一頓牢騷和臭罵，還要低三下四地硬著頭皮向郝鄉長賠不是，因為書記長大人是個文官「黨棍」，沒有軍權，如果圍剿成功啥子都好說，現在是雞飛蛋打，只得矮下身子，向軍界政界的人下矮樁。

郝家本來就是陳家的政敵，陳運九的搜查可以說是處心積慮，明顯包含著政治報復，目的就是要把郝鄉長甚至縣城李大爺搞下去。

這下他沒拿到證據，郝鄉長可來勁兒了，真是鼻子嘴巴都是話。陳運九再三解釋，郝家就是不依。姓陳的沒辦法，只好拿出他的王牌，要郝家以黨國利益為重，鼎力合作，消滅共黨游擊隊。但是，陳運九也向郝鄉長保證，今後凡是進鄉公所搜查，事先一定要給他打招呼。

事已至此，郝鄉長也只好就坡下驢，事情總算有個了結。

此時，各方代表正在石板鄉鄉公所後面山上的煤窯裡召開「中共重慶砂磁游擊支隊」成立大會。

磁器口風雲

有人要問:「用今天的話說『水門寨』已經成為家喻戶曉的品牌,響噹噹的名號,為啥子新成立的游擊隊不沿用這個名號而另起爐灶?還有,為啥子把『沙』改成了『砂』?」

肖主任做瞭解釋,這是中共地下黨重慶市委的決定,有三層意思。第一層,新成立的游擊隊活動範圍主要是沙磁地區,還包括周邊的江津、璧山等地區,所以將「沙」改為「砂」。第二層,工作任務主要是對付沙磁區國民黨偵緝隊及這一地區的鄉鎮保安隊,營救歌樂山上渣滓洞、白公館監獄中被捕的黨員和革命骨幹,配合解放大軍解放重慶。這一條過去只是林翰墨心裡的願望,現在公開了,成為每一個隊員的目標。第三層,洗心革面,改過自新,告別打家劫舍、殺富濟貧的江湖歷史,以中國共產黨領導的人民子弟兵的嶄新面貌迎接新的更大的工作任務。由此可見,新成立的游擊隊在活動範圍、工作重心、隊伍的影響力方面都與過去的袍哥組織有了根本的變化,各方面的職能擴大了,性質明確了,目標提升了,任務具體了,從此踏上了革命道路。

砂磁游擊支隊歸中共重慶地下黨市委直接領導,隸屬於中共巴縣中心縣委,支隊成立黨委,由老肖任黨委書記,林翰墨任副書記,其他委員以後再定。自此,水門寨袍哥組織成為中國共產黨大旗之下的一支生力軍,有了一個很好的政治聲譽。

成立大會由林翰墨主持,有人拿了幾十個土陶小碗,盛上燒酒,每人面前放一碗。當老肖宣布「中共重慶砂磁游擊支隊正式成立」時,水中蛟立即提來一隻雞,一刀砍下雞頭,將殷紅的雞血滴向每一個碗裡。

良辰吉時一到,老肖宣布了成立中共重慶砂磁游擊支隊的目的,必要程序進行過後,林翰墨大聲宣布:「從今天開始,我們中共重慶砂磁游擊支隊逗正式成立了!」

所有人內心都非常激動,但沒人說話,靜靜地看著他,等待他的下文。此時林翰墨也是心潮澎湃,他強壓著就要跳出來的心,嚴肅鎮定,有板有眼地帶著弟兄們宣誓,他念道:「我們來自四面八方,各吃各的飯,各穿各的衣,今日在此結義暴動,為救窮人大翻身,全國大解放,刀山我們敢上,火海我們敢闖,為了真理和信仰,拋頭顱、灑熱血我們在所不辭,不打倒蔣介石,我們決不下戰場!」林翰墨唸到這裡,抬起頭來看看眾人,說:「從今日起,我們都是兄弟,要情同手足,若有二心,死無葬身之地!請各位兄弟歃血盟誓!」

第二十三章

在場的人一齊喊道：「從今以後，我們都是兄弟，情同手足，若有二心，死無葬身之地！」然後，一個個端起滴有雞血的酒碗，咕咚咕咚喝了個乾淨。

他們採取這種方式作為游擊隊的成立形式，主要是因為參加暴動的很大一部分是綠林好漢和袍哥，是要有些江湖氣的，如果突然來個180度大轉彎，「完全」「徹底」脫胎換骨，太「政治」化，怕弟兄們接受不了。這種形式的成立方式，是經過中共地下黨重慶市委反覆研究後集體決定的。

老肖宣布了中共地下黨重慶市委的決定：老肖任支隊政委，負責政治工作；林翰墨任支隊司令，負責軍事武裝工作，水中蛟任副司令協助司令工作；梨右章任一中隊隊長，汪陵江任二中隊隊長，大老黑、陳老二分別任三中隊正副隊長；牛碧倫、王渙升的人馬分別成為兩個獨立的中隊，牛、王分任中隊長，主要負責璧山、江津兩縣的工作，暫不隨支隊行動。牛碧倫在璧山縣暴動後開闢璧山游擊區，王渙升在江津縣暴動後開闢江津游擊區。最後，宣布五個中隊於半個月以後同時舉事。

支隊的具體任務如下：

一中隊由林翰墨帶隊攻打磁器口，主要是摸清偵緝隊的底細。最近由於情況複雜，偵緝隊變化莫測，又因為金癩子的家在磁器口，所有的家當都在那裡，偵緝隊加強了防備，把一個小隊搬到了磁器口黃家大院長駐。

老肖要求：一中隊要儘量不與高華中的鎮保安隊發生正面戰鬥衝突，也要與偵緝隊減少正面糾纏，實在邁不過戰鬥也要以到鎮公所提槍為主要目的，速戰速決。老肖原打算把攻占磁器口的任務交給汪陵江的二中隊，但林翰墨認為他們與鎮保安隊的那些人在一個街上朝夕相處生活了多年，低頭不見抬頭見，太熟悉了，怕他們下不了手，不利於工作，還是堅持一中隊攻磁器口。老肖放棄了自己的建議，尊重林翰墨的意見。

二中隊由老肖帶隊攻打江邊石井坡，占領渡口。二中隊成員主要是船工、水手，他們雖然在碼頭渡口討生活，但家都不在這一代，並沒有多少牽掛，由他們占領石井坡渡口更有把握。

三中隊由水中蛟帶隊攻打青木鄉公所。如果三中隊攻下青木鄉場就西進，向璧山縣牛碧倫中隊靠攏，爭取創建「砂璧津」[1] 游擊區，然後擇機策應渣滓洞、白公館的難友越獄。

241

如果一中隊、三中隊西進受挫，便回師東進，從老肖控制的石井坡渡口橫渡嘉陵江，鑽進銅鑼山，另選時機策應渣滓洞、白公館的難友越獄。

　　老肖說：「這次起事，是我們按照黨的要求，為營救渣滓洞、白公館難友的一次演練。如果起事順利，能為營救工作總結經驗，打下良好基礎。如果起事不順，也要充分地吸取教訓，以便在正式營救時引起注意，化不利因素為有利因素，避免重複錯誤。不管咋說，暴動就意味著勝利。當前，解放軍大軍壓境，國民黨的基層力量不可能把我們啷個樣。」

　　老肖以極大的堅定的革命激情，必勝的革命信念和革命的樂觀主義精神來激勵大家的鬥志。

　　這次暴動的目的和目標指向非常明確。

　　雞腳神不願當頭兒，要求仍隨林翰墨跑通信。另外，還有一些骨幹隊員被任命為小隊長。大家約定好，起事成功後全部在縉雲山聚集，再集中力量攻打璧山縣城。這就是當時重慶地下黨制訂的在敵占區實施「多處暴動，天女散花」，形成國民黨後方處處牽制敵人的有生力量，減輕人民解放軍正面壓力的策略。

　　會議結束後，牛碧倫、王渙升回到自己的領地積極準備，支隊各中隊按照會議決定分頭行動。當然，這些都只是作戰計劃，實際情況要看形勢的發展。

　　青木鄉位於磁器口以西，與璧山縣相臨，鄉公所設在青木場。青木場就在一個埡口上，街道不算寬大，卻有群山環抱，場的兩頭都有用塊石加三合土築成的高牆，進去的人要透過唯一的卡子門，門前各設一道崗亭，居高臨下，監視著由下而上彎彎曲曲的必由之路。

　　從磁器口去璧山縣城，青木鄉這一關是一條唯一的官道。

　　真可謂一夫當關，萬夫莫開。因此，要想把水門寨與刺竹林游擊區連成一片，首先必須攻下青木場，搗毀設在場口的哨卡，打通一條自由出入的通道。

　　攻打青木場的戰鬥由三中隊負責，中隊領導大老黑和陳老二都是綠林出身，在江湖上行走數十年，一身本事。手下弟兄大多是亡命的角兒，單個作戰都是個頂個的人精，各有各的招數，雄得起，很能打也很能跑，但作風比較渙散，不大守紀律，一般情況也不大服從提調。支隊派去領隊的是副司令水中蛟。他也綠林出身，三教九流都見過，要打要罵也不會示弱，手下人因此而畏懼他三分。

第二十三章

大老黑派人對青木場進行了反覆偵察，綜合各方面情況，大家一致認為這是個易守難攻的所在。單憑一個中隊的幾十號人馬，是很難取勝的。可是，既然戰鬥命令已經下達，不攻下又不行。經過研究，最後決定不能硬攻，而要採取「燙」[2]人術，就是智取，另外還需要支隊的增援。

這天，青木鄉逢場。一大早，老實巴交的山民們挑著山貨，趕著豬、羊，背著雞、鴨、鵝，從四面八方向青木場擁來。鄉公所的對門，來了兩個賣柴的，挨個兒立著。兩挑柴塊不算好，要價卻比哪個都高，幾個人過去問了問價，都搖搖腦殼就走了。

「喂，柴塊子啷個賣？」又有人問價。

「五升米。」一個賣柴的回答，他不論錢，那時的錢已經不是錢了，每日要貶值幾次。民謠唱道：「五塊錢的鈔票沒人要。」所以賣柴的漢子也要以物易物。

「那，你呢？」買主又問另一個。

「比他少半升。」這一個賣柴的漢子看來很會做生意。他說著，還伸手去拉那位買主：「你看看我這柴塊的質量，可是上等的油松柴，比一般的木柴耐燒，好燃，火大勁兒足。」賣家巴心巴腸地介紹，死活要買主把柴弄回去，不過，就是不肯讓價。

買主被纏了半天，有點生氣地說：「別人一挑柴也是硬塊子，頂多三升米，你是想一鋤挖個金娃娃兒，賣個富貴還是啷個嘛。實在太貴了，不買了。」他講不下價，只好離去。

就這樣，金錢也換不來的時間被浪費掉一大截。兩個賣柴的漢子與別人空磨嘴巴皮，因為要價太高，成不了交，直到下午，兩擔柴還是原封不動地蹾在那裡，場上的人逐漸稀少起來。

這時，一個高聳聳的保安隊員走過來，將其中一個賣柴的漢子拉走，說是抓去當壯丁。那賣柴的死活不走，還大喊大叫：「不能抓，不能抓呀，我家還有妻兒老小，等到我拿米回去下鍋吊命呢！」

說來也怪，第一個賣柴的被抓還沒走出多遠，又走來一個矮墩墩的保安隊員把另外一個賣柴的漢子也要抓走。這漢子就厲害得多了，死活不依教，大聲質問那保安隊員：「我認得你，你是板板鄉的。憑啥子要來抓青木鄉的人？要當兵，也不歸你來抓！」

磁器口風雲

是呀，他怎麼可以到別的鄉來抓人？那高聳聳的保安隊員聽到爭吵趕緊跑回來，拉住矮墩墩的保安隊員要他放人：「你跑到我們鄉抓丁，狗拿耗子，閒事管得太寬了吧。」

矮個子也不示弱，說：「鏟鏟！沒得恁個撇托。要放人大家都放，你瓜娃子抓的也是我們鄉的人。」原來青木鄉有相鄰的外鄉人趕場。

這一來，誰是誰非就沒了個標準。公說公有理，婆說婆有理，兩個保安隊員都不示弱，先是扯筋兒[3]，日媽連天地破口大罵，繼而放下兩個賣柴客，大打出手比起武來。

他們倆你推我揉，終於扯圓場子打起架來。

高個子說對方撕爛了他的衣服，矮個子說對方打傷了他的背。趕場的百姓紛紛擁來看鬧熱，把個街道圍得水洩不通。儘管對面鄉公所門口就有背梆梆槍的鄉丁站崗，但誰也不理睬這碼子事。兩個保安隊員越鬧越兇，終究解決不了問題，索性你拉我扯要去找青木鄉公所評理。門口站崗的鄉丁橫下槍擋住去路，可是圍觀的群眾擠上來，把那守門的鄉丁擠得東倒西斜，哪裡還站得住，早被擠出崗位老遠。

「啪！啪！」兩個挑柴的漢子取出藏在柴捆裡的短槍，對空射擊，然後就衝進鄉公所。那些圍觀群眾中也有好些人掏出懷裡的短槍，跟隨兩個打架的保安隊員朝鄉長辦公室衝去。

其實，這些攻打鄉公所的武裝人員全是砂磁區游擊支隊三中隊的隊員，為首的是支隊副司令水中蛟和三中隊一名游擊隊員，他們剛才打那場架完全是假的，目的是吸引圍觀群眾掩護他們衝進鄉公所。

與此同時，守在上場口的三中隊隊長大老黑和守在下場口的副隊長陳老二各自帶著十來名游擊隊員按事前的佈置正在攻打卡子。

事有湊巧，守下場卡子的是一名鄉丁組長，曾是陳老二的拜把兄弟，見到是陳老二帶人來「端甑子」，沒費多少口舌，雙方達成協議，都不見血，他就自動出來開了卡子門，放游擊隊員衝了進去。

可是，攻打上場卡子的游擊隊員遇到的情形就不一樣了。他們朝卡子打了好一陣槍，裡面的保安隊員緊閉卡門，理都不理，既不還槍也不答話。

244

第二十三章

　　崗亭的四壁也是用三合土和塊石築成，高高的，很堅固，不但步槍打不穿，即便是手榴彈，只要沒扔進崗亭裡面，也無大礙，不會炸壞崗亭，真有些固若金湯的樣子。

　　大老黑見久攻不下，心裡十分著急。他把帶去的十個游擊隊員分成兩組，一組留在下面監視，另一組由他親自帶領繞過崗亭，向卡子背面的鷂子岩爬去。這石岩陡峭險峻，是一個整塊的石坡，上面是烏黑的「膠泥」，光禿禿的，幾乎連一棵小草也沒有。游擊隊員繞過懸岩，沿著山腰轉了好遠最終才選擇了一個地方，艱難地爬了上去，轉回到卡子上面。這下好了，「會當凌絕頂，一覽眾山小」。游擊隊員居高臨下，朝著崗亭內「啪啪啪」好一陣打槍，引來下面的人躲在角落裡拚命還擊。

　　對射了一陣，大老黑喊他的人停止射擊。嘿，奇了怪了，下面守卡子的鄉丁也停止了射擊。大老黑明白了，那些鄉丁並不想打仗，而是萬不得已才被迫還擊。他見有機可乘，便決定來文的。

　　「卡子裡的弟兄們，出來投降吧，我們不傷害你們！」大老黑令身邊的幾個游擊隊員扯開喉嚨朝崗亭呼喊。忽然，他想起了游擊隊最近教唱的一首歌：

　　劉鄧大軍進中原，

　　戰旗映紅半邊天。

　　心盼碎耶眼望穿，

　　風捲紅旗上巴山，

　　打回老家來過年。

　　對了，這歌謠中所唱的劉、鄧，不就是人民解放軍野戰軍部隊的劉伯承司令員和鄧小平政委嗎？這是從解放區來的那位戰士教官教給他們的，現在是派用場的時候了。

　　劉伯承的老家住在四川開縣趙家場，鄧小平的老家在四川廣安縣，乾脆，扯他們的「虎皮」作為大旗好了！於是，大老黑命令游擊隊員大聲呼喊：「我們是劉伯承、鄧小平的先頭部隊，是來解放四川老家的，我們優待俘虜，不殺放下武器的人，你們快出來投降吧！」

磁器口風雲

說實話，劉鄧部隊穿什麼衣服，拿什麼武器，是啥樣子，誰也說不清。但他們那響噹噹的名聲，早已在四川四面八方傳開。最近已經有不少關於劉鄧大軍要打到四川來的傳聞。

大老黑和他的隊員反覆喊話，這一招非常管用。鄉丁們沒少聽那些傳言，平時裡都私下悄悄議論過。此時，他們對進攻者摸不著底細，早已心慌意亂，都在安靜地觀望，不敢吱聲，也不還擊。

「他們不投降，我們逗把這滿山遍野的石頭派個用場，我們拿石頭砸，把子彈省下來打璧山縣城！」大老黑見崗卡里沒有動靜，便和身邊的幾個游擊隊員商量，將大大小小的石頭接二連三地往岩邊推。

「乒乒乒……轟！」石頭直端端地滾向岩下崗亭的房頂。

這崗亭雖然四周堅固，房頂卻與普通民房差不多，用青瓦蓋成。打幾槍沒關係，丟個把手榴彈也算不了啥，石頭一砸，有重力還有加速度，加之下山的石頭一旦衝起了勁兒，就像汽車滾滾兒，房頂就穿了個大窟窿。

「好傢伙！真不愧是劉鄧大軍的先頭部隊，打起仗來怎麼機靈，攻卡子不用槍炮，用石頭砸，還要留著子彈去打璧山縣城！」崗卡里的鄉丁發現閉門死守不是辦法，又沒有退路，只得乖乖地開門出來投降。

青木場就這樣被攻下了。游擊隊將設在兩頭場口的崗卡搗毀了，將死不投降的俘虜捆了扔進鄉公所，帶著繳獲的槍支彈藥，凱旋班師。

這次行動取得了很大的成功，讓綠林好漢們看到了游擊隊的力量。有的隊員就有些昏昏然，被短時的勝利衝昏頭腦，腦殼膨脹到人眼看馬低，不把敵人當回事，舊日的綠林毛病突出地表現出來，老調重彈，老毛病重犯。有的在執行任務時搶掠老百姓，還有的帶著繳獲的銀圓和鴉片離開了隊伍。

這些事情並沒有引起中隊指揮員的重視，無論是大老黑、陳老二還是水中蛟，都沒把這當回事。他們很瞭解自己這幫兄弟，以前不也是這樣嗎？而且自己也是這麼過來的。他們相信那些走了的隊員把錢財揮霍一空後是會回來的，不會有多少戰鬥減員。

因為他們把這些事情當成「慣例」，當成一般的正常情況，沒人過問，沒人理麻，更不會想到小隙成潰口，針眼大的洞可能形成簸箕大的風，部隊會越來越散漫。

第二十三章

大老黑和陳老二兩股人馬在戰鬥結束後還互相爭吵，你說我的人搶了銀圓，我說你的人拿了鴉片，鬧得不可開交，吵得不亦樂乎，甚至雙方的人還到了撈衣挽袖，準備大打出手，幾乎火拚的地步。

水中蛟作為支隊領導出面調解，才讓兩股人馬有所收斂，但也是各打五十大板，強行暫時壓住而已。為了行軍順利，水中蛟提出大老黑和陳老二各帶各的人馬，分兩路向縉雲山開進。

陳老二向北繞道而行。

水中蛟隨大老黑走原路，他們急行軍來到張家箭樓，眼見天近黃昏，同行的那三十來個隊員十分疲乏，於是決定就地紮營休息。

他們還是在進入青木場前吃過早飯，已經餓了一整天。隊員們從附近百姓地裡弄來些紅苕，到箭樓一層的中間架起鍋灶煮起來。

水中蛟把指揮所設在箭樓的二層並通知所有隊員都到箭樓裡面宿營，派出警戒以防萬一，他自己找了張門板當床。誰知，一場災難逼近了他們。

原來，游擊隊撤離青木場後，場上富紳立即打電話向冉縣長報告，說是劉鄧大軍的先頭部隊打下了青木場，還奪走了富紳的財物，搶掠了百姓的雞鴨，糟蹋了有錢人家的女子。

冉縣長覺得奇怪，這劉鄧大軍怎麼能從天而降？他們是如何飛到青木場去的？真共產黨打土豪劣紳，分田分地，破倉放糧給窮苦百姓，卻從來沒聽說搶奪財物，更沒聽說強姦婦女。這支隊伍不可能是真共產黨，想必是山野土匪，是有人冒充劉鄧大軍。

姓冉的並不是哈板兒，沒費多大勁兒，他就料定這支人馬是游擊隊。他早就派偵緝中隊金瘸子的人馬在青木場一帶活動，於是立即打電話叫縣駐軍內二警鄒營長向青木場靠攏增援，配合由豬隊副帶領的偵緝隊。

「快！直插張家箭樓，要一網打盡，不能放跑一個活的。」豬隊副邊行軍邊打聽，一查明游擊隊的下落，便悄悄命令部隊圍了過去。

所謂箭樓，實際就是用厚實的條石砌成的碉樓，是解放前富人用來防禦「土匪、棒老二」搶劫的。渝西有錢人家，差不多都修有這種箭樓，平時把家裡的貴重財物

藏在裡面，有專人保護。如果遇上土匪襲擊，全家人躲藏進去，樓門一閉，單憑土匪、棒老二的火槍大刀，怎麼折騰也無濟於事，只能望樓興嘆，隔靴搔癢，是奈何不了的。

「啪！啪！啪！」幾聲清脆的槍響，驚動了正在進餐的游擊隊員。他們放下碗，抓起武器到窗口一望，發現外面人影晃動，箭樓已被包圍了。幾個手疾眼快的隊員，拖槍就向偵緝隊射擊，一連放倒好幾個。豬隊副發覺不對勁兒，硬拚，他的偵緝隊不是這夥游擊隊員的對手，仗著人多勢眾，立即命令部下退後一段距離把箭樓圍死，伏臥射擊。

「啪啪啪……」 「轟轟轟……」槍聲夾雜著手榴彈的聲音，像爆米花似的響個不停，戰鬥進行得非常激烈，卻沒有人員傷亡。雙方好像不是在打仗，而是在湊熱鬧搞射擊表演，誰也沒打著誰，但雙方並不相讓，傾其所有地消耗彈藥，以此展示實力。

對打了一陣，突然，箭樓裡的槍聲戛然而止，好像是裡面的人子彈打光了。豬隊副感覺到殲滅游擊隊的機會到了，也命令部下停止射擊。他在想：要是能把這幫人俘虜過來，押著在磁器口街上示眾，一溜一串，有多帶勁兒。俘虜垂頭喪氣，老子的偵緝隊揚眉吐氣，莫提有多神氣，讓那些大姑娘小媳婦瞻仰瞻仰老子的威風，讓那些說大爺我粗魯的妓女們看看，老子只是粗魯嗎？老子趾高氣揚的時候多著呢。對，這是個辦法，是個絕妙的辦法。豬隊副朝箭樓裡喊話：「游擊隊的弟兄們，你們被包圍了，我們來了幾百人，你們已經跑不脫了，出來投降吧，我們優待你們！」

箭樓裡立即做出回應：「我們沒有子彈了，打不過你們，我們投降，心甘情願地投降，願賭服輸！」說著，箭樓下面的大門慢慢拉開，扔出幾桿套筒子槍來。

隨後，大老黑舉著雙手從樓裡走向樓門。

前面的幾個偵緝隊員，為搶頭功多拿賞錢蜂擁而上，有的去撿游擊隊扔出的槍，有的直撲大老黑。

忽然，從大老黑左右兩側瞎孔角[4]伸出幾支槍來，「啪啪啪啪」一陣亂射，毫無提防的幾個偵緝隊員應聲倒下，慌亂地向黃泉路上猛跑。

幾個游擊隊員一擁而出，一邊打槍一邊護著大老黑往外猛衝。

豬隊副頓時慌了手腳，大聲驚呼：「給我頂住，給我頂住！堵口子，包抄！包抄！誰退後老子斃誰！」也就那一剎那，四面八方的偵緝隊員，紛紛湧向箭樓正門。

第二十三章

　　正在這時，內二警鄒營長的部隊來了，他們算是及時趕到，機槍、步槍、手榴彈、小剛炮，一齊向箭樓正門射擊。衝出來的游擊隊員犧牲了好幾個，其餘的被堵了回去。

　　箭樓厚厚的木門「吱呀」一聲重重地關上，一陣稀里嘩啦的聲音響過，箭樓上各個窗口向外響起了密集的槍聲。游擊隊剛剛在青木場得到了補給，這點子彈還是有的。

　　偵緝隊和內二警組織了更加猛烈的還擊。各種武器噴吐著弧光，子彈打在箭樓厚實的條石上，發出「噔噔」的響聲，彈頭反彈下來掉在箭樓下面厚厚一層。

　　大約幾分鐘後，箭樓上停止了射擊，偵緝隊又開始喊話：「游擊隊佬兒，你們不要耍花招，我們的人越來越多了，縣駐軍內二警一個營的兵力全在這兒，你們拼不過的，快投降吧，如果不投降，這裡逗是你們的葬身之地——！」

　　箭樓裡立即發出回聲：「我們是共產黨的隊伍，與你們水火不容，你們不要白日做夢，逗是魚死網破，寧死也不會投降！」

　　豬隊副一聽氣炸了肺，命令道：「弟兄們，游擊隊這次是真的沒有子彈了，快給我衝進去，抓活的。老子加賞錢！」偵緝隊的士兵吸取上次的教訓，遲疑不決，畏縮不前，但經不住豬隊副的再三喝斥，才舉著槍開始慢騰騰地向前走，離箭樓只有幾十米了，裡面還是沒有一點動靜，他們確信是真的沒子彈了，便又一次一窩蜂衝向前去。

　　豬隊副得意了，終於做出了一次正確的判斷，他迫不及待地從伏著的地上站起來，正了正望遠鏡，拉了拉衣服，探頭探腦，準備以勝利者的姿態去迎接投降者。

　　「啪啪啪……」箭樓裡的槍聲又響了，一顆顆憤怒的子彈從窗口射出來，豬隊副驚慌之中匆忙一個立定伏臥，一下子把頭埋進土裡來了個嘴啃泥。那些快要接近箭樓的部下，又一次上當，一個個鬼哭狼嚎，抱頭就往回跑，箭樓前又多了幾具屍體。他們這才恍然明白箭樓裡停止打槍，完全是游擊隊的計謀。

　　豬隊副一邊「啪啪啪」地吐著泥，一邊罵：「這幫遭天殺的狐狸，不按規矩出牌！」他再清楚不過，眼下的對手是強大而有力的，游擊隊有可能是在拖延時間，說不定在等待援兵，真那樣的話，久戰不決，後果未卜，如果被援兵來個反包抄，就成了「包餃子」。他急得沒法，在箭樓外不停地打圈圈。他不愧是流氓、地痞、

磁器口風雲

二流子加亡命之徒，狠毒的辦法多得出奇，很快想出一條毒計：令幾個部下從附近抓來些老百姓，逼著他們從各處背來幹燥的柴草，挨個兒堆放在箭樓周圍。

他要用火攻，燒死游擊隊。

註釋

1　砂璧津：沙磁區、璧山、江津。

2　燙：騙。

3　扯筋兒：扯皮、爭吵。

4　瞎孔角：胳肢窩。

第二十四章

「媽的，看樣子是要燒死我們了！」大老黑指著箭樓外面說，「看，還在背柴。」

「放平他媽幾個，看他們還敢不敢！」幾個性急的游擊隊員，邊說著，就要朝背柴草的百姓開槍。

水中蛟急了，大聲制止道：「胡扯！打死老百姓是犯紀律的，共產黨要追究！」他說的「犯紀律」，實際是違反紀律的意思。

「毬個紀律，老子不是白拿老命給他嗎？」大老黑不耐煩了，站出來支持部下。

「哼！只曉得蠻幹算個屁！逗不能動動腦殼想點別的辦法？」水中蛟並不示弱，衝著大老黑走過去，兩隻眼睛鼓起像豬卵子，看上去是要打架，他也開始犯渾了。

綠林出身的弟兄就是這樣，要軟，你就應該像個龜兒子臥倒，不去惹惱任何人，裝孫子，裝弱者；要硬，就必須頂天立地，像鐵錘鋼棒一樣，硬邦邦的雄起，堅持到底，不然，誰都不會服你。

大老黑和隊員們見水中蛟這般光景，知道他犟勁兒上來了，不能再惹，誰惹誰吃虧，一個個都默不作聲。水中蛟看他犯渾收到了效果，轉而自己努力想辦法，看著他抓耳撓腮不停地拍打頭皮焦急的樣子，隊員們心中又暗自好笑。

還是大老黑首先想出了辦法，他把手裡的短槍往腰間一插，就要行動，他打算跳樓。

「莫忙，」水中蛟被點了靈犀，上前攔住大老黑說，「等他們點燃了火，看好地形再跑。」此時，雖然時間過去了一個時辰，箭樓外的柴草才堆了一人把高，背柴的百姓見游擊隊不肯傷害他們，而他們卻要親手用柴草燒死自己的武裝，心裡很難受，他們有意磨磨蹭蹭。

「快點，快點快點，少他媽磨蹭！」偵緝隊員用槍威逼著老百姓加快速度。

柴草背得差不多了，偵緝隊的士兵用槍桿子硬逼著老百姓點火。當然，那些士兵只能站在離箭樓遠遠的地方，大聲武氣乾號，生怕游擊隊放槍。百姓們高高地舉起火把，先點燃箭樓前方，又點燃了左右兩側，留著箭樓的後面，遲遲不肯點火。

水中蛟觀察著動靜，覺得奇怪了，這到底是怎麼回事？為啥子要留著後面，他百思不得其解。

　　「啊！箭樓後面有條小河！」一個游擊隊員有了驚人的發現，他輕聲驚呼著。

　　大老黑跑過來藉著兩旁熊熊燃燒的大火映出的光亮仔細一看，心裡全明白了。在離箭樓不遠的地方的確有條小河，小河有兩三尺高的河岸，是游擊隊撤退時的上好戰壕掩體，這是百姓們故意不肯點燃河岸邊柴草的原因，他們冒著生命危險要為游擊隊留下一條生路。

　　大老黑的心，此時激動起來，甚至十分感動。這麼多年，他一直在綠林行當裡混，老百姓一直對他們是憤恨有加，唯恐避之不及，想不到而今當上游擊隊員，百姓們沒有追記他們的前嫌，還這樣地愛戴他們，捨出老命為他們留條生路。他從來沒有受到過這種愛戴，眼睛都濕潤了。人非草木，孰能無情，他心裡想著：老子逗是板命也要衝出去，要留著這條命，日後好好報答給我二次生命的老百姓。

　　大老黑擦了一把眼淚，輕輕拉了水中蛟一把說：「你帶隊員先撤，我掩護，咱們縉雲山見！」說完，抱起一大堆從青木場繳來的手榴彈，朝著與小河相反的方向一個接一個地往箭樓外扔。

　　「轟隆隆……轟隆隆……」隨著手榴彈的一聲聲巨響，水中蛟帶著游擊隊員一個個從箭樓上跳了下去。「噼噼啪啪」燃燒的柴火聲中，夾雜著小河裡發出接二連三的「撲通撲通」的聲響，偵緝中隊豬隊副看得真切，立即命令所有槍口一齊向小河這邊射擊。

　　箭樓上只剩下大老黑一個人了，他拿起箭樓裡那一大堆手榴彈，朝這邊扔一顆，又換個窗口朝那邊扔一顆。

　　「啪啪啪……」「轟隆隆……」無數的槍聲、手榴彈爆炸聲響徹雲霄。由於箭樓的窗戶太高，跳下樓的游擊隊員掌握不住要領，好多都受了傷，還犧牲了好幾個。大老黑在箭樓裡扔光了手榴彈，也飛身跳下來。

　　他一個前滾翻回還，還沒伸直站穩，「啪」一顆子彈打中了他的大腿，他無法站起，倒在了小河裡，殷紅的鮮血混合著清清的河水流淌著，一直流向遠方，他的身子不由自主地往水下沉。

　　就在同一天，遠在數十里外的磁器口激戰也拉開了序幕。

第二十四章

　　磁器口是沙磁區連接璧山、北碚的物資集散重鎮，也是重慶的後花園，那裡有重兵把守。金癩子雖然分兵，但手下還有幾個像豬隊副一樣的亡命徒，要想攻打這個鎮，並不那麼容易。不過好在這兩天豬隊副帶著一些人圍剿三中隊去了，還沒回來。

　　高鎮長不知是什麼原因被冉縣長叫走辦事去了，也不在鎮上。當然，冉縣長叫走高鎮長時，並不知道游擊隊要襲擊磁器口，為這事他後悔莫及。這是後話。

　　砂磁游擊支隊一中隊只有七十多個隊員，骨幹力量主要是智新社那二三十個弟兄，對磁器口的地形非常熟悉，戰鬥力很強，其他的隊員卻是新生力量。儘管高華中的鎮保安隊戰鬥力不是很強，但金癩子的偵緝隊卻不是吃素的，人多勢眾，裝備優良。如果單讓一中隊去攻打磁器口，一人至少得對付幾個偵緝隊員。

　　中隊長梨右章與隨隊支隊司令林翰墨反覆研究，覺得強攻不是游擊隊的強項，為了減輕傷亡，仍然應該採用智取。他們計劃，誘敵出洞，綁架金癩子，令其偵緝中隊繳械。

　　自從縣參議員黃三蛋死後，金癩子一連娶了幾個婆娘，他要抓緊時間，只爭朝夕進行造人工程，希望盡快生出幾個兒子來傳宗接代，延續香火。否則在這兵荒馬亂之年，萬一哪天運氣不濟，一顆槍子兒不長眼睛，揭了他的頭蓋骨，他家就斷香火了。

　　金癩子對幾個婆娘的管理是有方法的，有的養在家裡和大老婆共同生活，對有些脾氣大與老大捏不到一塊兒的就養在外面，避免她們在家裡爭風吃醋，瞎鬧騰。啥時需要，坐個轎子過去住上一夜兩夜。平時，就在家和大老婆，二、三、四姨太混混也可以了。

　　他最喜歡的要算那個五姨太，嫩泱泱的，頂多十七八歲，又水靈又溫柔，是用兩百塊大洋從南京買回來的。為了避開家裡幾個婆娘的糾纏，金癩子乾脆在離磁器口兩三華里那個名叫清水灣的地方買了個幾間房子的小院，讓五姨太住在那兒養清閒，還買了一個丫頭專門伺候。每逢磁器口當場的頭天下午，金癩子就坐上轎子去那兒過夜。

　　第二天一大早，便帶著五姨太到鎮上兜兜風。他到五姨太那裡，一般不帶多少警衛，因為這裡離鎮公所很近，有什麼情況用不了半個時辰就可獲得增援，他仗著

自己年輕氣盛也可應付一陣子，因此除了四個抬轎的偵緝隊員外，另外只帶兩個保鏢。

游擊隊掌握了這個規律，正好利用。他們打算事先埋伏在五姨太家附近，等金癲子一上轎，立即竄出來，先下兩個保鏢和四個轎伕的槍，再將金癲子捆了，押回鎮上去命令他的部下投降，交出全部武器彈藥。這是一個不需要多大犧牲的計謀，大家都很贊同。林翰墨聽取大家對每一個細節的安排，把有關注意事項進行了交代，完善和補充了幾處細節，大家便分頭準備。

頭天下午，林翰墨派雞腳神出去偵察，他隱蔽在五姨太屋後那片茂密的樹林裡，認真注視著大路上的行人。他等啊等啊，一直等到太陽落山，也沒見到金癲子的影子。

「耶，這金癲子啷個還不現身？莫不是在我打晃眼的時候，已經進了五姨太屋裡？」雞腳神雖然一直都集中精力監視著這個院子，但也碼不準這麼長的時間自己是否打過晃眼。

這時，從大路上走過來一個偵緝隊員，徑直進了五姨太的家。雞腳神趕緊溜進那座小院，靠近臥房，耳朵貼著牆，他要仔細聽聽，看那屋裡是什麼動靜。

那偵緝隊員說：「太太，豬隊副把偵緝隊一半人帶到西邊去了，現在只有隊長一個人帶到另一半隊員守在鎮上。上峰有令，這幾天有人要暴動，要求嚴加防範。隊長夜間不敢離開，今晚逗不上你這兒來了。」

「西邊是怎麼回事？」五姨太懶洋洋地問。

「那邊發現了共產黨的游擊隊。」偵緝隊員說。

「哼！我猜他就是又看上別的女人了，才假惺惺用公務來搪塞，把老娘扔在一邊！」五姨太很是生氣，她不相信豬隊副帶走了一些偵緝隊員。其時，她是真的冤枉了金癲子，原本帶兵去西邊打仗的應該是他，正是為了晚上能在家裡有精有神地過來陪，才把豬隊副打發出去。當然，他怕豬隊副單獨留在鎮上會去糾纏這個嫩貨也是事實，因為以前曾有過耳聞。

「太太，」送信的偵緝隊員見五姨太滿臉怒色，覺得應該早點離去才對，便對她說，「隊長說了，很對不起太太，近日匪患連連，讓太太好自為之，注意安全。」他斜著眼看看她，又說：「如果沒別的事，我逗走了。」說完，轉身退了出去。

第二十四章

「回來！」五姨太大喝一聲，把那送信的偵緝隊員嚇了一跳，他只得乖乖地回到屋裡。

五姨太原本就是南京花柳巷裡的一枝梭葉子[1]，吃好要好就是供人搞的，幾天沒幹那事兒讓她如何忍耐得住？她拋棄了假裝的矜持，幾步上前伸手抱住那偵緝隊員說：「既然今晚隊長不來，那你就別想走掉！嘻嘻嘻！」話沒說完就去啃他的兔兒腦殼[2]，還不停地哈他的既跟兒[3]進行調情。

偵緝隊員即刻嚇得從臉到頸項都白了，彎下腰哇哇直叫，一個勁兒地喊：「要不得，要不得！隊長曉得了我這條小命逗沒了，我家還有八十歲的老母親要人養啊……」

「呸！」躲在屋後的雞腳神吐了一口唾沫，連夜跑回水門寨，把自己的所見所聞原原本本做了匯報。

這個意外情況，事前一點兒也沒想過，確實打亂了游擊隊的行動計劃，要按照支隊規定的時間拿下磁器口，除了強攻，再無別的辦法了。

那麼，趕在天亮之前行動已經來不及了，如果趕在天亮後打響，鎮上趕集的人多，誤傷好人自是難免。這樣，只有推遲到第二天夜間進攻方可避免一些誤傷。反正偵緝隊半數人馬已被豬隊副帶走了，估計已經與攻打青木鄉的游擊隊第三中隊接上火，三中隊的實力林翰墨是知道的，一旦被他們糾纏，短時間是回不來的。

林翰墨與大家研究停當，決定次日中午出發，天黑後趕攏磁器口，摸摸情況再定。

磁器口是個繁華的中心集鎮和物資樞紐。舊時中國以水路作為交通的「黃金」支撐，嘉陵江由此成為「貢道」，中上游各州、各縣和沿江支流的農副土特產在磁器口中轉。重慶城的一些大客商在這裡設店收購，再打包，裝桶輸出大宗商品，棉紗、布匹、煤油、鹽糖、雜貨、五金、瓷器陶件和特產煙絲等應有盡有。

鎮上有商號、貨棧、作坊幾百家，酒肆、茶館、客棧百多家，攤販70多戶，每天有300多艘載重貨船進出碼頭，車水馬龍的程度可見一斑。舊曆八月至次年四月枯水季節，河壩撐起臨時布棚形成街道，取名上河街、中河街、下河街，還有木竹街、鐵貨街、陶瓷街和豬市、米市等專營市場。萬商雲集，人流熙攘，擁擠不堪，這正是掩護游擊隊起事的大好良機。

磁器口風雲

鎮上還有鴉片煙館、賭場和妓院，遊樂場所十分豐富。武裝力量主要集中在偵緝隊常駐的黃家大院和鎮公所。這兩處除有步槍、手槍武裝外，還各有兩挺機槍，鎮西頭的黃家大院和鎮東頭的鎮公所各占一挺。於是，攻擊重點應擺在這兩個地方。

支隊決定由林翰墨帶領部分人員從上場進入，攻打黃家大院，由梨右章帶領部分人員從下場進入，攻打鎮公所提槍。

掌燈時分，兩隊人員分別到達上下場口。誰知金癲子老奸巨猾，早已令人關上了那用厚實木頭製作的榨子門，還上只大「鐵將軍」把門，裡邊有哨兵看守，游擊隊員無法進入。

「開門開門，我們要進場歇號。」梨右章一邊呼喊，一邊「咚咚咚」把門敲得山響。

「不行！黃隊長有令，這幾天共黨猖狂，任何人都不準開門！」哨兵聽得心煩，時不時應答一句。

門外游擊隊員又喊：「你們以前不是夜深了才關榨子門嗎？為啥子今天關得怎個早，你叫我們到哪裡去歇腳嘛！恁麼做不地道，想把我們整死呀？」

「你死關老子屁事，該你背時，你以為老子是救世的活菩薩，願意守門呀？你們昨天不來明天不來，偏偏輪到老子站崗逗來了，鬼迷日眼，你娃想遭老子洗白嗎？莫吵，再吵，老子不客氣了。給老子爬開！」裡面的崗哨氣憤地罵了一通，就不再言語了，任游擊隊員怎麼敲打，怎麼口出髒話，就是不開門，也不再應答。

梨右章心裡很著急，這樣拖下去怎麼行呢？他沉默了一陣，突然想起：金癲子的偵緝中隊裡有幾個沒參加袍哥呢？而且大都是「智」字號堂口的兄弟。於是心生一計，緊貼在門外自言自語嘆氣：「唉！別人都說參加袍哥好，遇到三災八難有道上的兄弟相救。」他停了停，又說：「我看這都是假的，磁器口上的袍哥，沒得一個仗義的，這鬼天氣各人出錢住棧房都進不了街。唉……」

「哼！你他媽的逗怎麼小看我們磁器口的堂口，量你也沒見過世面。」這一著還真靈，裡面的哨兵又開始搭腔了，「我問你，你到底是哪個山包包下來的？」

「唉──！」梨右章長嘆一聲說，「還不逗是小小的巴縣城。」

「噢。」那哨兵有些吃驚，重慶地區最富裕的縣就數巴縣。誰都知道「巴縣老子重慶兒」嘛。在巴國，是先有巴縣城後有重慶府；在下川東，巴縣不管是名聲還

256

第二十四章

是財富都是數一數二的，除了重慶城，還有誰能超過巴縣？哪裡是什麼山包包？這個哨兵雖然過去駐防沙磁區，但也聽說過沙磁區的來歷。沙磁區就是從巴縣分出來的一塊嘛，都曉得巴縣的袍哥組織多。他想：各人也是江湖上的人，為啥子要為難江湖兄弟呢？但他又拿不準對方是真還是假，萬一是豁人的嘟個辦？

這哨兵要考考門外的人，他要看看這人到底是不是巴縣的袍哥，拿準一些才能決斷。他幹咳了一聲問：「你小子莫口甜冒充，我先問你，巴縣的袍哥勢力最大的是哪些堂口？」

「最大的有兩個，」梨右章說，「是『東勝公』和『聚信和』，我們的『聚信和』大爺是楊……」

哨兵高興了，他確信梨右章是巴縣「聚信和」的人，他去過巴縣，而且還得到過「聚信和」的幫助。這鬼天氣，不讓幫助過各人的人進場，是個啥子道理？不能讓江湖上的人踏削竝[4]，罵老子不近人情，知恩不報。他再也不去管那毬的個中隊長金癲子的命令不命令，沒等梨右章說完，就「吱呀」一聲打開了大門，抖開袖子恭恭敬敬地朝門外丟了一個歪子。

說時遲，那時快。梨右章一個箭步竄上前，將那哨兵的手反背在背上：「不許動，[5]到起！」

另一個游擊隊員跑上來提了哨兵的槍，又用頭上的帕子堵了他的嘴，然後將他捆在門邊的柱子上。

「你們是哪個？」哨兵嘴裡打不轉話頭囔囔著。

「關你屁事？你娃跟我老實點！」游擊隊員指著他的鼻子說。

這一切都發生在瞬間，沒等哨兵弄清怎麼回事，游擊隊員已向鎮公所衝去。

鎮公所的主要武裝力量只有三十來個保安隊員。平時駐紮的那些偵緝隊員，已被豬隊副帶走了，那挺機槍也帶走了。因此，梨右章帶領的游擊隊員沒遇到多大抵抗，就解除了鎮保安隊的武裝，順利提走了槍。他們一鼓作氣，派人去將鎮上各大米糧鋪、鴉片館、賭場以及妓院的財物清洗了一通，興高采烈地帶著戰利品去下場與林翰墨的人員會師。誰知，此時離鎮公所十里開外的黃家大院戰鬥還沒結束。

磁器口風雲

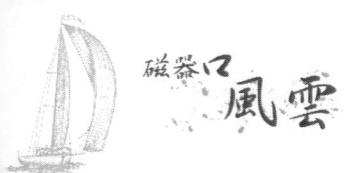

　　林翰墨帶著隊伍到達上場口後，叫人爬上電杆，將全鎮通往外界的電話線全部剪掉，使磁器口斷了與外界的聯繫。他自己悄悄爬上榨子門，用飛刀結果了哨兵的性命，破門而入，直抵黃家大院。

　　黃家大院離場口也就二三里路，眨眼工夫就到了。大門口左右高高地懸掛著兩個寫有「黃」字的大燈籠，兩個持槍的哨兵分列在兩旁。門前一溜有三個平臺，每個平臺都有十幾級石梯，然後才是大門、內院，門樓上扣個木質牌匾，一副居高臨下的樣子。要公開進入黃家大院，必須由下而上一口氣發起衝鋒才行。

　　林翰墨決定耍個花招，他要巧妙地爬上石梯，先繳了哨兵的槍，再帶部隊衝入院子。下槍的事要幹得乾淨利索，不能有響聲驚動院裡的人。本來，憑著他的身手，這打先頭哨兵的事由自己去是再合適不過了，但偵緝隊的人又有幾個不認識他呢？過早暴露目標，會引起很多麻煩，弄不好還會壞了大事。於是只好把這個任務交給一個小隊長帶三個隊員去完成。

　　四個游擊隊員都帶著短槍，有的抄著手，把槍藏在袖筒裡，有的把手插在褲袋裡，緊緊地握著兜裡的槍。小隊長吹著口哨，大搖大擺地走在前面，另外三個蔫不拉嘰的緊跟其後。

　　「啥子人？」哨兵大喝一聲，把槍管對準已到坡下的游擊隊員。

　　走在前面的小隊長答：「青木鄉的鄉丁，宋隊長叫我們來的，說是你們這邊有情況，叫我帶人來增援。」邊說，跨著大步踏著石梯朝上走。

　　「我們這邊有啥子情況！來增援逗怎麼幾個人？你豁鬼！站到，不能再往前走了，再動逗打死你幾個！」哨兵心裡起了疑雲，分明天黑前還收到縣裡打來的電話，說青木場被游擊隊攻破，怎麼還會有鄉丁跑到這兒來呢？於是，一個哨兵回頭就往裡跑，另一個哨兵端著槍指著小隊長。

　　「我們是打前站的，大隊伍在後頭，眨眼工夫逗會趕攏。」

　　「啪！啪！」「啪啪啪啪！」黃家大院門前響起了槍聲。走在石梯上的游擊小隊長手疾眼快嘴裡說著話，抬手亮槍，將指著槍的哨兵打翻在地，可惜另一槍沒打準，那進了院子的哨兵飛似的往裡跑了。

　　林翰墨帶著三十幾個游擊隊員，猛衝猛打一鼓作氣上了臺階，衝進了黃家大院。

第二十四章

奇怪的是，院子裡黑洞洞、靜悄悄的，一點兒亮光也沒有，更沒有一點兒聲音。林翰墨深知金癩子奸猾，絕不可能毫無準備，束手就擒，估計是中了埋伏。他把左手一橫，止住大家繼續向前：「不能再往裡走了，後隊變前隊，立即撤出院子。」

「嗒嗒嗒……」架在堂屋後面暗處的那挺機槍響了，子彈像一條火龍向游擊隊員飛來，當即有兩個倒地身亡。

林翰墨大喊：「快散開！」

退出院子已經來不及了，游擊隊員迅速向左右散開，企圖借牆壁做掩護。

突然兩側廂房的步槍也響了，並與正面機槍形成交叉火力，又有幾個隊員應聲倒下，其他隊員被逼出大門外。

真險，要不是林翰墨果斷帶領衝在前面的幾個隊員退到兩扇大門後面，損失會更大。

子彈不停地打在門板上，發出「噔噔噔」的悶響，好在門板厚實，沒有打穿，門板後面的人安然無恙，但擠藏在門後的游擊隊員也動彈不得，根本施展不開戰鬥動作。

咦！今天算是遇上高手了，這麼成熟的佈防，林翰墨還第一次遇到。他覺得今天出現這樣的情況，是他輕敵了，他只想到全力進攻，沒有想過要防止意外，結果意外就出現了。此時，他更覺得老肖不愧是老革命，料事如神。老肖反覆講這次行動是為接應渣滓洞、白公館難友越獄的一次演練，可能會有意外，可能會有挫折，要慎之又慎地處理好每一個細節，注意吸取教訓，總結經驗。林翰墨想：有了這次演練，有了這樣的挫折，下次肯定不會怎麼莽撞了。

敵人的火力十分猛烈，武器的佈置非常合理，形成一個嚴密的交叉火力網，壓得游擊隊員根本不敢抬頭，兩側門後的人擠成一團，連槍口都沒法伸出去，只有保存實力之功，沒有向敵人還手之力。

戰事進行得如此不順，是事前沒有想到的，這種糟糕的情況來得太突然了，突然得讓人驚慌失措。林翰墨自從進了水門寨，大大小小的戰鬥也有無數次，卻從來沒像今天這樣窩囊，窩囊得英雄無用武之地，有衝天的革命幹勁兒卻使不上力。當然，過去的戰鬥不外乎對付一些土豪劣紳的私人武裝，那只是些看家護院的家丁，原本少有軍訓，沒多少戰鬥力，所以不是什麼硬角。但這次行動之前，他卻忽視了

磁器口風雲

這個關鍵的方面 —— 偵緝隊吃的是摸爬滾打的飯，專業就是進行軍事訓練，這群人雖然吃喝嫖賭樣樣不拒，但打仗真有些經驗。

註釋

1　梭葉子：妓女。
2　啃兔兒腦殼：接吻。
3　哈既跟兒：撓癢癢。
4　踏削：看不起、鄙視。
5　跍：蹲下，讀音同「孤」。

第二十五章

　　林翰墨後悔自己不該打無準備之仗。當然，也不是完全沒有一點準備，出門的時候家碧還提醒過：「注意點！你現在不只是水門寨弟兄們的雞婆，而是砂磁游擊支隊的龍頭，要想好了再行動。」家碧這女人畢竟識文斷字，知書識禮，很懂事，在某些方面是林翰墨的賢內助。

　　憑著家碧的提醒，林翰墨還真的對這次行動進行過認真梳理，制訂了幾套方案，設計過幾種可能出現的情況和應付突發情況的解決辦法，但就是目前這種情況沒有設想過。

　　進入磁器口的時候基本上是按計劃在進行，衝進黃家大院，卻出乎意料地中了埋伏，情況的變化大大地超出了預期設想，這才發現百密一疏。恰恰是這個漏洞，暴露出他們準備得不充分。

　　話又說回來，這次戰鬥的時間和地點都是游擊支隊領導集體商定的，因為有過幾次成功的戰鬥，每次的結果都沒有超過事前的假設，對這次行動也就按常規設計，沒有想得太多就透過了。他們也不想想，過去的戰鬥都是對某一個人的行為，這次是對付一支隊伍，是不可相提並論的。在做出決定的時候，大家熱情大於冷靜，許多細節沒人提出，對行動的難度估計不足。事已至此，被敵人的火力擠壓在這樣一個環境裡，根本沒有重新更改行動計劃的可能，只能硬著頭皮面對這糟糕的現狀！

　　過了一會兒，林翰墨認真地掃視了一番周邊的情況，暗自慶幸，慶幸金癲子不是一個很有心計的人。要是金癲子很有心計，林翰墨的麻煩就大了。此時，林翰墨的隊員少數在院內大門背後，以門板作為掩護，無法還擊，多數隊員在院門外的平臺上，擁擠地臥伏在石梯下面施展不開。站在大門外面向黃家大院內看，他們是背朝群山完全裸露著，沒有任何屏障可以掩護，如果金癲子在大門外埋伏一隊人，外面的這些游擊隊員便無還手之力，豈不全成了槍下鬼？進而再裡應外合，內外夾擊，林翰墨豈不就全軍覆沒了？還好金癲子是一個熊包、草包、憨包，根本沒有想到這一著，算是給游擊隊留了一條生路，真是不幸中的萬幸。想到這裡，他覺得輕鬆了一些。

　　不管戰事如何發展，都要扭轉眼前的不利局面，游擊隊只能打贏，不能吃敗仗！這是砂磁游擊支隊成立以來的第一次戰鬥，是智新社的升級版，千萬不能建立了游

磁器口風雲

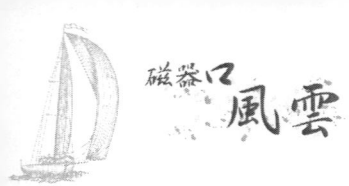

擊隊，打仗還不如智新社，這關係到士氣和下一步影響的擴大。好不容易聚起來的人心，不能因第一次出手失敗被打散，不能讓游擊隊在頃刻之間就被瓦解。

時間已不容他再多想，要趕快調整部署，無論如何也要打個漂亮仗！他自信這些智新社的老班底一定能夠打出漂亮仗！他相信這幫人完全具備鹹魚翻身的能力。想著想著，身上猶如增添了百倍的力量。

他整理了一下思路，眼下第一位的是要解決那挺不斷吐出火苗的機槍，它的威脅最大，把機槍奪過來，才能改變游擊隊被動挨打的不利局面，否則寸步難行。

金癲子正和王大爺在後院飲酒，他們在等著去打掃戰場時辨認林翰墨的屍體呢。他們談論著，說林翰墨終於要遭除脫了。

他們競猜著，議論林翰墨身上中了多少個槍眼，為一個具體的數字爭論不休，互不服氣，甚至還下了賭。因為他們是有把握的，即便這裡的戰鬥繼續拉鋸，但豬隊副馳援青木鄉應該是小菜一碟。然後，回師磁器口，這林翰墨的人還不被包了餃子？這也是林翰墨最擔心的事。看來，林翰墨小看金癲子了，用什麼樣的方法置游擊隊於死地，金癲子和王大爺心中早有譜了。

兩人說到高興之處，開懷大笑。天不滅奸，人不留情，天算不如人算。互相提議喝個大的，得意忘形之時，就一連喝了好幾個「小鋼炮」。

事情還得從天黑前說起，游擊隊攻破青木場的消息傳到金癲子耳朵裡，他又擔心又害怕，他不知道攻破青木場的游擊隊有多少人，實力如何，擔心豬隊副帶著隊伍增援那邊恐怕凶多吉少，要是被纏住，一時半會兒是不可能回援磁器口的，這個黃家大院的守衛就全靠自己了。

這些年來，讓他單獨帶隊打仗這還是第一次，留下的偵緝隊員，是否具備堅守磁器口的能力他自己心中都沒數。游擊隊既然打下青木場，還能不回過頭來打磁器口嗎？如果兩股人馬合兵一處，那他就只好繳械投降或者讓出磁器口。他知道自己是林翰墨的死對頭，林翰墨不會對磁器口不上心，要是被兩股人馬合圍，偵緝隊留守的幾十號人頂個屁用！

雖然鎮保安隊也有三十幾個拿槍的「兵」，但平時偵緝隊總是把他們壓制著，他也從來沒把鎮保安隊打上眼。那些人能算「兵」嗎？那高鎮長就是個俗雜雜[1]的熟柿子，唧唧的，軟得誰都可以捏一爪，他被「捏」還不當回事兒，低三下四賠笑臉。

第二十五章

這樣的人能帶出衝鋒陷陣的兵嗎？將熊熊一個，兵熊熊一窩，姓高的能保住他的鎮公所就算萬事大吉，謝天謝地了。想讓他來救場，真是癩格寶想吃天鵝肉——痴心妄想。他知道在這個節骨眼兒上，鎮保安隊是絕對靠不住的，他們也不會為他賣命。想到這個，金癩子的心中就悶悶不樂。

正在這時，磁器口最有聲望的袍哥首領王大爺來了，聽他把情況一說，王大爺卻是一副舉重若輕的樣子，淡木渣渣沒當回事地笑道：「這有啥子了不起？三國時的諸葛亮不是慣用口袋陣嗎？我們不妨也來用一用。」王大爺本來就是個愛吹牛皮，愛說大話的衝衝客。可是，有時也會瞎貓遇上死耗子，能夠咬出一些「高招」。

走投無路的金癩子聽王大爺如此這般一陣吹噓，覺得一下子就有了「主見」，茅塞頓開，變憂為喜。

要說王大爺一點兒軍事常識都不懂，也確實冤枉了他。他的確讀過不少兵書，講起軍事理論來，不但能倒背如流，而且還能充分發揮想像，什麼佈防、阻擊、衝鋒、協同作戰、班排連進攻，一套又一套，一點兒都不像是在日白，闡述得很伸抖，尤其對《孫子兵法》中的三十六計，計計都能掛在嘴邊，張口就來，看上去很在「行」。

有人還曾經感嘆過：「要是叫王大爺去當兵，恐怕早逗是將軍嘍！」遺憾的是，雖然嘴上說得翻白沫，真刀真槍面對面地打仗，他還不曾有過。作為袍哥組織的龍頭老大，調解點人情事理、鄰里糾紛，撈點浮財，斷個歪歪理，搶個水旱碼頭，劫個土匪地盤，整個群體鬥毆他的確在行。今天，機會不期而遇，他要改變別人在背後說他只會紙上談兵的形象，他要在金癩子面前露一手。

金癩子陪著他看了前院看後院，看了偏房看廂房。王大爺這裡指指，那裡點點，一副運籌帷幄、細心佈陣的樣子。金癩子此時真把王大爺當成神機妙算、決勝千里的諸葛孔明，對王大爺的安排言聽計從，一點兒都不打折扣，完全按照他提供的「良策」進行安排，布下一個「嚴實」的口袋陣，專等游擊隊來鑽。

王大爺又吹噓了一番，說按他的計謀安排部署的兵力、火力、陣法，保證固若金湯，萬無一失，戰無不勝。「就等著給游擊隊收屍吧。到時我要讓人抬著林翰墨這個死鬼去領賞。當然，你我都有份，我還要在冉縣長面前多美言美言你。你年輕，前途無量。」王大爺說得美滋滋、樂顛顛的，口水都流了出來。

金癩子聽得喜哈哈的，伸出大拇指在王大爺面前一直比畫著，臉上的神情無聲地表現出他佩服得五體投地。

磁器口風雲

王大爺又檢查了一圈金癩子的照實佈置，每到一處都要再次叮囑，一定要多準備彈藥，不到萬不得已千萬不要主動出擊，要突發制人，不能讓游擊隊摸到虛實，要在意料之外製伏人。

金癩子手下那些兵還真是聽話，當著金癩子的面對王大爺畢恭畢敬，一個個溫順地點頭稱是。

王大爺想到今天這些「戰略戰術」，都是他的主意，他的安排，越想越覺得有成就，越想越覺得自己偉大。他憧憬著這一仗：「讓那些瞧不起我的人見去鬼去吧。讓他們今後主動來給我下矮樁吧。下一次選『國大』代表老子還用得著去花錢嗎？這政績是擺在那兒的。」

他得意忘形，不知天有多高，地有多厚，甚至都不能把持了，找金癩子要酒喝，要慶祝他們佈防成功。換言之，他認為，就是這個精巧的佈防，打贏這一仗已有了八成把握。你說應不應該喝酒？

當然，要真是那樣，金癩子升官發財的機會就又來了，並且還能消滅死對頭。這是一個雙喜臨門的好事。兩人很是高興，在後院整了幾個菜開懷暢飲，還叫來三姨太和四姨太陪酒，推杯換盞，吃了一杯又一杯。王大爺假借喝高，對三姨太、四姨太摸摸搞搞，整得歡聲笑語，金癩子也不制止，假裝眼睛瞎。

大門口的戰鬥仍在激烈地進行著，偵緝隊的火力一點兒沒減，林翰墨還是一籌莫展，小試了幾次脫身，但還是無法動彈。

門外的游擊隊員上了幾個到大門的兩邊，與林翰墨相隔在一個「丁」字形的拐角之間，從門的縫隙可以相互看見，可以說話。偵緝隊的槍彈從門洞呼嘯而出，門兩邊的幾個游擊隊員無法衝進來。門後這個場地實在太窄，施展不開，不能有效地還擊，還是繼續耗著，只能帶著耳朵聽偵緝隊傾泄的各種槍彈發出的聲音。

這時，偵緝隊看槍彈打不穿門板，便向門口扔手榴彈。這一招提醒了林翰墨，他一拍腦殼，對著門縫命令門外的游擊隊員用手榴彈把周圍的圍牆炸開，讓偵緝隊「亮」出來，分散敵人的注意力，然後全體游擊隊員集中向院子周圍猛射，將敵人的火力壓下去。

第二十五章

這一招很管用，大門外的游擊隊員由被動躲藏變成了主動進攻，一下子就把這盤棋下活了。游擊隊由憋屈轉為舒暢，隊員們活躍起來，一個個生龍活虎，「棋盤」上楚漢相爭的態勢來了個180度轉彎，守方防不勝防，攻方進退自如，處處順暢。

敵人慌了，亂了陣腳，驚悸中調轉槍口去對付從炸塌的牆洞外四面八方射來的火力。

林翰墨藉著這個空擋，使出平生絕技，身子緊貼著黃家大門門角光溜溜的牆壁，一點一點地往上攀爬，一直爬到堂屋的房樑上。敵人機槍射擊的火苗給他引領了方位，就在他俯身的下面。

他舉起手裡的短槍，「啪」一聲，那挺對游擊隊威脅最大、無比猖狂的機槍就啞了。他飛身從房樑上躍下去，抓起機槍，揣在胸前挺身而立，「嗒嗒嗒」向著大院兩側猛射，兩側的槍聲啞了下來，游擊隊員們高聲吶喊，跟著大步向前射擊的林翰墨向後院衝去，很快就進了第一個天井。

聽到更加密集的機槍聲響起以後，金癩子和王大爺以為游擊隊真的上當，鑽進口袋了，竟然高興得連飲了五個小杯，然後搖搖晃晃握著手電筒要出去看鬧熱。

金癩子的腿還沒跨進前院，被打得夾起尾巴退回來的偵緝隊員就把他衝了個人仰馬翻。王大爺見勢不妙，一個勁兒往牆邊退讓。

衝進來的游擊隊員高聲喊著「繳槍不殺！繳槍不殺！」將他們團團圍住。偵緝隊員一個個本能地客膝頭兒一軟——跪下，舉起雙手，屁股翹得高高的。

偵緝隊做夢也沒想到，林翰墨會做出單人繳機槍的那一招，這麼快就刺破了他們引以為豪，自認為萬無一失的口袋伏擊陣。

金癩子還沒回過神來，便被他的部下搞了個鶴立雞群，十分顯眼地杵在人群中間，一副萬分張皇的樣子。

林翰墨命令：「不要開槍，一定要抓活的！」

「啪！」不知從哪兒飛來一顆子彈，金癩子應聲倒在地上，腦殼似乎還勉強地向上抬了兩下，就再也沒有動彈，地上塗滿了他身上流出的烏黑血液。

「是哪個開的槍？」林翰墨氣憤地問。沒人理睬，又問：「明明叫你們抓活的，為啥子偏偏有人要開槍？是哪個不服從紀律？說話呀！都啞巴了？」

「是我！」一個低沉的聲音在林翰墨身後響起。

「是你？梨叔？」林翰墨回過頭，見梨右章規規矩矩地站在他身後，手裡的槍管還冒著白煙，跟在梨叔身後的那些隊員，一個個手裡高舉著火把，也呆呆地看著林翰墨。

「梨叔，共產黨講究繳槍不殺，優待俘虜，只要放下武器，逗不受追究了，您曉得嗎？」林翰墨的口氣緩和了許多，可是眼睛裡仍放射著逼人的光。

「是他偵緝隊的這些雜種整得我家破人亡，無家可歸。我打死他出口氣，為我家人報仇。」梨右章說到這裡，給林翰墨丟了個歪子，「在智新社你是大爺，在游擊隊你是司令，任憑如何處置我都服，即便是『三刀六眼』『剝皮挖心』我都認了，一點兒也不怨你。我犯了律條，是該受到處治的。」他停了停，又說：「我仇也報了，氣也出了，珍兒的事我也沒啥子牽掛的。只是我還沒跟大夥兒一起殺盡天下的惡霸，還沒有去營救渣滓洞、白公館受罪的難友，還沒有看到新中國的成立，我對不起共產黨，對不起肖主任……」

林翰墨的牙咬得咯咯響，兩眼瞪得溜圓，大喝一聲：「弟兄們！」在場的所有游擊隊員突然緊張起來，料定梨右章要受到重罰，可此時此刻誰也不敢上前求情，他們知道林翰墨對執行共產黨的紀律毫不含糊，那樣做只會火上澆油，適得其反，讓梨右章必死無疑。此時，只能保持安靜，默默地等待著事態的發展，他們從內心希望梨右章只受處罰，不被殺頭，哪怕是『三刀六眼』，也比殺頭強。

沉默，四周非常安靜，聽得見每個人的心跳。

林翰墨進行著激烈的思想鬥爭。一邊是共產黨的紀律，是黨的律條，對他這個新黨員如何帶好這支隊伍，整肅風紀很重要。一邊是苦大仇深，被偵緝隊搞得家破人亡、無家可歸的好兄弟。大家都看著他怎樣處理這件事，他面臨著十分艱難的抉擇。

過了好半天，他才說：「梨叔這事做得出格，做得不登對，按紀律，今天是走不脫的。但金癩子這個雜種實在可惡，也是罪有應得，我們這裡沒得不恨他的。所以，對梨叔今天的行為不必追究。不過，從今以後再也不準違反紀律，再犯的人，絕對沒得怎麼和。」

「好，好！擁護林大爺！擁護林司令……」游擊隊員們都很感動。

第二十五章

　　梨右章也很感動，眼淚奪眶而出，他強忍著，恭恭敬敬地給林翰墨丟了個歪子，然後朝著周圍的游擊隊員拱拱手，什麼也沒說，在內心感激林大爺，感激兄弟們。

　　這時，去後院搜查的游擊隊員跑來報告，發現金癩子家後院窗戶口繫著一條用白布擰成的繩索，沿著牆壁一直吊到了檐溝。

　　林翰墨對俘獲的偵緝隊員進行審訊，得知是王大爺趁亂，跳窗翻牆逃跑了。

　　這一仗游擊隊雖然有些損失，仍然算得上大獲全勝，拔掉了黃家大院這顆釘子。

　　打死了金癩子，游擊隊名聲大振，沙磁區偵緝中隊已經群龍無首，今後偵緝隊再也不敢像過去那樣作威作惡了。同時，成功提取了磁器口鎮保安隊的槍，解散了鎮級武裝，壯大了革命力量。

　　「叮叮叮……叮叮叮……」縣衙的電話響了，而且一聲接著一聲，響個不停。

　　冉縣長已經下班走出辦公室的門準備回家休息，這個時候他原本就是加班加點地工作，近來形勢鬧騰得厲害，總有事讓他每天不能準時下班。他想：無事不登三寶殿，這麼晚了還來電話，絕不是哪位好友的問候，一定是重大急事。於是返回辦公室拿起了聽筒。

　　電話那頭抖抖顫顫，急促得像打連珠炮似的匯報，使他心驚肉跳，幾乎站立不穩。他知道不是好事，但半天也沒聽出個所以然。這幾天的情況與過去有些不同，更加嚴峻。游擊隊下午攻打青木場，還不知縣駐軍內二警配合豬隊副進剿是否默契，是勝是敗，他還沒得到個下文。要是這第一股暴動風潮搞不歸一，這個歪風不能被剎住，任著游擊隊隨心所欲耍性子，接二連三鬧騰起來，他姓冉的還會不會有寧日都很難說。沒準游擊隊哪天打到縣城，端了他冉某人吃飯的腦殼也未可知。

　　冉縣長鎮定了好一會兒。原來磁器口的電話線被袍哥王大爺的手下接通了，恢復了通信。王大爺從附近一家商舖打來電話，說是游擊隊攻下了磁器口，偵緝中隊金癩子死活不明，要求縣裡派兵進剿。

　　一波未平，一波又起。一天之內不同方向的三個鄉鎮遭到游擊隊襲擊，姓冉的縣長怎能不急？派兵，哪裡有兵可派！派出去的豬隊副杳無音信，增援的鄒營長也不知在那兒。再派縣駐軍內二警一個連的人去馳援磁器口？遠水救不了近火，趕攏磁器口，游擊隊怕是早已跑得無影無蹤了。

267

磁器口風雲

　　想來想去，最後總算想出個辦法。按照縣黨部書記長陳運九上次提供的情報，游擊隊是水門寨林翰墨搞的，水門寨老窩在嘉陵江岸邊，山高林密，地廣人稀，游擊隊攻打場鎮後一定會到那裡去集中。於是，冉縣長打電話命令石板鄉郝鄉長和磁器口高鎮長親自帶領鄉公所附近的保丁和本鎮保安隊員，組成一支隊伍立即出發，進剿水門寨。

　　高鎮長已經歸位，但他的鎮保安隊成了赤手空拳作秀隊，武器已被游擊隊全部提走，保安隊員還沒得空手套白狼那樣的本事。他向冉縣長提出了武器的問題。

　　冉縣長一聽，火冒三丈，在電話裡一個勁兒地罵罵咧咧，以發泄心頭的強烈不滿。

　　高鎮長反覆解釋，還說這是不幸中的萬幸，要是當時鎮保安隊與游擊隊硬碰硬，這會兒早就人財兩空了。現在雖然槍沒了，但人還在，還可以去拼。至於槍嘛，那是死物，人是活寶呀。

　　罵歸罵，冷靜下來一想，這件事追根溯源還怪他冉縣長自己，是他在關鍵時刻把高鎮長抽走去為他幹私活。當然，他又不是神仙，他怎麼知道高鎮長前腳一走就會發生游擊隊攻磁器口的事呢？這件事還不能張揚，牙齒打掉了只能吞進肚裡。

　　磁器口鎮保安隊槍被提走這件事，既簡單，又驚險。簡單，是事發突然時間短，不到半個時辰；驚險，是事發時動了槍，死了人。其實，磁器口鎮保安隊失利怪不得別人，要怪就怪冉縣長自己，是冉縣長從客觀上幫了游擊隊的大忙。

　　那天，剛吃過稍午飯，保安隊員正是肚子消化食物的時候。

　　按慣例，這是該睡午覺的時候。由於近日遊擊隊鬧得凶，午覺被免了，但人的習慣成為自然，免了午覺，卻免不去沒精打采，保安隊員一個個躲在自己的角落悉心養神。

　　這時，有一個牛高馬大力量型，穿長袍、戴禮帽、操寬邊墨鏡的人，帶著一群穿褂子、戴禮帽、操寬邊墨鏡的人從鎮政府大門進來。

　　保安隊隊副看那領頭的似曾相識，有些面熟，一時想不起在哪裡見過，但也不敢怠慢。因為近日常有重慶方面的軍警特憲下基層調研，他以為又是哪個特務組織的「領導」來了，立即吹集合口哨。

第二十五章

　　一陣「立正」「向右看齊」「向前看」「稍息」的隊列口令之後，保安隊員們列隊歡迎，接受領導檢驗。

　　力量型人物根本不管這些，徑直來到正要向他報告「請指示」的隊副面前，揭下墨鏡突然問：「你可曉得我是哪個？」他帶來的那些人突然閃開，站到了保安隊伍的前後左右。

　　「啊，你是梨右……」隊副沒說完，一個隊員反應過來，拖槍要射，被梨右章的隨從先下手為強，「啪」一槍把那個隊員打倒在地。

　　其餘人還有啥子話說？好漢不吃眼前虧，乖乖地繳械。

　　游擊隊並沒為難保安隊，只收了槍支彈藥，把人綁了留在鎮公所就迅速撤出，去增援打上場口黃家大院的林翰墨了。

　　後來有人怪保安隊隊副沒看真灼。鎮長高華中卻說：「他們是看不真灼的，他們並不認識梨右章，就是林翰墨來，他們也看不真灼。雖然在磁器口街上他們見過幾次林翰墨，但沒我對林翰墨熟悉。」他肯定地說：「我能看得真灼，林翰墨就是化成灰我也認得出來。」

　　就是這個對林翰墨瞭如指掌的人，卻在那時那刻被冉縣長叫去幹私活了，你說該怪誰？

　　冉縣長的火氣慢慢地消了，還努力想辦法彌補過失。他緊握著電話筒，思考了半天才說：「黃家大院有個隔牆，裡面藏有武器，你帶人去拿出來，發給鎮保安隊，然後趕到通往水門寨的三岔路口紮緊口袋，一定要阻擊游擊隊。」

　　事已至此，冉縣長沒有過分追究鎮保安隊丟失武器這件事，他也不好追究。成也蕭何，敗也蕭何。這件事上峰要是真的追查下來，他也脫不了干係，只好長草短草一把挽到，自認倒霉。他想開了，還為那些保安隊員寬慰，好漢不吃眼前虧，幸好沒有去惹惱游擊隊。這個時候能保住人是大事，否則，他從哪裡去派兵？這都是自己種下的苦果，只能自己吃下去。

　　高鎮長也很知趣，見好就收。作為縣長，能做到這麼寬宏大量就很不錯了。他二話沒說，立即集合隊伍去黃家取武器，然後去阻擊游擊隊。

　　郝鄉長對這事很為難。自「國大」競選與林翰墨達成協議後，彼此關係越來越密切。而今二少爺又與珍兒訂了親，關係更不一般，他怎麼能再把自己往火山口子

磁器口風雲

裡推呢？加上街頭巷尾都在談論共產黨的勢力越來越大，他好不容易攀龍附鳳與游擊隊搭上一線，叫他自己去扯斷，那真是哈了哦！他才不幹呢！

珍兒的父親梨右章是游擊隊的中隊長，郝鄉長雖不完全清楚，但察言觀色也略知至少是個頭目。自從攀上這門親事，為安全起見，游擊隊許多集會都在鄉公所進行。當然，他常因此藉故外出，以示迴避。

郝鄉長從內心並不贊成鬧「共產」，他有他的想法：你的逗是你的，我的逗是我的，啷個可能把各人辛辛苦苦攢下的一份家業拿出來「共產」讓大家用呢？各人攢下的錢拿出來別人用，那今後誰還會板起命攢錢？這不是讓社會養懶漢嗎？共產黨是個啥子理論？荒唐！可親情擺在那裡的，「義氣」二字又不得不要。另一方面，在這兵荒馬亂的時期，國共兩黨到底誰勝誰敗，他也期望看一看。

而今，這阻擊游擊隊的事，他是斷斷不能幹的，幹了壞名聲是一個方面，自己的那個二兒子也會扯皮。不幹又怎麼交得了差？在冉縣長那裡是刹不到各的。想來想去，想了個辦法，打算走走過場，帶起鄉丁到門前的田壩子轉轉，朝天放幾槍糊弄糊弄就回來了。

高鎮長卻不同，他雖然也有過一點兒猶豫，但他畢竟是事發當事人，游擊隊提走的是他鎮保安隊的槍，偵緝中隊的隊長金癩子也是死在他的地盤上。

經過一番思考，他帶頭紮起武裝帶，背上槍，拿了子彈，領著三十幾個鎮保安隊員，一路跑步，燈籠火把地直朝三岔口開去。

隊伍開到清水灣突然停了下來，這兒離磁器口只有三華里，是金癩子五姨太居住的地方。高鎮長叫保安副隊長帶十來個人把房屋圍起來，自己領著餘下的人朝屋裡走去。院子不大，是磚木結構的五間廂房，門前有塊空壩，用不高的圍牆與外界隔開。一個保安隊員翻牆過去，從裡邊開了門，然後一齊朝五姨太的臥室走去。

「開門，開門！」一個保安隊員用腳狠狠地踢了踢五姨太的房門，大聲喝道，「再不開門，老子點火把你這房子燒光！」可是，裡面除了窸窸窣窣的聲響，什麼也聽不見。那個保安隊員按捺不住，用槍托砸開房門衝了進去。

「嘻嘻。狗連襠。」所謂狗連襠，就是公狗和母狗正在幹那事兒。保安隊員用電筒朝床上一照，床上的兩人正緊緊地抱在一起只露出腦殼和肩膀，不覺笑出聲來：「你們看，一男一女在床鋪上榨油呢！」

一對男女不好意思地迅速把腦殼縮進被子裡。

「媽的，真他媽像個母狗。」高鎮長冷不丁地說。也難怪，這娘們兒吃得好，耍得好，又沒個職業，成天沒事幹，養得白白胖胖，飽暖思淫慾，只要見到男人，不幹這事，還能幹啥子？加上金癩子已經死了，她無依無靠，總得找個男人求生活，想來也怪可憐。

高鎮長令一個保安隊員用槍尖將床頭櫃那一大堆衣褲挑起來，扔到枕頭上，對著兩人大聲喊：「快起來！」

保安隊員用槍管捅了捅被蓋下蜷曲的一對男女，他們才伸出光光的手桿在頭頂上摸索，胡亂地將那堆東西一樣樣抓進被蓋裡，摀著頭穿起來，好一陣才揭開被蓋羞澀澀地爬起來，站在地上。

「嘻嘻嘻！」「嘻嘻嘻！」

「哈哈哈！」「哈哈哈！」

保安隊員們一陣哄笑，高華中也笑得前仰後合，淚眼婆娑。

註釋

1　俗雜雜：俗氣。

磁器口風雲

第二十六章

　　那對男女被笑得莫名其妙，你看看我，我看看你，好一陣才弄明白，兩人在慌亂中穿錯了衣褲，男人穿著女人的褲子，褲管剛好遮住膝蓋。女人披散著頭髮，穿著男人的長衫，站著還一大截拖在地上。

　　「王大爺，游擊隊鬧得風生水起，你是打甩手不管不顧，瀟灑至極，跑到這裡找娛樂，真會享福！」高鎮長輕蔑地看了那男人一眼，「放著游擊隊你不打，喪失戰機，卻在這裡來圖安逸。」他朝保安隊員們看了一眼，喝道：「給我把這個貽誤黨國的傢伙捆起來，交給冉縣長。至於這嫩泱泱的娘們兒嘛，先給我帶回去，聽候發落！」

　　王大爺就是磁器口鎮上那個給金癩子出屙屎主意、紙上談兵的袍哥舵爺，對於什麼「捆起來交給冉縣長，聽候發落」這一套，他根本不在乎。他有那麼多兄弟，姓冉的又敢拿他怎樣？豬隊副也是他堂口裡的人，有誰惹得起不要臉不要命的豬某人？

　　這些，高鎮長十分清楚。可是王大爺也有他的弱點，他喝腥吃臊，拈花惹草，見了漂亮女人就會不顧一切。這乖賞賞、做愛又很有技巧的五姨太，早就被他盯上了，渴望好久，以前礙於金癩子的淫威，敢想不敢搞，畢竟人家是舞刀弄槍帶隊伍的政府公職人員，手裡有硬貨，自己怎麼整也只是個民間賢達，這就叫「白雲無處不遮樓」。現在金癩子死了，沒有了競爭對手，他接管過來，才搞到第一次，豈能讓你姓高的帶走？

　　「喀！」王大爺乾咳一聲，說，「高鎮長，這五姨太並不是我想要，是冉縣長在電話裡說了的，叫帶去給他，我只不過從中『抽點頭兒』。今天你把她帶走，要是有個意外，冉縣長那兒怕是說不過……」他說到這兒，兩眼看著高華中，不往下說了。

　　媽的，扯大奶子黑小娃兒，老子不信你這個邪！高鎮長這麼想著，正要發作，轉念一想：雞毛蒜皮小事一樁何必跟他一般見識？笑著說：「你這話是當真還是當假？」

　　「我絕不扯謊日白編條，如果豁你，我算是王八蛋，不是爹生娘養的芽兒纇！行了吧？」王大爺一本正經，對天發誓。

「那——」高鎮長猶豫片刻，若有所思，「如果是這樣，這娘們兒我不為難你，還給你繼續保管，不過，你得立個字據，如何？」

立逗立，我不信你還把這東西拿去給那姓冉的雜種縣長不成？王大爺這麼想著，要了紙筆墨硯欣然畫就。然後，還裝模作樣地離得遠一點，端詳了好一會兒。真是樹倒樁不倒，都這個時候了還照樣大言不慚，裝腔作勢。當然他是做給五姨太看的，他想這樣見慣不驚，「凜然鎮定」，底氣十足，讓五姨太寬下心來，感覺從今以後就有了依靠，有個挨幫，從今以後就會孤注一擲、死心塌地地跟了他。

高鎮長見他寫好，拿過來看了看，疊了幾個對折藏在衣服的口袋裡，使了個眼色，保安隊員便七手八腳將王大爺捆了個結實。

高鎮長命令把王大爺和五姨太押在前頭，其餘人員跟在後面，一刻不停地返回磁器口，關上街道兩頭的榨子門，各留兩三個保安隊員守衛，其餘人回鎮公所睡大覺。

高華中有了新想法，不用去三岔口了。

王大爺和五姨太各自被關在一間狹窄的夾壁房子裡，那是鎮公所過去用來關押百姓的土牢。

「咚咚咚！」高鎮長剛洗涮完畢，脫下衣褲拉開被子，還沒來得及睡下，就有人敲門來了。他走出來拉開門一看，是站崗的保安隊員，忙問：「有急事？是啥子情況？」

「豬隊副帶領的幾十個偵緝隊員回來了，在榨子門外吵吵嚷嚷，要不要放他們進來？」保安隊員說完，用徵詢的眼光看著高鎮長。

「他們曉不曉得游擊隊攻破了磁器口？」高鎮長沒正面回答，而是換了話題，穩穩噹噹地問，像是早已胸有成竹，深思熟慮一般。

保安隊員說：「我們都告訴了，起先他們脾氣不小，還大發雷霆，說是大水衝了龍王廟，自家人不識自家人，不該把他們關在外面，說不開門他們逗要衝進來。後來我們把情況講了，說為了安全，他們也逗沒啥子話說，只叫告訴你，他們要進來。」

「那好，」高鎮長說，「放他們進來。」

第二十六章

豬隊副的人馬剛進金癲子的家，高鎮長就跟了進去，拱拱手說：「豬隊副，祝賀你得勝歸來。」接著說：「冉縣長給我的任務是堵截游擊隊，現在游擊隊已被我們趕跑了，鎮子又回到我們手中，加上有你回來防守，我就放心了，不打擾你，我的崗也該撤回來了。」

豬隊副的人馬得勝而歸，本該高興。可是一進金癲子家，目擊所在，這哪裡還是一個家，完完全全一片戰地廢墟，四處狼藉，金癲子的大老婆正張羅著喪事，所有人都哭喪著臉，豬隊副的心涼了半截。

黃家人看到豬隊副都驚慌失措，又小心翼翼，生怕弄出響動挨罵。豬隊副也是這黃家的半個主人啊！現在老爺死了，少爺死了，他姓豬的就是黃家的頂樑柱。姓豬的見高鎮長趕過來說這說那，一時半會兒還沒完沒了，煩在心裡，很不高興，但又不便發作。

高鎮長又說：「還有一件事，我得做個交代。黃隊長生前不是有個五姨太嗎？」說到這裡，他故意停住話頭用眼睛望著豬隊副。

「五姨太啷個了？」豬隊副果然兩眼一亮突然閃出神光，像是吃了西洋參，精氣神一下就上來了。他早就和她有私情，那娘們兒太惹他喜愛了。如果不是因為她是他大恩人黃三蛋的兒媳，早就被他完全霸占了。他曾經想過，如果金癲子同意用十個二十個婆娘換五姨太的話，他豬某人寧願去弄些女人來換。當然這只是幻想，金癲子肯定不幹。他豬某還是有所顧忌，只能與她偷偷摸摸做幾次「露水夫妻」，但這樣的夫妻一直不解渴。

想不到如今金癲子慘遭不測，對他豬某人來說無疑是又喜又悲。喜的是他和五姨太有了更多機會，悲的是許多事他離開了金癲子，自己是蝦子只有四兩力——撐打不開。過去是金癲子出主意，他當打手，算是珠聯璧合配合默契，現在點子、打手都是他一個人的事，單打獨鬥孤掌難鳴。

他一進黃家門還想著心事呢。

此時高鎮長提到五姨太，使他受到了強烈刺激。五姨太啷個回事？會不會也遭到啥子不測？如果有啥子不測，老子恐怕要拚命。豬隊副的心情顯得緊張而焦慮，急切地想知道結果。

高鎮長看出他急切的心思，不再隱瞞，穩穩噹噹地說：「她在我手裡，你看啷個辦？」

「快給我！快給我！馬上給我！」豬隊副提起的心落下來，轉悲為喜，顯出一副迫不及待的猴急樣兒，原本即將到來的一場干戈化為玉帛。

「這……」高鎮長吞吞吐吐說，「這個嘛，這個，恐怕，還是……」他欲言又止，好像是有難言之處。

豬隊副急了，大聲說：「你要啥子？儘管說。要錢？逗開個價！要女人，說個數。老子都滿足你！」只要能得到他朝思暮想的五姨太，他什麼都捨得，什麼都不在乎。

「不是，不是那個意思。」高鎮長說，「我是從別人手裡奪過來的，我怕惹不起。」

「誰？」

「冉縣長。」

「他遠在巴縣，啷個曉得恁個快？」豬隊副有點不信，雖然事情急迫，此時他還算冷靜。

「我也不太相信，不過是王大爺親口說的。」高鎮長說完，從懷裡掏出在清水灣王大爺寫的那張字條遞給豬隊副，還把王大爺與五姨太的醜事說了一遍。

「日他王長久的媽，敢來腺老子的皮！」豬隊副簡直氣炸了肺，在他眼裡哪還有啥子堂口的舵爺！他把那張寫著「我領走五姨太是為了送給冉縣長」的字條雀[1]了一眼，然後幾把撕得粉碎，大聲說：「高鎮長，謝大哥給兄弟縶起，你把人交給我，一切與你無關，有啥子事由我擔當，拜託你了。」說完，給高鎮長甩了個歪子，又拱拱手，還鞠了個躬。

他的心太亂，慌得用什麼禮節來答謝高華中都不曉得了，不知該如何對高華中表達這份感情，不知施個啥子禮才好。反正，把他曉得的禮數都胡亂地施了一通，然後就提出要立即去見五姨太。

高鎮長把豬隊副帶到臨時牢房前，豬隊副拔出手槍，什麼也沒有說，怒氣衝衝地朝王大爺開了兩槍，把他除脫了。然後，一腳踹開牢房門，衝進去一把抱起五姨太就往黃家的臥室走，五姨太的蹬蹬鞋[2]掉了一只在地上他也不管。

第二十六章

　　過足了癮兒，出得房屋來，豬隊副吩咐下人馬上大擺筵席，款待高鎮長和磁器口鎮的保安隊員，還要與高華中鎮長結拜為義弟兄，從此榮辱與共，生死與共，肝膽相照。

　　要知道，在過去他是從來就看不起這群砍腦殼的背時猴兒的，包括眼前這個萬事沒有主見的柿子鎮長，從來都以一副救世主的姿態凌駕於鎮政府之上。

　　豬隊副就是這麼個人物，耍起橫來誰也惹不起，誰要有恩於他，講起義氣，即便賠了老命也不貶眼睛。得到五姨太，圓了多日夢，豬隊副對高鎮長感恩不盡，在向縣衙報告戰況時，電話上三番五次向冉縣長報告要給高鎮長請功，說攻打磁器口的游擊隊是高鎮長帶人趕跑的，還說王大爺有辱政府，有辱堂門，內外勾結，兩面三刀，當面人背面鬼，一方面把游擊隊引進磁器口，一方面又向縣衙門報信，最後還帶人到鎮公所搶劫財物，被他抓回來打死了。

　　冉縣長雖然對王大爺的行為半信半疑，卻也說不出個道道來，但對豬隊副的為人是一清二楚的。

　　豬隊副四肢發達，頭腦簡單，是條忠於黨國的莽漢，冉縣長完全相信他的匯報，從來對他器重有加。

　　第二天，冉縣長電令豬隊副立即帶兵前往石板鄉捉拿郝鄉長，罪名是通共嫌疑，依據是林翰墨的游擊隊攻打磁器口那天他不曾派兵堵截。

　　豬隊副不敢怠慢，雖然心裡捨不得離開五姨太半步，可是命令難違，還是哄著五姨太在家耐心等待，隨即收拾隊伍起程。

　　剛出門，又想到五姨太得來全靠高鎮長恩典，既然要到石板鄉去，不如先到鎮公所拜望一下這個新結識的兄弟，於是叫人備了禮品，先奔磁器口鎮公所。他想的是如果有可能，把這到手的功勞也給高華中分一半。這是他當偵緝隊隊副後首次想到向別人分功，也是首次進鎮公所的門，過去他是從來不願踏進這裡半步的。

　　「嗨呀！啥子風把豬老兄給吹來了！」高鎮長聽說豬隊副一行到來，連忙走出鎮公所到街口迎接，樣子非常熱情。

　　豬隊副笑著說：「有公差上石板鄉，先來高老兄你這裡報個到。」說得非常謙和。

　　「難為你高邁貴腿，體恤下情，真叫我受寵若驚，無地自容，有點擔當不起。」高鎮長把身子放得低低的，更加謙虛地笑著，親親熱熱地拉住豬隊副的手朝屋裡走。

兩人在高鎮長辦公室寒暄一陣，豬隊副提出要高鎮長陪他一道去走一趟石板鄉。

「莫忙莫忙，先吃過午飯再說，現在都快到點了。人是鐵，飯是鋼，一頓不吃餓得慌。閻王都不收餓死鬼。」高鎮長說著，叫李師爺打發人上街多弄些胴胴，燙些酒，招待豬隊副和隨行的十幾個偵緝隊員。

「你還擔心我們不來吃你的飯？」豬隊副笑著說，「只要你願做，我逗高興吃，機會有的是，但今天不行，縣長有交代，要先做事，後吃飯。軍令在肩，不可懈怠。我們先到石板鄉去，回來再放開肚皮，痛痛快快地大吃大喝，來個一醉方休。」

高鎮長奇怪地問：「啥子事恁個急？」

「唉──！」豬隊副長嘆一聲說，「有啥子辦法？如今這事兒誰都不敢怠慢，動不動逗是軍法處置，可不是鬧起好耍的。」他見高鎮長睜大眼睛更加驚奇，忙把嘴湊過來悄聲說：「上面說郝鄉長是共產黨，要捉拿歸案，誰走漏風聲放跑了，是不好交差的！」

「你說郝鄉長是曾林那邊的人？」高鎮長驚得口都合不攏地說，「這話打死我也不信。」

豬隊副說：「本來我也不信，可是冉縣長在電話裡說得清清楚楚，叫他阻止游擊隊他不去，懈怠軍情，貽誤戰機。還有，聽說他們鄉公所常有不三不四的人來往。」

「噢，是這樣？」高鎮長說，「那好吧，你我兄弟的情誼來日方長，回來我再為你接風洗塵好好聊聊，先莫耽誤了你的大事，你先去！」

「我們一起去吧，做個伴，捉個小雞崽崽並不費事，你我兄弟一場，有福同享，也給你記一份功勞！」他認為這就是個動動腿的事，手到擒來，並沒什麼風險。說著，拉起高鎮長就往外走。

高鎮長本不願去，可細細一想又覺不妥，便對豬隊副說：「我先打個電話過去，問郝鄉長在不在。」

豬隊副想：也對，還是高鎮長辦事周到，先探個虛實，免得空跑一趟。「那你打吧。」邊說，邊來到辦公室門口，遠遠地看著高鎮長打電話。

「喂，石板鄉嘛。」高鎮長拿起聽筒說，「我是磁器口高華中，找你們郝鄉長。」

對方回答說：「我逗是。」

第二十六章

「喔，你不是。你們郝鄉長在不在鄉公所？」

對方感到奇怪，明明說清楚了「我逗是」，為啥子還要問「在不在鄉公所」？莫不是高鎮長耳朵有問題？他想了想，一字一頓地回答：「在──鄉──公──所──！」

高鎮長說：「喔，不在鄉公所。那，你們就趕緊派人把郝鄉長找回來，我有事要來找他。」說完，掛上電話，拉著豬隊副的手往外走。他是個細心人，怕走後鎮公所有人再在電話上向郝鄉長透露消息，於是請豬隊副留下兩個偵緝隊員看守這部電話機。

豬隊副起初怕他在電話裡把不住說漏嘴，讓郝鄉長逃走，那樣麻煩就大了。想不到高華中辦事這樣靈醒，不但沒說漏半個字，還叫人提前把郝鄉長找回鄉公所，在哪兒等著他們去抓，以免撲空。難為高鎮長想得那麼周到，還要了兩個偵緝隊員專門把守電話機，看來喝點墨水還是有好處。要在過去他根本就不會這麼想，甚至就不會想，人的心情不一樣，思維的方式也會改變。高鎮長真是對黨國一片忠心。

豬隊副突然想到一個詞叫什麼來著？束──什麼來著？哦，對了，叫束手就擒。這個詞放在郝鄉長身上是比到鴨蛋打箍箍，再合適不過了。哈哈哈哈……等到將那姓郝的雜種捉拿歸案後，一定得在冉縣長那兒給高鎮長請功。他想到死了金癲子得了高華中，他又有了掌舵的人，仍然底氣十足，今後要有事多商量，要合作共事。

豬隊副和高鎮長一行十多人出門就是一陣小跑，幾袋煙工夫就到了石板鄉，一路上高鎮長嘴裡說得最多的就是：「快！要快！兵貴神速。」

迎接他們的，除了那間空曠的鄉長辦公室，什麼也沒有。郝鄉長在電話裡早已聽出了高鎮長的聲音，根據對話加以分析，再結合近日遊擊隊的事，他估計不會有什麼好事。於是跑到後山林子裡藏起來，觀察動靜。

眼見豬隊副和高鎮長帶著十幾個背槍的武裝人員進了鄉公所，他完全明白自己已是大禍臨頭，便順著山坡向中梁山深處逃走。

豬隊副他們在石板鄉還沒坐定，縣駐軍內二警鄒營長從縣城打來電話詢問是否已將郝鄉長捉拿歸案，還說他奉冉縣長之命要進駐磁器口，以便共同搞好鎮上的防衛。當然，縣裡要組織武裝力量對遊擊隊進行反撲的事他一字未提，這事只能在暗中操作。

磁器口風雲

昨晚，雨不知疲憊地下了一夜。

今早起床，雨停了。

涼颼颼的秋風「哐當」一聲，把臨街的木窗門關上了。

坐在辦公桌前的冉縣長像一尊泥塑，毫無心思去理會這些老天捉弄人的把戲。他連人為的災禍都忙不過來，哪有精力研究自然界？！

連日來，華鎣山游擊縱隊的餘孽與中共四川省委接上了關係，重新糾集在一起帶領農民在各地舉行暴動，先後攻下了北碚的柳蔭鎮和江北縣的茨竹場，聽說還要來打巴縣城，弄得警察局所有人都坐臥不安。砂磁游擊支隊打一槍換一個地方，攻下了青木場、磁器口和石井坡渡口，把整個縣都鬧翻了。他這個父母官當得很是揪心，感到危機四伏，不可終日。

冉縣長和縣黨部書記長陳運九，為了方便商量「工作」，已經搬進一個辦公室。他們幾乎天天給上面打電話，要求派兵進剿，平息叛亂。上面卻說已向蔣委員長做了匯報，答覆是國軍部隊在正面戰場遭到解放軍的攻擊都應付不過來，哪有兵力顧及這些散兵游勇的游擊隊！命令各地方武裝要以黨國利益為重，協力同心，全力進剿，各自抱穩各人的「娃兒」，保證轄區安寧，務必將游擊隊儘早根除。

「唉——！」冉縣長長嘆息一聲，心想：眼下百姓揭竿而起，游擊隊四處作亂，國軍又無力抵抗，這「民國」天下還能維持多久？縣城說不定明天就要易主了！縣長大人的交椅還能坐下去嗎？「唉——！」他又長嘆一聲，冷冷地看了看身邊的陳運九。其實，陳運九也心事重重哭喪著臉，在那裡心灰意冷地翻文件，他們的心情誰也不會比誰好多少。

冉縣長打了個寒戰，感到手腳冰涼，渾身發冷，近段時間以來，他一直是這樣，身不由己，太太讓他去看醫生，他卻一直不進醫院的大門。並不是他不想檢查身體，吃藥療養，而是手頭的這些破事沒有一件讓人省心，他哪裡有心思去看醫生嘛！

這幾天他最害怕的就是電話，只要電話鈴一響，準沒好事。不是哪個鄉鎮被游擊隊攻下了，就是哪個鄉長要求增派兵力防備襲擊。

這時，討厭的電話又像餓虎撲食一樣驚叫起來，他看了看陳運九，因為電話離他近。

第二十六章

陳運九也看看他，無可奈何地拿起聽筒，聽了聽，然後說是重慶市警察總署打來的。這肯定不是好事，趕緊把電話交給冉縣長。姓陳的比泥鰍還滑，壞事從來不擔待，做「好人」卻比誰都積極。

根據四川省主席王陵基和重慶行轅公署主任朱紹良的命令，重慶市警察總署署長馬福濤帶領內二警部隊與國民黨正規軍 81 師配合，要共同清剿轄區內的游擊隊。馬署長命令冉縣長親自帶領縣駐軍內二警的部隊和常駐沙磁區的偵緝中隊，還有磁器口以北各鄉鎮的保安隊、鄉丁、保丁數千人，配合國民黨正規軍 81 師所屬 601 團火速圍剿砂磁游擊支隊。看來國民黨是下了決心，這一次要用人海戰術，將這個討厭的林翰墨游擊隊除惡務盡。

冉縣長何嘗不知道林翰墨游擊隊的厲害。偵緝中隊長金癩子和幾個鄉長是怎麼死的，他再清楚不過。只要一提這事，他就毛骨悚然。可是上峰要他帶兵去清剿，他能說二話？在命令面前是以服從為天職的，不出動或者出動慢了，弄不好會像石板鄉郝鄉長一樣，落個「通共」的罪名，到那時，跳進長江也洗不清。此一時，彼一時。在眼下，這種事是誰都不敢沾惹的。出了事，甭管你的臂膀有多硬，兵荒馬亂的時期，誰都不會出頭露面替人消災，吃不了還得自己兜著走。

他硬著頭皮，只好去碰碰運氣。

此時，砂磁游擊支隊所屬三個中隊的人馬，正歡天喜地地在縉雲山聚會。連日來捷報頻傳，特別是老肖那支人馬，仗打得非常漂亮，基本沒有傷亡就拿下了渡口，提到了槍。只是兩個隊員在撤退時沒注意腳下，摔傷擦破了點皮，最多算個輕傷。這次三個中隊的勝利，為營救渣滓洞、白公館的難友積累了豐富的經驗，創造了極為有利的條件。現在進攻渣滓洞、白公館只等上級的指示，一旦上級發出命令，他們就向歌樂山開拔，去策應難友越獄。

透過幾次戰鬥的鍛鍊，林翰墨逐步養成了沉著、冷靜、考慮問題周全的習慣，他已經成長為一名比較優秀的游擊隊指揮員了，老肖也是在有意識地培養他。

遠近百姓大受鼓舞，不少人要求參加游擊隊。石板鄉那些經歷過「國大」競選的年輕人，乾脆跑到游擊隊裡不走了。好在各中隊都有一些多餘的槍支，武裝這些青年綽綽有餘。經過幾次戰鬥的就成老隊員了，老隊員教新隊員操槍戰鬥也不像以前那樣人才短缺，一帶一都綽綽有餘，行軍打仗間隙就能解決問題。游擊隊壯大了隊伍，加強了力量。

磁器口風雲

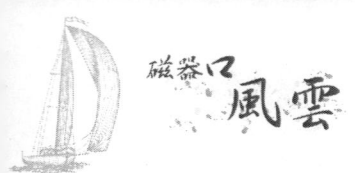

　　老肖根據隊伍高漲的士氣，提出乘勢而上，痛打落水狗，部隊進行短暫整訓後去攻打巴縣縣城。司令員林翰墨和中隊長們都覺得士氣不可泄，要順風而行，乘勢而上，十分贊成政委的意見。

註釋

1　雀：看、瞄。
2　蹬蹬鞋：高跟鞋。

第二十七章

　　幾場戰鬥下來，目標已經非常明確，游擊隊要向城市進軍了。為了做到萬無一失，適應攻堅戰和城市巷戰的需要，隊員們各方面的素質都有待提高。支隊決定對不同成分的隊員進行分組訓練，老肖親自制訂方案。

　　老隊員多幹過綠林、袍哥，靈光，槍法好，戰鬥力強，但思想覺悟不高，自由散漫慣了，紀律性差，這些人分為一組，由老肖對他們進行政治思想教育，加強理論武裝，講清革命道理，啟發階級覺悟，增強人民軍隊的觀念，提高思想素質，解決「為什麼」的問題。

　　新加入游擊隊的隊員多為農民、小手工業者、船工出身，他們的本質比較純樸，思想意識比前者好，有蠻力但不會打仗，比較木訥，有些人連槍都沒摸過，軍事技術一塌糊塗，更談不上過硬。但這些人遵守紀律，服從命令，不講二話。單獨分成另一組，由林翰墨對他們進行軍事訓練，如上槍、下槍、上子彈、進攻、掩護……解決「幹什麼」的問題。

　　兩組人各有側重，進行封閉式訓練，互不干擾，在縉雲山上搞得熱火朝天。

　　游擊隊在山上結棚而居，放出流動巡邏警戒，安排的崗哨更是像模像樣地履行職責，隊伍的訓練也完全是按照人民解放軍的軍事模式，嚴格要求，嚴格管理，這當然是老肖的功勞。

　　這天，磁器口李師爺氣喘吁吁地跑上山來直接進了老肖的窩棚說：「冉縣長從巴縣縣城打來電話，叫預備三百人的伙食和三百人今夜的住宿地點。」問現在應該啷個辦？

　　人的第一感覺有時很準，砂磁支隊的上層人物過去在水門寨時期就認為李師爺不是一般來頭，在極度迷茫的時候去找過他，但他自己一直不認黃，直到這一次緊急情況的出現，水門寨的弟兄們才確認，李師爺真的是地下黨。看來從巴縣縣城打來電話的這個情況的確重要，否則，李師爺是不可能自動「盤紅」的。

　　「噢？」老肖問，「消息可靠？」

　　李師爺肯定地說：「千真萬確。」

磁器口風雲

「敵人是要搶在我們前面動手了！」老肖說著，去找林翰墨。其實，他們早料到會有這一天。公開打出旗號開展游擊戰爭的一個方面就是引火燒身，拖住蔣介石的後腿，配合人民解放軍正面戰場作戰。自然，游擊隊牽扯敵人的兵力越多，效果就越好，這就叫引火燒身。游擊隊這邊的火大了，解放軍那邊的火就小了，進攻的速度就會加快，解放全中國費的時日就短。這就是共產黨員的自我犧牲精神。

老肖與林翰墨進行了簡單商量，問題嚴重，決定立即召開中隊長以上幹部大會。

大家充分討論，群策群力，還收集到許多戰士提出的好主意。有的主張嚴陣以待，在敵人經過的中途埋伏，築好工事，打他個措手不及；有人主張先撤退，養精蓄銳，保存實力，等敵人疲憊不堪時再集中優勢兵力襲擊小股敵人，集小勝為大勝；有的主張智取，先避開敵之鋒芒，再迂迴偷襲敵人；有的提出強攻，拼一個夠本，拼兩個賺一個。這些都是訓練以後，戰士們受到啟發，開動腦筋收到的實際效果。

副司令水中蛟和一中隊長梨右章卻在爭論另一碼事。梨右章說冉縣長打電話是聲東擊西，明明是要到青木鄉，卻故意說是去磁器口，顯然敵人的這次行動是衝著砂磁游擊支隊現在的營地而來的，是故意要讓大家喪失警惕性。水中蛟卻不服氣，他認為那姓冉的有那麼強大的實力，犯不著繞圈子扯謊日白。這不是拿著衣服反著穿，弄起虱子走遠路嗎？何苦喲！

梨右章一向不大和別人爭輸贏，可是這次事情關係到游擊隊生死存亡，性命攸關。他比哪一次都激動，說話的聲音也特別大，似乎不爭個上下高低輸贏絕不罷休。

水中蛟沒有想到這一層意思，而是有另外的想法：想當初你梨右章上天無路，入地無門，在萬般落魄的時候入水門寨，是我大發慈悲收留。後來在袍哥組織裡，我水中蛟是第一個當家的紅五爺，至今也沒人超過這個排位，而你梨右章經過幾次「超拔」才升了個閒五爺。而今建立游擊隊，你只是個中隊長，我水中蛟好歹還是副司令，你姓梨的沒個尊卑長上，竟然敢跟我大聲爭辯，而且一點兒都不給面子，大有得理不饒人的架勢。況且，你娃而今翅膀還沒長硬，倘若有一天職務大起來，還不爬到老子腦殼上拉屎？忘恩負義！水中蛟這麼想著，喉嚨管發哽，心中很不痛快，嗓門也越來越高，甚至拔出腰間短槍，要找梨右章「兌現」。

梨右章也不示弱，同樣抽出腰間的槍，食指緊緊地扣著扳機。這劍拔弩張之勢，眼看就要一觸即發。在場的人都感到不可理喻，十分驚訝，沒人能勸說得了。

第二十七章

林翰墨見這陣勢火了，順手一帶，護開[1]桌子上的茶碗，發出「嘩啦」的聲響，也沒能制止他倆的高音。

他大聲吼道：「綠林脾氣，成何體統！都給我把傢伙放下！」把腰間的雙槍往桌子上用力一拍：「如今我們是共產黨的游擊隊，不是散眼子，不是綠林好漢！哪能由著你們的性子想幹啥子幹啥子。把你們那一套都給我收起來！」這一下鎮住了。

水中蛟和梨右章見林翰墨真的發火，都乖乖地放下槍，誰也沒吱聲，但都把臉轉到一邊，顯然心裡還互不服氣。

會議照常進行。

老肖綜合了各種意見，還對每種意見的優劣進行了分析和點評，吸取了一些意見並進行了補充完善。最後說這場戰鬥由司令員指揮，請司令員佈置任務。

林翰墨發出戰鬥命令。他認為，敵人從巴縣縣城去磁器口，最好的伏擊地點是雙松子埡口；如果敵人去青木鄉，最好的伏擊地點是羅漢埡口。現在情況不明，時間又緊，只能採取一個比較穩妥的辦法——到一個這兩條路必經的地方。

他命令各中隊立即集合，把游擊隊員帶到磁器口以南的含谷灣一帶集結待命。因為甭管去磁器口還是青木鄉，含谷灣都是必由之路，都必須先經過金鳳河木橋。同時命令由梨右章帶領的一中隊派出小股力量提前出發，越過含谷灣前面的金鳳河，隱蔽在附近竹林裡，待冉縣長的人馬過河後，迅速撤掉河上橋面的木板，使其沒有退路，這叫關門打狗戰術，使國民黨官兵死無葬身之地，然後與大部隊會合。這是個萬無一失的良策。

當然，雞腳神必須立即出發，以最快的速度到磁器口以東的巴縣來路上的三岔口偵察吊線兒，看官兵到底是到磁器口還是到青木鄉，然後迅速返回含谷灣會合，大部隊在那裡做短暫停留，核實情況，再做打算。

老肖講了些鼓勁兒的話和行軍打仗中需要注意的事項，要求各中隊長回去傳達到每一個隊員。

游擊隊很快整隊完畢，有的背著步槍，有的背著衝鋒槍，還有一個大漢兒扛著那挺從偵緝隊繳獲的機槍，走在梨右章的旁邊，因為他以前打過重機槍，他清楚機槍在關鍵時候的作用。

游擊隊員一個個精神抖擻，很是威武。

磁器口風雲

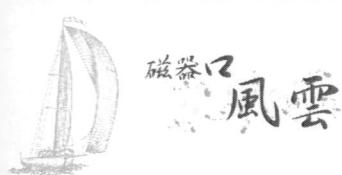

聽說要與反動派打仗，縉雲山地區又有一些年輕人要參加游擊隊。槍支不夠，新隊員只好拿著梭鏢和斧頭跟在後面。幾百人的隊伍，浩浩蕩蕩在樹林裡站了黑壓壓一大片，這麼大的一支隊伍大白天行軍，是相當困難的。即便是夜間行軍，也必須分成若干小股，才能躲過沿途的保安隊員、鄉丁、保丁和四處轉悠的偵緝隊。

情況緊急，林翰墨決定，游擊隊以小隊為單位，數路並進，沿平常行人稀少的山樑、深溝、林間羊腸小道走，小隊以下怎麼分由小隊長安排。總之，不管採用什麼方法，不管你怎麼走，最終在規定的時間趕到含谷灣密林集結就行。隊員們表示一定要克服困難，按要求及時趕到，他們的戰鬥熱情非常高。

這樣的情況在游擊隊成立以前是不敢想像的，水中蛟從中看到了思想政治工作的感召力和軍事訓練的凝聚力，他不得不佩服老肖的能耐。

此時，冉縣長帶領的人馬已從縣城出發。鬆散的隊伍，一共有三乘滑竿。前面是縣駐軍內二警的一個連，鄒營長親自督戰，坐著滑竿，走在隊伍的中間。後面是偵緝隊，金癩子死後，由豬隊副代理隊長，他也坐了一乘滑竿，走在偵緝隊伍的前面，跟在冉縣長的屁股後面。

冉縣長坐在滑竿上，瞇著眼，不時問部下到了啥子地方。他最擔心的是過雙松子埡口和羅漢埡口，這兩個地方都很險要。多年來，這一帶一直在發生搶案。自從鬧游擊以來，這裡又常有游擊隊出沒。要去磁器口圍剿游擊隊，必過雙松子埡口，這地方太適合打阻擊戰了，他的部隊要是在這裡中埋伏，那損失就不一般。去青木鄉必過羅漢埡口，這也是一個易守難攻的地方。相對來講，羅漢埡口的地勢要較為平緩一些，比雙松子埡口開闊一些，容易過，但也是要小心的，不得疏忽大意，也不敢疏忽大意，弄不好就會有大的損失。滑竿悠上悠下，他坐在上面閉眼想著，只要不是在這兩個地方與游擊隊相遇，他就有百分百的勝算。

他慶幸自己最終想出了一個聲東擊西的計謀。當然，選擇的行進路線是經羅漢埡口去青木鄉，這就可以繞過雙松子埡口。

他要以青木鄉為據點去端砂磁游擊支隊的老巢，把游擊隊趕出巴縣去。由於事前放出了煙幕，他猜想游擊隊可能已經去雙松子埡口了，他的隊伍只要過了含谷灣，不管你游擊隊是否知道意圖都無關緊要。反正從含谷灣到青木鄉比從雙松子埡口到青木鄉要近不少，如果游擊隊沿途派人偵察，即便以最快的速度回去報信，再從雙松子埡口撤出來，來回幾經折返耽誤的時間，就是神行太保「飛毛腿」也沒有那麼

第二十七章

大的本事能在他們之前趕到羅漢埡口去阻止他的部隊了。況且,他還有許多防禦措施。

時間一分一秒地向前推動,雙方的隊伍都按照各自的路線不停地向既定目標開進。

游擊隊員們果然說到做到,在規定時間之內悄無聲息地陸續來到含谷灣,在草叢裡、樹丫上、乾水溝中坐著或躺著,利用這戰前的一點時間,養精蓄銳,靜靜地等候命令。

珍兒也來了,她緊緊地跟在林翰墨身邊,接替腳神哥哥的保衛工作。她不像以前那麼愛說愛笑了,只是喜歡思考問題,或許她開始成熟了,知道做事要拿捏分寸。此時,她正趴在齊腰深的茅草叢中,兩隻手撐在地上,雙眼緊緊地盯著山下那條來路,想著腳神哥哥一個人去跟蹤敵人會不會被敵人抓住,會不會遇上危險再也回不來,再也見不到了。

雖然她已和郝家訂了親,可心裡不知為啥總忘不了腳神哥哥。又過了一會兒,她實在不放心,從地上爬起來,鑽出草叢,要去望一望腳神哥哥是否回來了。身旁的林翰墨一把將她按倒,輕聲說:「莫動!」

其實,林翰墨比珍兒更焦急。在下達命令以後他就想:怎麼多人趕路,萬一哪一個被當地保安隊員或鄉丁發現,少不了一場戰鬥,延誤了時間,還會暴露戰鬥意圖,不但趕不上正事,還會引來更多的敵人。現在好了,各隊進行了清點,一個不少,都準時趕到了,但人多目標大,這個懶彎彎也不是久留之地,萬一暴露,麻煩不小。

他思來想去,對他孤注一擲的戰略決策,還是有些不放心,打算把游擊隊分成兩股,一股向東,去羅漢埡口,一股朝西,去雙松子埡口。那樣的話,即便不能全勝,總比錯過機會強。同時,去金鳳河的小股游擊隊按理也該早已到達,要是他們與敵人遭遇,光憑他們去同大隊敵人作戰,也是肉包子打狗,有去無回。

他悄悄同肖政委交換了意見,把自己的擔心和應急想法和盤托出。

肖政委不同意把部隊分散,理由是,那樣沒有勝利的把握。肖政委從游擊隊的實際情況出發,他認為要對付眼前強大的敵人只能集中兵力打人海戰。

正在這時,一個人從山下的林子走上來。

磁器口風雲

　　珍兒眼尖，輕聲拍了一下巴掌：「看，來了！」話音剛落，雞腳神像一只飛鷹，一晃就到了跟前，一下子癱倒在路旁直喘息。

　　林翰墨一個箭步跨過去，只聽雞腳神急迫地說：「快！羅漢堖口……」又繼續喘息著，他為了搶在時間的前面，全力以赴，一路狂奔，實在是太疲勞了，累得倒下就想睡。

　　羅漢堖口處在群山環抱之中，被從北向南大小不等的兩個橢圓形大平臺連在一起，有兩三里長。從山頂往下看，兩個大平臺近乎人樣，南北是延伸的大路，東西是延伸的小路，人們便稱之為羅漢堖口。

　　堖口的東西兩邊各有一條橫貫南北的道路，被密密麻麻的樹木蓋得幾乎看不見天，大白天也常常忽閃著貓頭鷹的眼睛，樹林陰沉得很。

　　林翰墨對這一帶地形比較熟悉，他命令部隊立即出發，按照事前研究好的作戰計劃，由梨右章帶領一中隊守住東邊那條路，汪陵江帶領二中隊守住西邊的道路，三中隊隊長大老黑在青木場戰鬥後從張家箭樓失蹤，只好由副隊長陳老二帶隊負責扎口子。指揮部設在南山口靠東邊的半山腰，林翰墨、老肖和水中蛟帶領一個警衛小隊駐紮在那裡。

　　游擊隊剛剛進入陣地，靠東邊那條路上就出現了七八個偵緝隊員，手裡端著槍，縮頭縮腦地由南向北前進。不多時，西邊那條路上也出現了七八個偵緝隊員。埋伏在路旁的游擊隊員緊握著槍，有的還緊緊抓住槍栓，靜靜地等待指揮部發出衝鋒的命令。

　　林翰墨坐在一棵大樹的枝丫上，不時用手撥開擋住視線的樹葉，仔細觀察路上的動靜。只見幾個偵緝隊員東張張，西望望，走一陣，又停下來，有時還側著耳聽，慢騰騰地一直朝北走著。這些人走了好久，後面的林子裡仍然鴉雀無聲，不見大隊人馬跟上。

　　「媽的！老子上當了。那姓冉的老狐狸聲西擊東，弄他媽幾個小雜種來扯住我們的腳後跟。我早說過，他們是去磁器口，青木鄉沒吃沒喝他們哪個會看得上？大部隊肯定是往雙松子堖口去了！」水中蛟輕聲對老肖說，他還在為與梨右章之間的爭論耿耿於懷。

　　老肖說：「冷靜點，注意隱蔽，再看一看。」

第二十七章

水中蛟卻顧不得這些，悄悄爬上林翰墨的那棵樹。

林翰墨心裡也著急，對於雞腳神的辦事能力，他從來都是很放心的，可這一次卻讓他在心裡綰了個疙瘩。一個時辰都快過去了，前面的敵情毫無變化。難道是雞腳神在山下見到小股偵緝隊員朝這邊走，他逗轉來了？他到底是不是親眼看見了那姓冉的狗官？難道只是問了幾個路人？或者那姓冉的帶著大隊人馬朝這邊走了一段又折回去了？事情到底是個啥子情況？他都無從知曉。林翰墨想下去找雞腳神問個究竟，這時才想起已將他留在含谷灣那邊密林裡休息了，由珍兒照顧他。

眼前偵緝隊的幾個人已經走出第一個槽灣，又走進了第二個槽灣，行動還是那麼不緊不慢。

水中蛟耐不住了，拍拍林翰墨的肩膀，輕聲說：「快下令幹掉這幾個傢伙，免得雞飛蛋打，慢了撲空，我們一個都撈不著！」

林翰墨回過頭來，橫了他一眼，輕聲說：「你也是，不怕腥臭！幾個麻花魚都看得起。」

水中蛟不服氣地說：「總比空手回家強！」都是游擊隊員了，他還是「賊不空手」的那些論調。

「你啷個曉得會空手回家？」林翰墨反駁道，「假若那姓冉的狗官耍了滑頭，等第一批人走出埡口以後第二批人才過呢？」

「那你始終也消滅不了他幾個人！」

「我逗專打姓冉的！」林翰墨覺得水中蛟最近有些犯急躁的毛病，有意給他潑點冷水，讓他冷靜醒悟。

林翰墨的推測不全對，但也並不錯。冉縣長確實已經朝這邊來了。姓冉的老奸巨猾，怕游擊隊在埡口設伏，遲遲不肯踏上埡口的路。他對鄒營長說：「這裡山勢複雜，地形險要，我們帶的人又不多，如果游擊隊事前有埋伏，恐怕我們走不出去。不如你和豬隊副帶著弟兄們先走一步，我到那邊去打個電話，叫石板鄉和磁器口多派些人來接應。」郝鄉長「擅離職守」後，石板鄉已換了新鄉長。

鄒營長明知姓冉的在耍滑頭，分明是想開溜，故意找藉口。

磁器口風雲

「從巴縣出發時還是他親口佈置的。啷個此時竟會忘得一乾二淨？要多派些人來接應，還要親自去打啥子雞巴電話。分明是……」他本想把這話挑明，可又不敢。自己的命運就握在人家手心裡，他是他的頂頭上司，能頂撞嗎？他笑嘻嘻地說：「縣長大人，請您放心，出發前已派出專人送信去了，想必現在已經攏了。這裡嘛，我想不能大意失荊州，是不是把豬隊副的人派點兒去探個虛實，大隊再向前進。」他見豬隊副圓瞪著眼，樣子很不高興，忙說：「當然，這回打前站嘛，應該由我們駐軍的人來承擔囉！」

豬隊副見他這麼一說，也就沒再作聲。心想：老子派一二十個人探路算個毬，去逗去。於是二話沒說，派出兩股偵緝隊員出發了。

沒過多久，去埡口東西兩邊探路的偵緝隊員回來了，說沿途都仔細查看過，沒有發現任何可疑跡象。不光是沒看到游擊隊，連平時那些攔路搶劫的棒老二也不知到哪個卡卡角角去了，沒見影子。

看來真的是萬無一失。冉縣長聽過匯報，得意於自己的判斷和精心的安排，立即命令全體出發。

鄒營長說話算話，坐著滑竿走在隊伍最前面開路，內二警的人馬緊隨其後，浩浩蕩蕩開進了羅漢埡口平臺。走了好大一段路，沒見任何異樣，冉縣長這才和豬隊副坐著滑竿一前一後地往埡口裡走。

儘管如此，冉縣長還是有些不放心，不時回過頭來，看看後面尾隨的隊伍。直到最後一個偵緝隊員進了埡口平臺，他心中的一塊石頭才算落地，他伸直腰桿，開始欣賞周圍的美景。

「啪！啪啪！啪！」林翰墨手裡的雙槍打響了。

陳老二率先帶著三中隊的隊員從兩邊山上衝下去，齊齊地堵住敵人的退路。一中隊梨右章和二中隊汪陵江也各自帶著隊員從兩邊山上殺出來。行進在路上的官兵還沒弄清怎麼回事，已有好些個倒在血泊中。走在前面的鄒營長立即命令身邊的司號員吹起衝鋒號，占領制高點。

「嘟」司號員剛轉過身子，從腰間取下軍號，還沒吹完衝鋒號的第一個音節，已被梨右章一槍打倒在地。緊接著，梨右章指揮機槍，密密麻麻的子彈飛向鄒營長的滑竿。

第二十七章

「啪！」一顆子彈打中前面那個抬滑竿的，他踉蹌幾步，倒在地上。坐在滑竿上的鄒營長被拋了下來。他一翻身撲在地上，一群部下趕緊圍過去把他救起，然後一陣風似的朝斜坡上衝。

水中蛟把鄒營長看得真切，把準了他想溜。水中蛟想：我還巴不得你小子劃單線，那才好收拾呢！你只要敢離開部隊，死期逗到了。他瞅準機會，帶著幾個游擊隊員向鄒營長的側面跑去。

駐軍的士兵把鄒營長簇擁在中間，虛張聲勢，吵吵嚷嚷。一方面士兵為了壯膽，另一方面也是做給營長看，他們是在拚命護著他朝前衝。鄒營長這半天已回過神來，舉著手槍，腦殼車來車去，眼睛注視著不同的方向，聲嘶力竭地高喊：「衝，衝，衝出去有賞！」

水中蛟和幾名游擊隊員在離鄒營長左側幾百米的地方停下，進入一片小樹林埋伏，他告訴隊員們千萬千萬不要輕舉妄動，要以逸待勞，守株待兔，力爭一次見效。

鄒營長不愧是老兵油子，帶著部下跑「S」形，一會兒向左，一會兒向右，這樣一來，讓想消滅他的人無法瞄準。衝鋒雖然慢點，但比較安全。

水中蛟這時表現出了少有的耐心，他反覆招呼隊員一定要沉住氣，等待時機，不可擅自出擊，一定要待鄒營長「衝」近了，喊打才打。他知道帶來的這幾個人都是老隊員，老隊員不怕死，立功心切，好表現，有些個人英雄主義，所以，要提前打招呼。水中蛟這次是安起心要讓鄒營長進他設下的圈套，他要把圈套做成鐵桶一般，只要姓鄒的進去就別想出，要讓他見閻王。他不能再放過這個不可多得的機會，他輸不起這個面子。

簇擁著鄒營長的人近了，越來越近了。士兵卻少了許多，有些士兵已經跟不上趟，掉在後面直喘粗氣。那些人不像在打仗，倒像是下重力經不住累了，需要歇氣恢復元氣。鄒營長周圍的幾個士兵抱著的都是衝鋒槍。

「打！」水中蛟一聲令下，游擊隊員衝出小樹林與駐軍接上了火，幾個駐軍士兵應聲倒下。駐軍的火力不弱，衝鋒槍吐出的火苗不是過年過節的夜景，衝在前面的兩名游擊隊員，倒在了血泊中。

鄒營長見前面有人堵住，知道事情不妙，拔腿就向山下跑。水中蛟哪容得煮熟了的兔子再撒開腳丫子，撿起一支衝鋒槍，邁過其他士兵，幾個箭步，追了上去。

鄒營長突然跌進一個溝坎裡，以溝沿為掩護，向水中蛟還擊，子彈在水中蛟身邊亂飛。

水中蛟趕緊臥倒，手裡的衝鋒槍一個點射，壓住鄒營長的手槍火力。雙方僵持了幾分鐘，鄒營長避開正面，突然幾個翻滾，從溝坎一側滾了出去。

水中蛟一看，鄒營長左側百米左右的地方是一片能夠掩身的亂石林，如果這小子鑽進亂石林有了屏障掩護，問題就嚴重了。他也沒多想，身體一躍而起，向著亂石林猛衝過去，藏在一坨大石頭的後面。這一下，他搶到了一個狙擊的好位置。

鄒營長一直向山下翻滾著，幾十秒後，他翻滾了大概10多米，猛然直起身向亂石林水中蛟隱藏的方向跑去。離水中蛟只有20多米了，水中蛟從石後站出，挺直身子，一陣衝鋒槍掃射，毫無防備的鄒營長站著抖了抖，曲了幾個彎，倒下，身上穿了十幾個窟窿。

水中蛟上前翻了翻鄒營長的屍體，用手在鄒營長鼻前試了試，確實已經掛了。他把鄒營長的手槍插進腰間，快速地舉了舉雙手，抑制不住內心的激動，這是他有生以來，最得意最過癮的一次。

其他地方的戰鬥仍在繼續。

埡口南邊的戰鬥更為激烈。

冉縣長聽到槍響後，從滑竿上翻身下地，立即命令豬隊副組織人員突圍拚殺出去。上百號偵緝隊員把他圍在核心，像蜜蜂朝王一樣，東一轉西一轉，他身邊雖然人很多，可無論怎麼衝，總是出不去。兩名機槍手抱著機槍，分別朝兩邊斜坡上衝，企圖占領制高點。

「啪」守在西邊的游擊隊員，不知是誰用衝鋒槍打了個點射，把那抱著機槍的偵緝隊員放平在地上，另一個機槍手急忙向東邊衝。半坡上，游擊隊指揮部的前沿陣地傳出了機槍響聲，偵緝隊的機槍手又隨之倒下，梨右章把機槍調到了恰到好處的位置，讓手裡的機槍發揮了最大的作用。

向來以亡命著稱的豬隊副見部下如此無能，氣得直咬牙，命令兩個偵緝隊員架著冉縣長跟在他的身子後面：「日他媽！」他抓起一挺輕機槍，發瘋似的猛烈掃射，向著一條南北走向的水溝衝去。

「啪」一顆子彈打掉了豬隊副的半個耳朵,鮮血從臉上流到肩膀,他毫不理會,瞪著豬卵子眼睛,殺氣騰騰,繼續向前衝。

註釋

1　護開:推掉。

第二十八章

　　為了避免游擊隊傷亡過大，林翰墨發出通知，就地掩護射擊，沒有命令不許衝鋒，堅守陣地居高臨下儘量消耗敵人體力，待敵人靠近了再打。

　　這樣僵持了一個多時辰，雖然偵緝隊傷亡慘重，豬隊副還是拚死保護冉縣長衝出了重圍。

　　戰鬥結束，游擊隊大獲全勝，繳獲槍支一百多，俘獲幾十人，縣駐軍內二警鄒營長被打死，為了減輕「包袱」，被俘虜的人當場釋放。游擊隊也有一些死亡和重傷。總的來看，敵方的傷亡大大超過游擊隊，算是砂磁游擊支隊成立以來最大的一次阻擊戰，並且是拉開隊伍全方位投入戰鬥的第一次，獲得了許多經驗，大獲全勝。

　　大家興高采烈地回到水門寨，打牙祭，喝酒慶賀，研究新戰術。

　　冉縣長死裡逃生，決意報仇雪恨，糾集了上千人的武裝，要向游擊隊發起全面進攻。

　　羅漢埡口一戰，冉縣長在豬隊副拚死保護下撿回了一條老命，受到的驚駭也不輕。那天，可憐他那褲襠，猶如下了場間歇雨，前一輪沒幹，後一輪又來，一直濕漉漉的，帶著濃濃的尿腥臭。回到家裡，因為又驚又累，人形都脫了，成天悶悶不樂，茶飯不香，每天拉著臉低頭沉思的時間占了一半以上，甚至給人一種「冉縣長木了」「冉縣長遭黑哈了」的感覺。

　　他不明白游擊隊的消息為啥子那樣準確，他親自帶兵進山圍剿的事，根本沒有多少人知道，行軍的路線只有縣駐軍內二警和偵緝隊的頭頭兒清楚。這涉及那天他們各自的小命，他們是無論如何也不會泄漏出去的。

　　他詳細回憶了這次行動的每一個細節，石板鄉、磁器口兩個鄉鎮的頭頭兒，同時都接到了縣長秘書從巴縣打去的電話，叫分別準備三百人的食宿。難道游擊隊是根據這個消息前來阻擊的？那麼，他們倆誰是奸細？石板鄉原是郝鄉長，自從鄉政府被水門寨智新社占過之後，他怕被追究責任，一直逃跑在外。新任鄉長是偵緝隊的一個小隊長，看來不大可能是奸細。唯一的嫌疑只有一個，那就是磁器口的鎮長高華中。雖然他在冉縣長面前一直都低三下四、點頭哈腰比較「溫順」，但冉縣長是個很講原則的人，他決定要追查。

磁器口風雲

　　上次石板鄉郝鄉長未被緝獲，從哪個方面看都可以懷疑是高鎮長走漏了消息，可是豬隊副拍著胸膛給他負硬責擔保，說是他倆一直在一起，高鎮長沒有絲毫泄密之處。羅漢堙口之戰要說是高鎮長走漏消息，證據也是一點兒都沒有，僅僅憑猜疑而已。還有那次智新社提走磁器口鎮保安隊的槍，是他冉縣長之前叫走高華中的。這事怎麼就這麼巧？高華中一走，鎮上就出大事，要是這件事上峰追查起來，他冉縣長還不好搪塞。他不由得搖搖頭，想著自己最近運氣太背，怎麼才有一個十全十美的辦法？

　　在這兵荒馬亂，正是黨國用人的關鍵時刻，凡事不能不多長個心眼兒，但無中生有、草木皆兵，去懷疑一個忠心耿耿的人，也是蔣委員長忌諱的，是對黨國的事業不利的。加上高華中雖然是陳運九推薦啟用的人，但他在冉縣長面前也是搖頭擺尾非常聽話，屢試不爽。如果就這樣憑空撤掉高華中的鎮長職務，不光是豬隊副，恐怕連縣黨部書記長陳運九都不會答應，沒準其他一些鄉鎮長還會撂挑子。當然，要是通匪的證據確鑿，就是殺了高華中，也沒人敢站出來吱聲。

　　冉縣長經過反覆思考，決定聯合601團方團長演一出精彩的雙簧。

　　方團長的部隊是從前線拉回來的國民黨正規軍，奉命開進重慶，他們當前的主要任務是清剿重慶周邊璧山、江津、巴縣、北碚、合川等地的游擊隊。重慶行轅有交代，所到之處，只要是為清剿之事當地各級政府必須聽從調遣，通力協助，全心配合，一旦發現有政府官員不配合，離心離德，必須嚴肅查處。

　　冉縣長與方團長配合得很默契，方團長甚為滿意，對巴縣有好感。當冉縣長把想法告訴他時，方團長咧開大嘴說：「支持，你整治個思路，我們就聯起手幹。」他們合謀在磁器口召開一個周邊鎮鄉剿共大會，傳達國民政府的指示精神，佈置下階段剿共任務。

　　凡是收到通知的鄉、鎮長，必須按時到會，無論是巴縣的，還是璧山、江津、北碚、合川的，都是如此，會議的吃喝拉撒後勤方面的一應保障由高華中承擔。

　　「凡是參加共產黨、游擊隊的，殺！通共的，殺！接受共產黨錢物的，殺！對共產黨知情不報的，殺！窩藏不交的，殺！」方團長殺氣騰騰宣讀了剿共條例，又一連講了好多個該殺的條款，講得鄉鎮長們心灰意冷，毛骨悚然，高華中卻坐在那裡一聲不吭，靜靜地聽著還做了筆記。

第二十八章

　　方團長轉而聲淚俱下、情緒激動地哽噎著：「如今全國的共黨猖獗，黨國命在旦夕。匪首林翰墨聚眾造反，給黨國基業雪上加霜。改智新社袍哥組織為共黨砂磁游擊支隊，還與秦巴山區的曾林串通一氣，今天打東，明天打西，鬧得雞犬不寧。我們在座各位，吃的是黨國俸祿，穿的是黨國綢紗，辦的是黨國差事，望眾位體恤基業，一定要精誠團結，齊心協力，肝膽相照，一致對共，剷除異黨，不得有絲毫含糊，即便馬革裹屍，也萬不可與共黨串通一氣，表裡逕庭，背叛黨國！」

　　講到此，他發瘋似的號叫起來：「但是，有的人，我看就不然。」他雙眼緊盯著高華中吼：「高華中，哎！你這個高鎮長呀！

　　你這個混帳東西！石板、青木兩鄉的游擊隊鬧得這般厲害，你裝聾作啞。我剛剛踏上巴縣這塊地皮，材料就收了一大堆。你在這兒當鎮長，當真不曉得林翰墨的那些事？你騙鬼！我絕不相信！」他用一根指頭指著高華中繼續罵道：「找匪，上哪兒去找？我看你就是匪！殺，殺哪個？我看就應該從你腦殼上開刀。你如果像那姓郝的龜兒子一樣跑了，老子把你全家殺光！」他這裡說的姓郝的，指的就是石板鄉郝鄉長，珍兒的公公。

　　方團長罵完，在一旁察言觀色的冉縣長連忙站起來對高華中說：「高鎮長，方團長軍人出身，向來是袖籠子裡面耍大刀，直來直去，剛才罵你的那些話，是氣急而發，其實是提醒大家。你千萬不要在意，以後鎮裡的工作還要繼續搞好。你這個人我是很清楚的，一副書生氣，叫你當匪、通匪、窩匪，恐怕你也沒這個膽量。」他看了看高華中，又說：「不過，磁器口環境惡劣，你被惡勢力包圍，有點怕匪。這個『怕』字你接不接受？」

　　冉縣長說完，緊緊盯住高華中，只見高華中平靜地微笑著勉強點了點頭。當然，他點頭的含意是什麼？他心裡到底在想什麼？恐怕只有他自己知道，其他任何人誰也不知道。

　　高華中真是個怪人，有時顯得清醒，有時好像又糊裡糊塗，一般人對他碼不實在，只有冉縣長這樣的官員才敢說「瞭解他」。本來在會上挨了方團長的罵，冉縣長出來解圍，給了他臺階，他就坡而下，事情就算了結了，過去的不愉快應該一筆勾銷，蓋在頭上的烏雲也算盡數散去，可是他與其他人的想法不一樣。

　　那次會議之後，冉縣長請他去巴縣閒聊，東拉西扯半天入不了主題，這顯然是醉翁之意不在酒。

磁器口風雲

高華中全然不去理會，他書生氣十足，似乎已經理解了上次會議的全部內容，大著膽子對冉縣長說：「上次在會上聽縣長和方團長講的話，真是痛切時弊，觸目驚心，讓人聲淚俱下，聽起來真是過癮。黨國到了今天，還能見到你們這樣赤膽忠心的人，真不容易！你說哭嗎？我也哭過幾回呢。說實話，我死兒子都沒流過淚，但為了黨國，我還是哭過好幾回。」他見一旁的方團長也聽入了神，又說：「唉！哭又有啥子用？貪汙腐敗，覆水難收，殘害百姓，民心喪盡。一個好端端的黨國遭那些混帳東西搞得如此糟糕透頂，真令人痛心疾首。人家共匪為啥子有百姓擁護，想必是有些好的政策、方法、措施。我們為啥子不能學學人家那些好的東西？」

他不管冉縣長和方團長是啥子臉色，呷了口茶，又說：「這次我從磁器口上巴縣，沿途看到很多標語，條條是殺。殺能解決中國的問題嗎？從 1927 年以來，殺了這麼多年，共黨越殺越興旺，越殺老百姓越倒向共黨。孟子曰：『不嗜殺人者能一之。』」

方團長在一旁聽得不耐煩了，在心中暗暗罵道：「他媽的，真他媽是個書呆子，當前黨國這麼大的剿匪聲勢，他就真的一點兒也看不懂？」

冉縣長默不作聲，心中打著鬼算盤，他認真地聽清楚每一句話，要思索出高華中到底是一個什麼樣的人。

高華中繼續說：「今天你可以把別人一家殺完，難道就不怕將來別人把你一家殺完？」他提出了一個既辯證又現實的問題，今天的強者可能就是明天的弱者，世界上的萬物都是互相轉化的。

冉縣長和方團長大為震驚，相互對看了一眼，心照不宣。

高華中接著說：「殺殺殺，殺哪一個？還殺共產黨嗎？人家把袍哥都拉過去了，到處都是他們的眼線，聽說組織機構又嚴密得很，你殺得到嗎？殺綠林好漢？你都曉得跑，綠林好漢不是媽生娘養的，他們不曉得跑嗎？殺去殺來，還是只有殺一些老百姓！其實老百姓也有辦法，他們曉得避而遠之，惹不起還躲不起嗎？試問哪個黨派、政府、軍隊離得開老百姓？離開了老百姓，看他往哪裡擱？光是吃住行就解決不了，寸步難行，一事無成，像魚離開水一樣，死路一條。」

方團長聽著，聽著，覺得這些話很有道理，但不受聽，不對勁兒，也不應該在這種場合說出來，這都是他媽些純理論，是重慶那些大學教授鼓噪的話語，他要出面制止了。

第二十八章

冉縣長卻搶在了方團長之前，突然冒出一句：「高鎮長，我們抓到一個名叫吳聾子的共產黨，不知你認不認識？」

方團長不解其意，愣頭愣腦地看著冉縣長。

高華中心裡一驚，忙問：「哪個吳聾子？」

「當然是你們磁器口街上的那個嘍。」

高華中想了想說：「喔，磁器口藥鋪的小跑堂，我當然認識，那人多勤快，平時也願意幫助人，據說還是個有名的孝子。」

冉縣長臉上掛著陰險的微笑，說：「那就好，既是熟人，又歸你管轄，就勞你來審問一下，好不好？」

高華中心裡又一驚，但仍然硬著頭皮立即答應：「那好！交給我吧！」

其實，吳聾子被捕的事雖然沒有經過磁器口政府，高華中又何嘗不知道？吳聾子是在回老家羅漢埫口看望母親時，招留林翰墨的游擊隊被人告發的，據說被捕後他已交代了四五十個共產黨。

高華中正要證實這個傳聞的真偽，審問自然是個好機會。具體怎麼審，他心中還沒數。吳聾子實際就是李家藥鋪的一個小夥計，平時裝聾作啞，給人的印像是個比較木訥憨厚的人。這裡頭有理不清又剪不斷的複雜關係。高華中覺得，此事就像大冷天手裡握著個正在燃燒的紅炭圓，扔又扔不脫，捏也捏不住。

吳聾子被人押上來，坐在圓木椅子上，雖然沒有捆綁，可是從被撕破的衣服中露出的又紅又腫的肉體，特別是兩只已經發綠的手臂，可以看出他是受了重刑的。儘管如此，吳聾子卻氣宇軒昂，精神抖擻，一副神仙不倒威的樣子，眼睛亮瓦瓦的，只是把頭側在一邊，並不看他高華中。

高華中全身顫抖了一下，他不知道吳聾子此時是不是真的已經叛變。就那麼一瞬的懷疑，他定住神，收回了思路，壓制住自己的情緒，根本不往下想。他很快恢復了平靜，大踏步走過去，大聲問：「吳聾子，你認識我嗎？」

吳聾子輕輕地側了側頭，從那熟悉的聲音中完全可以斷定站在面前的就是高鎮長。可他卻斜著眼睛瞟了好半天，說：「你是哪個？我不認識你。」吳聾子的聲音都變了，變得粗糙沙啞，是他裝的還是被折磨的，高華中不得而知。

磁器口風雲

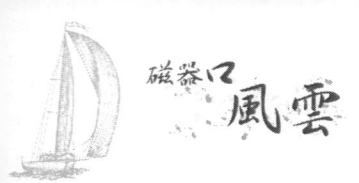

「啷個說假話，你連我都不認識？」高華中似乎很驚奇，又說，「本鄉本土，經常在一條街上走，哪能不認識？莫不是遭黑慌了喲！你好好看看，我是高鎮長呀！」

吳聾子好像也很驚奇，他站起身來朝前走了兩步，揉揉眼睛說：「我的眼睛有毛病了。你真是我們磁器口的高鎮長嗎？」他好像看清了站在前面的真是高華中，雙手緊緊抓住他的手臂哀求道：「高鎮長，你是曉得的，我可是個樹葉子落下來也怕打破腦殼的人，這回上當了呀。我死了事小，我80歲的老娘啷個辦嘛？」

「你不要怕，方團長和冉縣長他們是不會殺你的。只要你把問題說清楚，我就保你回去。」高華中說到這裡，拿眼看了看坐在一旁的方團長、冉縣長，還有不知啥時進來的豬隊副，又說：「看來你是遭黑痴了，不要著急，先坐下休息一陣，把頭腦裡面的東西梳理梳理，等腦筋清醒了，我再來問你。」

吳聾子順從地點點頭，回到座位上。

高華中說去上廁所，解了個小便，才漫不經心地踱著方步回到審訊室，點上一支香煙，吧嗒吧嗒地抽起來。吳聾子見了，伸手向他要過一支煙，在高華中的煙上接過火，慢吞吞地吸著。

高華中在想問題。

吳聾子也在想問題。

至於他們都想了些什麼問題，表面上誰也看不出來。

「嗯，咯！」高華中乾咳了兩聲之後又平靜了一會兒，約莫過了幾分鐘，試著開了腔：「吳聾子，聽說你已經承認自己是共產黨，那麼，這說明你迷途知返，對黨國是忠誠的，孺子可教。現在我問你，是在羅漢埡口事件前參加的共產黨，還是在以後參加的？」

吳聾子清楚，共產黨員的黨齡越長，受赤化教育越深，為組織做的事越多，國民黨就越恨。況且，如果是在打羅漢埡口以前參加的，那麼，單是羅漢埡口鄒營長被打死，內二警和偵緝隊吃敗仗的問題就很嚴重。他趕緊回答：「是羅漢埡口事件以後參加的。」接著，他大聲叫苦：「有啥子辦法，我也是被逼上樑山的，他們要在我家弄飯吃，我一個老百姓難道能攔嗎？逗是攔又能攔得住嗎？」

第二十八章

高華中大聲喝道：「問啥子你就說啥子，不然記錄不贏。要記到不能板旋兒[1]！」吳聾子明白，這分明是怕自己說漏了嘴，於是把到了嘴邊的許多話又吞回肚子裡。

高華中又問：「是哪個人發展的你？」

吳聾子說：「是林翰墨。」他這麼說，是因為林翰墨是明擺著的人物，是官府多年來緝拿的「匪首」，不管怎樣，反正抓不著他，無論誰都可以把過失往他頭上推。

高華中突然臉色一變，重重地朝桌子上拍了一巴掌，氣勢洶洶地嘿實吼[2]道：「吳聾子！你給老子放明白點兒，少跟我東扯西扯打橫爬[3]。我問你，為啥子他不發展張三，不發展李四，卻偏要發展你？你有啥子特別的地方？你有啥子特殊的能力？他為啥子要相信你，是不是你們早有勾結？」

吳聾子見高華中越吼越凶，一副凶神惡煞的樣子，看起來很嚇人。其實，高華中吼得越凶，吳聾子心裡也就越踏實。他看出鎮長是在故作姿態，小題大做，虛張聲勢。於是嘆道：「哎呀！有啥子辦法嘛！林翰墨他們打了羅漢埡口，轉來時經過我屋門口，說是渴了餓了，硬要我給他們燒茶水。他們在我家坐著不走，怕我走漏消息，林翰墨跟幾頭頭兒說了幾句悄悄話，逗硬要我入他們的那個黨。」

「那，我來問你，」高華中想了想說，「你是啷個認識林翰墨的，具體時間是啥子時候？」

「他的名字我老早逗聽說過，只是不認識。」吳聾子說到這裡，停了停，又說，「林翰墨原本逗是磁器口街上的人，雖然我是近年才到李家藥鋪當夥計的，但全縣曉得他名字的恐怕不只我一個吧。這些年政府緝拿他的佈告貼得滿街都是，誰都見過。」

「那麼，你還知道哪些人是共產黨？」高華中問這些話的目的，是要試探一下他到底供出了多少人。

「朱德、毛澤東、周恩來、董……」

「不要說遠的，說近的！」高華中高聲大喊，武斷地掐斷了吳聾子的話頭。

「聽說華鎣山曾林也是共產黨。」吳聾子說出這個人，連自己都感到好笑。這些「盤紅」了的共產黨，重慶市連三歲的娃兒都曉得。

高華中又問：「除了曾林，你還知道誰？」

「這個，」吳聾子想了想，說，「聽說王渙升和牛碧倫最近也參加了，還有大老黑、陳老二、梨右章他們。」他慢慢騰騰地倒是說出了一大堆路人皆知的一些人物。

高華中見他說遠不說近，說外不說內，說疏不說親，說公開的不說隱避的，懸在心裡的一塊石頭落了地。忙問：「你說的這些人是誰告訴你的？」

「林翰墨。」

「噢！」高華中說，「林翰墨發展了你，又告訴你怎麼多情報，這樣說來，他就是你的上級喲？」

「是的。」

「那你的下級是誰？」

「現在還沒得。」吳聾子說，「林翰墨說我如果去發展幾個人逗封我個官。我倒是想當這個官，據說當了官可以撈錢，有了錢養活我80歲的老母親逗容易了。可我還沒搞得贏發展下級，逗遭你們抓來了。」

「啥子官？」高華中並不跟著他的思路走，他要刨根問底，弄清「真相」。

「搞宣傳。」吳聾子說。

「宣啥子傳？」高華中問。

吳聾子答：「我也不懂宣個啥子傳個啥子，他說宣傳逗是弄些人來參加共產黨。這是個大官，將來會掙很多錢，我需要錢養活我娘。」

吳聾子裝瘋賣傻。高華中暗自好笑，又問了一些雞毛蒜皮的事，審問也就結束了。

問的，平平常常；答的，也是說過數遍的老話。坐在一旁的冉縣長等人雖不十分滿意，但也撈不到什麼。

「高鎮長真不愧是喝過洋墨水的人，審起案子來條條是道。」

吳聾子剛被押下去，冉縣長就趕緊過來對他的這個下屬大加表揚。

他的假情假意，高華中完全明白，雖不理會，卻笑著說：「哪裡哪裡，多虧縣長大人和方團長在這裡壓陣，要不然我早就慌亂陣腳了。」似乎對表揚很受用的樣子。

第二十八章

「哈哈哈！和共產黨打交道誰都虛。」冉縣長笑著說，「多虧有方團長的神威，這幾天我們才過上安穩日子！」他話鋒一轉又說：「為了磁器口的安全，方團長決定派國軍正規軍牛營長帶一個營常駐你們那裡，協力剿滅共黨。」他有意加重「國軍正規軍」。

這些字眼，其用心是顯而易見的。

高華中穩了一下神，立刻意識到問題的嚴重性。他見冉縣長投來陰險而又狠毒的目光，忙說：「承蒙縣長看重，多謝方團長大力扶持，鄙人代表磁器口百姓感謝你們，從此我鎮可以盡享平安，那些共產黨、土匪、棒老二再也不敢來騷擾了。」說完，笑盈盈地拱了拱手。

這時，不知是誰把牛營長帶了進來。這人五大三粗，滿臉橫肉，肥咚咚胖乎乎一副大籠兜，面部黝黑。

兩人剛見面，牛營長就向高華中逞英雄，說他以前是重機槍連連長，在一次戰鬥中，眼看就要全軍覆沒，他把連裡的重機槍全部毀壞。共軍把他俘去後，指導員給俘虜訓話，別人都靜靜地聽著，唯有他將紙團塞進耳朵裡，根本不聽。他講這些話的目的，無外乎說明他是個死硬派，要高華中乖乖地聽他指揮。在國民黨時期，駐軍原本就是指揮地方官員的，是槍指揮黨。

高華中心裡清楚，牛營長跟他說這些，表明他在冉縣長心中已經被打上問號了，冉縣長已經不信任他了，但又沒抓住他的硬把柄，所以派這樣一個角色帶兵進駐磁器口，分明就是去監視他的行動。這是一部連場劇，如果說審問吳聾子是第一幕，那麼，牛營長進駐磁器口就是第二幕的開場，今後指不定還有些啥損招。好歹毒啊！

事情果然不出所料，牛營長到了磁器口，就住在鎮公所，天天派人下保甲偵察共產黨，瞭解游擊隊去向。每次出門，總是要鎮公所派人帶路，一路上問這問那，從中瞭解高華中的行為和活動規律。

這高鎮長也怪，別人越盯他，他越讓別人盯住。每次派人帶領牛營長的人下保甲，都要以鎮長名義親筆寫個手令：

××

茲派××協同601團×營×共×人前來你保（甲）偵察匪情，必須大力協助，違者嚴究！

磁器口風雲

高華中

　　高華中本人，每次出鎮公所，都像毫無戒心地約牛營長同去。當然，他絕大部分時間是到磁器口街上的兩個袍哥堂口去打牌，與一些袍哥頭目、地方紳士開玩笑，說二流子話，大吃大喝。他捨得花錢，也很講義氣，特別把牛營長及其連排長們照顧得舒舒服服、周周到到。

　　過了好多天，牛營長終於憋不住了。

　　牛營長約高華中閒聊，開始豬頭馬嘴、天南地北地扯了好些南紗網[4]，然後進入正題。牛營長突然問高華中：「你認識林翰墨嗎？」

　　這話一語中的，直擊要害，也是高華中的軟肋，一時半會兒沒有反應過來。

　　牛營長目不轉睛地看著他，似乎說出這句話，連他自己都大大出乎意料，脫口而出，沒心沒肺。老牛自己一時半會兒也沒有反應過來，人太胖了，反應是要遲鈍一些。

註釋

1　板旋兒：耍賴。
2　嘿實吼：大聲喊。
3　打橫爬：說瞎話。
4　扯南紗網：顧左右而言他。

第二十九章

高華中開始沉默，很快反應過來，明白了，這是有人在背地裡把他和林翰墨拉到一塊兒了。他毫不猶豫、坦坦蕩蕩地答：「不但認識，我們還是親戚呢。」

牛營長一愣：「親戚？」

「對呀，我們是表兄弟關係，他娘是我遠房姑姑。」高華中認真解釋，平靜作答。

「噢！」他的回答，使牛營長大大出乎預料，根本想不到他這麼毫無顧慮，這麼坦率，這麼容易就承認了與匪首的關係，忙又問：「你們走動得如何？」

「我們交往很深。」高華中邊說，抬頭看看牛營長，見他驚得肥胖的臉上嘴巴大張著，又說，「早年林翰墨與他父親鬧矛盾時常受氣，沒得去處，常到我家裡來耍，蹭飯，我那裡成了他的避風港，有啥子話總愛跟我講。可是自從我被捕，直至回磁器口當鎮長以後，我們互相之間有了反感，就再沒往來過了。」

「誰反感誰？」牛營長又問。

「我反感他，他反感我唄。」

「誰先反感？」牛營長打破砂鍋刨根問底。

「這個……具體的情況還一時半會兒想不起來。」高華中一副毫不在意的樣子。

「唉，這個世道！」牛營長嘆口氣說，「你和冉縣長之間有無嫌隙，你得罪過他？」

高華中見他這麼問，知道是冉縣長在背地裡搞鬼。老實說，冉縣長拉過他，他也很順從冉縣長。在公開場合，他作為鎮長，從哪個方面看都是維護著縣長的。林翰墨打磁器口去提鎮保安隊槍的那天，他是被冉縣長叫去幹私活的，他也不知道冉縣長是何用意，幹得還很賣力，令縣長大人很滿意。結果，在他不知情、不在場的情況下，鎮保安隊的槍被林翰墨的人提走了，這件事真的是個巧合，怎麼能賴他高華中呢？冉縣長雖然表面上沒說什麼，他也說不出什麼，那是他安排失當嘛。

從牛營長話中能夠聽得出來，高華中雖然給冉縣長做了很多事，冉縣長卻從來沒有把他當「自己人」，沒有真正信任過他，他也不明白這裡面的原因，便嘆道：「唉！做人難，難做人啦！」於是便把游擊隊打磁器口時，他不在鎮上，金癩子被

磁器口風雲

打死了,鎮保安隊的槍被提走了,他是如何帶領保安隊員去救五姨太,沒想到惹火燒身得了個炭圓,原來冉縣長和豬隊副都看上了五姨太等一麻袋的陳年老穀子都抖了出來。

「後來豬隊副說他早就傾慕五姨太,他們常有約會,五姨太也說她早就是豬隊副的人。我高華中沒辦法,就將五姨太交給了豬隊副。沒想到這件事帶來如此嚴重的後果,得罪了冉縣長。我根本沒想到縣長大人心眼兒怎麼小,為一個『二手貨』如此計較,抓住不放,一直懷恨在心。」

其實,冉縣長與豬隊副爭五姨太的事,在縣裡已是婦孺皆知了,甚至有人在官場還把她作為口頭禪,牛營長怎能不相信?他聽完高華中的敘述,說:「怪不得!」之後便默不作聲了。其實,作為一個下級,牛營長是不應該在私下裡評價上級的,但他是正規國軍,雖然官比縣長小一個大擋,但他與縣長沒有直接隸屬關係,所以他才無所顧忌。

高華中從容而客氣地問:「啷個回事?」

牛營長說:「我原來確實對你有所懷疑,但我的情報人員說他們把這裡的窮人富人都問過一遍,都說你是個好人。事實上,從我們相處以來,我也覺得你這人不錯。」他喝了口茶,又說:「可是,昨天冉縣長還在電話裡說,要我注意你的行動,說是你與打羅漢埡口有直接關係。我氣不過,對他說打羅漢埡口是林翰墨帶人打的,打了過後就跑了,你現在抓不到林翰墨,何必冤枉高華中呢?」情況再明顯不過了,冉縣長要拿高華中當替罪羊。

「牛營長,太感謝你了!」高華中謝過之後,又恭維道,「我活了幾十歲,還沒見過你這樣大人大量、公正直爽的好人呢。在這個世道好人不多,但也不是沒有,我遇上你牛營長,算是遇上好人了。」

牛營長心裡甜絲絲的,嘴上卻說:「我這人也有不少毛病,但還是分得清是非,辨得出好壞的。」他順竿上爬,來了個表揚與自我表揚。

停了片刻,牛營長轉了個話題說:「這回消滅游擊隊看來是有希望了,重慶市警察總署署長馬福濤長官組織了幾千警察已經開到了巴縣,配合我們601團行動,我們很快就要撒下天羅地網,他林翰墨插翅難飛。」

第二十九章

「噢！」高華中心裡一驚，想了想說，「光人多有啥子用？游擊隊來無影去無蹤，上哪兒去抓？」

「哼！不怕他躲得快，跑得了和尚跑不了廟，老子們把游擊隊員的親屬和嫌疑犯全都抓起來，把他們住的茅草棚都點火燒了，看他們出不出來！」牛營長說著，臉上肥咚咚、黑騷騷的橫肉不停地抖動，胖乎乎的身子直往下墜，給人一種說不出的滋味。

高華中聽罷，心裡一陣陣不安，想：這股歪風一來，這個鎮不知有多少美好的家庭要被拆散，多少人會無家可歸，多少人要人頭落地！

砂磁游擊支隊自從成立以來，先後攻下了青木場、磁器口鎮和石井坡渡口，接著又在羅漢埡口打了個漂亮的阻擊戰。兄弟支隊也攻下了壁山縣、江津縣、北碚區、合川縣的一些軍事要塞，把國民黨地方政府鬧得惶惶不安，牽制了國民黨部分正規軍，游擊隊的聲威大震。

「我們經過這幾次戰鬥的演練，現在去救渣滓洞、白公館被關押的同志，完全有把握了！」二中隊長汪陵江亮著嗓子大聲說，許多中隊級的領導紛紛表示支持。

是啊，游擊隊成立的宗旨是要完成幾大任務，其中接應被捕的難友越獄是最重要的任務之一。過去，一是由於情況不明，二是沒有經驗，所以不敢輕舉妄動。現在可以派人去偵察，去摸情況了。關鍵是幾次主動出擊都取得了勝利，幾仗打下來，大家的戰鬥水平大大提升，具備了營救難友的能力。為啥不去實施呢？游擊隊也一直在向這個方向做準備。

但是，全國解放戰爭的形勢發展超乎尋常的快，重慶的情況了發生了很大變化。

肖政委說：「接到上級轉來的情報，歌樂山上渣滓洞、白公館高牆深院，崗樓碉堡林立，遠近環峙，電網一道又一道，三步一崗五步一哨，警戒特別森嚴，不好接近，駐紮在那裡的部隊全是美式裝備，火力足得驚人，最近又增加了防守兵力。」國民黨也不全是蠢豬，關押的這些政治犯，是他們最後的政治籌碼，是談判的人質，他們肯定要千方百計保證不出差錯。

肖政委接著說：「另一方面，難友們被國民黨反動派長期關押，毒刑拷打，已經被折磨得奄奄一息，體力透支太大，越獄的精力體力都難有保證。加之黨組織不可能從外面向獄中送進武器，難友們只能赤手空拳向外硬衝，這無異於用身體堵槍

眼，傷亡可想而知。原想透過獄中黨組織爭取幾個獄警或監獄管理人員，造成監獄管理混亂，再乘機起事。結果非常困難，收效甚微。如果在這個時候倉促劫獄，勝算的可能渺茫，成功率極小，相反還會增加難友們犧牲的幾率。國民黨反動派還有可能因此惱羞成怒，提前對難友下毒手實施大屠殺。介於這些原因，上級指示，接應難友的事暫時向後放一放。」老肖十分沉重地說，臉上黯然神傷，心裡很不是滋味。

一直以來在大家心中已經確定的目標突然變了，高漲的革命熱情瞬間受到挫折，大家一時半會兒轉不過彎來，心裡空落落的。

「媽的，乾脆打進縣城去，把縣太爺的大印奪過來，交給我們林大爺來掌，不逗翻身做主了嗎？！」水中蛟喜形於色，有點按捺不住了，這些天的勝利的確讓每一位游擊隊員都興奮不已。

梨右章有點兒不贊成：「誰稀罕他反動政府那個大印，即便是四川省主席王陵基讓出位子，我們林司令也不得去坐。要坐，逗座共產黨的江山！」水中蛟一聽，這又是在頂自己，是抬槓，心裡很不舒服，覺得梨右章老是反對自己，是不是翅膀已經硬了想篡位。他望了林翰墨一眼，不便發作。

站在一旁的肖政委直點頭說：「對，林司令要坐共產黨的江山，坐為勞苦大眾服務的江山。」然後笑著提醒：「我們今天是開諸葛亮會議，在我們黨內叫做民主會議，大夥兒要積極發言，都來開動腦筋，獻計獻策，合計合計，目前我們支隊咋個活動？」

林翰墨深思熟慮後說：「目前隊員們的士氣都很高，應該趁著這股熱勁兒，一舉攻下縣城。」

「噢？」老肖問，「憑我們這二三百人？」

「當然，應該和秦巴山區曾林副司令一起行動，搞一個大場合，給進川的解放軍一個見面禮。我們要派人去找曾副司令，把想法告訴他，讓他策應我們，同時行動。」林翰墨想了想，又說，「還得聯絡附近各個堂口的袍哥，人多力量大，聲勢大，把握逗更大。」

「嗯，想法確實不錯。巴縣縣城是古今兵家必爭之地，要真去攻，恐怕敵人是要調集重兵前去把守的。」老肖說。他思考了一下，突然又問：「如果攻不下來，國民黨反動派反而會對我們進行血腥圍剿，那時我們的退路如何考慮？」

第二十九章

「這個嘛？」林翰墨抓了抓頭皮，說，「一是去秦巴山區與曾林副司令會合，或者把隊伍拉上江津四面山蛇皮溝與王渙升會合。那兒屬大婁山脈，山高路險，林海蒼茫，迴旋餘地大。二是渡過嘉陵江，進入南邊的大巴山區，與下川東游擊隊會合，然後牽著國民黨軍隊的牛鼻孔轉圈圈。當然，最好是向東北方向挺進，越過銅鑼山，既便於進入神農架原始森林，也能直接投奔解放軍前線的李先念部隊。」他的這個想法絕不是無稽之談，是經過學習各種中共重慶地下黨市委轉來的資料得來的，是深思熟慮過的。

這時，雞腳神偵察回來，說是重慶市警察總署已經糾集了幾千人的地方武裝，配合國民黨軍 81 師上萬人的正規部隊，全副武裝，準備從東南西北各個方向圍殲重慶周邊的游擊隊，601 團負責包圍沙磁支隊。這是一個很大的軍事行動，他們將對游擊隊實行全面清剿。

這一次國民黨是下了狠心，動了真格的，出動了幾十倍於游擊隊的正規軍，可見其決心之大，各部都立了軍令狀，氣勢洶洶，要鋤惡務盡，斬草除根，不達目的絕不收兵，形勢非常嚴峻。

「媽的，跟他幾爺子拼了！」

「哼！人家人多勢眾，拼得了嗎？」

「怕個毬，拼不贏也得撈幾個本錢！」

……

這些中隊領導七嘴八舌地議論著。

老肖見林翰墨在群情沸騰的時候一直沒開腔，便問：「司令員你的意見呢？」

「我嗎？」林翰墨抬頭看了他一眼，說，「我主張打。根據目前形勢的變化，雖然打縣城不可能，但我們應該找幾個防守比較弱的鄉鎮敲打幾下，我們不能坐以待斃，要給他們一點顏色看看才行，不然顯得我們太好欺負，太沒能耐了。」這顯然是沒有長遠打算，拼一個夠本，拼兩個賺一個的英雄豪傑臨死前的想法。

「不行的。」老肖說，「眼下敵人的兵力幾十倍於我們，要硬拚，只能是雞蛋碰石頭，很不划算。從敵方分析，他們集結這麼多的部隊，費恁麼大的勁兒，下恁麼大的功夫，搞恁麼大的聲勢，就是巴不得我們跟他們拼。有句話說得好：『凡是敵人擁護的，我們就要反對；凡是敵人反對的，我們就要擁護。』凡是敵人想讓我

磁器口風雲

們幹的事，我們就堅決不能幹，我們才不上敵人的當呢。我們不能讓敵人高興，我們要和敵人反起幹，要讓敵人痛苦。」接著，他提出「跳出圈子、紮下根基、小股騷擾、集中反擊」的游擊方針。

「怕死鬼，虧你還是個打過日本鬼子的政委。」水中蛟在心裡輕蔑地嘀咕著。他忍不住甩出話來：「幾個國民黨爛丘八兒有啥子了不起？大不了死幾個人！這世上哪天不死人？」打了幾個勝仗，水中蛟有些不知天高地厚，瞧不起人，開始把尾巴翹得比天高，有些輕飄飄的了。不過也難怪，參加游擊隊時間不長，還不可能從根本上徹底改變綠林好漢的習氣，說話辦事二衝二衝慣了，想啥子說啥子，口無遮攔，隨心所欲。

老肖並不動氣，平靜地說：「敵人的一時猖狂，並不可怕。我們已經犧牲了不少的好同志。我們成立游擊隊是為了保護人，接應難友是為了救人，讓更多的同志保住生命，為新中國保留『種子』，新中國的建設是需要大量人才的。所以，我們要儘量做到不過早地與敵人打大仗，打惡仗，硬拚，一定要保存實力。打仗，首先是保存自己，在保存自己的前提下才能更好地消滅敵人。不到萬不得已，不與敵人碰頭。」

「我堅決擁護政委的決定！」這一番話讓林翰墨豁然開朗，明白了許多事理，他邊說邊揮了揮手。

中隊負責人見司令表了態，一個個也跟著表態。

經過反覆研究，最後決定部隊分兩路轉移。

一路由老肖和汪陵江帶隊，將近百人由船工、瓷瓦匠、煤工以及貧困農民組成的二中隊帶到石井坡渡口，向銅鑼山靠近神農架邊緣一帶活動，開闢根據地後駐紮下來。

另一路由水中蛟、梨右章和陳老二帶領，前往璧山與江津交界的蛇皮溝一帶活動。他們與肖政委帶的隊伍走的是截然不同的兩個方向，這樣做不至於被敵人包圍之後一鍋煮。這一路人比較多，成分複雜，多數是綠林、袍哥出身，雖然會打仗，但隊伍的紀律比較散漫。

林翰墨帶領雞腳神、珍兒等少數幾個隊員組成機動靈活小組，摸清情況後，到附近場鎮搞點小摩擦，貼標語，麻痺敵人，掩護大部隊順利轉移，同時籌集適當的

第二十九章

藥品和糧餉,然後發動群眾,將那些要求參加游擊隊的貧苦農民組織起來,帶到老肖那裡去充實隊伍。

水中蛟、梨右章和陳老二如何帶領游擊隊員向西北方向突圍,林翰墨與留下的少數隊員如何處理善後,在此暫不一一表述。先談老肖和汪陵江帶領的百十名隊員,向東北方向行進的情況。

戰士們依依惜別了曾經養育過他們的水門寨、縉雲山和巴璧津山區,一步一步朝著東北方向山區行走。

入秋的山區已經下雪了。

夜,一團漆黑,只有地上厚厚的積雪閃著白光。汪陵江手提以蠟燭做燃料的高把燈籠,走在隊伍的最前面。他輕聲問身邊的老肖:「政委,朝哪條路走?」

老肖說:「先向東面走,去雙松子埡口。」

「不是到神農架那邊去找李先念帶領的解放軍嗎?應該向正北走才對呀。」汪陵江有些疑惑不解,停下腳步等老肖回答。他對今晚打著燈籠火把的行動也有些不解。

「你想過沒有?」老肖說,「如果我們悄悄離開,敵人會以為我們進了老山,他們就要搜山、燒房子、搶老百姓的東西,如果抓不到真正的游擊隊員就可能要濫殺無辜。」

「哦。」汪陵江明白了,「我們朝東走,是大路,經過一些人口稠密的地方,是故意要讓敵人發現我們已撤離,以免百姓遭殃。」 汪陵江十分佩服肖政委處處想到老百姓,儘量少給百姓惹麻煩的做法。

老肖點點頭,又繼續朝前走。他們每走過一座村莊或是一個路口,總忘不了用泥土或石塊在牆上、地上、石板上寫幾幅標語,證明游擊隊路過此地。

隊伍過了雙松子埡口,老肖立即命令朝北走,並叫後面的隊員回過頭去用樹枝掃雪,把隊伍在積雪裡踩出的那排密密麻麻的腳印蓋上,迷惑敵人,使敵人無法弄清游擊隊的真正去向。

磁器口風雲

這一夜，隊員們雖然踏著幾寸深的積雪前進，可他們誰也不感到冷，他們走得很快，足足走了百多里。隊伍越往前走，越看不到人煙，沿途除了掛滿積雪的樹，什麼也看不見，連只小動物也沒看見。

隊員們又餓又乏，想找個地方坐下來休息，卻沒有一塊乾燥的地方，想弄點兒東西充充饑，野草也被厚厚的積雪壓塌了，覆蓋了，哪裡還能找到吃的？隊員們只得咬緊牙關，艱難地一步步向前行。

「噹！當！當！」天剛破曉，遠處的廟裡敲響了晨鐘，悠揚而深遠，讓疲憊不堪的隊員們清醒過來。鐘聲，好像是乾燥的土地和白花花的齋飯，磁石般吸引著隊員們朝那裡走去。

「嗬！這深山裡哪來恁麼大一座古廟！」走在前面的隊員大聲喊叫起來。眾人抬頭一看，只見廟門的上方寫著「大禹廟」三個大字。

隊員們見寬大的山門洞開著，便爭先恐後，毫無顧忌地蜂擁而入。

「慢！」老肖揮了揮手說，「同志們，我們要遵守我黨的宗教政策和游擊隊的紀律，不能隨便騷擾佛門聖地，先派人把長老請出來打個招呼再說。」

說話間，早有小和尚找出住持。只見那大和尚鷹鼻鷂眼，光禿的臉上有些虛腫，樣子有些滑稽。還未與游擊隊的任何人打過招呼，開口便指責：「你等是何方施主，身背刀槍？這般無理，阿彌陀佛！」

「他媽的，看你這副瓜樣兒，逗不是個正經佛門中人！」汪陵江嘟哝著，緊握拳頭就要揍他。

老肖輕輕把他拉開，上前說：「長老，打擾你了。我們是共產黨游擊隊，是為窮人打天下的隊伍，專門與官府作對的。我們要去北邊迎接解放軍入川，路過這裡。」

「阿彌陀佛！」那和尚雙手合十，兩眼微閉，靜立在那裡，並不答話，不知道他腦殼裡是不是在轉圈圈。

「長老！」老肖非常和氣地說，「我們趕了一天路，想借光進屋歇歇腳，弄點兒吃的，天黑後就走。」他見那和尚默不作聲，接著說：「錢嘛，一定照付。」

第二十九章

「阿彌陀佛！」和尚說，「這……」他猶豫了一陣，才說：「施主，不是我不願意招留你們，只因近日一個營的國軍駐紮在廟後不遠的村子裡，時常進廟搜查，假若你們進入佛門，走漏風聲，刀槍相見，多有不便，我這佛門也擔待不起。」

「聽他日白，扯你媽的南瓜謊！」汪陵江邊罵著邊吩咐道，「都給我進廟去休息，管他肯不肯！」

隊員們一陣騷動，正要進去，只見老肖說：「先別忙，派兩個人去偵察一下再說。」

游擊隊員在山門外就地而坐，等了好大一陣，偵察員回來報告，廟後不遠處確實駐有國軍正規部隊，但不是一個營，而是一個排，另外還有幾十人的偵緝隊。

老肖和汪陵江經過研究，認為部隊經過長途跋涉，體力消耗很大，不宜戰鬥，萬一驚動敵人，不但沒有勝算，還少不了戰鬥減員，於是決定穿過廟側的密林繞道前進。

他們翻過一道山樑，又穿過兩個槽口，已是晌午時分，好不容易才望見前方的一縷炊煙。

半坡上是一幢獨門獨院的土牆農舍，慈竹編成的籬笆牆，茅草蓋的屋頂，成一字形排列，總共有四間。主人家很窮，兩個十七八歲的大妹子沒褲子穿，兩個小女兒就更不消說，平常沒人，都是光著身子在家走進走出，反正只有一個男人，看慣了也不覺得礙眼。女兒有事外出，輪流穿女主人那一套衣褲。這陣見著老肖他們這麼多生人到來，一個個嚇得鑽進苞穀殼裡，只留下男主人出來接待。

「老鄉，能在你這裡歇歇腳，弄點兒吃的嗎？」老肖上前打招呼，以商量的口氣問話。

「唉！」主人說，「老總，在這貧瘠荒涼的窮山上，哪來吃的喲，你們還是上別處去吧！」他邊說，順手揭開冒氣的鍋蓋，只見裡面放著幾個黑乎乎的東西。山裡人一眼就看得出，那是用蕨根磨成粉混著白泥做成的粑粑，這玩意兒十分粗糙，難以下嚥，吃下去又很難屙出。因此，不到斷口絕糧的地步是沒人吃這玩意兒的。

「唉——！」主人又長嘆一聲，說，「有啥子辦法！這個兵荒馬亂的年頭，我們已經吃這東西幾個月了。想必老總是吃不來這個的。」他所說的「吃不來」，實際是不願吃或吃不下的意思。

磁器口風雲

游擊隊員們聽他這麼一說，一個個都心寒起來。老肖說：「老鄉，苦日子就要熬出頭了。我們冒著風雨滿山跑，就是為了讓窮苦人過上好日子。人民解放軍就要到了，在全國各地解放軍到過的地方人民都翻身做了自己的主人，分到了土地，種上了自己喜歡的莊稼，再也不會吃這樣的東西了。」老肖真不愧為政工幹部，走一路宣傳一路，給窮人提振精氣神。

男主人十分驚悸，疑惑不定地問：「你們是啥子人？」

第三十章

「我們是共產黨領導的游擊隊，是窮苦人的隊伍，是專門跟官府衙門作對的，為窮苦人打天下。我們這些人都是窮苦人，這是到北邊去迎接人民解放軍來解放重慶的！」

「真的？」男主人詫異地看著老肖，又驚疑不定地掃了一眼房屋周圍的游擊隊員，那些人一個個衣衫破舊，用期待的眼神望著他，但個個面目向善。他試著伸手慢慢地摸了摸老肖腰間的槍。

老肖站著不動，一點兒也不反感，還笑容可掬，不像國民黨軍隊的官兵那麼凶神惡煞的樣子。男主人不那麼害怕了，再看其他人也是那麼和善，忙對著門外的游擊隊員說：「大家快快請進，到屋裡來歇腳！」當然，屋子太小肯定裝不下。

老肖從鍋裡抓起個蕨根粑，問主人：「這東西還有嗎？給我們每人來一個，咋樣？」

「這哪兒成呢，自己的軍隊哪能吃這個？」男主人說，「況且，一時半會兒也弄不贏。我還有幾升苞谷，是前幾天用柴火到山下換的，準備過年用。既然你們是自己人，逗把它拿來磨成粉做糊糊。」

「那──不行不行！還是你們自己留著吧！」

在一片推辭聲中，女主人從屋裡拿出僅有的幾升苞谷，在門前石磨上「轟轟隆隆」地磨起來，幾個游擊隊員上前給她幫忙。她長嘆一聲，向隊員們說出了家裡幾個姑娘沒褲子穿的慘狀。隊員們有的脫衣服，有的脫褲子，每人從身上脫下一件，很快就脫下一大堆。儘管這些東西很舊，也髒兮兮的，還補丁疊補丁，但總比沒有強，主人非常感動，讓幾個姑娘穿上衣服出來給游擊隊員磕頭。

「莫這樣！」老肖笑著說，「等到革命成功了，有了新的，你把這些破衣服還給我們就是。」

說話間，第一鍋苞穀粉和著野菜做成的糊糊熟了，老隊員拿出了隨身攜帶的小碗，新參加游擊隊的人沒經驗，什麼也沒帶，碗筷不夠，只能輪流著吃。為了讓大家都能盡快吃到第一口糊糊，隊員們自覺地排著隊從鍋邊走，前面的隊員都不肯多添，每人只盛上小半碗。摻有野菜的糊糊黃裡帶綠，冒著濃煙般的熱氣，滾燙滾燙的。

磁器口風雲

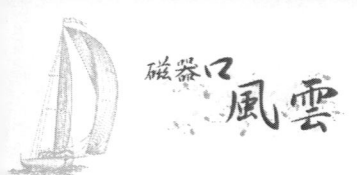

　　在積雪裡行進了百多里山路的游擊隊員，饑餓已難耐。有的隊員便採集些闊樹葉捲成三角筒當碗，盛到「碗」裡那丁點兒糊糊，抓一把雪兌上，「呼啦」一聲，就徹底解決了，趕快把「碗」遞給下一個。有的甚至雪也不兌就一口喝了，不管它燙與不燙，也不知是啥味兒，反正吃一點比不吃好受得多。

　　第一鍋很快吃光，趕緊又煮第二鍋，不少隊員還沒沾上嘴呢！

　　「啪」一聲清脆的槍響，驚動了茅屋內外的游擊隊員。這是屋後山包上的哨兵發出的信號，它告訴大家敵人已經臨近了。

　　「怎麼回事，難道暴露了行動目標？不然，在這冰天雪地裡，大晌午的，敵人怎麼會上山來！」老肖思考著，立即命令隊員準備突圍。

　　他哪裡知道，事情就壞在大禹廟的大和尚。這個大和尚，就是原磁器口寶輪寺的慧覺。只因那次林翰墨帶領智新社的弟兄去寺內歇息，被慧覺告密，後來駐軍內二警鄒營長和偵緝隊長金癩子去寺內抓人撲了空，狠狠地教訓了他一頓，從此，他再也不敢回寶輪寺，孤身一人流浪到這深山老林中的大禹廟做了住持。

　　當然，他人在大禹廟，山下的消息還是隨時能聽得到的。林翰墨的兄弟組成游擊隊的事他早已知曉，在寶輪寺結下的仇恨他一刻也沒忘記。當老肖和游擊隊員離開大禹廟後，他便慌不擇路、連滾帶爬地，迅速向廟後的國民黨軍隊報了信，還親自引路追上來。

　　「媽的，來得正好，匆匆忙忙趕了百多里路，老子的槍還餓著肚子呢！送上門來的貨，槍老弟能不張口嗎！」汪陵江罵著，大聲呼喊，「弟兄們，準備行動！」

　　「啪！啪啪啪……」敵人分三路從茅屋的兩側和後山包抄過來，子彈飛蝗般射向草屋，震得塵土「簌簌」地撲進正在冒泡的鍋裡。那些吃了小半碗苞谷糊糊的隊員已提著槍找好了掩體，準備突圍。

　　尚未吃到糊糊的隊員趕緊把「碗」抓在手裡，不管鍋裡有無塵土，也顧不上是生是熟，把「碗」口伸向滾開的鍋裡，舀起小半「碗」糊糊就往嘴裡倒。他們實在太餓了，不吃點兒東西是無法戰鬥的。

　　老肖快速地在茅屋前後左右四個側面轉了一圈進行瞭望，藉著兩側厚實的土牆，觀察了敵人的火力分佈，他在選擇突圍的路線。

第三十章

　　屋前是一片空地,那裡的莊稼早已收割,除了幾寸深的積雪,什麼也沒有。再往前有一段坡地,坡陡,過了這段坡地,就是一片叢林。只要穿過叢林,便可進入銅鑼山靠達縣一側的深山老林。當然,要跑過這段坡地,需要穿過敵人那道用槍彈組成的封鎖線。

　　屋的左面,是一段不太長的斜坡,斜坡下橫穿過一條小溪溝,溝面結著冰,過溪溝向上爬一小段距離,也可進入樹林。但這個方向坡陡,也有敵人密集的槍彈封鎖,每前進一步,都將付出巨大的代價。

　　屋的右側是一片樹林,敵人早已占領了那個地方,主要兵力集中在那裡,要想越過這條敵人重兵把守、以密集的槍彈組成的封鎖線,無異於送上門去找死,根本不可能。

　　老肖與汪陵江經過商量,決定把游擊隊員分成若干個戰鬥小組,每組七至九人,以小股力量從茅屋左側突擊,吸引敵人火力,集中力量迅速從正前方那片陡坡衝出去,然後向四面八方分散,最後明確一個集結地點。

　　決定做出後,汪陵江首先帶領兩個持衝鋒槍的游擊隊員,爬到茅屋左側,隱蔽在一片茶樹蘡溝後面,兩個游擊隊員舉槍對準敵人就要射擊。汪陵江悄悄地對他倆擺擺手,輕聲說:「慢!」兩個隊員定眼一看,只見中隊長的槍管正瞄準一個肥頭大耳的光頭。那光頭不是別人,正是慧覺和尚,他站在小土包上,和一個軍官在指手畫腳哩。

　　「啪!」汪陵江突然站立起來,平端著一支步槍,扣動了扳機,一顆子彈射出去,慧覺和尚應聲倒下。汪陵江趕緊蹲下。

　　「啪啪啪……」「嗒嗒嗒……」敵人的步槍、機槍一齊向這邊射來,真險,汪陵江向兩個隊員扮了個鬼臉。兩個隊員會心一笑。

　　老肖趁汪陵江吸引了敵人火力,立即命令游擊隊員趕緊突圍。

　　隊員們緊了緊褲帶,屏住呼吸,鼓足勇氣,一股勁兒衝上陡坡,第一批二三十人安全進入了樹林。第二批剛衝到半途,就被敵人發覺,機槍、步槍向這邊射來。

　　汪陵江急了,抓起一顆手榴彈,向前跑了幾步扔了出去,「轟」的一聲在敵人陣地開了花。兩個隊員也從不同角度向敵人陣地開槍,一支衝鋒槍要抵好多支步槍,

磁器口風雲

敵人又趕快將一部分火力調過來。汪陵江覺得吸引敵人的火力還不夠多，又向前躍進了幾米才向敵人扔出一顆手榴彈，還是沒將敵人的火力全部吸引過來。

老肖見了，立即向汪陵江揮了揮手，叫他立即衝過去，進入樹林。他點頭示意「明白」，便又扔出一顆手榴彈，帶兩個隊員互相掩護，終於跨過溪溝衝進了林子，敵人的火力終於被汪陵江吸引過去了。老肖立即組織第二組第三組隊員向這邊的陡坡突圍。

敵人見了，又將全部火力集中過來。這時，老肖命令草屋裡剩下的隊員全部向汪陵江他們突圍的那片陡坡衝過去，自己斷後。他讓通訊員向主人付飯錢。

通訊員急忙解下肩膀上的錢袋子，交給房主。主人著急地說：「都啥子時候了，還付飯錢？逃命要緊！」通訊員說這是游擊隊的紀律，非付不可。房主人只好含著眼淚收下，一個勁兒地致謝：「好人啊，好人會平安無事的。老天爺會保佑你們的！」

老肖用目光搜索了一下，沒有發現掉隊的隊員，這才與通訊員一起向左側爬去。

他倆爬了一段，隱蔽在石頭後面向敵人打一陣槍，又向前爬。敵人的子彈非常密集，他們反覆地突進突停，下了那段斜坡，越過了那條溪溝，衝上了那條進入林子的小路。

老肖立起身來，一步竄向樹林。

「撲通！」一個巨大的響聲使老肖回過頭來。不好！通訊員中彈了，從小路上栽下了土坎。他負傷了。

老肖轉過身子，向前跑了幾步，趕緊跳下土坎，將通訊員扶起，用盡全身力氣把他往上推。通訊員連抓帶扯，好不容易才艱難地抓住一棵小樹，拚命地向上爬。老肖感覺到越來越使不上力了，他知道通訊員就要爬上去了。誰知，那棵小樹承受的重力過大，竟被連根拔起，通訊員又滾下土坎，坐在了原處。

「啪啪啪……」「嗒嗒嗒……」敵人的槍彈炸苞谷泡似的響個不停，像大旱後的蝗蟲集群，一波又一波從老肖頭上飛過，樹葉似被秋風橫掃一樣紛紛下落。

從屋前斜坡突圍的隊員也都安全地進入密林，然後按要求繼續撤離。只剩下受傷的通訊員和為了救通訊員的肖政委還處於敵人包圍之中。

「政委，別管我，你快走吧，兩個人耗在這裡不划算！」

第三十章

「我們是戰友，是親如兄弟的戰友，我砸能撇下你，要走一起走。」

「不，政委。」通訊員哀求道，「丟下我吧，你是我們游擊隊的主心骨，你比我重要，還有那麼多的事情需要你去拿主意，那麼多游擊隊員還等著你去掌舵呢。」

老肖沒再說什麼，把頭伸進通訊員胯下，用力將他往上頂，然後用雙手撐住他的腳，把他直接送上了土坎。老肖後退幾步往前一衝，藉著慣性也翻身上坎，扶著通訊員，拚力向樹林裡闖去。

「嗒嗒嗒……」敵人的機槍向他們掃過來，老肖「咚」的一聲倒在地上，是他為通訊員擋住了幾顆子彈。他一把將通訊員推進林子，自己卻因為傷口不停地噴血，只一小會兒就已經沒有力氣往林子裡爬了。他對通訊員說：「快，告訴司令，成功。千萬記住！」說完臉色瞬時如紙一般慘白，不停地喘著粗氣，稍稍地動彈都非常吃力了。

通訊員想回去拉他，子彈鋪天蓋地飛來，不允許他採用稍高的姿勢，吃力地試了幾次，搆不著。

老肖見通訊員茫然地盯著他，忙說：「你就……這麼說……『成功』……他會知道的。你趕快跑……」老肖一邊用右手捂住傷口，一邊用左手吃力地在腰間摸。好半天，才摸出一張皺巴巴的紙。那是游擊隊裡的地下黨員名單，要是落入敵人的手裡，不但這些黨員會人頭落地，他們的家人也會受到牽連。他要盡快地把它處理掉。最好的辦法是化為灰燼！但這裡沒有火，況且也來不及了。把它們撕碎！那不能解決問題，敵人會從碎片中發現蛛絲馬跡，很快拼接起來。唯一的辦法只有將它吞進肚裡。他把紙片塞進嘴裡，大口大口咀嚼著，又十分艱難地往下嚥。

他見通訊員還呆在那裡，吃力地說：「你為啥還不走……為啥不去完成黨交給的任務？」

「我不能一個人走，是組織派我來保護你的，你在我在，要死一塊兒死！」

老肖非常生氣，更加艱難地喘息著說：「你傻呀……我剛才交給你的任務比你我兩條命加起來還重要得多……你為啥不去完成……我白培養你了……快走，你肩負著整個游擊隊的使命……你耗在這裡損失更大……快走……快走！」

通訊員沒辦法，只好揮淚而別，一路翻滾著，進入了林子。

做完這些，老肖向後看一看沒有落掉什麼，才拖著沉重的身子一步步吃力地向林子裡慢慢爬去。

「嗒嗒嗒……」敵人的機槍步槍集中射來，老肖身中數彈，終於趴在血泊中，鮮紅的血染紅了地上潔白的積雪。

汪陵江在集結地團攏隊伍，唯獨不見肖政委和通訊員，他明白他們兩人已經「凶多吉少」，但又不敢久留，便帶著淚痕滿面的游擊隊員轉移到銅鑼山深處，向明月山原始森林進發，他們要翻過神農架，去投奔解放戰爭前線的李先念部隊。

一連下了幾天雨，老天爺總是陰沉著臉。

秋風瑟瑟，「吱嘎」一聲，縉雲山上那個山洞的籬笆門被人撞開，隨即趔趄著進來一個人。坐在洞裡的大老黑忙問：「有消息嗎？」他望眼欲穿，靜靜地在這裡等了很長時間，才盼回來一個人。

這個山洞是一群叫花子的「家」。自從大老黑在張家箭樓負傷後，這群叫花子將他救起，帶進了這個山洞。他們每日外出討來殘湯剩飯葷素菜渣，自己捨不得吃而供他吃，還上山扯些草藥為他包紮傷口。漸漸地，他受傷的肢體開始癒合。

本來，大老黑和陳老二參加暴動完全是礙於與林翰墨的交情，他們都是袍哥大爺，以往也多有麻煩過林翰墨的地方，若是拒絕邀請，定會遭到江湖中人恥笑。況且，幹綠林好漢的本性就是打打殺殺，幹游擊隊趁機鬧熱鬧熱，圖個快活。原想搞一陣子，覺得行，就堅持下去，要是不行或者整不攏，再將自己那些兄弟拉出去，重新呼嘯山林，繼續做響馬就是了。

他被敵人擊傷後，一頭栽進小河時，第一感覺是這一生沒搞頭了，從此結束了。可是隨著河水漂了一段，隱隱約約聽到有人在喊：「河裡又下來一個，看啦，一冒一冒的，這一個可能還活著。」竟然有人撲向冰冷的河水中，把他抱上岸。想不到的是，一群叫花子在這河的下游替游擊隊員收屍體。

當時，他覺得奇怪，在他綠林好漢的生涯裡，從來沒有聽說過會有人同情他們，幫助他們逃生，還為他們收屍。

他睜開眼睛，不解地問：「你們為啥子要救我？」

「你是為我們這樣的窮人打天下受的傷，我們不救，問得過良心嗎？」

第三十章

　　大老黑非常感動。在以後的接觸中,叫花子無時不誇讚游擊隊,對大老黑的護理也特別殷勤,算是盡其所有,盡其所能。有時,討回的食物不多,叫花子們寧肯自己餓肚子,也要讓大老黑吃飽,還把那些油水多的讓給他。大老黑經常為叫花子們對待他的一點點小事感動得淚水滿眶,終於下定決心,傷好後一定要回到游擊隊去。

　　這幾天,他多次拜託叫花子外出時順便打聽游擊隊的去向,可是帶回的消息從來都是「沒人曉得」。

　　他急了,打算自己出去尋找。哪知叫花子們不讓他走,說那樣不安全,一旦他大老黑有啥不測,就是叫花子們的罪過。最後,答應多聯絡些叫花子到各處打聽。

　　剛才進來的叫花子陰沉著臉,大老黑雖然一直在問,他卻當作沒有聽見,不答話。

　　大老黑覺得不對勁兒,有些急了,又問:「到底出了啥子事嘛?你快說出來呀!」

　　那叫花子用手背擦著臉上的兩行淚水說:「游擊隊的肖政委被打死了,屍首沒人收,那些狗日的把政委的腦殼割下來掛在磁器口榨子門前的梧桐樹上暴屍示眾。這幫狗日的真該遭天殺。」

　　「啥子啊?你說啥子?」大老黑髮瘋似地搖晃著那個叫花子的身軀,不停地發問。這猶如晴天霹靂的消息,使他兩眼發昏,有點兒經受不起。他的情感閘門一向是很「硬」的,過去還從來沒有因為聽說死個人就這樣動情,自從突圍出來以後,就像變了個人似的,經常眼裡包著淚水。

　　「聽說是在向北碚邊境突圍時,為救一個隊員中的彈。」那叫花子說完,長嘆一聲,「唉——!只有共產黨,才有當官的替士兵擋子彈去死的事。」

　　「那,」大老黑問,「政委的頭逗沒人弄去埋了?」

　　叫花子說:「榨子門有人守著,邊上到處是站崗的,根本過不去,哪個弄得走嘛!」

　　大老黑沒再說什麼,獨自坐在一旁想著心事。他在想辦法將政委的頭弄去掩埋起來,不能由著那些狗日的把政委掛在那兒糟蹋示眾。

磁器口風雲

　　黃昏，大老黑從山洞出來，向陪他的叫花子扯了個謊，說是有件安全又秘密的事要做，得到許可後就悄悄摸出來，順著小路朝磁器口走。

　　磁器口一帶，到處是國民黨的部隊，三步一崗五步一哨，確實戒備森嚴。大老黑東藏西躲到處插空子，盡走偏僻荒郊，好不容易才摸到榨子門邊，隱蔽在一條深深的乾水溝裡，張望四下環境，耐心等待，尋找時機。在那榨子門外，深秋的梧桐樹完全掉光了葉子，只剩下硬刺刺的枝幹。在靠近榨子門的那棵最高的樹尖上，高高地掛著一個用鳥籠裝著的人頭，想必那裡面一定就是肖政委的人頭。

　　天完全黑了，榨子門已經關閉。

　　這時，在星光照耀下一個人影從圍牆上梭了下來，動作有些緩慢，能看出是個男的，他躡手躡腳地爬上那棵光乾乾的梧桐樹，取下鳥籠抱著，慢慢地下到地上。不知又從哪兒冒出個女人來，男人把鳥籠交給女人抱著，兩人一前一後，使勁兒地朝後山跑。

　　「來人呀，人頭被偷走了！」想必是站崗的在大聲呼喊，隨即便是無數荷槍實彈的軍人從各個方向跑出，朝那一男一女追去。

　　大老黑明白，那一男一女是搶先在自己前面取走了肖政委的人頭，眼下敵人正拚命地追趕他們。

　　嘟個辦？乾脆，把敵人吸引過來，讓他們逃走。他慢慢站起來，還在想怎樣走出那條深深的乾溝，不知是誰猛一下按住他的肩頭。

　　他大吃一驚，往下一梭就要暴力反抗，只見那人輕聲說：「莫動，自己人。」

　　大老黑蹲下身子，回頭一看，是雞腳神，吃驚地問：「腳神老弟，你嘟個也來了？」

　　雞腳神擺了擺手，示意這裡不是說話之地，拉著大老黑順著幹溝往前面爬，來到一個僻靜處。雞腳神才說：「老兄，你還活著？不是說你在張家箭樓犧牲了嗎？肖政委和林司令還專門為你開了追悼會，對你進行了表揚，要讓大家都學習你呢。」

　　「唉！」大老黑說，「一言難盡。」他把自己受傷後如何被叫花子們救起，又如何治傷，詳細講了一遍，最後說：「找你們找得我好苦喲。為了找你們，那些叫花子兄弟的腿都快跑斷了。他們說，以往磁器口有個羅叫花兒消息靈通，而今又不

第三十章

知這人上哪兒去了。」雞腳神靜靜地聽著，沒有吱聲。大老黑又問：「老弟，剛才你為啥子不讓我出溝？」

「他們兩人已經暴露，敵人無論如何也不會放過的。如果你再出去，那不又多一個送死的？」雞腳神說到這裡，長嘆一聲，「唉——！我們的隊伍再也經不起損失了。」嘆罷，向大老黑講起了目前游擊隊的處境。

自從部隊轉移以來，差不多每天都有壞消息傳出。東路突圍雖然成功，但團攏的人少了許多，部隊損失慘重，而且還犧牲了肖政委。西路游擊隊員多為綠林好漢，能打仗，會打仗，也能很好地保護自己，但組織紀律比較散漫，各彈各的琴，各吹各的調，不太聽招呼，遇上領隊人水中蛟是個火暴脾性，幾乎與陳老二火拚，梨右章再三勸說也扯不到一塊兒，最後只好分道揚鑣，各走各的路。水中蛟帶不住隊伍，心灰意冷，對游擊隊喪失了信心，又見敵人大軍壓境，各處封鎖嚴密，游擊隊沒有出路，革命形勢處於低谷，就在一個袍哥兄弟的勸說下悄悄投奔了601團的方團長，還得了個享受上尉待遇的閒職。

林翰墨聽說後，氣得半天說不出話來。林翰墨說水中蛟走的是一著險棋，方團長暫時還不知道鄒營長是水中蛟殺的，一旦知道，他能不報復，能對水中蛟信任嗎？能有水中蛟的香果子吃嗎？

林翰墨派雞腳神和珍兒化裝成夫妻，到磁器口去打聽究竟，以便採取相應措施。誰知剛到榨子門，就見那兒擺著幾具隊員的屍體和肖政委的人頭。他倆好不傷心！珍兒還偷偷地落了淚，她下決心，無論如何也要設法把肖政委的人頭掩埋好。可是，他倆還有任務在身不能在磁器口久留，必須得先打聽到關於水中蛟的情況再說。

他們做夢也沒想到，方團長想利用水中蛟這層關係，從游擊隊內部攻破堡壘，已經佈置水中蛟去勸說林翰墨投誠。同時，派重兵把水門寨方圓幾公里地域包圍起來，如果勸說不成，就將林翰墨家中老小和水門寨周圍的百姓一齊抓起來，迫使林翰墨就範。

此時，水中蛟和那些包圍水門寨的官兵已經出發，情況十分危急。如果雞腳神和珍兒一道回去報信，顯然來不及了。於是他只好利用自己的優勢，獨自一人回寨，搶在官兵到達之前告訴水門寨周圍的百姓轉移。臨行前他再三囑咐珍兒，一定要隱避好，千萬不可輕舉妄動，等他回來後再考慮掩埋肖政委人頭的事。

磁器口風雲

　　珍兒答應不跟雞腳神一起走，可她堅持要到一家店鋪去找郝小圓，據說他有個親戚在 601 團當兵，她要找到他看有沒有點兒門道。郝小圓就是石板鄉前任郝鄉長的小兒子，也就是珍兒的未婚夫，現在磁器口一家店鋪當學徒。

　　雞腳神的話還沒講完，大老黑突然伸過手來摀住了他的嘴，差一點讓他緩不過氣來，還眼眨眉毛動地示意他向上看。

第三十一章

雞腳神抬頭一看，有個身材單薄的人在溝坎上朝這邊跑來。那人大概是發現了他們，慌慌張張地，朝溝裡輕輕拋下一個黑乎乎的東西，來不及說話就彎著腰繞著道又跑了。

雞腳神上前撿起那黑乎乎的東西湊近眼前一看，人頭，是肖政委的人頭！他立刻明白，剛才過來的一定是珍兒，她估計自己擺脫不了敵人的追捕，又必須設法把肖政委的人頭藏起來。她大概是東奔西跑走了幾處，找不到個妥當的地方，發現這溝裡有個高個子，估計是雞腳神，就將肖政委的人頭丟了下來。為了轉移視線麻痺敵人，又毫無掩護地從溝坎右邊的方向跑了，她是要把敵人引開。

遠處傳來吆喝聲：「媽的！抓到個男的，還有個女的跑了，沒抓到。那匪首的人頭在女人手上，大家仔細點，千萬莫讓她跑掉！」

敵人追趕著珍兒遠去後，雞腳神輕聲對大老黑說：「快，繞道撲到後山那片林子去，這裡不能久留！」他抱著肖政委的頭，幾竄幾不竄就鑽進了他說的那片林子，大老黑在後面警戒，等了一會兒，沒發現追兵，也竄進林子。

大老黑說：「要爬就爬上山頂，讓肖政委安睡在上面，實現他的心願，看得見解放軍的到來。」

兩個人又摸索地爬坡上坎好一陣，終於來到山頂，來不及歇氣，便在一塊向陽的地方用手挖坑，可那荒野的土地從來無人耕種，實在太堅硬，沒挖幾下，指頭就出了血。

荒涼的山頂，舉目看不見人煙，要找莊戶人家借把鋤頭什麼的，也不知要走多遠。現實情況也不允許走多遠，萬一遇上巡邏的國民黨軍隊，就麻煩了，怎麼辦？

還是雞腳神有辦法，他記得小時候在山上玩泥巴，常常用樹枝把土撬鬆。於是他順手折了根粗壯的樹枝，利用斷枝的斜面使勁兒地刨。

大老黑趕忙站攏來，蹲下身子兩個巴掌合在一起，把剛刨鬆的土一捧一捧往外扒。

天氣雖然冷，兩人卻幹得大汗淋漓，用這樣原始的勞動工具，一直幹到後半夜，才挖了個籮筐大的坑。兩人各自從身上脫下一件衣服，小心翼翼地把肖政委的頭包

磁器口風雲

裹起來，放進坑裡，從周圍找來一些薄石板蓋上，再將泥土回填到坑裡，直至壘起一個高高的土堆，又搬了些臉盤大小的石頭，向著北邊砌起一個墳頭。他倆的意思很明顯，要讓肖政委天天眼望解放區，眼看著人民解放軍一個一個地把國民黨匪軍消滅。

大老黑從附近挖來兩棵高矮差不多的嫩松種在墳前，然後跪下作了三個揖，又磕了三個響頭，聲音顫抖著說：「我大老黑出身卑微，一生闖蕩江湖，難得遇上你這樣的共產黨好人。生為窮人生，死為窮人死，為了救小兵舍了各人的性命。小弟我這輩子服了！」他用袖子擦了擦眼淚又說：「今天為你送行，沒得香蠟，逗用我的一顆紅心和兩棵小松樹替代吧。沒得供品，逗用小弟我的一片忠誠。」說完，他把自己的一個手指伸進嘴裡，狠狠地咬一口，將那殷紅的鮮血滴在兩棵小松樹上說：「請政委放心，小弟我這輩子一定跟著共產黨走到底，無怨無悔，死不回頭！」說完，用袍哥的禮節丟了歪子，靜靜地站在一旁滿臉淚流。

雞腳神走到墳前跪下來，同樣磕頭作揖後，站起身來說：「肖政委，我們走了！等到重慶解放那一天，我們一定來接你回家！」

天快亮了，兩個人沿著崎嶇的山路，迅速往水門寨方向走，他們要去向隱避在山洞裡的林翰墨匯報肖政委人頭的掩埋情況和珍兒被捕的消息。

其時，與珍兒同時被捕的還有她的未婚夫郝小圓。他們被一起關在601團設在磁器口的臨時團部。由於傳統習慣，男女罪犯不能同室，他們各自被關進一間不大的房子裡，中間有一道不算太牢固的竹篾板牆壁隔著。

門外都有荷槍實彈的兵士看守。兩個人面對竹篾板壁而立，隔著牆縫你望著我，我望著你，雖然心裡都有許多要說的話，可在此時此刻誰也說不出一句來。

「媽的！搶共匪的人頭，明明就是通共嘛！」方團長在屋子裡背著手狂躁地來回踱著步子轉圈圈，昏暗的燈光下，他的影子時長時短。他停下腳步揮揮手，對部下說：「把他們都拖到河壩槍斃了！明天讓老百姓都來看看，這就是共匪和通共的下場。」他好大的口氣，明明是條嘉陵江，他硬要說成是一條河，以此來貶低這個地區。

「團座！」副官湊過來說，「那個男的完全應該槍斃。至於那個女的嘛，本來也該，只是恐怕，恐怕你捨不得，你是不會答應的，嘻嘻！」

第三十一章

「啥？我捨不得，我不答應？我剿匪一向是非常堅定的，莫名其妙！」方團長不解其意地說。

副官笑著說：「多水靈的山貨喲，還沒開過苞的黃花閨女，恐怕你愛還愛不過來呢。」

「放你媽的狗臭屁，爬一邊去！」方團長生氣地說，「這都啥時候了，盡拿老子開心！」

副官太瞭解他們團長了，他知道團長雖然嘴裡這麼說，心裡已經被他吊上了胃口，便收住笑容，正兒八經地說：「我說的是真話，一點兒都不拉稀擺帶，不信你去看看。」

所謂「不拉稀擺帶」，就是說話算數，不食言的意思。

這方團長本來就是個好色之徒，每換一次防地，他就要重新找幾個老婆，等到下次換防，他又丟下那些「陳貨」，去找新的。時間長了，他到底睡過多少女人，生有多少子女，連他自己也搞不清楚。當然，他找女人與豬隊副相比還是有區別的，他的品位高得很。一不要妓院的，怕染病；二不要年歲大的，怕乘不住他的暴力；中意黃花閨女，還要身板結實。只要是他看上的，就得想方設法弄到手，而且還要冠冕堂皇的所謂明媒正娶。

他這次從前線撤下來，駐防巴縣的時間不長，戰場上的失敗影響了他的心情，不像過去，每到一個地方，先打望找女人再安排駐防。這幾天從前線傳來的消息不好，他的心思沒在女人上。既然副官有這樣的提議，何不見識見識？於是整了整腰帶，立刻命令提審珍兒。

珍兒被帶了上來。

這位五十開外的團長不覺倒吸了一口冷氣，還退了兩步，目不轉睛地傻看著，雙腿不自覺地有些發軟。

她雖然衣衫破爛，又被暴徒們抽打得傷痕纍纍，但仍然掩蓋不了那一身秀氣，特別是那雙明亮的眼睛和那帶有挑逗性的高高的鼻子，還有那櫻桃般的小嘴和細嫩臉蛋上橢圓形的酒窩。他幾乎呆了，暗自驚嘆道：「真是深山出鳳凰呀！」

副官站在一旁，不敢驚動，靜等了好半天才湊過去輕聲問：「團座，還審嗎？」

「噢？」方團長回過神來，裝出一副和善的樣子問，「你是共產黨嗎？」

珍兒沒回答。

又問：「你是共產黨的同情者嗎？」

珍兒還是不理他。

「別怕，你跟我說實話，我不會傷害你。」

就這樣，有問無答，方團長只好草草收場，對副官說：「把她送回去，讓她洗洗，拿些上好的衣服給她換換，這個樣子怎麼見人嘛！弄些好東西給她吃，千萬莫給我餓瘦了。」

「是！」副官討好地應著，一一照此辦理。

珍兒不明白，這殺人如麻的魔王團長為啥子就能輕饒自己。回到牢房隔著板壁，她悄悄問郝小圓。

小圓的回答是：「恐怕那姓方的沒安啥子好心。」

正在這時，副官來了，嬉皮笑臉對珍兒說：「小姐，恭喜你，你是前世修來的大福大貴命，立馬就要小雞變鳳凰。你命運將會發生翻天覆地的巨大變化了。恭喜小姐，賀喜小姐！你被我們團長看上，要做團長太太了，今後你就是我們601團的嫂夫人！」轉身又對勤務兵說：「快讓人端水來，拿條新毛巾！」

之後不久，一個女傭模樣的人將一大沓嶄新的衣物放進牢房就走了。

珍兒的心再也不能平靜了，這姓方的魔鬼果然要對自己下毒手！她把一大沓嶄新的衣物撕扯著丟在地上，用腳使勁兒踐踏，發泄自己的憤怒。

她本想一死了之，可是一想到自己那苦命的父親，心又軟了下來。她覺得自己的命也太苦了。看上個腳神哥哥，本來是可以成親的，卻偏偏遇上郝家成為游擊隊的統戰對象。如果那郝鄉長一心一意為革命也還好，誰知敵人一追捕，他立馬膽小如鼠鑽地洞，拋卻家小獨自一人寧可逃難在外，也不參加游擊隊。遇上個這樣的婆家，有啥子意思？好在郝小圓還不錯，還有些正義感。以往雖然不見他有啥子表現，但這次設法取走榨子門邊樹上肖政委的人頭，他沒有二話，堅決支持，多虧有了他全力幫助，才得以保全肖政委的人頭。這樣一想，能一輩子與郝小圓過日子，也算

是比較安穩的。可是，眼下那姓方的橫刺裡插一杠子，就要向她下毒手了，哪裡還能出得去與小圓廝守終生？

她苦思冥想，始終沒能想出一個妥善解決問題的辦法。在萬般無奈的情況下，她要按照自己的想法——拼了。

她看哨兵沒有太注意，便把嘴貼近竹篾板壁的縫隙，輕聲向對面的小圓說：「來，把這竹篾板壁整開一塊，你到我這邊來，我們馬上成親，我要把貞操給你。」

郝小圓呆呆地看著她沒作聲，珍兒以為他不相信，又重複一遍，他還是沒有作聲，站在那裡一動也不動，儼然一尊泥塑。

珍兒急了，乾脆自己動手拆竹篾板壁。可是，儘管用盡力氣，還是拆不開，她的力量太小，撼動不了竹篾板壁。她急了，輕聲罵道：「你這個該死的東西，逗心甘情願看到那些混帳東西來糟蹋我嗎？像你恁個貪生怕死的人也配當人丈夫嗎？」

珍兒的話，對郝小圓刺激太大，他像一頭髮怒的獅子，突然雙手抓住竹篾板壁使勁兒搖晃，這邊珍兒也使了一把力，一塊蔑板被扳下來。珍兒從窄縫中擠過去，緊緊抱住郝小圓說：「我們成親吧！現在逗成親吧！然後我要設法讓你出去，好好照顧我爹，你要像親生兒子照顧親爹一樣對待我爹，你辦得到嗎？」她已經孤注一擲，將自己的生死置之度外了。

郝小圓重重地點點頭，馬上問：「那你呢，你能逃出魔掌嗎？你啷個打算的？」

珍兒說：「是死是活你都莫管我了。只要你能照顧好我那苦命的爹，幫我盡了孝道，我逗滿足了。」說完，一長串淚水順著臉頰流到了郝小圓的臉上。

郝小圓同樣難受，淚水不停地流，他已泣不成聲。

這時，一個哨兵走過來，見此情景，驚慌失措，遭黑得大聲亂叫：「快來人哪，大事不好，壞事了，壞大事了！」

方團長和副官隨著喊聲走了過來，一看這個光景，幾乎氣炸了肺：「這……這……這……」他「這」了半天也沒有「這」出個名堂。

「有啥子值得大驚小怪的，有啥子了不起。」珍兒鬆開郝小圓說，「這是我哥哥，是我唯一的哥哥，一想到你們要槍斃他，我逗難受，我要跟他做最後的道別。」

磁器口風雲

「他真是你哥哥？」方團長半信半疑，轉憂為喜，樂滋滋地看著珍兒，以求下文。

珍兒平靜地說：「這還有假？不信你們去調查！」她之所以來了個180度的大轉彎，是因為她知道方團長色迷心竅，只要答應嫁給他，他就會高興得不知所雲，哪裡還會真的派人去調查。

事情果然如她所料，方團長滿臉堆笑地說：「小姐怎麼不早說？讓本團長吃醋，誤會了，誤會了！大家根本不值得大驚小怪，一個平常得不能再平常的小事。對，小事一樁，真是小事一樁！」

副官也在一旁幫腔：「只要小姐肯做團長太太，我們立馬放人，保他自由、完整、安全。」

珍兒問：「這話當真？」

「當真，本團長一言九鼎！」方團長急忙表態，生怕珍兒不相信，然後迫不及待地說，「那我們今晚就舉行婚禮，怎樣？」

珍兒故意問：「誰保媒？」

「當然是我喲。」副官嬉皮笑臉、洋洋自得地說，「方團長啥時娶太太少得了我保大媒！」說得方團長心裡怪不是滋味，他覺得副官說得太實在了，有些事是不能太實誠的。儘管如此，他也沒有當面指責副官。相反，方團長覺得這小女子很有個性，想像中做愛必然很有味道，嘴角不由自主地露出笑容。

當天晚上，珍兒貌似高興，認認真真地將身子擦了擦，叫方團長拿來新衣物換上，在士兵押解下，送郝小圓出了牢房。

送走小圓，珍兒回來陪方團長喝酒。

今晚的方團長，歡天喜地，容光煥發，換了一身嶄新的德式國民黨校官呢服，衣服褲子沒有半點皺褶，筆挺筆挺。肩上的兩杠三星黃金豐榮，在燈光的照耀下熠熠生輝，襯托出他職業軍人的氣質和魁梧結實的身材，一下子好像年輕了好幾歲。

珍兒進屋的時候，方團長已經坐等多時了，他退去衛兵：「你們都到外邊去，把門關上。」同時招呼珍兒：「這麼快就送走了，沒與你哥多說幾句話？」他表現

第三十一章

得很有耐心,好事不在慌忙,其實在這平靜的表白下面,卻是從喉嚨管伸出了爪子,他早已不耐煩了。

珍兒並不答話。

他又自言自語地說:「送走了就好。這下你放心了?安安心心地做咱倆的事。來,上我這兒來。」

珍兒溫順地坐到方團長身邊。

方團長猴急地伸出手臂去抱珍兒,要把她攬在懷中。珍兒一讓,躲過了方團長的手臂:「莫急嘛。」

方團長雖然尷尬,但還是厚顏無恥地說:「你實在太漂亮了,惹得我等不及了。」然後裝出一副紳士模樣,大套寬慰地說:「好吧,不急,不急!把酒滿上。」他就坡下驢,自我解嘲,努力緩解尷尬。

珍兒站起身來,拿過桌上的酒壺,給方團長滿滿地倒上一杯酒。

「把你的也倒上。」方團長指了指珍兒面前的杯子。

「我不會喝酒。」珍兒說。

「不會喝就少喝點。」方團長表現出他的體憫和大度,說著拿過珍兒手裡的酒壺,尋機輕輕地扣了一下珍兒的手背,還向她使了個媚眼,給珍兒倒了一杯酒,然後端到珍兒的嘴邊,另一隻手去拍珍兒的背心。

「我真的不會喝。」珍兒用手推了推,將身子側向一邊。方團長的手懸在空中,他尷尬地一笑,一副大人不記小人過的樣子,縮回了懸空的手。

「不會喝就嘗嘗。」方團長堅持要珍兒喝酒。他想的是,珍兒喝些酒再與他幹那事,就會有些飄飄欲仙的感覺,那才叫真正的味道。

方團長順勢把酒杯靠近珍兒的嘴。

「喀!喀——!」珍兒無可奈何地呷了一口,一股辛辣直衝腦門,強烈的刺激讓她不能自持,彎下腰去不停地咳嗽起來。

磁器口風雲

「哈哈哈……吃點菜，趕緊吃點菜！」方團長愛憐地說。他服了，她的確沒沾過酒，這才是地地道道、真金白銀換不來的黃花閨女啊！你看她就沾了那麼一點點酒，也就濕個嘴皮兒，就被嗆成那樣。

這是他不曾想到的，也是在其他地方很少見過的場面，他竟然手舞足蹈，高興得不由自主地拍手拍腿又拍胸。他十分慷慨地說：「好！好！我不勉強，但你也別讓本團長掃興，我喝一杯，你喝一口！」

方團長夾了一點菜到珍兒碗裡，然後又給自己碗裡夾了許多菜，呼啦呼啦大口吃起來。

吃光了菜，方團長站起身來，習慣地左右翻了翻衣袖，看了珍兒一眼，是乎覺得不雅，又坐下：「好，現在我們喝酒。」然後先把自己面前的那杯一下子倒進嘴裡，嘟著嘴向珍兒翻著空杯。

珍兒不知是什麼意思，靜靜地看著。方團長趕緊吞下口中的酒，伸出舌頭說：「我已經杯中盡，該你啦，該你啦！」

珍兒端著杯子象徵性地在嘴上碰了碰，臉上的五官立即皺成一團。

「哈哈哈……漂亮，漂亮！」方團長把手中的酒壺交給珍兒。他要在珍兒面前顯示大丈夫英雄好漢喝酒的本事。他太高興了，比他以前娶任何一位新老婆都高興，高興得有些忘乎所以。

珍兒給他滿上，他一飲而盡，然後又亮著杯底伸出舌頭對著珍兒，等著珍兒喝。

沒辦法，珍兒只好用嘴沾沾酒杯。

幾次之後，珍兒已經慢慢適應了酒的濃烈味道，進而由沾到呷，到可以抿一小口了，甚至覺得白酒的醇香沁人心脾，並不十分討厭。

這讓方團長更加得意忘形：「我說嘛，近朱紅，近墨黑，跟著老公走，就要學喝酒。」不知他是在哪裡弄來的順口溜歪邏輯。一會兒工夫，一壺老白干見了底兒，珍兒臉上也呈現出桃花般的模樣。

「再倒，再倒！」方團長興奮地大叫。

珍兒環視周圍，見旁邊櫃子上還放著一瓶白酒。

第三十一章

　　方團長示意珍兒拿過來，他一把抓在手裡把瓶頸放在嘴角，「嘣」一聲，用牙把瓶蓋啟開，然後把酒瓶往珍兒跟前一推，讓她倒。

　　珍兒將一瓶白酒倒進酒壺，剛好滿滿一壺，然後順手把空瓶放在桌上，給方團長的杯子倒酒，繼續陪方團長「喝」。那新滿的一壺酒還剩半壺的時候，方團長有些不勝酒力了。珍兒此時卻進入興奮狀態，雖然是被動的小口小口地呷酒，喝到這時已顯得頭髮蓬鬆，劉海兒瀟灑，兩眼有神，酒窩淺現，把方團長喜歡得不住地要酒喝。

　　「咚」方團長一頭擱在酒桌上，他喝醉了，是被酒灌醉了，是被珍兒的漂亮陶醉了，總之是醉了，慢慢地閉上了眼睛還打起鼾聲。

　　珍兒卻突然非常清醒，面對這個企圖糟蹋自己的惡魔，一股仇恨湧上心頭。她順手抓起桌上的空酒瓶，高高舉起使勁兒向方團長頭上砸去，頓時玻璃瓶四分五裂，珍兒手上只剩個破碎的瓶頸。

　　意想不到的事情發生了。

　　方團長猛然抬起頭來，鮮血滿面，兩眼露出凶光，指著珍兒大聲喊：「他媽的，來人，小賤人謀殺我！」原來，珍兒畢竟是小女子，力量不足，這一砸不但沒把他砸死，反而把他砸醒了。

　　房門突然打開，一群士兵持槍湧入。

　　珍兒拿著那個殘缺的酒瓶，驚愕地看著他們。

　　「殺了她，殺了她！」方團長聲嘶力竭地呼喊。

　　「啪啪啪……」多名士兵同時開槍。珍兒倒在了酒桌旁，鮮血噴薄而出。

　　郝小圓對珍兒很不放心，他不知她葫蘆裡到底賣的什麼藥，與珍兒告別後，脫離了士兵的押解，成了自由人就更加擔心珍兒的安全。

　　他沒有急於離開，而是向駐軍後面的山上走去，然後躲起來，一直專心致志地聽著山下的動靜。

　　等到半夜，忽然傳來一陣清脆的槍響。

他明白了，珍兒已經失去了那充滿青春活力的生命。他痛不欲生，拖著沉重的腳步，去尋找自己的岳父大人梨右章，當然，也是要尋找中國共產黨和黨所領導的游擊隊。

　　國民黨正規軍和地方部隊上萬人，把璧山與江津、北碚交界的邊境地帶圍得像個鐵桶。明崗暗哨幾步一個，嚴密清查共產黨和游擊隊，甚至還經常借題發揮進村打狗捉雞，亂捕無辜，放火燒房，鬧得百姓沒有安身之地。

　　游擊隊東路突圍的隊伍自從肖政委犧牲後，由汪陵江帶領突圍出去的人馬到了神農架原始森林邊緣的地帶。西路突圍的隊伍四分五裂，梨右章帶著二三十人無法進入蛇皮溝，暫時隱避在璧山、江津交界的大山中，派人與林翰墨取得了聯繫，等待有命令後再行動。

　　林翰墨自己身邊只有十幾個隊員，目前分散在老百姓家裡。下一步到底該如何行動，他拿不定主意，這事得請示上級。誰是上級？以前都是肖政委與上級聯繫，其他人從來沒與上級見過面。因為當時重慶地下黨的上層出了叛徒，黨內各方面的聯繫基本凍結，對接頭的要求非常嚴格。

　　肖政委在突圍戰鬥中犧牲了，唯一向上級連接的線索斷了。

　　那麼，去找曾林，幾次派人到秦巴山區，都說曾副司令來無影去無蹤，國民黨的軍隊也在滿山遍野找他，要與他決戰，這就更不容易找到了。

　　他想派人去巴縣找中心縣委，但實際上也不可能。聯絡暗號是什麼？與誰聯絡？偌大個巴縣城你不可能每家每戶去問吧！

第三十二章

　　從東路突圍出來的通訊員給林翰墨送來了老肖囑咐的「成功」二字，這大概是聯絡暗號。老肖曾說過：「以後若需與上級聯繫，我會送暗號過來。」那麼，這暗號怎麼個對法？與誰對？目前東藏西躲，即便上級派人來，又怎麼聯繫得上？這些疑團讓他腦汁絞盡。

　　林翰墨躲在一位老大娘家裡冥想苦思，想破腦殼也理不出個道道。他用手蘸著水在桌子上畫著誰也看不懂的連線，畫了抹，抹了又畫，消磨著時光。門外傳來狗叫，他站起來，悄悄走到窗口一望：好傢伙！黑壓壓的偵緝隊員圍了過來。

　　林翰墨眼見偵緝隊就要進家門，萬分著急，無計可施。他想：這一回真是要「革命到底了」。正準備與偵緝隊拚個你死我活的時候，屋裡傳來大娘的叫聲。

　　「你個懶鬼，成天待在屋頭磨蹭啥子，還不快去割點兒豬草回來，豬都餓死了！」

　　隨即，大娘怒氣衝衝地遞過背簍和鐮刀，要他快走。林翰墨聽懂了大娘的用意，感激她的機智。

　　他突然一抬頭，為時已晚，出不去了。好幾個偵緝隊員端著槍，迎著他站在面前。他還是迅速接過大娘遞過來的割草用具，裝成一副極不高興的樣子，「堵著氣」直往外走。

　　「慢！」偵緝隊的一個小頭目喝道，「哪裡走？林翰墨，莫裝了，這一回你是沒得退路了，我們也該收網了。做夢也沒有想到我們會在這兒以這種方式見面吧！」那傢伙得意揚揚。

　　林翰墨大吃一驚，顯然對方已認出他了。此時此刻上天無路，入地無門。他不能束手就擒，但又沒想好如何反擊，如果在屋裡打鬥，人家人多，他孤家寡人，施展不開，勝算的把握很小，還會傷及無辜，連累大娘，必須想辦法到外面去才能大顯身手。他並不答話，裝作沒事的樣子，背著背簍拿著鐮刀低頭往外闖。

　　那小頭目一抹機槍，打開保險，把臉一垮，橫眉豎眼地大聲說：「你林翰墨化成灰燼我也認得，還裝啥子蒜？趕快交出武器，繳械投誠！」原來這傢伙沒有直接撲上來是因為怕他手上的「武器」。

正在劍拔弩張的緊要時刻，有人大聲喝道：「胡扯你媽的雞巴蛋！林翰墨有恁個哈嗎？大白天躲在老百姓屋頭讓你來抓？只怕是早逗躲進哪個山洞去了。你們在這裡耽誤個啥子時間，還不給我趕緊追！」

　　林翰墨不用看，從聲音可以判斷，說話的人是水中蛟，而且此時就站在他面前。

　　「你這人也是，還不快走，愣在這兒幹啥子？找死呀？！」水中蛟向林翰墨大吼一聲，帶著偵緝隊員到別的農戶家搜查去了。

　　林翰墨真的愣住了，弄不懂水中蛟葫蘆裡賣的啥子藥。難道是要放長線釣大魚？還是覺得要整個幾擒「孟獲」才能顯示能耐？他不覺心頭一震。

　　水中蛟投誠後，當了幾天閒職，後來偵緝隊發生重大人事變動，冉縣長要用其所長，現身說法，他就受到了重用，接替了豬隊副的職務，擔任偵緝中隊的副隊長。

　　豬隊副因羅漢埡口一戰，以死相拚保護冉縣長有功，被提升為縣保安總隊隊副，連升兩格，實際已成為冉縣長的專職保鏢，專為保障冉縣長個人生命安全服務。偵緝隊在外面那些張牙舞爪的事也由水中蛟接替。

　　林翰墨望著水中蛟遠去的背影，心裡很不是滋味兒。一個人的行為真是拿捏不住，變化莫測沒有個定準，說變就變。想當初，他寧可為匪，也不肯歸順國民黨反動政府。後來又得勁兒扳力地把自己原有的袍哥組織交給林翰墨改建成智新社，為的依舊是與官府為敵。而今找到了共產黨，有了引路人，成立了游擊隊，名聲大振，又深得百姓擁護，只是暫時遇到點挫折，就經受不住了，成了孬種。

　　林翰墨無論如何也想不清是個啥子原因。是因為游擊隊的生存環境險惡，生活條件艱苦，他扛不住了？不對吧，當年他被國民黨偵緝隊攆得滿山遍野亂跑，無處藏身，有上頓沒下頓，他都能挺過來，眼下的情況與當年相比應該還好點吧，至少還有一個組織幫襯著他。難道是游擊隊紀律嚴格，不像當綠林好漢恁麼無拘無束，自由自在，無法無天？是貪圖享受，貪圖吃喝玩樂？如果是這個原因的話，那他從早年反對官府開始，從來逗沒有真心想過要推翻官府，而實質只想圖點兒個人安逸的享受。

　　更使林翰墨不解的是，水中蛟自從做了偵緝中隊的隊副，曾三次來找他，要他也去投誠。說那樣一則可以名正言順地做個官，走個正統道路，還說偵緝隊中隊長

第三十二章

的位子還空著,只等他去;二則還能保證他全家安寧無事;三則只要他招回舊部來當偵緝隊員便可結束殺戮,對他一直關心的周圍老百姓也有好處,可以安居樂業。

林翰墨問他是不是為那姓冉的狗官當說客,他卻一口否定,並說:「這完全是看在多年的朋友交情和你的實際才能上。要是冉縣長派我來,我能不向你宣傳國民黨如何如何好,總會在美國人的幫助下東山再起,共產黨如何如何不是,得不了天下,非正統而大逆不道,早晚會功虧一簣的說教宣傳理論嗎?」

林翰墨從來都沒有給過他面子,不是痛罵一通,就是立即叫他滾,滾得遠遠的。林翰墨覺得,水中蛟一定是官府指派來勸降的,不然他不會那樣不厭其煩,反覆糾纏。憑他那點胸無點墨的能耐,憑他那火爆的脾氣,他會有那個耐性?如果不是答應姓冉的一些條件,能給他一個主持偵緝隊工作的職務?現在他一看到水中蛟就煩,煩透了。

林翰墨想著心事,默默地朝著樹林中那個不易被人發現的山洞走去。那是他與其他游擊隊員接頭的地方。

這些天來,為了防止敵人搜捕,他們決定在找到上級組織之前,一律單獨隱避,不得私自進行任何貿然行動,每隔三天按時到山洞接頭一次。

此時,好幾個游擊隊員先於林翰墨來到山洞。當林翰墨發現大老黑也坐在雞腳神旁邊時,又驚又喜,忙上前打招呼,熱情地問這問那。他做夢也沒想到今生今世還能見到這位綠林出身的游擊隊中層幹部,像他這樣的人能堅持到今天,是難能可貴的。

「嗝!趕得早不如趕得巧,我來得正是時候,今天這兒好鬧熱呀!」正當大家沉浸在見面之後的興奮之中,正當大家噓寒問暖之際,一個熟悉的聲音從洞口由遠而近。

「站住!」蹲在洞門隱蔽處的游擊隊哨兵見來人是水中蛟,突然跳出來,「你給我站到,聽到沒得,不準再往前走了!」哨兵沒給他好臉色,嚴肅地一邊拉動手裡的槍栓,一邊有意大叫,向洞中傳遞訊息。

「小兄弟,莫誤會,小心槍走火。」水中蛟帶有幾分哀求說道,「我不會進去,我有很重要的事情要說,麻煩你叫林司令出來一下。」他來過幾回,從來都是被哨兵攔住,一次也沒被放進去過。

磁器口風雲

「哼！收起你的甜言蜜語，哪個是你的小兄弟，有哪個願做你的兄弟？」哨兵氣呼呼地，「你這個可恥的叛徒，你等到解放軍來收拾你吧。要不是看你以往和林司令有些交情，我早逗把你崩了！」

洞外吵吵嚷嚷，裡面的林翰墨聽得清清楚楚，引起了高度警覺。

一行人正打算向另一個洞口轉移，林翰墨突然車轉身子仔細聽，吵吵嚷嚷中夾雜著水中蛟的聲音，他停了下來。林翰墨知道，來者是無事不登三寶殿，也怪他上山時沒有注意甩掉身後的尾巴，讓水中蛟咬住跟了梢，尾隨而來。

還好，從聲音判斷水中蛟是單槍匹馬的個人行動，沒有帶其他偵緝隊員。林翰墨略有寬心地大聲對哨兵說：「他要想進，逗讓他進來吧！」

水中蛟說：「不，我不進來，裡面怎麼多人，進來說不清楚，還是請你出來一下。」

「哦，是想殘殺我們林司令呀？」

「不出去，逗是不出去！」

「莫理他，我們走吧！」

……

「不，不，不，沒別的意思。」水中蛟的舌頭有些變大發僵了，話都說不隆[1]，結結巴巴，好半天才說，「我，我，我不是那個意思，看在我們兄弟的分上，我是想和林司令單獨說幾句。」

「你進來吧。」林翰墨說，「趁大家都在這兒，有話逗敢開說出來，讓大家都聽聽。」

「那，既然林司令不出來，我逗站在這兒說吧。」水中蛟邊說，邊拿眼睛觀察裡面，看林翰墨有些什麼動靜。

林翰墨知道水中蛟根本沒有那個膽量進去，他是怕游擊隊的人在洞裡把他黑了。好吧，仗著人多勢眾，欺負人家一個人，這不是袍哥人家的做法，更不是游擊隊的章法。應該光明磊落，坦坦蕩蕩。既然你水中蛟以禮相待，有禮不往非君子。林翰墨不能讓他拿住把柄。你可以不「仁」，但我不能不「義」。林翰墨還想到老讓他

第三十二章

待在洞口容易引來敵人，三言兩語早點把他打發了才是正理，便起身從裡面走了出來。

「我想，還是……」水中蛟見林翰墨站到自己面前，洞裡又跟著出來了幾個人，圍在林翰墨周邊，對他怒目而視。他低下頭有意地向洞口旁邊裂[2]了裂，這才開口要講。

「最好莫說了，你那一套我已經聽膩了，耳朵起了繭巴。」林翰墨不等他張嘴就打斷了他的話頭，「你還是快走吧，莫在這兒丟人現眼，磨磨蹭蹭浪費時間。從今以後，希望你不要再來找我。你走你的陽關道，我過我的獨木橋，我們各為自己的理想信仰去奮鬥。如果你不做傷天害理作惡百姓的事，我們井水不犯河水。如果你要與人民為敵罪大惡極，我們兵戎相見。我把話放在這兒，今天我不動你，是看在過去的緣分上。我不動你不等於明天別人不動你，你早晚會受到人民的制裁！」

「司令，你也真的相信我會投靠國民黨？」水中蛟突然冒出這麼一句，瞪大眼睛望著林翰墨，他似乎有些難言之隱在努力地憋著。

林翰墨以為是自己的耳朵出了問題，聽錯了，他不相信水中蛟會說出這樣的話，也瞪大一雙眼睛看著對方，似乎不認識。

「路遙知馬力，日久見人心。」水中蛟拋出這句話，丟了個歪子，轉身就走，「大哥，我們後會有期！」

在場的人聽得雲裡霧裡，不知所措，更不知這對昔日的兄弟今天在打什麼啞語。

水中蛟走後，林翰墨衝著那「日久見人心」的一句話，思索了很久。他是想誘騙，還是有別的什麼企圖？他是想說他迫於無奈，還是有其他意思？難道他……唉，扯不伸抖，真是剪不斷，理還亂。

過了好大一陣，林翰墨躁動不安的心情才逐漸恢復平靜。雖然眼前還不能思索透那句話的完整含義或引申意義，但他內心隱隱約約有一種東西在萌動，扇起過去的回憶，隱約覺得有什麼說不清道不明……唉，太……算了，暫時把他丟在一邊，不去想他。

他又開始思索那個一直沒有得到答案的老問題，那就是游擊隊眼前面臨的出路。如何去尋找上級黨組織？萬一找不到，該怎麼辦？面對敵人製造的白色恐怖，是分

磁器口風雲

散隱避,還是集中活動?能否給以適當回擊?他真的不知道該怎麼做了,他怕重走華鎣山游擊隊全軍覆沒的老路。

林翰墨已經變了,從一個只知衝衝殺殺的綠林翹楚、草莽英雄,變成了凡事三思而行的游擊隊的成熟領頭人了。

要在過去,他早就拖出幾個人去這裡捅捅,那裡搗搗,擾亂敵人計劃,毫無目的地砸爛敵人的罈罈罐罐,再搶些豪紳的財寶糧油回水門寨貓冬。而今不同了,他是共產黨員,是游擊隊的主心骨。游擊隊是革命的本錢,是人民的子弟隊伍,一切行動都得按照上級的部署辦。萬一因為一次小小的失誤,搞亂了黨的整個安排,葬送了游擊隊的前程,他的罪過就大了,今後會不齒於人民,後果不堪設想。

過去他也做過許多決策,但當時有肖政委在場,他感覺信心百倍,底氣十足。常常大膽提出一些想法,都得到了肖政委的充分鼓勵和肯定。肖政委極少提出反對意見,但是每當他的決策提出之後,政委透過點評,都要對不妥當的地方及時給予補充和完善,使決策天衣無縫。當時雖沒思考政委的話有多了不起,能造成多大作用,但現在政委不在了,一下子心裡就空了。他認真思索自己當前的一些想法,怎麼想都不盡完美,漏洞百出,回過頭來更覺得每次政委的話是關鍵所在,真是「失而才知多不易」,應該加倍珍惜。現在沒有政委對他決策的補充和完善,他竟然不知道自己的決策是否正確,是否合理,是否可行,萬一失誤該怎麼補救。

唉,真是難為他了,他從來沒有像現在這樣地感到孤立無助,從來沒像今天這樣惶恐不安,像個突然失去母親的孩子,像個迷途的探險家,突然間就找不到北了,膽子變得越來越小,謹小慎微,甚至是極小極小。

失去母親的孩子終究要面對現實,要獨立生活,迷途的探險家終究要活下去。透過幾天思考,他做出決定,如果一時找不到上級,就把分散的隊伍集結起來,聚在一起。這樣做有多種好處:可以儘量避免被敵人各個擊破,分而吃掉;可以拖到老山林去加強訓練,磨礪意志;可以組織大家學習革命知識,提高理論水平;可以尋找機會,吃掉零星小股敵人,讓國民黨不得安寧;可以互相鼓勵,增強革命鬥志,加強信心;還可以為革命保存「種子」。一旦找到組織便可迅速東山再起,讓同志們發揮骨幹作用,串聯更多人加入革命隊伍。他覺得相比之下,這是一個比較完美的計劃,能想出這個計劃讓他興奮不已。

第三十二章

可是沒過多久，他又否定了這個計劃。不！不！不！這個計劃中雖有行動，可以消滅敵人小股力量，但實際是坐以待斃，消極等待，這未免太被動。自從游擊隊成立以來，每次行動都是主動出擊。老肖常講，共產黨初創時期就是因為被動，吃過大虧，後來的工作都是主動：南昌暴動、廣州暴動、秋收暴動是主動；抗擊日寇是主動；重慶談判失敗以後，在國統區實行武裝暴動，砸爛國民黨反動派的小廚房是主動；解放區土地改革，發動群眾分田分地還是主動。主動能使我們的黨，我們的隊伍由小到大，由弱到強，由失敗到勝利，從勝利走向大的勝利。他把這些從肖政委嘴裡聽來的革命道理聯繫起來，形成了一個新的思路。

對，一定要爭取主動，應當立馬找到組織，找到聯絡人。

老肖留下的聯絡暗號是「成功」，但這個暗號應該怎麼用？是連著用還是分開用？是順著用還是倒著用？是不是亮出「成功」二字就會有人來接頭？要亮該怎麼個亮法？一連串的問題，不得其解。這道難題對他來講，不亞於做一道哥德巴赫猜想的演算。1＋1到底等於多少？在什麼樣的情況下等於多少？真是太難太難了。

要不就只亮個「成」字或者「功」字，讓接頭的人來對另外一個字，這在過去的共產黨接頭中是比較常見的。比如一張照片的另一半，一張紙幣的另一半，一塊手絹的另一半……

不對，不對。他覺得太俗套。老肖是從八路軍正規部隊出來的，是從延安出來的共產黨大官，不可能這麼俗套，接頭方法也不可能這樣容易，應該是比較複雜，比較曲折才對。就像他找黨的組織一樣，不是經歷過無數反反覆覆的曲裡拐彎嗎？但到底有多不容易，有多麼複雜，林翰墨自己也弄不醒豁，只是感覺不好，覺得有漏洞，不全面，不準確。他鬧不明白，心裡不踏實，又慌又虛，覺得自己的理解缺乏理論基礎，也缺乏現實依據。

乾脆，將「成功」「成」和「功」全部亮出去，總會有人來選擇其中的一種。再仔細一想，「成」和「功」無論橫排還是豎排，橫看還是豎看，「成功」就是「功成」。他笑了笑，覺得肖政委的這兩個字十分有趣。好吧，不再冥思苦想了，眼下是要多方調查接暗號的人到底什麼來頭，還要多派人跟蹤，保持著相對較遠的距離，多點時間吊線兒，踩實了，踏穩了再確定是否接頭。他認為這才是一個萬無一失的雙保險計劃。

那麼，上級一般會在哪些地方出現呢？

磁器口風雲

烏鴉從光禿禿的樹枝上飛起,「哇哇」地叫著飛向遠方。

註釋

1　隆：流暢。

2　挓：挪。

第三十三章

　　林翰墨反覆思量，認為最有可能接頭的有三個地方，一是磁器口，二是青木場，三是石井坡。因為水門寨已被敵人占領，上級不可能去闖那個敵人嚴陣以待的當口，不可能去鑽那個等著人去鑽的口袋。而那三個地方是離水門寨最近的場鎮，是與砂磁游擊支隊有著千絲萬縷聯繫的地點，而且往來行人多，便於掩護接頭。上級一定不會捨近求遠，捨熟求疏。上級也可能站在失散的游擊隊角度來想問題，以前就有這樣的先例。當林翰墨最需要組織的時候，貨郎就找他來了，老肖就突然間從地上冒出來了。這一次也不應該例外，很有這個可能，完全有可能選擇這類容易接頭的地方作為聯絡地點。沒準上級已經去了，還去過多次，等過多時，而游擊隊沒有去，上級還在著急呢。這樣一想，他興奮起來。

　　思路理順了，壓在林翰墨心裡的石頭似乎落地，整個人也就放鬆下來，無端的煩躁消逝得無影無蹤，心情隨之舒暢許多。

　　他相信，他這麼艱難辛苦地尋找黨，黨組織也一定會尤其急迫地尋找他，黨組織絕對不會不管這支受到挫折的隊伍。

　　他找來雞腳神，讓他連夜化裝與他一造成青木場。他認為，那裡是游擊隊組建後第一個成功拿下的鄉場，對「成功」二字寓意最深刻，上級組織向那裡派出聯絡員的可能性最大。

　　他們滿懷著一定能夠找到接頭人的希望，輕鬆愉快地奔去。他們沒有直接進入場街，那裡熟人多，萬一遇上暴露目標，麻煩就大了，所有的工作都會前功盡棄。同時，也怕被那些站崗和巡邏的敵軍發現。

　　青木場下場口邊上有個公共廁所，雖然髒得難受，屎尿橫流，但內急的人是顧不得環境的，只要能避開異性，在哪裡解決都無所謂，趕場上街的人去那兒解便的不少。

　　對，那是個最能掩護人的地方，最不可能引人注意的地方！惡臭難耐，哪個會想到那裡會有玄機？嗯，是個比較理想的接頭地點。我能想到上級也一定能想到。他鎖定就是那裡。

磁器口風雲

　　離廁所不遠是一塊不小的空壩，壩子裡立起無數條石，帶著鏨子印跡的石柱上橫向架著些長長的圓木，上面綁了慈竹，蓋起寸把厚的茅草，大棚的四周無遮攔，只蓋雨蔽日，不擋風遮光，西風從中對穿而過，恣意忘行不受約束，讓人感到很是涼快。不知從哪朝哪代起，這塊空壩成為豬、羊、牛一類牲口買賣交易的市場。草棚也許就是為了交易需要所搭建，人稱「豬市壩」。

　　兩人趁著黑夜在廁所靠近豬市壩的那道牆的左邊，用粉筆寫上拳頭大小的「成功」兩個字。隔一段距離又寫上同樣大小的一個「成」字。再隔一段距離寫上一個「功」字，字寫得不是十分明顯，若明若暗，但只要注意，完全能看見。字沒有講究什麼書法體例，還有意寫得歪歪扭扭，像小孩子玩把戲或是神經病發泄不滿的胡亂塗鴉。看到自己的創意成果，他倆忍俊不禁都會心一笑。

　　兩人再仔細地看看四周，整個豬市壩除了他們沒有一個人，靜寂得可怕，便放心大膽地摸到附近一個朋友家住下。

　　天大亮後，人們紛紛從四面八方的山上山下擁到青木鄉來趕場，他倆混進背筐挑擔、提籃抱鴨的人群之中，擠到下場口廁所對面的豬市壩假裝買豬。

　　兩人一邊看豬的成色，問豬的價格，一邊與賣家討價還價，故意挑剔豬的毛病，走了一家又一家。看起來是在挑選豬崽，誠心誠意做買賣，其實是在打發時間。他們始終用眼睛的餘光輪流盯著進出廁所和廁所周邊的每一個行人，經常對視交流，巴望著有人去對暗號。

　　豬市壩裡人聲沸騰，鬧鬧嚷嚷，上廁所的人也是去了一個又一個，絡繹不絕，就是沒見有人對那幾個「字」特別關注。眼看天近下午，太陽離山尖越來越近，由金光變成紅光，趕場的人已經散去，豬市壩逐漸安靜下來，人和豬都所剩無幾了。

　　林翰墨試了好幾次，最終還是不敢過去站在那幾個「字」旁，也許他那樣做對來接頭的人更加醒目，但是那麼做極易暴露身份，一旦暴露，一切的一切都沒戲了。

　　沒辦法，紅色繡球般的太陽藏進大山背面，他們眼睜睜地送走了最後一個人，無精打采地撤出豬市壩後又在周邊等了一會兒，仍然沒有等到任何消息，只好帶著失望和疲憊離開了。

　　這一天毫無收穫，算是白等。

　　第二天磁器口逢場。

第三十三章

　　林翰墨與雞腳神不願錯過時機，天不亮就往那裡趕，他們決定去那裡碰碰運氣。磁器口是大碼頭，加之林翰墨從小就生長在那裡，與它有著藕斷絲連的關係。那兒的熟人更多，要是採用與青木場相同的方法，顯然是行不通的。

　　好在這個場鎮有它獨自的特點，從磁器口大碼頭上來的金蓉橫街是向右拐的一條半邊街，靠嘉陵江那邊有些零星鋪面，對面是一片粗大的松樹林，沒鋪面。

　　林翰墨選擇了那片松樹林，那是一個站得攏走得開的地方。他把事先用草二元紙寫好的「成功」「成」「功」，在夜間分別貼到那條穿林石板大路旁的三棵松樹上。為了不讓風吹走，還有意讓枯枝穿著，遠遠看去像是迷信的人為保家人平安而粘貼的「道符」。

　　一切收拾停當，自己認為沒有破綻，才和雞腳神匍匐在離「道符」不遠的那片齊腰深的茅草叢中。

　　此時黎明前最黑暗的時刻已經過去，鎮子逐漸甦醒過來，看著那由黑暗變成灰白的街道，想起那街道邊人去樓空的「家」，林翰墨思緒萬千。就是在這個鎮上，他一家人被反動派整得家破人亡，此時此刻，多少往事湧上心頭，一個個熟悉的人物，一件件經歷的往事，像電影一樣浮現在眼前。他突然覺得有點失控。這不該呀，現在不是觸景傷情的時候。他控制住自己的感情，把新仇舊恨壓在心底。他現在的主要任務是盡快與組織接上關係，不能打晃眼分散精力。

　　東方發白了，魚肚般的天際推著黑暗漸漸消逝，磁器口街上傳出「滴滴答答」軍號的聲音，嘹亮、渾沉，號聲在天空中迴蕩，更加給大地帶來朝氣和生機，那是601團牛營長的部隊吹出的起床號。

　　磁器口街上的老先生、老太婆三三兩兩來到松樹林裡，有的拉動著肢體健身，有的打拳，有的逗鳥。薄薄的晨霧籠罩著整個樹林，能見度有限，幾丈開外就看不清人了。

　　林翰墨和雞腳神在茅草叢中，輕輕揉捏著凍僵了的手，還不時揉揉眼睛，生怕放過走進街頭樹林的每一個人。

　　天大亮了，太陽穿進了林子，薄霧正在謙虛地退去，又像戀人一樣在分別的時候抓住松樹的枝丫不肯鬆手。那些打拳、逗鳥的人陸續收拾起器具踏上次家的路，林子又恢復了應有的平靜。

磁器口風雲

這時，一個身高體胖的軍人和一個穿長衫的紳士朝林子走來，邊走邊談，很是投機的樣子。

胖子軍人走著，一邊故意用腳踢路邊那些光溜溜雞蛋大小的石子，眼睛還很專注地盯著，好像少踢一個就是一次重大失誤似的，還要尋找第二個加以補充。因為胖，踢一腳有些站立不穩，像企鵝一樣搖擺，樣子有些滑稽。

紳士則不同，腳步走得穩健斯文，兩隻眼睛的餘光比較分散，一副心不在焉的樣子，嘴裡說著話，雙眼卻不停地東張西望，不知他是在鍛鍊脖子，還是有心事，又或者是在欣賞松針的暗綠。

近了，兩人離林翰墨埋伏的草叢越來越近了，已經走到跟前只有幾米遠的地方，談話聲都能聽見。

林翰墨一眼認出，那個胖軍人是601團的牛營長，而紳士則是自己的表哥，磁器口鎮鎮長高華中。

只聽高華中說：「還是你們好，工作就是訓練，訓練就是鍛鍊，不想鍛鍊都不行，你看你的身體多棒啊！牛犢子似的，往那兒一站就能鎮住邪。哪像我們，工作就是坐著，坐著就工作，坐出了許多職業病，什麼頸椎呀，腰椎、肩肘什麼的，你看我瘦得都快皮包骨，單薄得不能再單薄了。這年頭兵荒馬亂，鬧一身病哪來錢醫治，今後老了又有誰來服侍你？還是身體要緊，所有的都是身外之物，包括老婆。身體好才是自己好，我很羨慕你們這些身體好的人。不過，我也有個好習慣，能夠堅持每天早晨出來走走，吸收一些新鮮空氣，活動活動筋骨，暢通一下血脈。」

牛營長說：「這個習慣好啊，我才真的羨慕你呢，有一份穩定的工作，有一個鎮的地盤。我們可比不得你們清閒，今天在這裡，明天在那裡，遊走不定，落不了根，襲擊別人，也被別人襲擊，今天活蹦亂跳，明天還在不在都難說，我們是提著腦袋吃這碗飯，哪有你說的那麼輕巧。軍事訓練損手臂傷腿也是常事，是個玩命的活計，哪還想得到什麼鍛鍊不鍛鍊。被你說得那麼美妙輕巧。你們文人就是浪漫，富於想像，哈哈哈……」

牛營長爽朗的笑聲慷慨激昂，震得大地都有些發顫，肥胖的身體隨著笑聲上下抽動。憑著他這副胸懷寬大、目光高遠的姿態，直覺告訴林翰墨，牛營長就是他要接頭的上級聯絡員。

第三十三章

　　一直以來，林翰墨十分反感胖子，他覺得肥胖的人就是國民黨欺壓百姓的腐敗官員的代表。不是嗎？胖子為啥子胖？吃得多唄，營養過剩唄！而今天，胖在牛營長身上，卻感覺是那麼符合時宜，那麼親切。

　　林翰墨這麼想著，心裡好一陣激動，這些天來壓在心中的霧霾被一風吹走了，聯絡員就在跟前。他定心了，稍稍地換了個姿勢，不為人知地活動了一下身子。他想站起來，衝過去跟他的聯絡員握手，但又礙於牛營長旁邊還有別的人，他沒有衝出去，他也不敢衝出去，那樣不但暴露了自己，還會連累牛營長。千萬不能做雞飛蛋打的事了，一定要努力控制住。在那些艱難的日子，多的時間都熬過了，不在乎這一時半會兒。聯絡員既然現身，他要把住一個最佳機會，讓聯絡員知道接頭的人到了。

　　林翰墨真是對黨的地下工作佩服得五體投地。上級給他派出的聯絡員居然是國民黨正規軍 601 團的少校營長。敵中有我，這是統戰工作的巨大威力，並且這個「我」還不是個一般人物，是個營長。

　　在當時，鄉鎮一級的行政區域內，一個國民黨正規軍的營長在百姓眼裡可是個不得了的人物：手裡有幾百人的隊伍，幾百件武器，這些武器還是清一色的美式裝備，地方武裝可望而不可即。想不到這樣的人還是共產黨，並且是自己接頭的聯繫人，黨的統戰工作做得太棒太神奇了。

　　林翰墨想：這牛營長戰鬥在敵人心臟不容易，稍有閃失就將前功盡棄，還會引來殺身之禍。他告誡自己千萬千萬不要冒失，不能讓黨的事業受損，不能給牛營長帶來一丁點兒麻煩，要像保護自己的眼睛一樣保護好戰鬥在敵人心臟的「同志」。寧願犧牲自己也不能暴露牛營長，他周旋於各色人物之中太不容易了！

　　林翰墨靜靜地觀察著，等待著。

　　時間一秒一秒地流逝，牛營長並沒有去注意松樹枝椏上的東西。林翰墨開始重新思考：這牛營長真逗，是在演戲，裝得還真像，明明樹上掛有「東西」，他硬是不去看那幾棵樹幹，難道他逗怎麼有把握？難道他已經知道接頭人逗在離他不遠的地方等待著他擺脫旁人？這些久經考驗的共產黨員真是神人，裝啥子像啥子。

　　牛營長和高華中兩個人的談興很濃，海闊天空，天南地北，有說不完的話，擺不完的龍門陣。

磁器口風雲

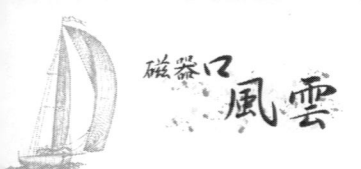

　　時間是讓人平和鎮靜的清醒劑，林翰墨抑制住了內心的激動，耐心地觀察著。腦殼裡的思考一直沒有停歇：誰是聯絡人？人家亮出接頭暗號了嗎？黨組織對地下工作接頭的規定是十分嚴格的，只認暗號不認人。不管你熟悉還是不熟悉，絕對不可貌相，人熟理不熟，必要的程序絕不可少。冒失莽撞帶來的損失，地下黨的教訓太深刻太深刻，刻骨銘心。

　　這麼一想，林翰墨冷靜下來，他更不能急於走出去了，依舊和雞腳神一動不動地伏在茅草叢中。雞腳神兩眼紅紅的，目不轉睛地盯著眼前這兩人。林翰墨真擔心他會莽撞地衝出去，要是那樣，下一步又該怎麼辦？

　　高華中好像發現了什麼，兩眼盯了一會兒那邊的樹幹，很快又把目光收了回來。突然，他對牛營長說：「我去屙泡尿，憋不住了。」

　　牛營長友好地說：「我等你，去吧。」

　　高華中徑直走到林翰墨埋伏的草叢前。

　　林翰墨心裡一驚，祈禱著：「表哥你可千萬不能壞我的事啊，上天保佑，上天保佑。」

　　一股熱流帶著腥臭和鹹味劈頭蓋臉而來，林翰墨不敢躲閃，只能緊閉雙眼，緊閉嘴唇，屏住呼吸，任那熱流向他衝刷，臉上火漂漂的，熱流衝過頭部流到肩上，衝過肩流進脖頸，再繼續向下流趟。這泡尿真大，衝刷了很久很久。林翰墨緊閉著眼睛不敢動，這時的每一秒鐘似乎都增加了十倍，二十倍，甚至三十倍。他忍受著，強烈地忍受著……唉，這小子昨晚不知喝了多少啤酒！

　　高華中掏出他那裝尿的東西還在撒，腦殼卻望著天上，好像在思考什麼，也像是在欣賞藍天白雲。

　　這可急壞了雞腳神，他的身子向上輕輕提了提，想要衝出去。林翰墨用手上的暗勁兒示意他不要亂動，千萬不可暴露目標。

　　終於，高華中抖一抖，閃了個尿勁兒，把那東西收進褲襠，系好「反掃蕩」褲腰，轉身一步一步回到牛營長身邊。

　　牛營長問：「轉路回去你今天準備幹嘛？」

　　高鎮長說：「陪你打牌呗！有空嗎？」

第三十三章

「不行不行不行。」牛營長一連說了幾個「不行」,「今天我要去團部開會。」

「那,」高鎮長想了想說,「反正閒著也是閒著,我就到附近各保去給你們部隊弄點兒油水回來。」

牛營長興高采烈:「太好了!高鎮長才是真正的擁軍模範!」

兩人說著話,漸漸走遠。

松林裡出奇的靜,靜得使人有點兒受不了。

「司令,去洗洗吧。」雞腳神提醒道。

「莫忙,再等一會兒。」林翰墨毫無顧忌冷冷地說。他想的是牛營長顯然是要把高華中支開,他不是說要到團部開會嗎?這麼說就是告訴他林翰墨,過一會兒他支走了高鎮長還會回來。他的意思很明白,是要林翰墨耐心地再等一會兒,等他甩掉高華中這個跟屁蟲再說。林翰墨還不至於連這點事情都懂不起。所以,不可失去機會,不能辜負牛營長,走不得,要耐心等待。

「媽的,又是開會,不曉得又要耍啥子新花招來對付我們!」雞腳神想著牛營長剛才的話,不禁罵起來。他由601團的牛營長想到方團長,自然就想起了珍兒。

雞腳神從懷裡摸出那只一直帶在身邊的銀簪,那是珍兒送給他的。如今物在人去,使他特別傷感,大顆大顆的淚珠直往下掉,許久許久也回不過神來。他恨不得衝出去跟牛營長,還有那些住在磁器口的國民黨反動派拚個你死我活,然後痛痛快快地死去。

沒有林翰墨的同意,雞腳神實現不了他的夙願,他畢竟不比從前了,他現在是游擊隊員,服從命令是他的職責。算了吧,只好撲在那兒耗著。

又過了個把時辰,他倆仍然一動不動地伏在那裡,林翰墨是鐵了心要等下去,他估計牛營長很快就會來了。他完全懂得牛營長話中的門道,他再一次梳理剛才牛、高二人的對話。牛營長已經知道有人要與他接頭,高鎮長提出要與他玩牌,他態度堅決地推開就是證明。他不去玩牌而說是去團部開會,是為了支開高鎮長。他怎麼會毫無理由,無章大意地支開高鎮長呢?不是接頭,是什麼?不是接頭,他沒有必要這麼做。很明顯,他要留出單獨活動的空間,這個活動空間就是執行黨組織給他的任務——跟林翰墨接頭。所以,他們此時此刻不能亂動,千萬千萬不可讓牛營長找不到而錯過機會。

磁器口風雲

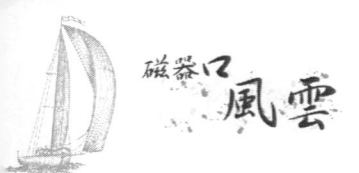

　　林翰墨顧不得尿的腥臭，一直緊盯著松林中的那條石板路，那是牛營長暫時消失的路，也是他將要再次出現的路。

　　果然，功夫不負有心人，那條路上又有人影出現了，林翰墨輕輕地拍了拍雞腳神說：「你看，來人了。」

　　雞腳神用袖子擦了擦眼睛朝前望去，那不是磁器口鎮的鎮長高華中嗎？只見他杵著文明棍，輕快地朝著貼有「成功」字樣的松樹走去，兩眼不時東瞧瞧西望望。在貼有「成」字那棵樹下站住了，左右看看沒人跟蹤，迅速扯下那張寫有「成」字的紙片，再走到另一棵樹下，將「成」字貼在了「功」字的上面，兩張紙片重合。

　　對了對了，他是上級我是下級，他在上我在下，上下合起來就「成功」了。

　　林翰墨茅塞頓開，一下子就領會了這個接頭的意思。

　　「頭接上了。」他的心再也無法平靜。一手扯著雞腳神，飛似的衝過去，三個人緊緊地擁抱在一起。

　　林翰墨有好多好多的話要對高華中講，可是許久許久一句也說不出來。他腦子很亂，他需要整理思路，目前迫切需要得到上級給他的最新指示。

　　他還有好多好多的事要立馬去做，他恨不得就在這一剎那把那些事全部做完，要把被打散了的游擊隊員集結起來，梨右章、汪陵江……讓磁器口周邊各鄉鎮的老老少少全都拿起槍，包括妻子家碧也一樣。他要迅速擴大游擊隊伍，給猖狂的敵人來個一連串的打擊。

　　還有，攻打國民黨偵緝中隊時，別忘了讓水中蛟裡應外合，他離開山洞時的那句話，已經表明水中蛟是身在曹營心在漢，白皮紅心，只要與國民黨幹仗，他一定會裡應外合幫助游擊隊的。他要派人去找曾林、陳士仲、劉孟伉、朱洪亮、程天亮……把華鎣山游擊縱隊和川東遊擊隊的所有力量集合起來，打幾個漂亮仗，迎接人民解放軍解放重慶。想著這許多要幹的事，他把高華中越抱越緊。

　　高華中突然猛力推開他：「啷個回事，你一身濕漉漉的，恁麼大的尿騷味？」

　　「還不都是從你身上出來的東西。」雞腳神生氣地說。

　　林翰墨幽默地說：「高鎮長不在走過的路上撒泡尿，做個記號，恐怕逗找不到家了。」

這一語雙關，讓三人開懷大笑。突然，他們又收住笑聲，轉身看看周圍是否被人發現。

　　高華中眼觀六路，耳聽八方，雖然沒有發現什麼動靜，但仍然小心翼翼的輕聲說：「我們換個地方說話。」

後記

磁器口是沙坪壩區的一個小鎮，沙坪壩是重慶市著名的文化區。

抗日戰爭時期，國民政府西遷重慶，大批學校、工廠、醫療機構隨遷，沙坪壩從此人才薈萃，蜚聲中外。

1938年2月，重慶大學、四川教育學院、南開中學、中央大學、國際廣播電臺、中央研究院博物院、北平師範大學勞作專修科、藥學專科學校等科教文化單位和重慶電力煉鋼廠等工業企業以及金融機構發起創建了重慶沙磁文化區，這就是沙坪壩區的前身。隨著全國政治、經濟和文化中心轉移到重慶，無數政要以及文學、科學、藝術、教育、經濟等諸多領域的領袖人物，如馮玉祥、張治中、郭沫若、冰心、巴金、老舍、臧克家、張伯苓、李四光、馬寅初、陽翰笙、徐悲鴻、傅抱石、豐子愷等雲集沙磁區，使這裡盛極一時。

這裡是紅色文化的搖籃之一，紅岩村、渣滓洞、白公館的舊址就在區內，一部影響過幾代人成長的長篇小說《紅岩》就是以沙磁區為背景展現的。

一個偶然的機會，沙坪壩區時任區委常委、宣傳部部長林平同志與我相遇，讓我給沙坪壩區紅色文化留點「文墨」。我當時誠惶誠恐，因我不是名人，能被他們如此看重，我的自信心得到滿足。由此我悟出，不絕壤土得以為高山，不拒小流得以成江海，沙坪壩區有這麼大的名氣，原因在沙坪壩人。

我抓緊時間收集資料，進行采風，然後寫出一些文字，敷衍成書，奉獻給讀者。

雷平

國家圖書館出版品預行編目（CIP）資料

磁器口風雲 / 雷平 著. -- 第一版.
-- 臺北市：崧燁文化，2019.10
　　面；　公分

POD 版

ISBN 978-957-681-880-6(平裝)

857.7　　　　　　　　　　　　　108010073

書　　名：磁器口風雲
作　　者：雷平 著
發 行 人：黃振庭
出 版 者：崧燁文化事業有限公司
發 行 者：崧燁文化事業有限公司
E - m a i l：sonbookservice@gmail.com
粉 絲 頁：　　　　　　網址：
地　　址：台北市中正區重慶南路一段六十一號八樓 815 室
8F.-815, No.61, Sec. 1, Chongqing S. Rd., Zhongzheng
Dist., Taipei City 100, Taiwan (R.O.C.)
電　　話：(02)2370-3310 傳　真：(02) 2388-1990
總 經 銷：紅螞蟻圖書有限公司
地　　址：台北市內湖區舊宗路二段 121 巷 19 號
電　　話:02-2795-3656 傳真 :02-2795-4100　網址：
印　　刷：京峯彩色印刷有限公司（京峰數位）

　　本書版權為西南師範大學出版社所有授權崧博出版事業有限公司獨家發行電子書及繁體書繁體字版。若有其他相關權利及授權需求請與本公司聯繫。

定　　價：450 元
發行日期：2019 年 10 月第一版
◎ 本書以 POD 印製發行